JN159783

目加田誠「北平日記」

一九三〇年代北京の学術交流

九州大学中国文学会〔編〕

目次

はじめに 5
凡例 20
第一巻（昭和八年十月十四日～同年十一月十九日） 23
第二巻（昭和八年十一月二十日～同年十二月十九日） 53
第三巻（昭和八年十二月二十日～昭和九年一月三十一日） 77
第四巻（昭和九年二月一日～同年三月三十一日） 101
第五巻（昭和九年四月一日～同年六月十九日） 129
第六巻（昭和九年六月二十日～同年九月三十日） 157
第七巻（昭和九年十月一日～同年十二月二十五日） 185
第八巻（昭和九年十二月二十六日～昭和十年三月四日） 215
跋　会いに行きたい留学の父　永嶋順子 237
父のこと　目加田懋 238
「北平日記」に出会って　東谷明子 239
関連年表 242
参考文献 245
北京市街図 251

はじめに

一　「修文」の話

二〇一九年初夏、日本はあらたな元号「令和」を定め、新しい時代に船出した。

この新元号発表に際し、新聞やテレビ、またその他さまざまなところで取り上げられたのが、約三十年前の「平成」発表にまつわる幾つかのエピソードである。中でも、その最終候補案の一つを提出した目加田誠（めかだまこと）博士（一九〇四～一九九四）については、九州にいる私たちには、とりわけ身近な話題となった。

博士の考えられた「修文」は、今思い返しても実に素晴らしい元号案であったと思う。ここで私なりにこの二文字を解説すると、

文――すなわち、教育、文化、芸術など、およそ人間の倫理・道徳に根ざした柔らかくあたたかな心によるさまざまないとなみ（あや）によって、この国のあらゆる活動を、

修――ひとつにおさめ、また正しくととのえ、そしてそれをいつまでも長くつづけてゆく、という意味になろうか。そもそも元号とは、私たちの未来の時間につける名前であり、その切実さは我が子につけるそれに全く等しい。三十年前、目加田博士は、いったいどのような思いを込めて、この案を考え出されたのであろうか。

これについては幸いにも、博士のご蔵書や原稿、また大学での講義ノート等が、一括してご自宅のあった福岡の大野城市に寄贈され、現在は同市が運営する「大野城心のふるさと館」に大切に保管されている。特に、博士自ら九枚の原稿用紙に書き記した元号案のメモ（驚くことに「修文」をはじめ二十九個もある）は、先日、同館で一般にも展示公開されたところである。当時、日本を代表する中国古典研究の碩学であった博士の息づかいが、今でも生き生きと蘇ってくるかのようである。

しかし目加田博士の思いは、この直筆メモだけではなく、生前に書かれた多くの著作からも、さらにしっかりと読み取ることができる。

二　目加田博士の主要著作

目加田誠博士は、明治三十七年（一九〇四）二月生まれ。ご出身は山口県岩国市。昭和四年（一九二九）東京帝国大学卒業後、東方文化学院東京研究所助手、続いて京都の第三高等学校（旧制）教授を経て、昭和八年（一九三三）七月、九州帝国大学法文学部（のち九州大学文学部）中国文学講座の初代専任教員に着任。やがて博士は、戦前戦後を通じて、九大のみならず、九州一円、そして全国の中国学研究をさまざまにリードされた。昭和四十二年（一九六七）三月、九大を定年退職ののちは、東京に単身赴任され、早稲田大学文学部教授。こちらにおいても中国文学科およびその大学院講座の開設者となられた。昭和四十九年（一九七四）早大退職。以後は福岡の大野城市に戻られ、なおも孜々として研究を続けられた。昭和六十年（一九八五）十一月、日本学士院会員。昭和六十三年（一九八八）冒頭に述べた如く、次代の新元号選定に参画された。平成六年（一九九四）四月三十日逝去。以上がそのご経歴である。

博士の主な著作（単行本）は、おおよそ次の（1）～（3）三つの時期（ただし時間によって明確に区切れない）に分けて紹介することができる。

（1）初期の研究書

博士のご業績として最も有名、かつ学界に（今もなお）赫々たる光彩を放っているのが、中国文学の

目加田誠「元号案メモ」の一部分（大野城市目加田文庫蔵）

源流『詩経』についての研究である。最初の著書は戦前に遡り、日本評論社「東洋思想叢書」の一つとして刊行された『**詩経**』（昭和十八年・一九四三）。続いて、京都の丁子屋書店より出版された『**詩経　訳注篇第一**』（昭和二十四年・一九四九）であった（未完）。三冊目は岩波新書（青版）『**新釈詩経**』（昭和二十九年・一九五四）で、この新書本は今でも各地の古書店の店先に時折見かけられる。なお、博士七十代までの代表的著作を集成したものに龍渓書舎『**目加田誠著作集**』全八巻（昭和五十六～六十一年・一九八一～八六、以下龍渓著作集と略す）があるが、その第一巻『**詩経研究**』（昭和六十年・一九八五）は、さきの未完に終わった丁子屋版の「総説」部分の原稿を母体として刊行されたものである。また、龍渓著作集八冊に続いて博士の代表作をさらに選んで文庫化したものに講談社学術文庫の三冊の単行本がある。その一つ『**詩経**』（平成三年・一九九一）は、戦時中の日本評論社版をもとに、新旧仮名づかいを改めたほか、随処に博士自らによる修正が加わったものである。

　しかし博士の研究者としての眼光は、ただに古代文学にのみ注がれていたのではなかった。一九一二年の近代中国建国以降の文学にも早くから着目し、共立社「漢文学講座」シリーズ第五巻に収める『**現代文芸**』（昭和八年・一九三三）は、胡適による文学革命から説き起こし、魯迅、続いて弟周作人や鄭振鐸らの文学研究会と郭沫若らによる創造社の活動までを概説した一冊である。また単行本ではないが特筆すべきものに早稲田大学の吉江喬松教授（仏文学）が主編する中央公論社『世界文芸大辞典』全七巻（昭和十～十二年・一九三五～三七）への執筆協力が挙げられる。時に博士はいまだ三十代前半の青年学者ではあったが、最終第七巻（昭和十一年五月・一九三六）の各国文学史の概説において、中国の第四章「清」（該書第二〇五～二一三頁）を単独で執筆している。

また博士の学術論文十三篇を集めた第一論文集『風雅集―中国文学の研究と雑感』が、戦後間もない昭和二十二年（一九四七）惇信堂という出版社より刊行されている。これはのち、先に触れた講談社学術文庫の一冊『中国の文芸思想』（平成三年・一九九一）のもととなるが、平成の文庫版では、惇信堂原版より五篇の論文を残し、あらたにその後の論文五篇を併せた計十篇の論文集となっている。

（2）壮年期の訳注・研究書

昭和三十年代以降の著作は、屈原や杜甫など、さらに研究対象の幅を拡げてゆく。また特にこの頃は、博士の詩経訳の高い評価とともに、出版社側からの要求（つまりは時代の要求）もあり、中国古典を現代語に訳す著作が多くを占める。

『詩経』に次ぐ古代中国の古典文学としては戦国時代の屈原を祖と仰ぐ『楚辞』があるが、博士は平凡社「中国古典文学全集」シリーズの第一巻として『詩経・楚辞』（昭和三十五年・一九六〇）を出版した。丁子屋版では果たせなかった詩経全篇の訳と屈原作と伝わる楚辞の諸篇（「九弁」以下弟子の宋玉らの作とされる続篇は含まない）の訳を収めたものである。この訳文は、その後も博士自らによって推敲が重ねられ、昭和四十四年（一九六九）同じく平凡社の「中国古典文学大系」シリーズにも収録されたが、この文学大系版では、シリーズ全体の編集方針に従って、原文を削除し、注釈も余白を生かした最小限の範囲に留められ、博士自身「非常に不満」（後述の自叙伝による）なものとなった。昭和四十六年（一九七一）社会思想社「現代教養文庫」の一冊として出された『中国詩選Ⅰ　周詩～漢詩』では、詩経・楚辞から代表作を選んだほか、漢代の古詩や楽府（がふ）の名作の訳注も手がけられた。なお平凡社でも続いて「中国の名詩」シリーズが企画され、第一巻『うたの始め　詩経』（昭和五十七年・一九八二）と第二巻『滄浪のうた　屈原』（昭和五十八年・一九八三）が出版されたが、この二冊も全訳ではなく簡約版である。

一方、時を同じくする昭和五十八年（一九八三）龍渓著作集では第二巻『定本　詩経訳注（上）』と第三巻『定本　詩経訳注（下）・楚辞』が続けて出版された。博士の長年にわたる詩経・楚辞研究は、これを以てようやく完結したのである。

次に楚辞の作者屈原についての単行本を述べたい。まず岩波新書（青版）『**屈原**』（昭和四十二年・一九六七）が挙げられるが、もう一つ博士が関わられた大きな出版物として読売新聞社『**楚辞集注**』（昭和四十八年・一九七三）がある。これは、その前年の日中国交正常化（一九七二年九月二十九日）を記念して出版されたものである。中国の人民文学出版社が一九五〇年代なかばに覆刻していた中国南宋時代の貴重本を、さらに日本で完全複製（線装本の形態や書帙までも）した豪華本である。日中共同声明発表の前々夜、総理大臣田中角栄が毛沢東の書斎を訪問した際、毛主席から贈られたものを原本としたもので、このたびの読売版に挿入された小冊子『**楚辞集注　解説**』には、冒頭に田中総理の序、続いて京都大学名誉教授吉川幸次郎博士の「毛主席が田中総理に贈った『楚辞集注』について」、そして目加田博士の「楚辞解説」、中国の原本に見える「鄭振鐸の跋文」の日本語訳が収められている。ちなみにこれも奇縁と言うべきだが、吉川・目加田両博士は、ともに明治三十七年の生まれである（目加田は二月、吉川は三月）。

次に挙げるべきは六朝時代の二つの古典作品の訳著である。まず文芸理論書『**文心雕龍**』の全訳。これは平凡社「中国古典文学大系」シリーズの一つ『**文学芸術論集**』（昭和四十九年・一九七四）に収録され、のち加筆修正されて龍渓著作集の第五巻『**文心雕龍**』（昭和六十一年・一九八六）となった。いま一つは六朝前期の文人士大夫の逸話集『**世説新語**』の訳注。こちらは明治書院「新釈漢文大系」シリーズのうちの上中下三冊本である（昭和五十～五十三年・一九七五～七八）。ただしこれは龍渓著作集には収められていない。

さて、次はいよいよ唐代の詩の訳注群である。まず最初の出版は昭和三十九年（一九六四）明治書院「新釈漢文大系」シリーズの『**唐詩選**』。八百ページを超える巨冊で、同シリーズの中で最も厚みのある一冊である。この訳注の冒頭にある「唐詩概説」（該書第八～一五八頁）は、のち主に晩唐部分を加筆して龍渓著作集の第六巻『**唐代詩史**』（昭和五十六年・一九八一）となった。

唐詩の入門書（選集）として日本では主に明代の『唐詩選』が珍重されるのに対し、現代中国では清代に編まれた『唐詩三百首』が小中学生の頃から親しまれている。博士はこの詩集についても平凡社「東洋文庫」シリーズにおいて『**唐詩三百首　1・2・3**』（昭和四十八～五十年・一九七三～七五）を出版している。

続いて杜甫である。まず昭和四十年（一九六五）集英社「漢詩大系」シリーズの一つとして刊行された『**杜甫**』。この訳注は出版後すぐさま簡約化されて同社の新書版「中国詩人選」シリーズの一つとしても刊行された（昭和四十一年・一九六六）。なおこの二冊はその後も別のシリーズで幾たびか復刊されている。しかし目加田博士の杜詩解釈の真骨頂は昭和四十四年（一九六九）社会思想社「現代教養文庫」に収められた『**杜甫物語―詩と生涯**』であろう。これは作品配列をほぼ先の集英社版に基づきながら（一部入れ替えあり）、その鑑賞部分を大幅に書き加え、言わばその思いのたけを縦横に書き綴ったものである。例えば「兵車行」の鑑賞文には次のような一節が挿入される。

この詩をよむと、われわれは、実に先頃の太平洋戦争当時のことを想い出す。口には出さぬが出征兵士の心持ち、その行列を見送って、われわれも遠い道を乗船場まで、ゾロ〳〵あとについて歩いた。涙をかくさねばならぬと思いながら、それをかくすのが辛かった。男の出て行ったあとの農村は、空地に草が生えた。畑で耕しているのは女や老人ばかりであった。たくさんの骨が帰ってきたが、南洋の島々には、いまも収められぬ戦死者の骨が草に埋もれているというではないか。

（該書第四十三頁）

この部分については、あるいは読者によってさまざまな反応があるかもしれない。文学研究が、いみじくも近代科学の一つである以上、あくまでも実証性かつ客観性が重んじられなければならない。杜甫は八世紀の唐の詩人なのだから、決してそこに作品とは無関係な近代における読者の感想などが語られるべきではない、と。しかし、文学とは何か、人間のいとなみの中で、文学を創作し、また、それを読んで心動かされるということは何なのか、を考えたとき、目加田博士が杜甫の詩を前にして語ったことは、決して否定されるべきではないのも、また確かである。ここには、かつて『詩経』を、経学のしがらみから解き放ち、生き生きと現代語訳することで古代人の素朴なうたであることを示そうとした、博士の文学研究者としての信念が貫かれているようにも思われる。なお、この『杜甫物語』は、集英社版にあった「語釈」を併せて、龍渓著作集第七巻『**杜甫の詩と生涯**』（昭和五十九年・一九八四）に収められた。

さて、初期の第一論文集『**風雅集**』に続く第二論文集として、昭和四十一年（一九六六）武蔵野書院から『**洛神の賦―中国文学論文と随筆**』が出版された。『風雅集』以降のあらたな論文十篇と、十四篇の随筆が収められている。これ以降、目加田博士の文業は、堂々の研究論文や講演録とともに、折に触れ新聞などに発表される数千字および千数百字程度の随筆（随想）にも発揮されてゆく。そして博士の論文集の決定版は龍渓著作集第四巻『中国文学論考』（昭和六十年・一九八五）に、一方、随筆（随想）はその最終第八巻『中国文学随想集』（昭和六十一年・一九八六）にまとめられてゆくのである。また講談社学術文庫の『洛神の賦』（平成元年・一九八九）は、さきの武蔵野書院版と書名を同じくするが、随筆部分を全て割愛し、武蔵野版から「洛神の賦」以下五篇の論文を残し、またあらたな論文・講演録四篇、そして「「解説」にかえて」と題する博士の自叙伝（龍渓著作集第四巻の「論文集のあとに」より一部を削除して転載）を収録している。

昭和五十一年（一九七六）二玄社が企画した「どう考えるか」シリーズの一つ『中国今昔』。これは目加田博士を含む八名の学者による対談録である。東大名誉教授の山内恭彦（理論物理学）、早大名誉教授の栗田直躬（中国哲学）、青山学院大の三上次男（考古学）、東大名誉教授の小野忍（中国現代文学）、元専修大教授の野原四郎（中国近現代史）、一橋大教授の西順蔵（中国近現代思想史）、そして東大教授の尾藤正英（日本儒学思想史）が参加している。龍渓著作集未収録。

さてこの項の最後に挙げるのは昭和五十四年（一九七九）時事通信社から刊行された『唐詩散策』である。これも龍渓著作集に入らないが、さきの『杜甫物語』における作品鑑賞の形を、唐代の詩全てに拡げて執筆されたものである。既存の唐詩入門書（唐詩選・唐詩三百首）に対する目加田版唐詩選集と言えよう。

（3）円熟期の随想、そして歌集

昭和五十年代なかば以降の博士は、幾たびかご体調を崩され、特に眼病を患われたこともあり、随筆の発表が主な活動となってゆく。その文章は、博士ご自身も「随想」と言われるように、半生を振り返り、その折々の回想が中心となることが多い。そしてこれらは、幾つか自費出版で出されたものもあるが、昭和五十四年（一九七九）龍渓書舎の『随想　秋から冬へ』が正式に公刊された最初のようである。続いて昭和六十一年（一九八六）時事通信社の『夕陽限りなく好し』、また平成四年（一九九二）同じく時事通信社の『春花秋月』がある。またこの頃、九大および早大の門下生たちを大野城のご自宅に招き、中国の名詩三六五首を会読した『漢詩日暦』（昭和六十三年・一九八八）という著作も時事通信社から出版された。

そして、博士ご生前の出版の掉尾は『歌集　残燈』（平成五年・一九九三）、福岡の石風社より刊行された。博士の九十年のご生涯は、まさに長大な一篇の詩であるが、両眼の光を失われてのち、病床に横たわる中に去来したさまざまな思いを、こうして「文（あや）」に写された博士の気迫は、今もこの歌集の中に宿っている。

なお、先に（2）の項でも触れたが、龍渓著作集第四巻『中国文学論考』の末尾に収める「**論文集のあとに**」、およびこれを改題し、最後の一段（謝辞の部分）を省いたものが、講談社学術文庫『洛神の賦』末尾の「**「解説」にかえて**」である。博士の自叙伝として、そのご生涯の概略を知りたい方に最も参考になる一文である。

三　北平（旧北京）日記の発見

博士の随想集を読んで、しばしば目にするのが、戦前の北京（当時は北平と称していた）に約一年半留学されていた頃の思い出である。北京では、小川環樹先生（のち京都大学教授）や濱一衛先生（のち九州大学教授）らと一緒になり、京劇の芝居小屋に通ったり、北京大学など現地の大学の授業をあちこち聴講したり、また、胡適、周作人、朱自清、銭稲孫ら在京の一流学者・文化人と交流したことなどは、折々の随想の中で断片的に明かされていたことである。しかし、一年半の留学生活が実際にどのようなものであったのか、その全体像は、これまで十分に知ることができなかった。これは、往時（約八十年前）の北京の街の面影が、現在の発展著しい北京からは、もはやほとんど推測不可能になりつつあることにも拠るが、後に説明するように、博士ご自身がこの時の記録をご生前かたく秘しておられたことにも大きな原因があった。

その北京留学時代の克明な日記が発見されたのは、平成二十四年（二〇一二）夏であった。当時、大野城市で始められていた目加田家蔵書の保存・整理作業に、我々九州大学中国文学研究室の教員と大学院生らがお邪魔した時のこと、博士の所蔵されていた中国書籍（漢籍）や講義ノート類を整理していた時、他の書籍とは明らかに形態の異なる八冊の糸綴じの小冊子が、洋菓子の空き箱の中に大切に収納されているのを見つけたのである。第一発見者はこの時我々研究室の主任教授竹村則行先生であった。竹村先生から声をかけられ、駆け寄って拝見すると、それぞれの表紙には墨汁で「北平日記　一・二・三……」と端正な楷書でタイトルが書かれていた。あとでわかったことだが、この冊子そのものも当時の

目加田誠『北平日記』全８冊（大野城市目加田文庫蔵）

北京の文房具店（王府井(ワンフウチン)の東安市場内）で博士が購入された雑記帳であった。やがて蔵書整理作業が一段落した後、我々は大野城市と目加田家のご遺族のそれぞれに願い出て、この日記を一ページずつ写真撮影することにした。カメラマンを買って出てくれたのは大学院生の栗山雅央君であった。そして、平成二十六年（二〇一四）春から、日時を決めて、この日記の解読をすすめることになった。ただし、その三月を以て竹村先生が九大を退職されたため、読書会の主務は准教授の静永に委ねられることになった。

解読上の困難の一つは、目加田博士独特の「くずし字」であった。これは当初大いにとまどったが、数ヶ月資料と向き合っているうちに、皆少しずつ慣れていった。しかし、それ以上に困難であったのは、当時の北京、とりわけそこで展開されていた日本の研究者と中国の研究者たちとの学術上の交友関係であった。平素は中国古典の研究が専門であるため、「戦前の北京」についての知識がほとんど無かったのである。

しかし大変幸運なことに、九州大学の同僚中里見敬(さとし)教授が、九大附属図書館（旧教養部があった六本松分館）所蔵の濱一衛教授の寄贈資料「濱文庫」の調査を開始され、北京留学時代の濱先生が寄宿した周作人の家（西城区八道湾胡同）のことや息子周豊一さんと濱先生との関係など、有益な情報を次々に発掘して下さった。

また当時目加田博士が仲介役となり、北京の古書店から多くの中国書籍が九大図書館に購入されたのだが、その書籍群の丹念な確認作業を、大学院生の稲森雅子さんが一手に引き受けて下さった。

そして何よりも有り難かったのは、当時の北京に開設されていた東方文化事業北平人文科学研究所の事務局長橋川時雄（のち二松学舎大学教授）が編纂した『中国文化界人物総鑑』（初版は昭和十五年・一九四〇、のち昭和五十七年・一九八二に名著普及会より覆刻）である。目加田博士らが当時の北京で実際に会っていた多くの大学教授や文化人らの情報が、ほぼ網羅（中には顔写真や当時の住所まで）されていたからである。この人物総鑑が無ければ、おそらく本書の注釈部分は今の半分も書けなかったであろう。かくして『北平日記』の解読作業（本文の翻字と注釈）が始まった。毎週の担当者は九大中文の助教・院生・専門研究員で輪番とし、一字一字入念に本書の原稿を作っていった。

また読書会には、名誉教授の竹村先生のほか、周作人研究の九州産業大学呉紅華教授にも参加していただき、適宜アドバイスをいただいた。

そして、これに平行して、大野城市でも月一回のペースで市民講座の読書会と年一回程度の講演会を開かせていただいた。読書会には大野城市役所歴史をつなぐ事業推進室の舟山良一さんらの協力を得て、同市の古文書講座のグループの方々、そのほか目加田博士の北京留学に関心をお持ちのさまざまな皆さんにお集まりいただき、我々の翻字の誤りや、注釈部分のよくわからない部分などを指摘していただいた。なお、この市民読書会・講演会には、時に博士の門下生であった松崎治之先生（筑紫女学園大学名誉教授）や稲畑耕一郎先生（早稲田大学名誉教授）、高橋繁樹先生（摂南大学名誉教授）、そして目加田家からご子息の懋（つとむ）さん、明子さんにもおいでいただき、貴重なお話を伺うことができた。

その後、目加田家より「恐らく北京留学時代のものでは？」というアルバム写真を多数ご提供いただいた。本書に挿入するモノクロ写真の多くがそれである。一九三〇年代の北京がようやく目の前に立ち現れてきた。

かくして、本書『目加田誠「北平日記」』の本文とその注釈が少しずつ出来上がっていったのである。

四　八十六年前の「原点」へ

ところで、この日記が発見されたとき何よりも驚かされたのは、博士はご生前、日記の存在を門下生にはもちろん、ご家族にさえ一切明かされなかったということである。唯一の例外は、龍渓著作集第八巻に収録された「兪平伯氏会見記」であって、その著作集版においても、博士は「昭和十年二月の末」と明確な日付は書かず、またこれを「其の時の話を今想い出す儘に書いてみる」として、その根拠資料を示されることはなかった。しかし、この北京・清華大学での兪平伯教授との会見が、昭和十年二月二十六日であったこと、またその会見の場には通訳として北京大学の銭稲孫教授が同席していたことなどが、この『北平日記』の発見によって明らかになった。ちなみに会見の内容も、著作集版と日記とでは文言に一部変更や省略が見られるものの、ほぼ同じである。

なぜ、『北平日記』は秘匿されたのであろうか。

その理由については、実際にこの日記の本文をお読みいただき、皆さんそれぞれに推し測っていただくのがよろしいが、まず考えられる第一は、当時の時代状況、つまり次第に緊張してゆく日中の政治的な関係である。

本書巻末に付録する関連年表を参照していただくとよいが、このたびの目加田博士の北平留学は、実に昭和六年（一九三一）九月十八日の柳条湖事件と昭和十二年（一九三七）七月七日の盧溝橋事件という二つの大事件のちょうど中間にすっぽりと挟まっている（しかも双方からそれぞれ約二年数ヶ月ずつの時間的な距離がある）。こんにちの我々から見れば、よくもこんな危険な時期に渡航されたとヒヤヒヤする思いであるが、当時としては満州事変後の停戦協定（塘沽協定＝昭和八年［一九三三］五月三十一日締結）も成立し、言わば「小春日和」の如く平和でのどかな日々が、この時期の北平には出現していたのである。しかし、これを戦後の日本社会から眺めると、いくら「学術研究のため」と称しても、さまざまな誤解を招きかねない国費留学である（しかもその費用の原資は、一九〇〇年の義和団事件に対する外務省所管「庚子賠償金（または団匪賠償金とも）」であった）。かくしてこの『北平日記』は、博士の書斎の片隅の、誰ひとり気づかぬ場所にひっそりと納められていたのである。

また秘匿の理由の第二として拝察するのは、博士ご本人の個人的な事情である。

繰り返し述べるが、博士のこのたびの北平留学は外務省の東方文化事業による派遣である。戦前の日本社会において、これは「国家の命令」としての重みを持つものである。ちなみに、この日記において、毎日の行動と面会者の氏名とが克明に記されているのも、万一、外務省の派遣生として何らかの説明が求められることがあった場合に備えてのことであろう。しかしこれに加えて、十代の頃にご両親を亡くされた博士は、それ以来、目加田家の「家長」としての重い役割も背負っておられた。日記の随処に、いまだ結婚しておらぬ妹さんや、弟さんの学業成績のことなどを心配しているのは、その背景に戦前の家長制度を理解しておく必要があるであろう。さらに、博士の妻満寿代（ますよ）さんは、留学開始後間もなく結核を発病して入院し、まだ赤ん坊だった順子さんは、それ以後満寿代さんの実家に預けられることとなる。日記のこれに関する条々は、一読悲痛、この時の博士の胸中を察するに、私どもでさえ何かこみ上げてくるものがある。なお、この一年半の留学期間中、博士は一度たりとも「外泊」をしていない。最も遠距離の活動は昭和九年（一九三四）九月二十二日の「八達嶺（現在でも万里の長城として有名）」であるが、これも日帰りの外出である。推測するに日本の家族からの緊急連絡などがあった場合に備えてのことでは無かっただろうか。ただし、翌昭和十年三月、すべての滞在期間を終えた博士は、そこで親友となった小川環樹、赤堀英三（人類学者）の二人とともにはじめて北京を列車で南下、曲阜・南京・蘇州・杭州などを経て上海港からの汽船で帰国している。

また、日記の秘匿に関しては、この他にもう一つ、第三の理由が考えられる。

胡適、兪平伯、周作人、孫楷第、そして銭稲孫など、この留学期間中に博士が交流（または面会）した中国の文化人は、いずれも当時の中国をリードする第一級の人たちであった。しかしその後、すなわち一九四九年以後の彼らの経歴は、まことに悲惨なものであった。亡命や自己批判の強要、そして群衆の怒号の中で迫害され、致命傷を負った者もいる。その批判の根拠の一つとして、一九三〇年代、すなわちかかる時勢に「日本人と接触していた」ことなどは、たとえそれが目加田博士のような一介の文学青年であったとしても、決して言い逃れのできるものでは無かった。博士がこの日記をかたく秘匿し続けたのは、かかる中国の敏感な政治状況が大きく関係していたはずである。

ちなみに、この日記とは直接関わらないが、中国の研究者との接触について、博士の細心の気遣いを窺い知る随想が『春花秋月』に収められている。標題を「ある中国の老学者」という一文で、『楚辞』研究で知られた一人の老研究者がわざわざ福岡に立ち寄り博士との面会を求めた時のことを語るものである。博士は「そこでこの学者の名を記すべきだが、現在中国の難しい政情を考えて、あえてその名を書かずにおく。」とあくまでも相手の名を隠し通している。果たせるかな、博士がこの「老学者」と会ったのは平成元年（一九八九）九月。中国であの「六四天安門事件」の騒擾が起こった直後のことであった。

ではここに、私たちが博士の以上のような「生前のご意思」に反して、敢えてこの『北平日記』を公刊しようとするのは何故かを説明しなければならないであろう。

僭越ながら私は推測する。博士は生前、この日記の公表をずっと差し控えて来られたが、いつかきっと（例えばこの平成時代の終わりに際して）この日記が公刊される日を待っておられたのではないか、と。

この日記には、令和時代の私たちが読むべき、幾つかの「原点」が示されているように思われる。

一つ目は、今の中国文学研究の先駆者の一人と言うべき目加田誠博士の原点。一年半のこの日記には、博士の凄まじいまでの読書が記録されている。それは『詩経』だけに留まらず、『文選』、『世説新語』、杜甫、宋詞、元明の戯曲、また清代の『紅楼夢』、『儒林外史』、また変わり種は『品花宝鑑』など、旺盛な向学心に溢れている。折しも、これを可能にしたのは、ほぼ連日のように博士の下宿を尋ね新入荷の書籍を見せに来た琉璃廠（リウリイチャン）や隆福寺（ロンフウスー）街の古書店であったが、またこの当時は、清代以来の古書の販売だけでなく、あらたに近代的な活字印刷と写真のコロタイプ印刷の中国での本格的な開始があった。まずその記念すべき最初期の学術出版物が鄭振鐸の『挿図本中国文学史』全四冊（樸社出版部、一九三二年十二月刊）であったが、博士はこの書籍を留学中いち早く購入し（昭和八年十一月二日の条）、数日を費やして一気に全冊を読破している。このような経験も、その後の中国文学者目加田誠の形成に大いに影響を与えたと考えられる。先にこの文章の第二節において縷々述べ来たった博士の広汎な著作の根源は、まさにこの一年半において醸成されたと言ってもおそらく過言ではないだろう。

二つ目は、日本の今の中国学研究の原点。この文章の第三節およびこの第四節の前文にも述べたが、この時、目加田博士をはじめ多くの若い中国学研究者を引き受け、中国の一流文化人との交流の橋渡しをしていたのが、橋川時雄が事務局長をつとめる東方文化事業北平人文科学研究所であった。九大院生稲森雅子さんの調査によると、宋明儒学思想の楠本正継（昭和三年三月～昭和五年四月、ただし期間内に独・英留学も含む）、中国語学の倉石武四郎（昭和三年三月～昭和五年八月）、中国文学の吉川幸次郎（昭和三年四月～昭和六年二月）、小川環樹（昭和九年四月～昭和十一年六月）、濱一衛（昭和九年五月～昭和十一年四月）、そして奥野信太郎（昭和十一年夏～昭和十三年三月）など、戦後の中国学研究をリードした錚々たるメンバーが北京に留学していたのである。また、これも稲森さんの調査によれば、書誌学の先駆者である長澤規矩也も大正十二年から昭和七年までの間、ほぼ毎年二～三ヶ月間を北京で過ごしておられたという。一九二〇～三〇年代の北京は、まさに戦後日本の中国学研究者を育てた大きな揺り籠であった。しかし、このように多くの人材を輩出しながら、当時の記録がほとんど無いのは、やはり先述の通りその後の日中戦争そして太平洋戦争へと繋がる時代の所為であるとしか考えられない。戦後、時に「回想」の形で語られることはあるが、それらは全て過去のぼんやりと浮かんだ記憶であって、その当時のままの事実が完全に伝えられているのかは慎重な吟味を要する。幸い、目加田博士の他に倉石武四郎にも『日記』が残されているのであるが（栄新江、朱玉麟輯注『倉石武四郎中国留学記』、北京・中華書局、二〇〇二年）、今後、この「一九三〇年代北京の学術交流」は、倉石と目加田この二つの日記から研究が深められて行くことであろう。ちなみに、目加田『北平日記』に登場する人物の中で、日中双方の学界でいまだ著名ではない方々を挙げるとすれば、それはまず赤堀英三と石橋丑雄の二人であろう。赤堀氏は先に目加田博士の日本帰国の紹介の中で、その南方旅行の同行者として少し触れたが、東京帝国大学理学部地質学科卒業、その後京都帝国大学医学部大学院に進学、解剖学を基礎とした頭蓋骨の骨格分析から我が国の人類学研究の基礎を切り開いた人物である。著書に『原人の発見』（鎌倉書房、昭和二十三年・一九四八）、『中国原人雑考』（六興出版、昭和五十六年・一九八一）がある。また石橋氏は当時北京の日本警察署に勤務し、目加田博士とは下宿の周旋等の件で接触があるのだが、中国の民間信仰に造詣が深く、研究書として『北平の薩満（シャーマン）教に就て』（外務省文化事業部、昭和九年・一九三四）と『天壇』（山本書店、昭和三十二年・一九五七）の二冊の業績がある。この石橋氏の二著作に掲載されている多数の写真は、実は戦前の北京で撮影されたものであり、極めて貴重であることが『北平日記』を読み解く中で判明した。実現可能ならば、復刊を強く希望するものである。

三つ目は、言うまでもなく近代日中交流そのものの原点である。先の石橋丑雄氏が当時刊行した北京の旅行案内の小冊子が残っている（『北平遊覧案内』、ジャパンツーリストビューロー［住所は大連市伊勢町五四］発行、昭和九年・一九三四。静永架蔵）。そこに載せられている昭和八年十二月の北京在留日本人は、戸数三一一戸、男性五八二人、女性四八〇人、計一〇六二人とある。こんにちの中規模マンションに換算すれば、その三〜四棟分の「日本人町」が北京に形成されていたことになる（この数値の中に留学生目加田青年の姿もあった）。かつ、この時、北京にはまだ郊外と城内（市街）とを隔てる「城壁」が存在し、今の中国の人々も時に懐かしみを以て語る「老北京（ラオベイジン）」の風景がひろがっていたのである。

『北平日記』を読み進めてゆくと、この約一千人ほどの日本人社会と、それを取り巻く伝統的な中国の「胡同（よこちょう）」の生活とが、お互いに整然と共存し合っているのを目撃する。例えば昭和九年七月十五日（日曜）の条。朝、博士は下宿先の中根家の人たちと一緒に朝陽門外の日本人墓地に行く（日本のお盆）、午後、こんどは中国語教師の常先生の赤ちゃんの「満月（生後一ヶ月）」のお祝いのため、西単牌楼（シーダンパイロウ）のレストランに向かうが、その隣のテーブルでは結婚式も開かれていたという（中国では中元節）。このような双方の文化が共存しあう街が、八十数年前の北京には（わずか数年間ではあるが）実現していたのである。この日記の各処に記されたさまざまな出来事は、もはや今の地球上には既に存在し得ないことの方が多いであろうが、しかしなお今の私たちに、近代の日本と中国の「人と人との心の交流」をもういちど見つめ直すきっかけを与えてくれるものがあるだろう。

いきなり冒頭の話題に戻る。

目加田博士の提出した元号案「修文」とは、五経の一つ『書経』の中の「周書・武成篇」に見える言葉である。紀元前約一一〇〇年頃、暴虐の君王殷の紂王を倒した周の武王は、その勝利演説の中で、「偃武修文」――今まで手にしていた武器を皆倉庫にしまい、これからは全国民が互いのわだかまりの心を捨てて、文化によって協調し合って生きてゆこう、と呼びかけた。それぞれの国が、お互いの国の文化を尊重し、相互に認め合って生活するという目加田博士の心の原風景には、この一九三〇年代の北京での光景が蘇っていたのではないだろうか。

最後に『歌集　殘燈』より引用したい。

昔若かりし日、北京に留学し、城内南池子の家に下宿したりき。春ともなればその家の院子の丁香の花の甘き香、部屋の中まで襲い来て何となき悩ましさに堪えざりき。これを春愁とや言わむこの花はライラックに似てやや異なるごとく、その蕾は固く結んで、恰も婦人服のくるみボタンに似たり。されば「丁香ノ結」という語は少し艶めきたる詩詞にしばしば出づるところなり

丁香（ティンシャン）の甘きかおりに悩みたる北京の春の若き想い出

丁香の甘くかおりし春の夜は人恋しさに堪えざりしかな

従ってよく酒をのみたるものなりき

（『歌集　殘燈』第六十五頁）

この丁香の花の話は、この日記の昭和九年四月二十二日（日曜）と翌二十三日（月曜）の条に確かに記されている出来事であった。以後六十年間、博士の心の中にずっと咲き続けていた思い出である。

本書の出版に当たり、これを快諾いただいた中国書店の川端幸夫社長（大野城市在住）と、跋文としてお手紙をお寄せいただいたご子息の順子さん、懋（つとむ）さん、明子さんに、心より感謝いたします。

令和元年五月

九州大学文学部中国文学研究室教授（現在）
九州大学中国文学会代表

静永　健

北平日記

全八冊

自　昭和八年十月十四日
至　昭和十年三月四日

凡　例

○本書は目加田誠の遺稿『北平日記』を翻字・注釈したものである。
○注釈の中で、この日記を書いた目加田誠を呼ぶ場合は、すべて「筆者」という。
○日記本文の漢字は、原文では多く舊字が使用されるが、翻字においては基本的に現在の常用漢字体に改めた。ただし、「澤」「濱」など人名等固有名詞に使用されるもの、また「午后」などこの時代独特の略字体は、そのままとした。ただし「謝る(こと)」(59頁)のように難読字には適宜ルビを追加した。
○日記本文の仮名づかいについては、原文のまま(基本的に古典かなづかひ)とした。
○句読点記号「、。」や書名の『』記号などは、日記本文には無いが、翻字では適宜補った。
○日記本文中に日常の中国語が使われている場合、注釈において、例えば「汽車〔中 qìchē〕自動車をいう。」(25頁)のように、ピンインによる発音を〔〕に入れて示し、後に日本語の意味を掲げた。
○筆者の妻である満寿代さん、妹の千鶴子さん、下宿先中根家の中学生の磯ちゃん等については、それぞれ「ます代・ますよ」「チヅ子」「五十ちゃん」など日によって表記が異なるが、原文のまま翻字した。
○参考として本書の巻末に付録する「北京市街図」は、現在静永が架蔵する昭和十六年三月発行のものである。版元は松村好文堂(東京市神田区猿楽町)。筆者の留学期間と合わないが、保存状態や印刷の精度を優先して選んだ。日記本文に見える道路や地名、建造物の場所にズレはなく、ほぼ問題ないものと思う。
○本書の注釈およびその後の校正作業等に携わった九州大学中国文学研究室のメンバー(教員・専門研究員・大学院生・特別聴講生)は次の通りである。

稲森雅子　井口千雪　岩崎華奈子　上ノ原怜那　奥野新太郎　甲斐雄一　何中夏　雁木誠　栗山雅央
邵劼　孫亜秋　種村由季子　陳艶　長谷川真史　原田愛　蒙顕鵬　山口綾子　李由　劉潔

しかし本書全体の編集責任はすべて現在の研究室主任(九州大学中国文学会代表)の静永が負うものである。

以上。

第一巻（昭和八年十月十四日〜同年十一月十九日）

昭和８年（1933）頃の筆者

昭和八年(1)**十月十四日**　夜九時四十五分東京発。

十月十五日　京都。古都の秋色を探らんとせしも、秋雨蕭条。臨川主人武井(2)と共に嵯峨の駒井を訪れ、小倉山麓の書房裡に半日を語る。夜大阪。末次(3)に泊る。

十月十六日　正午、神戸解纜。船は大阪商船長江丸(4)。武井、京都より来り埠頭に見送る。天候険悪、内海に似合わぬ動揺ありしも、出発前連日の疲労のため熟睡。

十月十七日　門司。低気圧已に過ぎたりとて麗らかに晴れたる日なり。停泊六時間。下関に渡りて松本延治を訪ふ。午後二時出帆。玄海洋多島海を過ぎて黄海を山東に横ぎる頃、些か船酔を覚えたるも苦しむに至らず。船中同室者は三田一氏とて大阪市東区安土町二丁目伊藤忠合名会社の社員なり。共に俳句を語り禅を語る。誠に良き同伴なり。

長江丸の絵葉書

十月二十日　午前七時、大沽沖(5)に泊す。満潮を待ちて白河(6)に入らんとする也。午後四時、塘沽(7)着。此の辺り泥土を以て造りたる支那民屋続き、誠に異国の風情なり。其の間、日章旗の翻るを見る(8)。我国兵士の河辺を巡視するあり(9)。荷物はトランク一つ、蒲団包み大なるもの一箇、別に東京澤本より北平竹田氏のも

(1) 一九三三年。筆者（目加田誠）は一九三〇年から京都の第三高等学校で教鞭を執り、この年の七月に、九州帝国大学法文学部助教授に就任している。この時の事情を、筆者自身が以下のように記している（カッコ内は注者補）。

その矢先に、「九州大学に行かないか」という誘いがあった。（中略）そして、私は身体が弱いから京都より九州のほうが健康にいいかもしれないからなどと考えているところへ、服部（宇之吉）先生が京都に来られ、「君を今度学士院から北京へ留学させることにしたから」というお話であった。本来なら四月から行けるはずだったのが、熱河事変（一九三三年二月～五月）で延び、十月から行くことになったのである。ただし、それについては研究題目を決めねばならない。そこでいろいろ考えて服部先生の御意見とも妥協して、「清末の学術文芸について」というテーマで研究することにして出かけ、九州大学には一応あいさつに行っただけで、帰ってから講義することにして、そのまま北京に出発した。

（「論文集のあとに」、『目加田誠著作集第四巻　中国文学論考』、龍渓書舎、一九八五年）

(2) 京都の臨川書店を開いた（前年の昭和七年創業）武井一雄。筆者とは水戸高等学校以来の友人。

(3) 大阪市平野区の旧地名、当時そこに筆者の親戚の家があった。

(4) 当時、大阪商船（のちに三井船舶と合併。現商船三井）が大阪—天津航路（神戸・門司港経由）を運行していた。一九二七年から、旅客設備の整った高速ディーゼル船の長城丸と長安丸、そしてこの長江丸が就航しており、航海時間も以前と比べ短縮された。『創業百年史』（大阪商船三井船舶株式会社、一九八五年）を参照。

(5) 大沽は河北省天津県の東南、白河（海河）の入口。北岸の塘沽と相対して海陸の咽喉に当り、北京の門戸をなす。

(6) 海河を指す。「首都が南京へ移ると、一九二八年からは浚渫も滞りがちとなり、大部分の船は下流の塘沽あるいは大沽錨地での碇泊を余儀なくされた」（天津地域史研究会編『天津史—再生する都市のトポロジー』、東方書店、一九九九年、一二頁）。

(7) 鎮の名。河北省寧河県の南。海河の北岸、京奉鉄路の沿線。商業港。

(8) 当時、天津には日本租界が設置されていた。一八七一年の日清修交条規により、一八七五年に天津に領事が置かれ、のち一八九六年の日清通商航海条約により、租界設置の権利を得た日本は、一八九八年に天津租界を設置する（前掲『天津史』第八章参照）。

(9) 一九三一年十一月、天津事件が勃発し、天津は戦火に見舞われ、これを承けて同二十七日には日本租界に戒厳令（租界開設以来初）が敷かれる。その際、天津在留邦人の約七分の一が日本や大連に引き上げた。筆者が留学した一九三三年の五月には塘沽停戦協定が結ばれ、戦火は一時収束する（前掲『天津史』第八章参照）。

(10) 塘沽～天津間の鉄道（津沽鉄道）は一八八八年に開通。一八九七年六月には天津～北京間が開通し、これにより、塘沽下船後、鉄道で天津、北京へ行けるようになる（前掲『天津史』第三章参照）。

とへ託せられたる包みあり。これは凡て案内人尾崎なる者に任せて税関の検閲を了り、其の間、船中にて夕食をとり、三田氏外一人と塘沽の町を歩く。暮煙立ちこむる暗き通り、矮雑なる民家、甚だ陰惨なる感じなり。

午後六時五十分の列車(10)に乗る。天津にて同行者三田、守谷（天津三井物産(11)）両氏と別れ、あとは列車中日本人は余一人のみ。一等寝台車に身を横たふれども眠られず。列車は只轟々と暗黒を走る。

十一時十五分、北平着。文化事業部(12)より（塘沽より電話(13)し置きたり）大槻氏(14)、小竹氏(15)（小竹氏は外務省文化事業部留学生、京城大学(16)出身）出迎へらる。汽車(17)（自働車）にて直ちに東廠胡同文化事業部(18)に至る。会談数刻、深更に及んで客間に泊まる。就寝前、河又氏（文化事業部図書課員）の湯に入る。

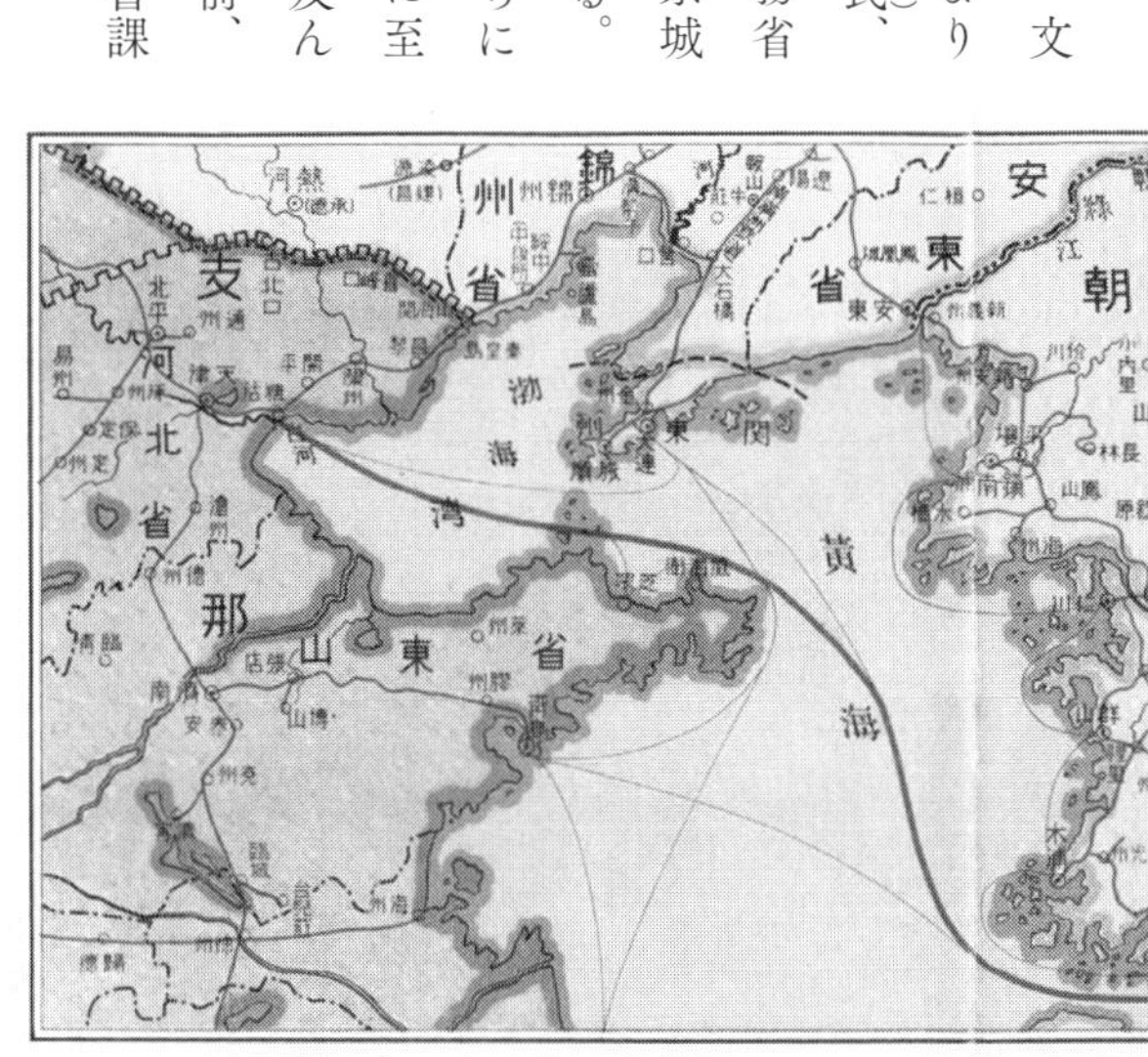

昭和10年（1935）発行の大阪商船のパンフレット「天津へ」より

(11)　三井物産（中国名は「三井洋行」）天津支店。一八七三年、三井物産上海支店が英租界の海大道（現大沽路）に上海支店出張所を設置。一八八九年に支店に昇格する。

(12)　対支文化事業（東方文化事業）を指す。一九二三年、帝国議会で対支文化事業特別法が制定され、外務省に対支文化事務局が設置される。本事業は外務省が管轄し、義和団賠償金を基金として、日中両国が共同して、相互の文化交流をはかり、中国文化の発展に寄与しようとしたもの。特別法では、北京人文科学研究所・上海自然科学研究所の設立及び運営、北京近代科学図書館・在上海日本近代科学図書館の開設、東方文化学院の設立及び運営などが定められた。なお、本事業は当初は「対支文化事業」と称し、所轄部局も「対支文化事務局」と称していたが、一九二四年末に外務省の官制改革に当たり、部局名を「文化事業部」と改め、さらに北京に東方文化事業総委員会を設立し、「対支文化事業」も「東方文化事業」と改称した。なお、筆者がかつて師事した服部宇之吉も総委員会の日本側委員を務める。東方文化事業については、阿部洋『「対支文化事業」の研究—戦前期日中教育文化交流の展開と挫折—』（汲古書院、二〇〇四年）、山根幸夫『東方文化事業の歴史—昭和前期における日中文化交流—』（汲古選書四一、汲古書院、二〇〇五年）、今村与志雄編『橋川時雄の詩文と追憶』（汲古書院、二〇〇六年）などに詳しい。

(13)　一九〇〇年に英租界の電気工程公司（デンマーク商人パウルソンが設立）が天津と塘沽、北塘を単線式電話線で結ぶ。天津〜北京間の長距離電話は一九〇一年に設置。一九〇四年には袁世凱も天津の電報総局に天津〜北京間の長距離電話を設置。また一九一五年以来、公衆電話も徐々に増える（前掲『天津史』第四章参照）。

(14)　大槻敬蔵（一八八五〜?）。大槻は東方文化事業総委員会事務所総務部主任兼会計部主任を務める。のち一九三六年十二月に開館した北京日本近代科学図書館の創立委員も務める。

(15)　小竹武夫（一九〇五〜一九八二）。小竹は兄の文夫とともに『史記』を翻訳し、また単独で『漢書』を翻訳する（いずれも筑摩書房刊）。当時は東方文化事業総委員会図書部主事を務める。

(16)　京城帝国大学。一九二四年に、日本統治下の朝鮮京畿道京城府（現ソウル）に設置された、六番目の帝国大学。ソウル大学校の前身。

(17)　汽車（中 qìchē）自動車をいう。

(18)　総委員会事務所は、一九二六年八月十四日、臨時に王府井大街大甜水井に設置されていたが、元民国大総統黎元洪の旧邸を購入し（本日記翌日の項を参照）、一九二七年十二月十八日、東廠へ移転する。以後、終戦までそこにあった（前掲『東方文化事業の歴史』第二章参照）。なお東廠とは、明の永楽帝（在位一四〇二〜一四二四）が政権奪取後、北京に遷都したのちに、皇城の東安門の北に設置した、宦官を長とする特務機関に由来する。

十月二十一日　晴

午前中、洋車[19]を雇ひて日本公使館に至り、通訳官原田龍一・副領事岡本久吉氏・武官柴山氏（これには長江丸事務長中島薫氏より松茸の籠を託されたり）等に面会。

次いで西城絨線胡同[20]に竹田四郎氏を訪ふ。澤本氏の紹介也。竹田氏は北平に住すること十数年。夫人又支那語に巧みなり。夫妻共に文学の趣味あり、素養あるが如し。古びたる邸に狆を飼ひて、全く支那式の生活なり。氏夫妻に案内せられて西長安街の忠信堂にて昼食を取る。一流の料理屋と云へど、誠に汚きものなり。之より別れて東安市場[21]に至り、墨汁、墨盒児[22]、筆、紙を買ふ。

帰宅後、文化事業部内の橋川氏[23]の留守宅に移る。抑もこの文化事業部は元黎元洪[24]の邸なりしを購ひて其の儘使用せるもの。棟数百有余、間数五百余り、而も大半は荒廃して住むに堪えず、今此の内に住居するもの極めて少数のみ。幾十の小門院子[25]朽ちたる櫺子格子、さながら『聊斎』[26]に出づる化物屋敷なり。

食事は支那人の厨子[27]の作る所、一食二十五銭[28]。朝は饅頭[29]（余は之に牛乳）、汚れたる皿に盛り、これをほの暗き電燈の下に一人テーブルに向ひて箸を取り、覚えず堪え難き郷愁に襲はれたり。我家の夕暮、順子の匍ひ来りて戯るる夕餉の膳の今にして如何に楽しかりしよ。満寿代、千鶴子、義五郎[30]、今如何に。日本にては最早夕べの片付けも了りし頃なるべし。順子は誰と遊べるか。

夜半、木枯の風吹き出でたり。紙窓揺がす音に目覚むれば、遠くより轟々と槐樹の梢を鳴らして、一段又一段、院子に吹き狂ふ。夢成らず、秋夜の寂寥を一身にあつめたり。暁近くして、まどろむ。

(19) 洋車〔中 yángchē〕人力車をいう。日本で考案されたものなので、当時、中国ではこれを「東洋車」（東の海＝日本から来た車）と言った。

(20) 絨線胡同〔中 Róngxiàn hútòng〕。北京の地名。今の天安門広場西側、人民大会堂の真裏から宣武門内大街までを東西に結ぶ通りをいう。

(21) 王府井にあった市場。現在その場所は「新東安市場」デパートとなっている。

(22) 墨盒児〔中 mòhér〕墨汁を入れて使う墨壺。

(23) 橋川時雄（一八九四～一九八二）。福井県出身の中国文学者。一九二八年から東方文化事業部に勤務。一九三二年、瀬川浅之進が総務委員を辞任した後、総務委員署理として事実上の後任事務局長となり、以後日本の敗戦まで北京に駐在、北京人文科学研究所の運営などにあたった。編著に『中国文化界人物総鑑』（一九四〇年）などがある。今村与志雄『橋川時雄の詩文と追憶』（二〇〇六年、汲古書院）参照。

(24) 黎元洪（一八六四～一九二八）。民国初の軍人。一九一一年の武昌起義によって革命軍の司令官に就任。辛亥革命後の一九一二年一月に孫文が中華民国大総統に就いた際には副大総統となり、更に袁世凱の後継として大総統を務めたが、軍閥間の争いに敗れて職を追われた。

(25) 院子〔中 yuànzi〕中庭をいう。

(26) 清・蒲松齢『聊斎志異』一六巻。文言で書かれた怪異小説集。当時、柴田天馬による和訳本（一九一九年初版）が大流行していた。筆者の随想「柴田天馬氏訳聊斎志異」にも、高校三年の時これを読み耽ったことが回想されている（『目加田誠著作集第八巻　中国文学随想集』所収、一九八六年、龍溪書舍）。

(27) 厨子〔中 chúzi〕料理人をいう。

(28) 当時東方文化事業部内の食堂では日本人は日本の通貨で代金を支払っていたのであろう。

(29) 饅頭〔中 mántou〕マントウ。中国の一般的な朝食の一つ。餡の入っていない蒸しパン。

(30) 筆者の家族と親族を列挙している。満寿代は妻。順子は長女。また、千鶴子は筆者の妹。義五郎は弟。

現在の東廠胡同の一角

現在の東廠胡同。東方文化事業の跡地

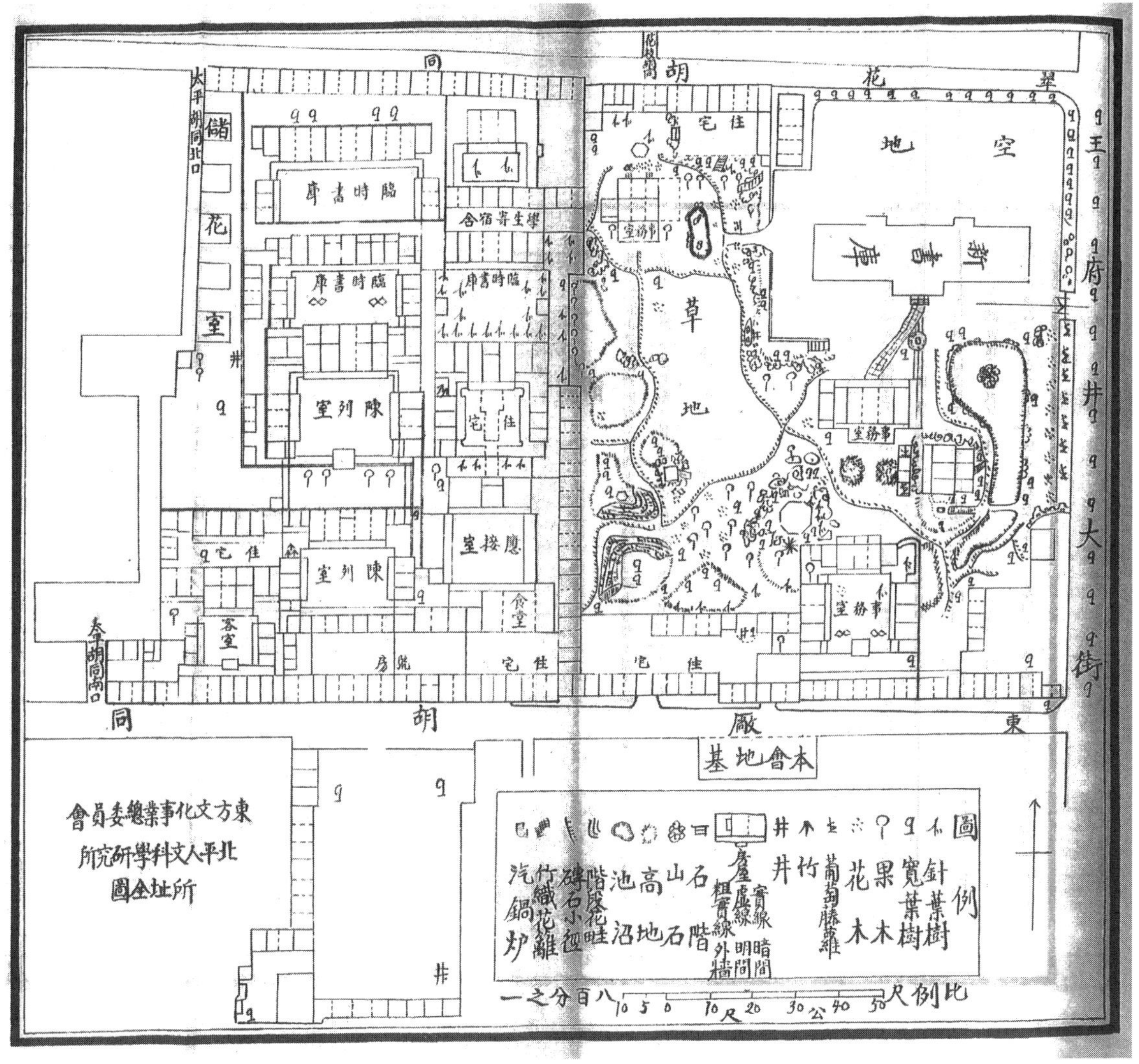

東方文化事業北平研究所構内図。『東方文化事業総委員会並人文科学研究所の概況』（1935年）より

十月二十二日　晴、風強し

北平地方、俗に三寒四温(31)と云ふ。寒天三日続けば又温き日数日来るの謂なり。昨夜の風に北平は俄かの寒気に襲はれたり。終日風強く、書斎に在りて書信を認め、或は橋川氏の蔵書をとり出して閲読。

夜、小竹、大槻氏の房(32)を訪ふ。

十月二十三日　晴、風強く塵埃多し

文化事業部には永く止り難き事情あり。所々下宿を尋ねしめたれど一つも有るなし。小竹氏に案内せられて一二三館(33)を見る。日本旅館なり。北平に来りて日本式の生活は不本意なれど、他に何処も無ければ止むを得ず。且つ冬の間、我が弱き身体には或は却って好しとも思ひ、近日ここに移らんと思ふ。

小竹氏と宣武門内の書舗(34)を見る。折々善きものの端本あり。

今日より『北平晨報(35)』『大公報(36)』を取る。食事稍口に馴れたり。

十月二十四日　晴

文奎堂(37)来る。『越縵堂日記(38)』を買ふ。四十五元。日本に

北平日記　第1冊（第7丁裏、第8丁表）

(31)　三寒四温〔中sānhánsìwēn〕本来は中国北部や東北部の満州地方のことわざ。冬期、寒い日が三日つづくとその後四日ほど温暖な日がつづき、これが繰り返される気候現象。天候変化に七日ぐらいの周期のあることによる。中国北部や朝鮮半島北部などでかなり規則的にあらわれる。『尋常小学国語読本』巻十（一九二九年）の第十三「京城の友から」に「面白いのは、三日四日続いて寒ければ、其の次には又其のくらゐの間暖かさが続くといふやうに、寒さと暖さがほとんど規則正しく交替することです。こちらでは『三寒四温』といってゐるそうです。」とある。

(32)　房子〔中fángzi〕部屋をいう。

(33)　一二三館（ひふみかん）。日本人向けの和風旅館。日本間一九室、一泊七円～十四円。大正六年（一九一七）開業、館主は平井新太郎。北京市街東南部、崇文門内大街羊（洋）溢胡同三七号にあった。九州帝国大学中国哲学史研究室の楠本正継教授も北京留学中この旅館に滞在した。今村与志雄『橋川時雄の詩文と追憶』（汲古書院、二〇〇六年）参照。のち日華ホテルと改称（この日記の昭和八年十一月一日の条参照）。当時北平を訪れた作家の伊藤整は次のように回想している。「東安門大街といふ広い街路に面して日華ホテルがある。……煉瓦づくりの半ば支那風、半ば洋風の大きな建物である。日華ホテルは石だたみの廊下である。中庭もあってそのまはりに室がある。それは支那風だが、通されたところは、土間の着いた二十畳数の大きな室だ。縁先でするやうに室の一部の土間に靴をぬいで上る。座敷に坐り、日本人の女中の運ぶビールを飲んでゐると、北京に来てゐるといふ気持ちがなくなる」（木村毅編『支那紀行』、第一書房、一九四〇年、六九頁）。

(34)　宣武門内には古書店が立ち並んでいた。一九三〇年代の状況を記した孫殿起「琉璃廠書肆三記」（『琉璃廠小志』北京出版社、一九六二年）には、頭髪胡同に五軒（酔経堂、文苑閣、文鑑堂、珍古斎、学海堂）、抄手胡同に五軒（文学斎、蔚珍堂、李書舟、華文書社、蔚文閣、蕭福江）の書店名がみえる。

(35)　国民党系の軍閥張学良（一九〇一～二〇〇一）らによる日刊漢字新聞。一九三〇年十二月十六日北京で創刊。社長は陳溥生（号潤泉。早稲田大学に留学の後、ヨーロッパにも留学。国民党系『東三省民報』の主筆等もつとめた。）、発行所は宣武門大街にあった。一九三二年当時、紙面は十二頁、発行部数九五〇〇に及んだ。（国立公文書館アジア歴史資料センターウェブサイト　URL：http://www.jacar.go.jp/）

(36)　一九〇二年に天津で創刊。この日記の昭和九年一月一九日の条に、「けふより『大公報』を止めて『実報（小報）』に換へたり（『晨報』は従来の如し）」とある。現在も香港版のみが継続して刊行され、中国語新聞では最長を誇っている。

(37)　文奎堂書店。隆福寺街（琉璃廠に次ぐ北京第二の古書店街）有力古書店の一つ。光緒七年（一八八一）王雲瑞が創業、民国一六年（一九二七）息子王金昌が跡を継ぐ。番頭格の弟子による合議制の経営方式をとり、弟子は来薫閣書店の陳杭をはじめ約四十名にのぼったという。筆者は留学中『越縵堂日記』のほかに『碑伝集補』『呂晩村文集』『小説月報』など多くの書籍をここで購入している。

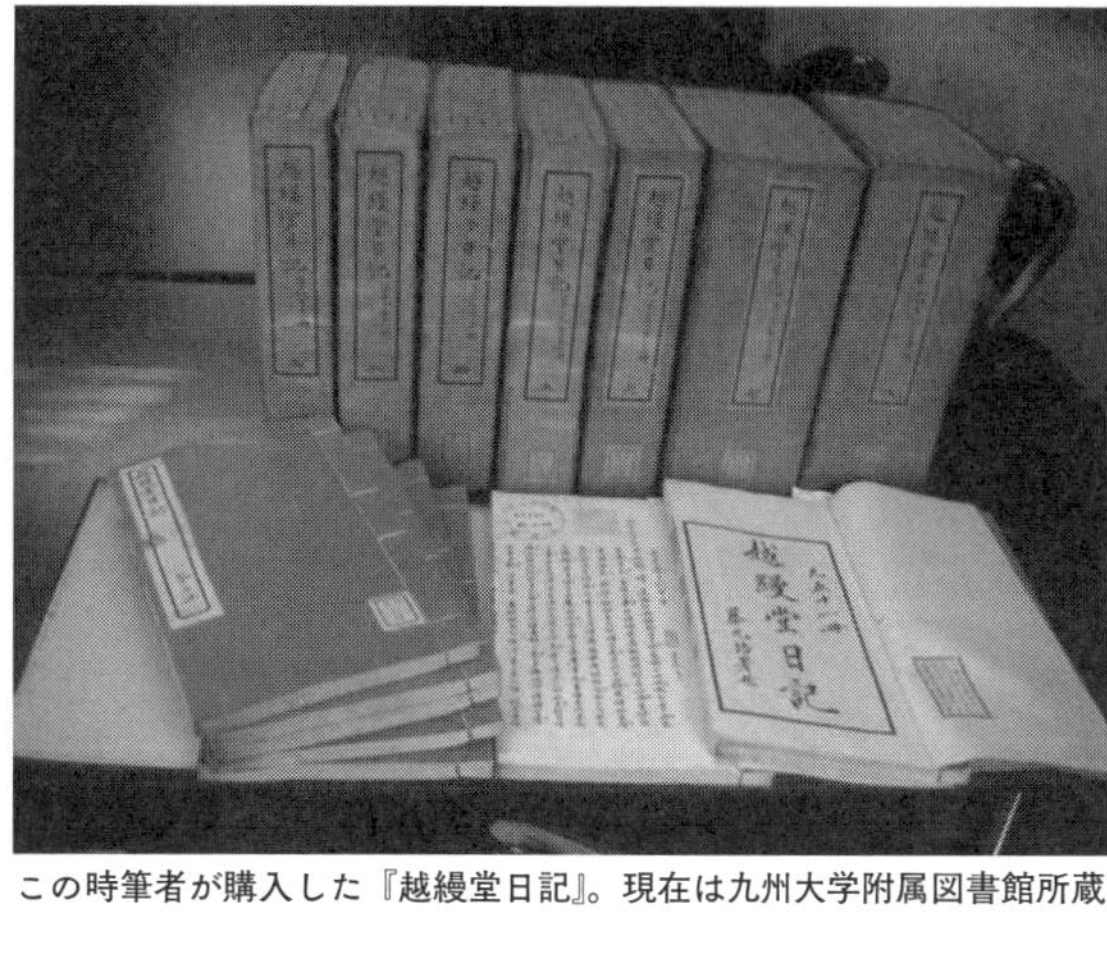
この時筆者が購入した『越縵堂日記』。現在は九州大学附属図書館所蔵

て欲しかりしもの也。文奎堂は毎朝書物を持ちて来る。

今日より支那語教師奚氏(39)を毎日招くことにしたり。品よき老人なり。当分初歩の会話を習ひ(岡本正文著『支那語教科書』(40))、やがて小説を読むつもりなり(河又氏(41)の斡旋)。尚他に今一人を探しつつあり。

けふは天高く澄み渡り、空の美しさ、云はん方なし。

午後、一人車を雇ひて北海(42)に遊ぶ。ラマ塔に上りて北京城中を見下ろすに、故宮の甍黄金に映えたり。城中樹々未だ落葉せず、さながら北平は森の都なり。景山(43)の美しさに見とれて登覧せんとせしも、今日休みにて一般に入門を許さず。

夜、外務省留学生樫山君(44)の紹介にて李君と云ふ青年に逢ふ。九大大澤氏(45)より先頃九大支那語教師の話ありし由、本人は甚だ希望せり。余より手紙にて大澤氏に其後の消息を問ひ合す。彼と新支那文学に就きて些か語る(樫山君通訳)。然れども李君は現代に対して深き認識なきが如し。

小竹氏の五台山旅行(46)の写真を見る。

(38) 清の李慈銘(一八二九〜一八九四)の日記。同治二年(一八六三)四月一日から光緒十五年(一八八九)七月十日までの五一冊が現存。同郷で北京大学総長となった蔡元培によって出版されたもので、著者自筆本をそのまま石印に付している。このとき筆者が購入した本書は、現在九州大学附属図書館に所蔵。

(39) 奚待園。筆者に中国語を教授していた人物。筆者は自著の中で、当時の中国人との交流を次のように述懐している。

北京ではまず中国語の先生をさがし、また交換教授の青年を二人頼み、それから別に奚先生という老先生を招いて『紅楼夢』を読んでもらった。(「論文集のあとに」、『目加田誠著作集第四巻　中国文学論考』、龍渓書舎、一九八五年)

北京では清朝の挙人だったという奚先生に、毎朝来てもらって『紅楼夢』を読み、張さんという青年に中国語を教わっていた。そのほかに趙君という東北(当時の満州)から来ている大学生や、兪君という江南の蘇州から来ている青年らと交換教授を行った。(「別離」、『夕陽限りなく好し』、時事通信社、一九八六年)

奚待園は、筆者のみならず倉石武四郎、吉川幸次郎、奥野信太郎等に小説『紅楼夢』を用いて中国語を教授していた。吉川は次のように回想している。

初めの一年は、ほとんど語学の勉強ばかりに明け暮れました。方法としては「紅楼夢」を倉石さんと一しょに、奚待園という「旗人」すなわち旧満州貴族のご老人に読んでもらった。旗人だから、「紅楼夢」の描写する満洲貴族の生活はひじょうによく知っていられる。(吉川幸次郎「留学時代—質問に答えて—」、『決定版吉川幸次郎全集』第二十二巻、筑摩書房、一九七五年所収。初出は『展望』、筑摩書房、一九七四年)

ほかに、倉石武四郎『中国語五十年』(岩波新書、一九七三年)、奥野信太郎「北平通信(二)」(『三田評論』第四七四号、慶應義塾大学、一九三七年)に言及がある。なお、この日記の中で筆者は奚氏の紹介としてはじめ「品よき老人なり」と記し、のちに上の三文字を塗り潰して消している(前頁の写真参照)。

(40) 大正十三年(一九二四)文求堂より出版された初級中国語教科書。以後改訂が続けられ昭和六年(一九三一)発行の第九版は定価一円二〇銭。著者の岡本正文は明治三二年(一八九九)新制東京外国語学校の第一期卒業生。東京外国語学校教授となる。著書に『支那声音字彙』(文求堂、一九〇二年)、『談論新編訳本』(文求堂、一九一〇年)などがある。藤井省三『東京外語支那語部—交流と侵略のはざまで』(朝日選書、一九九二年)参照。

(41) 河又正司(一九〇三〜?)。昭和五年(一九三〇)大東文化学院高等科卒業。昭和六年九月、外務省文化事業部給費生として北京に留学。東方文化事業総委員会図書籌備主事をつとめた。昭和八年(一九三三)十二月に突然帰国(この日記の十二月九日の項を参照)。のち善隣書院の講師などを勤めた。

(42) 北海公園。故宮の北西に位置する人工湖。元の大都はここを中心に作られたとされる。以後歴代王朝の御園であったが、現在の姿は清の乾

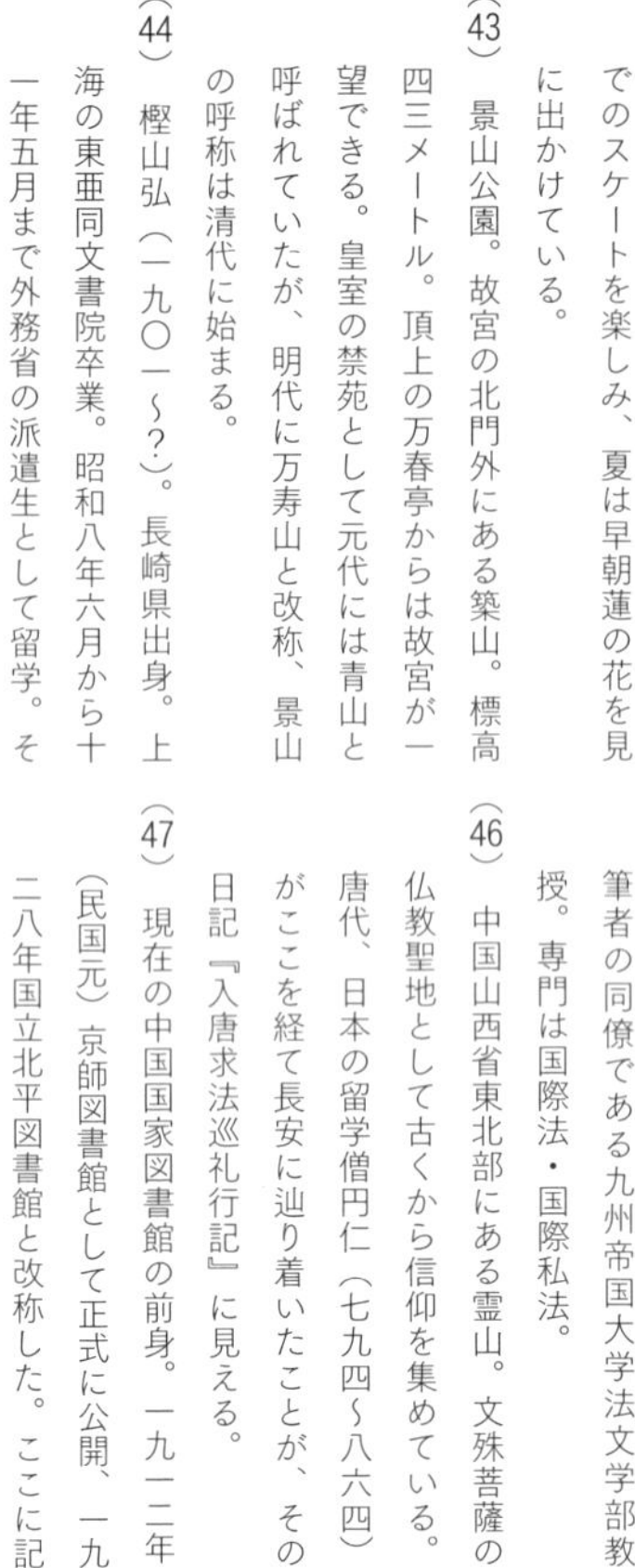

北平図書館（現在は中国国家図書館古籍館）

現在も王府井にある協和医院

隆年間に整備された。総面積は七一万平方メートル。一九二五年に一般公開された。筆者は留学中頻繁に訪れ、冬は湖面に張った氷上でのスケートを楽しみ、夏は早朝蓮の花を見に出かけている。

(43) 景山公園。故宮の北門外にある築山。標高四三メートル。頂上の万春亭からは故宮が一望できる。皇室の禁苑として元代には青山と呼ばれていたが、明代に万寿山と改称、景山の呼称は清代に始まる。

(44) 樫山弘（一九〇一～?）。長崎県出身。上海の東亜同文書院卒業。昭和八年六月から十一年五月まで外務省の派遣生として留学。その後、昭和十二年八月から翌年二月まで外務省の書記生として上海にも滞在した。

(45) 大澤章（一八八九～一九六七）。このとき筆者の同僚である九州帝国大学法文学部教授。専門は国際法・国際私法。

(46) 中国山西省東北部にある霊山。文殊菩薩の仏教聖地として古くから信仰を集めている。唐代、日本の留学僧円仁（七九四～八六四）がここを経て長安に辿り着いたことが、その日記『入唐求法巡礼行記』に見える。

(47) 現在の中国国家図書館の前身。一九一二年（民国元）京師図書館として正式に公開、一九二八年国立北平図書館と改称した。ここに記されている文津街館は一九三一年に完成。当時の中国国内で最大規模の、最も先進的な図書館であった。人民共和国以後、一九八七年に新たな本館が北京市西北部の白石橋に建設されると、ここはその分館となった。

(48) 義和団事件後の北京議定書（一九〇一年）で課された賠償金に基づくもの。中国への接近を画策していたアメリカは、その賠償金を、中国の大学などの施設整備や中国の留学生支援のための資金とした。これによって建てられた施設の一つに、清華大学がある。

(49) 北京協和医院。一九一七年にアメリカのロックフェラー財団によって創設された北京協和医学院に附属する医院として、一九二一年に同財団の出資で開院した。東単牌楼に程近い東単三条で開業し、現在も国内最大級の総合病院として知られる。

(50) 劉節（一九〇一～一九七七）。浙江省永嘉の人。清華大学卒。この当時、国立北平図書館編纂委員兼代理金石部主任を務めていた。のち河南大学教授、北京大学教授、中国大学教授、燕京大学教授などを歴任した。その研究は史学、考古学、金石学にわたる。橋川時雄『中国文化界人物総鑑』六八七頁参照。

(51) 明代の勅撰類書。永楽帝の命をうけて解縉らが編纂に携わり、永楽六年（一四〇八）に完成した。古代から明初にいたるまでの経史子集のあらゆる書籍を集め、天文、地理、人事、名物から詩文や詞曲におよぶさまざまな事項を抽出し、『洪武正韻』の字の順序に従って記事を配列して編集した大百科事典である。正本と副本が作られ、正本は文淵閣に、副本は皇史宬に安置されたが、正本は明末の戦乱で焼失、副本は清代に伝わり翰林院に移置されたものの散逸が続き、特に清末の動乱で焼失や略奪に遭って大部分が失われた。

(52) 『四庫全書』を収める皇帝書斎として作られた「内廷四閣」の一つ。熱河避暑山荘内に、寧波・天一閣の書庫を模して建てられた。文津閣所蔵本は国家図書館に現存する。

(53) 清・乾隆帝の勅命により、紀昀、陸錫熊らの指揮の下に編纂された中国最大の叢書。政府の蔵書、皇帝の勅撰による著作、蔵書家からの献本、『永楽大典』からの輯本などに基づいて収集した書籍を、経史子集の四部分類により集成している。正本七部はそれぞれ、文淵閣（北京・紫禁城）、文源閣（北京・円明園）、文溯閣（瀋陽・奉天城）、文津閣（熱河・避暑山荘）、文宗閣（鎮江）、文匯閣（揚州）、文瀾閣（杭州）に収められた。清末の戦禍などで多くが散逸するが、文淵閣本は台湾故宮博物院に、文津閣本は国家図書館に、文溯閣本は甘粛省図書館に、文瀾閣本は浙江省図書館に保存されて伝わる。

(54) 河北省承徳市にある清代の離宮。康熙四二年（一七〇三）に建設を開始して十八世紀末に完成。多数の宮殿、寺院、庭園が全長一〇キロメートルにわたる城壁で囲まれている。康熙帝以後歴代の皇帝は、夏になるとこの離宮に出かけて政務をとった。

(55) 中国大辞典編纂所。普通話の普及と統一の正音字典の編纂を目的として、一九一三年に設立された。中国大辞典編纂所の名称は一九二八年に用いられ始める。

十月二十五日　晴、風なし、麗しき空なり

朝、奚先生。

午後、小竹氏に案内を頼みて国立北平図書館(47)に行く。実に堂々たるもの、且つ甚だ完備せり。閲覧券を要せざるも進歩せる一なり。アメリカの資金(48)によるもの、この他協和医院(49)の如きあり。日本の対支文化事業の振はざるを思ふ。金石部の劉君(50)、善本室の韓氏に挨拶す。以後善本閲覧の便宜の為也。善本蔵書室に入りて見るに、仲々立派なるものを集めたり。戯曲類も多し。以後追々に之に通ひて研究に資すべし。『永楽大典』(51)残本（八十数冊）、文津閣(52)『四庫全書』(53)（避暑山荘(54)の印あるもの）、皆ここに蔵せらる。

四年以前之を見し時未だ現在の図書館は有らざりき。

夫より中国辞典編纂所(55)（府右街(56)）に孫楷第(57)氏を訪ふ。塩谷先生(58)より依頼せられしことを伝へたり。氏は甚だ神経質にして気むつかしき人物なり。汪氏にも逢ふ。

夜、『越縵堂日記』を読むに、李慈銘(59)の生活髣髴として興極りなし。彼は生来甚だ虚弱なりしが如し。日記中、病に苦しむこと屢ば見えたり。而も貧窮、多病の身を抱き、或は風荒れ埃立つ日、焦立つ心を圧へて書斎に坐せる彼の姿生々しく胸を打つものあり。

東安市場に硃墨(60)を買ひにゆく。橋川氏所蔵『書目答問補正』(61)の孫人和(62)校補を写さんが為なり。然れども硃色悪しく甚だ不愉快なり。

(56)　現在の北京市西城区にある道路。中南海の西側を南北に走り、南は西長安街に、北は西安門大街に至る。

(57)　孫楷第（一八九八〜一九八六）、字は子書。河北省滄県の人。北平師範大学国文系卒。のち北京大学教授、燕京大学教授などを歴任する。また、北平図書館編纂委員、中国大辞典編纂所編集なども務め、その職務の一環として一九三一年に日本へ渡る。中国古典文学、敦煌学のほかに、戯曲や小説など広範囲にわたる研究を行った。著に『日本東京所見中国小説書目提要』（国立北平図書館中国大辞典編纂所、一九三二年）、『中国通俗小説書目』（同、一九三三年）などがある。橋川時雄『中国文化界人物総鑑』三二〇頁参照。

(58)　塩谷温（一八七八〜一九六二）。東京帝国大学漢学科卒。ドイツ、北京、長沙などに留学の後、東京帝国大学支那文学科教授となった。特に、元「全相平話」や明の白話小説集『古今小説』を再発見するなど、中国近世小説・戯曲の研究に功績がある。著に『支那文学概論講話』（大日本雄弁会、一九一九年）、『国訳元曲選』（目黒書店、一九四〇年）、また回想録『天馬行空』（日本加除出版株式会社、一九五六年）がある。

筆者は恩師である塩谷氏について、以下のように記している。

　先頃亡くなられた塩谷温先生は、東大における私の恩師である。先生のことをここで私が筆にするのはおこがましい。先生には立派なお弟子が沢山あったし、私はたえず先生に反撥して来た人間だった。たとえば先生は、いわば清濁併せ飲みうる豪胆なお方だったし、私ときたらおよそ「濁」らしいものは寄せつけ得ぬ、狭い量見の人間だから。先生は剛健、私は神経質、先生は豪放、私は偏狭。しかしそうしたところから来る一種の対立的感情も、ちょうど男の子が、その精神形成期に、父親に反撥することによって、自己を確立しようとする、あの気持に似たものがあったかも知れぬ。先生はしかし、他の弟子同様に、私を可愛がって下さった。（「塩谷温先生」、『洛神の賦』、武蔵野書院、一九六六年）

　それで今度は塩谷温先生の『支那文学概論講話』という書を手に入れて読んだところが、詩のほかに中国にも戯曲がある、小説もある。戯曲・小説についての解説はいたって簡単であった。けれども、ここには何かあるだろう、これまでの漢学者はとりあげていないものがここにはあるだろうと思い、ひとつそれを自分でやってみるかということになったのである。（中略）大学では塩谷先生がその年「明曲解題」を講義され、これが私の在学中、先生の一番身の入った講義であったと思う。そのほか塩谷先生は元曲の研究を専門にされたかたで、臧晋叔の元曲選を幾曲か研究室の読書会で読んだ。（「論文集のあとに」、『目加田誠著作集第四巻』、龍渓書舎、一九八五年）

(59)　李慈銘（一八三〇〜一八九四）。字は愛伯、号は蓴客、浙江省会稽の人。『越縵堂日記』の著者。乾隆・嘉慶時代の考証学の流れを受け継いで経学と史学に成果を上げ、詩作も行った。

(60)　硃墨［中 zhūmò］朱墨。

(61)　『書目答問』は清・張之洞著、光緒二年（一八七六）刊。初学者が読むべき書物と、その書

十月二十六日　晴、風なし

朝、奚氏。

日本の小春日和なるべし。温きこと外套を忘るる位なり。

午後、又東安市場にゆきて赤インクとこの日記帖を買ふ。

文奎堂、『碑伝集補』(63)を持参す。買ひ度きこと山々なり。十八元といふ。

『書目答問』書入れを少しく写す。

夜、小竹、大槻、八木(64)三氏と共に前門外便意坊(65)といふ菜館(66)に烤鴨子を食ひにゆく。何もかも薄汚なく、東京晩翠軒(67)のものとは大違ひなり。而も裸に毛をむしりたる鴨子を三羽手にブラ下げ来りて、各々其の値を云ひて客にえらばしむ。其の間裏の方にて鴨子の啼声聞えつつあるなり。

大柵欄(68)、狭斜の巷(69)を散歩して帰る。皎々たる月、前門の空に冴えて夜気寒く身に沁めり。日中の暖かさに比して夜は日本の十二月の気候なり。市中、夜は早く閉ぢ、十時と云ふに早人影稀なり。

帰宅後、再び机に向ふ。

遠く物売りの声。

当時の絵葉書より

物の版本を示した書。二千余部の書物を経史子集の四部と叢書に分け、各類ごとに年代に従って配列する。版本については、通行するもので比較的よい本を挙げるように努める。実用性に優れているとして、民国以後も伝統中国学の入門書として読み継がれた。民国二十年（一九三一）、『書目答問』の誤りや不足に補正を加えた范希曾『書目答問補正』五巻があり、現在も中国書誌学の基本書の一つとなっている。

(62) 孫人和（一八九四〜一九六六）。字は蜀丞、江蘇省塩城の人。北京大学卒。民国一八年から中国大学国学系教授となり、国立北平師範大学及び北平大学女子師範や北京大学国文系講師を兼任、輔仁大学国文系名誉教授となる。橋川時雄と親交があった。橋川時雄『中国文化界人物総鑑』三一〇頁、今村与志雄編『橋川時雄の詩文と追憶』参照。

(63) 『碑伝集』は清代の歴史上の人物の墓誌銘や伝記などを集めた書物。光緒十九年（一八九三）刊。編者銭儀吉（一七八三〜一八五〇）が北京での官僚生活のかたわら、清初から嘉慶年間（一七九六〜一八二〇）までの五百六十種ほどの書物から、約二千人の墓誌銘・行状などを選び完成させた。これを継ぐものとして、繆荃孫編『続碑伝集』八六巻（一九一〇年）、そしてここに見える閔爾昌編『碑伝集補』六一巻（一九三二年）がある。その後も、汪兆鏞編『碑伝集三編』五〇巻（一九三八年自序、一九七八年稿本影印）が編まれた。

(64) 八木香一郎。筆者の随筆「誰か八木香一郎を知らないか」（『春花秋月』所収）がある。

(65) 北京にある名物料理店。明の永楽十四年（一四一六）創業。現在も「便宜坊」という店名で営業する。

(66) 菜館〔中 càiguǎn〕は、料理店。烤鴨子〔中 kǎo yāzi〕はいわゆる北京ダック料理。烤は、あぶる、いぶす。炭火で薫製にしたアヒル肉をパイ生地などでくるんで食す。

(67) 東京港区虎ノ門にあった有名な中華料理店。森鷗外なども訪れたという。

(68) 大柵欄〔中 dàzhàlánr〕前門外にある繁華街。現在も同地に当時の面影を再現して観光地化されている。

(69) 道が斜めに通った狭い路。裏路地。もと長安の遊里の名で、道が斜めに交わり、狭くて車が通らない程であったことから言う。転じて遊廓や歓楽街を指す。

(70) 重陽〔中 chóngyáng〕、重九〔中 chóngjiǔ〕は、中国の節句の一つで、旧暦九月九日のこと。菊花酒を飲んで邪気を払い、長寿を祈る。

(71) 筆者の随筆「秋月」（『夕陽限りなく好し』所収）に次のような記述が見える。

　私は若いころ、京都で子供を亡くした。生

目黒の夜はいかならむ。

十月二十七日　曇、風なし

昨日の料理にニンニクあり、夜中その臭気口に残りて不快云はん方なし。起き出でて屢ば口を漱げども去らず。

今日珍しく曇天。

奚先生来りて今日は重陽（重九）(70)なりと云ふ。誠に菊花咲き満ちたり。京都の秋(71)想ひて止まず。

服部先生(72)に手紙を書く。『書目答問』を写す。新聞の注意すべき学術記事を切りぬくこと、日々の仕事の一つなり。

『越縵堂日記』読みすすみて興尽きず。

午後、琉璃廠に行く。翰文斎(73)と云へる書舗に善本多し、尤も値高き店なり。

来薫にゆきて陳杭に逢ふ。商務印書館にて四部叢刊零本の『鮚埼亭集』(74)を見る。十二元。この次来りて買ひ度きもの也。『越縵堂詩続集』(75)を買ふ。之は日記の中より（乙亥以後）集めしものなり。

二三書舗を素見して、絨線胡同(76)竹田氏を訪ふ。四時半帰宅。

夜、河又氏の湯に入る。入浴は北平到着の当夜以後初めてなり。

小竹氏、支那語教師常啓光氏を紹介す。二十何才かの青年也。毎日午後二時半より三時半まで。

今日は寒き日なりき。

まれてまもなく死んだのだが、初めての子だったからひどくこたえた。嵯峨の火葬場で火葬にして、小さい骨箱を抱いて、そのころは人家もまれだった嵯峨野の路を帰ってくるとき、秋の月が空にさえわたっていた。影を踏んで歩いてきた、あの夜の月は美しかった。

(72) 服部宇之吉（一八六七〜一九三九）。福島県出身。東京帝国大学支那哲学講座教授。西洋哲学の方法を学び、中国哲学と中国制度史を研究する。一九〇〇年に中国に留学し、義和団事件に遭遇した。その賠償金を基金とする「東方文化事業」の設立に尽力し、その東京における研究所「東方文化学院」の所長となる。著に『清国通考』、『支那研究』、『儒教と現代思潮』などがある。筆者は東京帝国大学卒業後、東方文化学院の助手となり、また服部先生の推薦で京都の旧制第三高等学校の教師になった。筆者の「服部宇之吉先生を偲ぶ」（『夕陽限りなく好し』所収）に次のような記述が見える。

　昭和八年の夏の初め、先生はまた研究所の用事で京都に見えられ、その時も宿に呼ばれて、「君を今度、学士院から北京に留学させることにしたからそのつもりで」とのお話である。もとよりありがたいことである。折から九州大学文学部の助教授に招かれ、これは塩谷先生のお骨折りだったと思うが、予期せぬことでどうしようかと考えた末、一旦九州大学に籍を移しておいて北京へ出かけることにした。家族を東京に移し、その年十月に中国に出発した。

　出発の前、服部先生をお訪ねすると、先生は私をつれて、上野池の端の晩翠軒という中華料理屋へゆき、二人きりで食事をいただいた。そしてお若い時の北京の想い出を懐かしそうにお話になり、私ももう一度行ってみたい、しかしもうこの身体では行かれまい、と淋しそうに言われて、北京のいろいろな場所の想い出や、外城のはずれに陶然亭というところがある、そこはよく散歩に行って、酒を飲んだものだ、君もぜひ一度行ってみてほしい、と言われた。

(73) 東琉璃廠路の南にあった古書店。光緒十二年（一八八六）開業。創業者は韓俊華。また光緒二一年（一八九五）にその子林蔚が後を継ぐ。この書店には開業以来約二十五名の弟子がおり、当時、琉璃廠で最も有名な老舗書店であった。

(74) 清の全祖望（一七〇五〜一七五五）の詩文集。百巻。嘉慶九年（一八〇三）刊行。一九二二年に上海商務印書館の叢書『四部叢刊』に収録された。全祖望は、字は紹衣、号は謝山、浙江省鄞県の人。清代浙東学派の代表人物として経学と地理学に精通し、特に伝奇や墓誌銘など歴史記録の収集と考証に定評がある。

(75) 『越縵堂詩続集』十巻。李慈銘『越縵堂日記』中の光緒元年（乙亥、一八七五）から十年（甲申、一八八四）までの詩を抜き出して編集したもの。編集者は由雲龍（一八七七〜一九六一）。一九三三年の五月に上海商務印書館より刊行された。

(76) 北京市中南海の南側の街道で、西城区の司法部街と宣武門内大街の間にある。明代から「絨線胡同」と呼ばれる。一九一三年に和平門と北新華街の新設によって「東絨線胡同」と「西絨線胡同」という二つの街に分けられた。

十月二十八日　晴

奚氏。

『書目答問』を又少しく写す。

東亜公司(77)に至り、『華語萃編初集』(78)を求む。

常氏につきて発音の練習を為さんがためなり。三円五十銭。

この店の日本雑貨の高価なること笑ふべし。メヌマポマード(79)（日本にて定価五十銭、売価四十銭のもの）一個一円三十五銭と云へる、その一例なり。

途中例により煙草ルビークヰン(80)を買ひて帰る。路上風吹き塵埃多し。

午後、常氏来りて注音字母(81)を習ふ。

『越縵堂日記』中、当時の書物の値の廉なりしに興味あり。(82)日記中、汪中(83)、龔定庵(84)につき語る処多く出でたり。昨年来、余が尤も興味を持ちしものなれば、誠に嬉し。

夜、大槻氏、八木君（この人は年二十五、支那語習得の目的にて来平）と共に後園の一棟に移転の祝として文化事業部内の日本人七人（之にて全部）及支那側事務員董氏を招き、スキ焼の振舞あり。公使館の小池とか云へる男も妻君同伴来合せて快談。大いに酔ふ。

東京よります代、ちづ子両人の手紙（二十三日附）及出発の夜河村宅にて写せる写真届きたり。順子大いに元気の由、嬉しきことなり。直ちに返書を認む。

十月二十九日（日曜）　晴、稍風あり

支那語休み。朝『書目答問』。

午後、竹田氏来る。支那語復習及雑談の教師の紹介を頼む。

---

(77) 株式会社東亜公司。公司[中 gōngsī]は、中国語で会社の意。明治時代の出版業者大橋佐平（一八三六～一九〇一）によって創立された雑誌発行と書籍出版を業務とする博文館の海外投資事業の一つ。主に中国において書籍、薬品、教育品などの製造販売と、輸出入業及び委託販売などを営む。明治三八年（一九〇五）上海に設立され、のち中国各地に支店を広げる。当時、北平の東亜公司は東単牌楼北路西にあった。坪谷善四郎『博文館五十年史』（株式会社博文館、一九三七年）、村上知行『北京・名勝と風俗』（東亜公司、一九三四年）参照。また、「アジア城市（まち）案内」制作委員会編纂『王府井と市街東部：変貌する「クリエイティブ都市」』（まちごとパブリッシング、二〇一四年）には、「東四」（東四牌楼区域、或いは東単牌楼区域）にあった東亜公司について次のように記す。

　故宮東に位置する東四は、清代、東の朝陽門から入ってくる物資の集散が行われていた場所で、とくに一九一二年の清朝滅亡後に繁華街として発展するようになった。（中略）近くに隆福寺街、東四清真寺など残る歴史ある地域で、戦前、日本統治下の北京ではこのあたり多くの日本人が住んでいたことで知られる（かつてあった公設市場の東亜公司には日本製の雑貨がそろっていたという）。

(78) 東亜同文書院発行の北京官話教科書。東亜同文書院は、明治三四年（一九〇一）東亜同文会（近衛篤麿会長）によって上海に開設された日本人のための高等教育機関。同院は中国語教育を重視しており、『華語萃編初集』は当時普及していた『官話指南』や『談論新編』を基に、新たに編纂された。大正五年（一九一六）の初集（第一学年用）の刊行に始まり、中国語課程に合わせて四集の教科書が刊行され、その後も複数回の改訂が行われている。

(79) 男性用整髪料。大正六年（一九一七）埼玉県妻沼（めぬま）町出身の井田友平が製造販売した純植物性の調髪油。

(80) アメリカ製高級タバコ。

(81) 中国の篆書から考案された漢字の表音記号である。先頭の四つの記号「ㄅㄆㄇㄈ」から「ボポモフォ（bo・po・mo・fo）」ともいう。主に二十一個の子音記号と十六個の母音記号が、陰平・陽平・上声・去声・軽声という五つの声調記号と組み合わせて漢字につける振り仮名のように用いられる。一九一三年に魯迅、銭稲孫らが参加した中華民国教育部の「読音統一会」は注音字母を漢字の表音文字とすることを決定して、一九一八年に全国に正式に公布し、一九三〇年に「注音符号」と改称した。しかし一九五八年以降、中華人民共和国ではピンインが使われている。注音字母は台湾でのみ使用されている。

(82) 例えば同治二年（一八六三）八月十五日の条に「晡、訪廠肆。以銭四百三十文買得潘文恭『思補斎筆記』一冊」などとある。

(83) 汪中（一七四四～一七九四）。字は容甫、江蘇省揚州の人。清代の学者で、経学の考証に造詣が深い。また、駢文の名手とされる。『述学内外篇』六巻、『遺詩』一巻、『広陵通典』十巻などの著作がある。李慈銘は汪中の学問に心服し、『越縵堂日記』中に次のような記述が見える。

　同治二年（一八六三）五月二十二日

　閲『湖海文伝』、手録汪容甫「自序」一篇。

河又氏に誘はれて景山に遊ぶ。半ば黄ばみたる城中の樹木、宮観の美、誠に得がたき眺めなり。崇禎皇帝殉国の碑あり[85]（元の場所とはことなりし由）、北海に至り大槻、八木の両氏と逢ひ、画舫[86]にて池を渡りて茶亭[87]に憩ひ、日暮帰宅。

夜、浅野君の湯に入る。各書店の書目を閲して楽しむ。

日本を出でて已に三四ヶ月を経たる心地す。身体の調子良きは仕合せなり。

夜の寒さ次第に加はる。床に入りて『江都汪氏叢書』[88]を読む。

十月三十日　晴

啼鳥に目覚む[89]。

物売りの声、遠くより朝の澄みたる空気を伝はり来る。

奚先生。

北平図書館の楊維新氏[90]偶ま文化事業部に来れるに紹介さる。氏は日本語巧み也。二三日中に日本に旅行する由。この人帰平せば、図書館にいろいろ便宜なり。且つ『北平図書館善本書目』[91]近日出来の筈、之を待ちて図書館に通ふ方、都合良からんとのこと。

文化事業部の図書庫に入る。実に善本に富めり。中に面白きは『復社姓氏譜』[92]の抄本あり、之改めて調ぶる要あり。其他今後閲読したきものをノートに書きとめたり。

常氏につきて注音字母を一応習ひたり。明日より『急就篇』[93]を読む。

東安市場にて活字本『文史通義』[94]と『清代学者生卒及著作表』[95]（蕭一山『清代通史』の一部を別に一冊にして出せるもの）を買ふ。併せて一元。先日より晴れたる空に不思議なる響あるをいぶかり

同治二年（一八六三）十月二日
　晡後、小遊廠肆、買得（中略）汪容甫『述学』一本。
同治三年（一八六三）十二月十六日
　取汪容甫『述学』読之。容甫学問、文章倶可当「堅卓」二字、乃儒林之隼鷙。
同治七年（一八六三）十二月十六日
　閲『巻葹閣詩文』。予於近人最喜北江（洪亮吉）及汪容甫両家文字。

(84) 龔自珍（一七九二～一八四一）。字は爾玉、また璱人、号は定庵（定盦）、浙江省杭州の人。外祖父に清代文字学の大家段玉裁（一七三五～一八一五）がおり、自らも経学および金石学を究める。その著作『春秋決事比』は清代末期の学界を風靡した。『定盦文集』三巻、『定盦文集続集』四巻などがある。李慈銘『越縵堂日記』中に次のような記述が見える。
同治二年（一八六三）四月十六日
　閲『龔定庵集外文』一巻。杭人譚献所伝録者。定庵通経制訓詁之学、以奇士自許。
同治二年（一八六三）八月二十一日
　訪平景蓀（平歩青）、久談。借得張維屏『松心文鈔』一冊、『龔定盦文集』一冊。
同治二年（一八六三）八月二十七日
　夜帰、閲『定盦文集』。
また筆者の「兪平伯氏会見記」（目加田誠著作集第八巻所収）には、「成程、私は龔自珍のものも好きですが、貴方は如何。」とある。

(85) 明朝第十七代皇帝の毅宗（在位は一六二七～四四）。北の後金（のちの清）からの侵略と、そのための軍費拡大による内乱に苦しみ、最後は李自成の反乱によって一六四四年三月十九日、北京が陥落し、景山で自ら首を縊った。

(86) 画舫[中 huàfǎng] 船体を美しく飾り付けた遊覧船。

(87) 茶亭[中 chátíng] 公園などにある休憩所。

(88) 汪中、およびその息子汪喜孫の著した書物を纏めた全集。全二〇冊、四五巻。江都は汪氏の出身地である江蘇省揚州をいう。

(89) 唐の孟浩然の名作「春暁」詩に「春眠　暁を覚えず、処処に啼鳥を聞く」と。

(90) 北平図書館邦文書籍係主任。幼少期に日本に在住、明治四四年（一九一一）に早稲田大学高等師範部法制科を卒業。外務省の資料によると、楊氏はこの年十一月二日に北平を出発、日本各地の図書館及び教育施設を視察している。（国立公文書館、アジア歴史資料センター http://www.jacar.go.jp/ 参照。）

(91) 『国立北平図書館善本書目』四巻。趙万里編。北平図書館が所蔵する善本、凡そ三八〇〇種の書目を記載する。民国二二年（一九三三）十二月傅増湘序刊。

(92) 明末蘇州の詩文結社である復社の党人名簿。復社は崇禎二年（一六二九）、張溥を中心として結成、東林党の後継として当時の政治社会に強い影響を与えたが、張溥の死後程なくして瓦解する。謝国楨『明清之際党社運動考』（商務印書館、一九三三年）、また日本の小野和子『明季党社考』（同朋舎、一九九六年）参照。

(93) 宮島大八（一八六七～一九四三）編の中国語会話教科書。もと『北京官話急就篇』として明治三七年（一九〇四）に出版、のち『急就篇』の書名で善隣書院より昭和八年（一九三三）再版。戦前の中国語会話教科書として最も高い評

しが、今日聞けば鳩笛[96]なりといふ。数十羽の鳩に笛をつけて大空を飛ばしむれば風に鳴りて妙なる音を発する也。以前書物にて読みたれど初めて実際を知れり。

月色皎々と院子を照す。後園を逍遥するに樹間に白衣の女の影現はれんとするが如き心地す。夢幻的なる夜なり。

大槻氏、八木氏に誘はれて街に出で、北平地図と銅子児[97]入れを買ひて帰る。試みに甚しく値を値切りしにたやすくまけたる故、止むを得ず買ひしなり。

床に入りて『文史通義』の易教、書教を閲す。論旨的確。更けて寝る。

[欄外注：高田先生、布施、河村（千里）、
　　沢本、清水（元助）、修ニ絵ハガキ]

十月三十一日　晴

朝、奚氏。

晴れて風なく暖き日和なり。屋外の日向に椅子を出して読書。

天津に滞在中の三田氏より船中の写真二葉送り来る。氏は天津より満州に向ふ筈。

隆福寺街[98]に書舗を見る。東来閣、修綆堂、文奎堂、保萃斎等[99]を素見し、欲しきもの数多あり。今少し金の余裕がありたきものなり。

書目[100]を持ちて帰る。

午後、常氏。仲々発音厳格なり。

橋川氏の書斎にありし『文学年報』[101]（燕京大学出版）に有益なる記事あり。「白仁甫年譜」[102]（蘇明仁）、「李後主評伝」[103]（郭徳浩）、「宋金元諸宮調考」[104]（鄭振鐸[105]）等。その他は未読。

価を得た。なお筆者は東京大学在学中に東京外語大の専修科（夜学）に通い、その際にこの『急就篇』を教科書として使用した。

　東京外語の専修科、つまり夜学の専修科に入り、二年間夜学に通った。……その頃中国語教育というものは今日のように進んでいなかった。ただもう『急就編』『華語萃編』などを先生のあとについて読んで暗記するだけの授業だった。（「論文集のあとに」『目加田誠著作集第四巻』所収）

(94)『文史通義』。清の章学誠（一七三八～一八〇一）著。章は、字は実斎、浙江省紹興の人。経史子集に分類される中国学術の沿革を体系的に論じた。易教、書教をはじめ全三〇三篇。本書は二〇世紀に入り日本の内藤湖南（一八六六～一九三四）によって再評価され、注目を浴びることとなった。内藤湖南「章学誠の史学」（『内藤湖南全集』第一一巻所収）参照。

(95) 蕭一山（一九〇二～七八。字は非宇、江蘇省徐州の人）『清代通史』（全五冊）の中の「清代学者著述表」を抽印したもの。同表には沈国模・銭謙益から王国維・劉師培までに至る清朝一代の学者たちの姓名・籍貫・生卒年・著作等が記録される。『清代通史』は上中下巻（下巻はさらに三分冊）から成り、太祖ヌルハチから辛亥革命を経て中華民国が成立するまでの歴史を詳細に描く。日本の朝鮮史研究者である今西龍（京城帝大京都帝大兼任教授。一九二二～四年に北京留学）、及び清末民初のジャーナリスト・政治家・歴史家である梁啓超（一八七三～一九二九）が序文を寄せている。一九二三年（上巻、中華印刷局）、一九二五年（中巻、中華印刷局）、一九六三年（下巻、台湾商務印書館）にそれぞれ出版。下巻第三冊には「清代学者著述表」を含む七表が収録され、その「叙例」によれば、これら七表は一九二六年に初稿を完成し、のち修訂を加え、一九三七年に上海商務印書館にて排印に付されたが、商務印書館は『清代学者著述表』を刊行したのみで、残りの六表は戦乱のため刊行できなかったという。

(96) ハトの尾羽根につける笛。空に放ってさまざまに鳴るのを楽しむ。木製や竹製、土製などがある。中国語では鴿哨[中 gēshào]という。

(97) 銅子児[中 tóngzir]は中国語で小銭をいう。

(98) 北京東城区、王府井街の北東にある通りの名。東西に約六〇〇メートルほど。その中心にあるラマ教寺院隆福寺は明の景泰三年（一四五二）勅建。毎月一と二、九と十のつく日に開かれる縁日には、高価な美術骨董品から日用品まですさまざまな露店が立ち並び、北京随一の規模であった。また文奎堂をはじめ文殿閣、三友堂、修綆堂などの古書店が営業していた。

(99) いずれも隆福寺街にあった有名書店。蔵書数を誇る文奎堂や修綆堂を始め、古書の補修を得意とする東来閣、廉価な書籍を扱う保萃斎など、各々特色があった。このうち修綆堂は一九一七年、河北冀県の孫錫齢によって創業。その後、長男誠温と次男誠倹が経営。

(100) 書目[中 shūmù] 書店の販売目録のこと。

(101)『文学年報』は燕京大学国文学会の学術雑誌。当時筆者が手にしたのは創刊号で、一九三二年七月に発行されたもの。その後休刊を経て一九三六年に再開、第二期を発行。以降は年一回、一九四一年の終刊まで計七冊発行。なお創刊号

修より端書来る。冬に向ひて兵役は辛かるべし。余、修、千鶴子（或は已に宮城さんに行きたるか）、ます代、皆今は修業の時なり。咽喉を少しく痛めたり。北平に来りて一度も雨なく、かくては冬は空気の乾燥甚しかるべし。

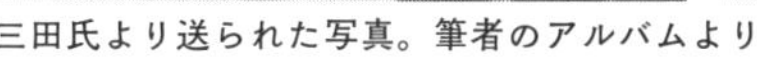
三田氏より送られた写真。筆者のアルバムより

の収録論文は、郭紹虞「杜甫『戯為六絶句』集解」、陸侃如「中国古代的無韻詩」、鄭振鐸「宋金元諸宮調考」、沈心無「文学起源与宗教的関係」、容庚「頌壺考釈」、楊式昭「読『閨秀百家詞』剳記」、張寿林「王昭君故事演変之点点滴滴」、沈啓無「『近代散文鈔』後記」、瞿潤緡「桐人？相人？」、郭徳浩「李後主評伝」、蘇明仁「白仁甫年譜」、奉寛「『渤海国志』跋」（掲載順）。またこの日記の昭和九年六月五日の項も参照。

(102) 白樸（一二二六～？）、字は仁甫、河北省正定県の人。元曲四大家の一人。玄宗と楊貴妃のロマンスを悲劇的に描いた「梧桐雨」などが有名。『白樸戯曲集校注』（人民文学出版社、一九八四年）参照。

(103) 郭徳浩（一九〇九～一九八七）。黒竜江省愛輝県の人。文中にある「李後主評伝」は、彼が燕京大学在学中に執筆したもの。南唐最後の王、李後主（李煜）の生涯を論じつつ、外国勢力に圧迫される祖国の現状に警鐘を鳴らした。卒業後は北平義勇軍に参加、高蘭の名で活動を開始する。一九五一年より山東大学中文系教授。中国現代文学研究に携わり、自らも詩歌を創作。代表作に「我們的祭礼」（一九三七年）、「我的家在黒竜江」（一九三九年）、「哭亡女蘇菲」（一九四二年）などがある。『高蘭朗誦詩選』（新文芸出版社、一九五六年）参照。

(104) 諸宮調は、琵琶などの演奏と語りを組み合わせた演芸の一つ。様々な音階（宮調）からなる音楽と、恋愛や歴史ものを中心とする内容で、宋代頃から民間で流行した。文中にある「宋金元諸宮調考」は、諸宮調の起源や発展過程、構造などを体系的に考察したもの。鄭振鐸『中国文学研究』（作家出版社、一九五七年）に収録。

(105) 鄭振鐸（一八九七～一九五八）。浙江省永嘉県の人。新文学運動の先頭に立ち、一九一九年、瞿秋白らと『新社会』を創刊。また一九二一年には茅盾らと「文学研究会」を結成、『小説月報』、『文学季刊』、『戯劇月刊』などの編集にあたり、多くの作家、翻訳家、学者を育てた。中華人民共和国成立後は、文化部文物局長、科学院考古研究所長、作家協会理事などの要職にあったが、一九五八年十月十七日、中国文化代表団団長としてカイロに赴く途中、飛行機事故で死去。彼の代表作の一つである『挿図本中国文学史』（樸社出版、一九三二年）は、筆者も留学中に読んでいる。他に『中国文学論集』（開明書店、一九三四年）、『中国俗文学史』（商務印書館、一九三八年）など。また、戦時下の上海を記録した『蟄居散記』（上海出版公司、一九五一年）は邦訳があり（『書物を焼くの記』岩波新書、一九五四年）、我が国でも多くの読者を得た。

十一月一日　晴、風

昨夜以来風強し。樹々は未だ黄葉せざるままに落葉翩々。

朝、奚先生の支那語了りて後、荷物を片付けて羊溢胡同[106]の一二三館（近来改称　日華ホテル）に移る。

午食はパンと紅茶、卵二つ。物足らず、且つ今後の栄養如何を憂ふ。

午後、孝順胡同[107]の林屋洋行[108]を訪ね、主人留守にて夫人に逢ふ。これ三高文甲二年[109]の林屋の親なり。書画を扱へる家なり。家族を北平に召ぶことを切に奨めらる。先頃より多くの人に云はるる所なり。明春になりてます代、順子の健康状態によりて決定せむ。

常氏。

『越縵堂日記』第二函を読む。

稍風邪の気味あり。ストーブを用ふ。暖かさ嬉し。

晩食誠に粗悪なり。

夜、風の音強し。唐詩を読みて遠き我家を想ふ。想に堪えず、窓を開けば外は明月[110]。

十一月二日　晴、稍風あり

昨夜は階下の客の蓄音機に悩まされ夜半迄睡るを得ず。再び起き出でて手紙をかく。旅館の欠点也。且つストーブの温度過ぎて頭脳明晰ならず。

[欄外注：河村春生、橋川時雄ニ手紙]

奚先生の支那語学習中、河村憲一さんの紹介にて京都帝大出身外務省留学生支那哲専攻桂太郎氏[111]来る。中華公寓[112]に寓し、朝食は焼餅[113]を買ひ、中食は東安市場、晩食は公寓にてなせりと云ふ。之に比すれば我が生活の如き奢れりと云ふべし。

紫禁城太和殿。当時の絵葉書より

(106) 羊溢胡同［中 yángyì hútòng］は北京市東城区、崇文門の北東にあった通りの名。洋溢胡同とも。

(107) 孝順胡同［中 xiàoshùn hútòng］は北京市東城区、崇文門の北東にあった胡同の名。

(108) 金沢の老舗茶商の一族、林屋次三郎が北平に設立した美術骨董品の店。洋行［中 yángháng］は、日本や欧米諸国の商人が中国で経営していた会社のこと。

(109) 旧制第三高等学校の文科甲類。甲類は英語を第一外国語とし、以下乙類は独語、丙類は仏語。筆者は昭和五年（一九三〇）から北平留学までの約三年間ここで教鞭を執った。文中にある教え子の「林屋」とは、後に日本史研究で著名な林屋辰三郎（一九一四～一九九八）である。

(110) この日は旧暦九月十四日。月に望郷の念を託した唐詩は数多いが、例えば筆者は後に自著の中で、「昔から月はものを思わせるものになっている。……異郷にあって月を眺めて、ふるさとも、この月は同じに照らしているであろう、と遠く離れてきた故郷を懐うて、親しかった者たちとの距りを嘆くのであろうか」と述べ、次の李白「静夜思」を引用している。

牀前看月光　　牀前　月光を看る
疑是地上霜　　疑ふらくは是れ地上の霜かと
挙頭望山月　　頭を挙げて山月を望み
低頭思故郷　　頭を低れて故郷を思ふ

（『随想　秋から冬へ』「秋月」二一～二二頁、龍溪書舎、一九七九年）。

(111) 桂太郎は昭和八年の文化事業部第三種補給生に選ばれた。のちにこの日記に登場する濱一衛とは京都大学の一年先輩にあたる。

(112) 王府井大街西側の西堂子胡同にあった宿舎。

(113) 焼餅［中 shāobǐng］シャオビン。小麦粉にソーダを加えた生地を一晩置いて発酵させ、塩や胡麻油を加えて薄く円形に伸ばし、外側に胡麻をまぶして焼いたもの。副食として油條子［中 yóutiáozi］を添えて食べることもある。値段は一個三銭ほど。当時の北京では朝食にこれを食べる者が多かった。

午前中、東安市場にて鄭振鐸氏の『中国文学史』(114)を買ふ（五元五角）。直ちに読み始む。

常氏。

『中国文学史』第八章百六十三頁迄読む。之迄は単に著書の見識如何を見るべく、同感なるもの多けれど、未だ実力薄弱の感あり。鄭氏の得意は宋以後の俗文学なれば止むを得ず。

ストーブ暖かさ過ぎて窓を開放す。未だ尚早し。明日はストーブは止めんと思ふ。

［欄外注：辛島氏(115)、石橋氏（明治学院）ニ手紙］

十一月三日　朝曇、後晴、無風
今日は明治節(116)也。

奚氏来りて雑談して帰る。常氏は休み。

朝曇りしも午後晴れて風なし。街頭菊花をひさげるもの多し(117)。

文化事業に行きたるも皆不在。河又氏居残りのみ。一人俥に乗りて東華門(118)に至り、武英殿(119)、太和殿、中和殿、保和殿(120)を見る。観覧料一元三角。文華殿(121)は宝物南遷せり(122)とて今人を入れず。清朝皇帝の愛玩せし宝物など多けれど、何れも趣味俗悪なり。低劣笑ふべし。徒らに金のかかりたるもののみ多し。

中山公園に至り、茶店に憩ひ、夕暮帰る。

夜、ストーブを用ひず。未だその必要なし。

『中国文学史』第二冊廿二章(123)迄読む。平凡。

唐詩を読み、古人の望郷の作に特に感じ、目の中熱きを覚えたり。

夜半、夢多く、目覚むれば、月光蒼く、槐樹を透して窓に入れり。

［欄外注：三高教官室、三高生徒諸君、武井、末次、河村（憲一）、

(114)『挿図本中国文学史』。全四冊六〇章。一九三二年十二月、北平樸社出版部発行。文字の誕生から明代までの中国文学の発展過程を古代、中世、近代に区分して一巻ごとに分け、系統的に論述。それ以前まで見過ごされてきた敦煌変文、戯曲、諸宮調、散曲、民歌などをも高く評価し、文学史の視野を広げた。第八章までの章目は、「古代文学鳥瞰」「文字的製作」「最古的記載」「詩経与楚辞」「先秦的散文」「秦与漢初文学」「辞賦時代」「五言詩的産生」である。

(115)辛島驍（一九〇三～一九六七）。一九二八年東京帝国大学文学部支那文学科卒。京城帝国大学教授、東洋大学教授等を歴任した。著書に『中国の新劇』（昌平堂、一九四八年）、『唐詩詳解』（山海堂、一九五四年）、訳書に、中国文学大系所収『醒世恒言』（東洋文化協会、一九五八年）、『拍案驚奇』（同、一九五九年）、『警世通言』（同、一九五九年）、漢詩大系所収『魚玄機・薛濤』（集英社、一九六四年）、『宋詩選』（同、一九六六年）等がある。

(116)明治天皇の誕生日。現在の「文化の日」である。

(117)この年の十月二七日が重陽である（この日記の昭和八年十月二七日の項を参照）。重陽節には鉢植えの菊が売られ、盆栽や園芸として楽しまれた。菊の栽培に関する記録は、南宋の花譜（范成大『菊花譜』など）から始まる。花の栽培や園芸は中国から日本へもたらされ、特に盆栽（中国では盆花［中pénhuā］・盆景［中pénjǐng］などともいう）は江戸時代に流行した。

(118)紫禁城の東側に建つ門。紫禁城には正面に午門、東面に東華門、西面に西華門、北面に神武門があって、城の四面の出入を警護した。午門は皇帝が出入りし、東華門は大臣らが用いた。

(119)紫禁城内の南西隅に建つ宮殿。清代には、武英殿において皇帝の勅命によるいわゆる「欽定書物」の印刷と出版が行われた。特に明の『永楽大典』から選び出した珍本を木活字版で刊行したものは、皇帝から『武英殿聚珍版叢書』の名を賜り、一般に「殿版」と呼ばれた。

(120)太和殿、中和殿、保和殿は、紫禁城内の中央部に位置する宮殿。

(121)紫禁城内の南東隅に建つ宮殿。明清において、皇帝の勉学の場であった。

(122)満州事変の後、日本軍の山海関への侵入を契機として、北京の情勢悪化を憂慮し、紫禁城に保存された皇帝秘蔵の古物、墨跡、文献などの重要文物を選んで戦乱から避難させることが決定した。これらはまず箱詰めされて上海租界へ運ばれ、一九三三年二月から五月までの間に運び出された文物は合計一万九五五七箱にのぼった。その後の戦況により、文物は上海から南京へ運ばれ、さらに四川の三箇所に避難された。日中戦争終結後は南京に集められたが、再び国内の内戦（国共内戦）により全体の約三割の文物が台北に移される。これにより清王室の文物は現在、北京（故宮博物院）、台北（国立故宮博物院）、南京の三箇所に保管されている。

(123)第二二章までの章目は、「漢代歴史家与哲学家」「建安時代」「魏与西晋的詩人」「玄談与其反響」（以上上巻）、「中世文学鳥瞰」「南渡文人」「仏教文学的輸入」「新楽府辞」「斉梁詩人」「批評文学的発端」「故事集与笑談集」「六朝的辞賦」「六朝散文」「北朝文学」である。

香川、留守宅ニ絵ハガキ]

十一月四日　晴

奚氏と詩を語る。半ば筆談也。且つ昨日見たる武英殿の趙子昂(124)の絵は多く偽作なりと云ふ。唐寅(125)の絵、董其昌(126)の書等はもとよりまぎれなけれど。

牛乳を取りしも薄くして駄目なれば断る。文化事業の牛乳の方が良かりき。

午食の後、余りに日和良ければ此の辺りを散歩す。官帽胡同、蔴線児胡同、蘇州胡同のあたり(127)、日本人の住居せるもの多き様也。日本婦人の日本服は、この地に於て見る時は実に見るに堪えず、なくもがな也。

気候暖和(128)、外套の必要なく、膚に汗ばむを覚ゆ。菊花、柿、街上至る処に並べられたり。

文奎堂来る。『新学偽経考(129)』を求む。

常氏の支那語了りて後、樫山君、九大支那語教師の用件にて来る。小竹氏も来る。

千鶴子、修より来信。千鶴子は已に宮城氏宅に行きたるならん。その跡を如何に為す可きか。

夜、風稍出でて月色冴えたり。『文学史』をよみつづく。

[欄外注：宮城さんニ手紙]

十一月五日（日）

晴れて風強く、飛塵甚し。

午前中、頭痛を覚ゆ。

午後、竹田氏夫妻自働車にて誘ひに来られ、孔廟、国子監(130)に至る。

(124) 趙孟頫（一二五四～一三二二）字は子昂。号は松雪。呉興（いまの浙江省湖州市）出身。南宋皇室の末裔でありながら心ならずも元朝に仕え、元朝の書と絵画に独自の新しいスタイルを生み出した。絵画作品としては台湾の国立故宮博物院所蔵の「鵲華秋色図巻」や北京の故宮博物院所蔵の「水村図」などが有名。

(125) 唐寅（一四七〇～一五二三）字は伯虎、号は六如と号する。明代の文人。呉県（いまの江蘇省蘇州市）出身。書画に巧みで、祝允明、文徴明、徐禎卿と並んで呉中の四才と呼ばれた。絵画作品としては台湾の国立故宮博物院所蔵の「山路松声図」や北京の故宮博物院所蔵の「王蜀宮妓図」などが有名。

(126) 董其昌（一五五五～一六三六）、明末の文人。華亭（いまの上海市松江区）出身。特に清の康熙帝がその書を敬慕したことから、清朝においては大変重んじられた。彼の書画理論をまとめた著作に『画禅室随筆』がある。

(127) 官帽胡同、蔴線胡同、蘇州胡同は、いずれも北京東城区に位置する胡同の名で、いま筆者が滞在している一二三館がある羊溢胡同と隣接していた。

(128) 暖和[中 nuǎnhuo]あたたかい。

(129) 康有為（一八五八～一九二七）の著。十四巻。光緒十七年（一八九一）広州萬木草堂刊。新の王莽の政権簒奪を正当化するために劉歆が儒教の経典を偽作したことを論じた。本書は単なる儒教研究の書としてだけでなく、清朝末期の疲弊した中国にあって社会的にも大きな影響を与え、三年後の光緒二〇年（一八九四）には朝廷より発禁処分を受けた。筆者がこのとき購入したのは、一九三一年に北平文化学社より刊行された活字印刷本であろう。

(130) 北京東城区にある孔子廟とそれに隣接して立てられていた官立の学館。ともに元の皇帝クビライによって創建された。

数日来、孔廟に祭器を陳列、展覧に供せり。編鐘、編磬、干戚、瑟琴、敔柷、搏拊、旌節、旄球、尊俎、篚、籩豆、簋等を見たり。(131)

又国子監の「十三経石経」(132)(乾隆年間)を見る。

帰途、別れて文化事業による。午後六時、文化事業内の同文書院出身の外務省留学生諸君五人と俥を連ねて竹田氏の宅にゆく。晩餐の招待あれば也。

歓をつくして再び自働車にて送られて帰宅。十二時。

(今日は『中国文学史』第三巻四十章七四五頁迄(133)。時代の降るに従ひ鄭氏の論見るべきあり。)

十一月六日　晴、風止まず

昨日よりも温暖。未だ日中ストーブは用ひず。

奚氏と昨日見たる孔廟の祭器に就きて会話す。

竹田氏来り、伴はれて三菱公司に至り、矢野春隆氏(134)に逢ひ、支那語教師を尚一人頼む。公平万氏(135)にも逢ふ。

帰宅後、桂太郎君来る。銭稲孫の住居(136)を教はる。

常氏。

夜、矢野氏の紹介にて杜佑卿氏来る。明日より午後三時半より四時半迄支那語の会話を為すことに定む。氏は奚・常両氏と異なり、日本明治大学出身。今、同学会にて日本語を教ふ。この点に於て、又別の意義をもたせ度きもの也。

『中国文学史』第三冊(137)を了る。参考書目に於て便宜を得るものあり。

夜、槐樹に当る風の音さながら雨声の如し。

[欄外注：服部先生に手紙。文求堂(138)、阿部吉雄(139)にハガキ]

十一月七日　晴

国子監。当時の絵葉書より

(131) いずれも孔子を祀る儀式の際に用いられてきた楽器や文物。編鐘と編磬は音階を奏でる十数個の銅鐘と銅板。磬は本来石から作られるものだが後世青銅製に代わった。干と戚は、武舞に用いられる盾とまさかり。瑟は二十五絃の大琴。敔と柷は楽曲のはじまりとおわりとを知らせる合図の楽器。搏拊は小さな鼓の形をして中に米ぬかを満たした楽器。旌節と旄球は、舞人が手にする旗。尊俎以下は供物を入れる食器。酒壷(樽)とまないたが尊俎。篚は竹で編んだ箱。籩豆はたかつき。簋は蓋がついたお椀。なお、この時筆者が目にしたこれらの楽器や文物の写真は、この日記にも登場する石橋丑雄によって出版されている。石橋丑雄『天壇』(山本書店、一九五七年)参照。

(132) 「十三経石経」は、清の乾隆帝が勅命で刻ませた経書の石碑。現在も一八九石が保存されている。

(133) 鄭振鐸『挿図本中国文学史』の北宋部分である。特に第三八章「鼓子詞与諸宮調」、第三九章「話本的産生」、第四〇章「戯文的起来」は、いずれもこの頃に発生した民間文芸について論述したものである。

(134) 北京の東方人寿保険会社副経理(副社長)、また北京同学会教務主任を務める。著書に『華北地券(契)制度の研究』(南満州鉄道株式会社経済調査会、一九三五年)がある。

(135) 東方人寿保険会社の顧問株主。同社は日本と中国の合同出資会社(日本側は三菱)であり、公平氏はその設立に関与した。

(136) 銭稲孫(一八八七～一九六六)、翻訳家、日本文学者。外交官の父と共に幼時から日本に居住し、東京高等師範学校を卒業。帰国後、清華大学、北京大学などで日本文学を講じ、『万葉集』や『源氏物語』などを中国語に翻訳して、日本文学の紹介につとめた。佐佐木信綱、吉川幸次郎、竹内好、岩波茂雄、谷崎潤一郎等と親交があり、また筆者のみならず北平に留学した多くの日本人を支援した。筆者は自著の中で次のように述懐している。

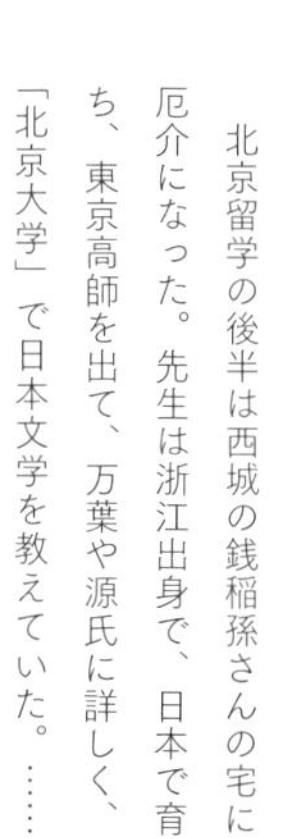
　北京留学の後半は西城の銭稲孫さんの宅に厄介になった。先生は浙江出身で、日本で育ち、東京高師を出て、万葉や源氏に詳しく、「北京大学」で日本文学を教えていた。……

麗なる朝なり。風全くなし。

奚先生を了りて後、東安市場に出でて茶（香片(140)）半斤、茶碗、茶壷(141)を買ふ。

凡て一円八十銭。信紙(142)、封筒二十銭。

夕方、杜氏来る。頗る得る処ありき。

部屋を一号に代る。六畳、床の間二畳（ここにストーブを置く）、四尺幅の縁側、全く日本式の二階なり。従来に比して静閑、落ち着きあり。

夜、机の関係にて暫くその儘になり居たる『書目答問補正校補』をうつして十二時近くなる。

畳にねたる故か、常よりも夢安らかなり。

十一月八日 晴、風なし

実に嬉しき好天気なり。暖き陽をガラス戸越しに浴びて縁側の籐椅子によりて『万葉集』を読む。久し振りにて心に触れ、嬉しく且つ寂し。部屋広くなりしため、終日ストーブをたく。実はさまでの寒さに非ず。

ます代に手紙をかく。来春迄のことを考へ、経済的の憂慮を抱く。為替の関係甚だ不利（日本の百円が支那の九十二、三元）。当分書物も買へず。

春をまちて家族を迎ふるに如かず。順子も側に置きたし。父子の情薄らぐことありては心苦し。

終日部屋を出でず。『書目答問』集部を了る。

食事粗悪。

［欄外注：ます代、楠本氏(143)ニ手紙］

> そのころ、排日運動がいろいろな形で行われ、先生の立場も悪かったと思う。後で聞くと、しじゅう脅迫状が舞いこみ、何月何日、必ず殺してやる、という予告もあったそうだが、先生は私に一言もそれを言わず、私は他の人からそれを聞かされて、まことに済まない、と思い、ある日先生に、「どうしてそんなに騒ぐのでしょう」というと、先生は少し顔色を変えて起ち上がって、「あなたまでそんなことを言うのですか。中国の人間の心が分かりませんか」といって、私をキッと見すえ、その眼には涙があった。私は全身冷水を浴びた思いで、一言の弁解もできなかった。（「銭稲孫先生」、『夕陽限りなく好し』）

戦後、銭稲孫は戦時中に日本に協力したとして裁判にかけられ、「漢奸」のレッテルを貼られた。筆者「銭稲孫先生のこと」（『目加田誠著作集第八巻　中国文学随想集』、龍渓書舎、一九八六年所収。初出は『洛神の賦　中国文学論文と随筆』、武蔵野書院、一九六六年）、および鄒双双『「文化漢奸」と呼ばれた男　万葉集を訳した銭稲孫の生涯』（東方書店、二〇一四年）参照。なおこののち十一月十二日の条に筆者が銭稲孫宅を訪ねたことが見える。

(137) 第三冊は元時代の文学を述べる第四七章「戯文的進展」まで。戯文とは、中国の宋から元にかけて南方で流行した戯曲。明朝の百科事典『永楽大典』に三三種が記載されていたが、戦乱による『永楽大典』の流出によって殆ど散逸し、僅か三種の作品（「張協状元」「宦門子弟錯立身」「小孫屠」）が残っている。これらの戯文は、民国九年（一九二〇）葉恭綽がロンドンでこの戯文を収める『永楽大典』第一三九九一巻を発見し、購入して中国に持ち帰ったもの。第四七章の参考書目に挙がる『永楽大典戯文三種』は、民国二〇年（一九三一）に古今小品書籍印行会より刊行されたばかりの書籍である。

(138) かつて東京・本郷にあった古書店。中国関係書籍を専門に扱った。主人の田中慶太郎（一八八〇～一九五一）は漢学、書画などに造詣が深く、内藤湖南、郭沫若等とも交流があった。

(139) 阿部吉雄（一九〇五～一九七八）、中国哲学者。一九二八年東京帝国大学を卒業後、東方文化学院東京研究所において筆者の後任として服部宇之吉の助手を務める。のち京城帝国大学助教授に赴任し、朝鮮の儒学者李退渓（一五〇一～一五七〇）の思想研究に着手、同分野の日本における第一人者となる。著書に『日本朱子学と朝鮮』（東京大学出版社、一九六五年）、『李退渓　その行動と思想』（評論社、一九七七年）など。

(140) 香片〔中xiāngpiàn〕ジャスミン茶。北京では烏龍茶にジャスミンの花びらを混ぜ、その香りを楽しむ。

(141) 茶壷〔中cháhú〕急須。

(142) 信紙〔中xìnzhǐ〕便箋。

(143) 楠本正継（一八九六～一九六三）。九州帝国大学法文学部中国哲学史講座教授（在任期間、一九二七～一九六〇）。著書に『宋明時代儒学思想の研究』（広池学園出版部、一九六三年）などがある。「先学を語る―楠本正継博士―」（『東方学』第六二輯、一九八一年）で、筆者は次のように語っている。

> 僕も非常に楠本さんが好きだったし、楠本

十一月九日　朝曇、后晴、風強し
朝の目覚めにふと京都の秋想ひ出でたり。宇治、嵯峨野、懐しき思ひ出よ。
蕭條たる北平の晩秋に心傷む。
頭痛、少し鼻血。
奚、常、杜三氏来る為め、この頃、日中読書の頁少し（今日より常氏も午前中）。
文奎堂来る。『偽経考』の金を払ふ、五元。直ちに第一巻読了。
風邪の悪化を懼れ、終日家を出でず。且つ支那語学習の為め殆ど外出の暇なし。
宮庄より絵端書来る。返書を認む。
夜早く床に入り、『偽経考』第二巻読了。文章の巧み、人を魅する力あり。
十二時半まで寝付かれず。
［欄外注：宮庄福丸氏ニ手紙。］

十一月十日　晴、風なし
晴れて暖なる日也。午前中、支那語。

十一時過ぎて、中華公寓に松村氏及桂君を訪ふ。桂君と共に東安市場の潤明楼(144)にて昼食。汚なき家也。

本屋をひやかして帰る。

三時半より杜氏来ること常の如し。今少し利用法を工夫する必要あり。杜氏は甚だ不熱心なり。

『書目答問補正校補』子部を了る。

又風邪心地、早く床に入る。


さんも、僕が何をしていても、にこにこ認めてくれましたから、何ごとにつけ話が合う。だからよく一緒に散歩したり、山や海に出かけたり、旅行も一緒にしました。九重に行ったこともあるしね。僕も約三十年間のおつき合いで、生涯にこんなにいいおつき合いをした経験はないです。あれほどの方とつき合ったというのは、本当に僕の幸せです。

(144)　潤明楼は北京の有名料理店の一つ。安藤更生『北京案内記』（新民印書館、一九四一年）の「北京の飯館子」にも山東料理を供する店として記載がある。当時の日本人に広く知られた店であったらしく、例えば中村恵「北京生活第一課」（『三田文学』十四巻一号、一九三九年）にも、「潤明楼の招宴」との一項が設けられ、「潤明楼は北京の日本人の間に成吉思汗料理で有名だ。村上知行氏に言はせると、日本人が来てすっかり日本式の料理にしてしまったと云ふことだが、廉くて親しみのある浅草の米久のやうな感じである」とある。

先によみ残せし『中国文学史』第四冊後半(145)を読了。この書、詞曲小説に関しては往々新しき資料を用ひ参考となるもの多し。惜しむらくは叙述の清朝に及ばざることを。

十一月十一日　晴

相変らず空に一点の雲もなし。

服部先生より手紙届く。

縁側の日向にて『文史通義』の経解(146)を読む。首肯する処多し。

奚、常、杜氏の支那語、常の如し。

ます代より手紙来る。筆跡異るをいぶかりつつ封を切れば、眞江さんの代筆なり。十日前より病にて、毎日熱が八度以上つづく由、その為め今は順子と共に河村の家に在りと。一読、憂に堪えず。順子迄も共に病へりといふ。我側に在れば、かかることには或は至らざらむ。順子は如何にせるか。願くは一日も早く全快の便り来らむことを。

夜、この旅館に満州より十五人の客あり。熱鬧(147)を避けて文化事業に大槻氏を尋ぬ。八木君、甚だ豆腐好きなれば、近所より酒と豆腐を取り寄せ、之を持参。先方にはスキ焼の用意あり。氏両人、ボーイを一人雇ひて之に炊事を為さしむ。男やもめの暮し、実に味気無げ也。

十時迄雑談す。心の憂、暫くまぎれたり。

星斗(148)空に満ち、夜気実に寒し。

星を仰ぎて遥か日本の妻子を想ひ、病気全快を切に祈る。

[欄外注：ます代に手紙]

十一月十二日（日曜）曇

(145) 鄭振鐸『挿図本中国文学史』第四冊後半は明代の戯曲や小説について述べる。当時最新の研究書であった董康『書舶庸譚』（大東書局、一九三〇年）や魯迅『中国小説史略』（北新書局、一九三一年改訂版）、孫楷第『日本東京大連図書館所見中国小説書目提要』（北平図書館、一九三二年）、同『中国通俗小説書目』（北平図書館、一九三三年）などが参考文献として挙げられている。

(146) 章学誠『文史通義』の「経解」篇は、中国における「経」という書物の概念について、「五経」をはじめ「山海経」「離騒経」「茶経」等を挙げて分析している。

(147) 熱鬧〔中 rènao〕にぎやか。

(148) 星斗〔中 xīngdǒu〕星。

(149) 受璧胡同[中 shòubì hútòng]。現在の西四北大街の西側に位置する胡同。かつて明代には熟皮胡同、清代には臭皮胡同と呼ばれていたが、一九一一年に改称。

(150) 清華大学は一九一一年に米国留学予備校である清華学堂として創設。一九二八年に国立清華大学となった。銭稲孫は一九二七年よりその外文系（外国語学部）および歴史系（歴史学部）の教授であった。

(151) 北京大学は一八九八年の維新変法の際、光緒帝の命により設立された京師大学堂を起源とする。辛亥革命の翌一九一二年に国立北京大学と改称し、中国最初の国立大学となった。創設当時は紫禁城（故宮）の東北、景山公園に隣接したところにあり、一九一九年の五四運動では活動の拠点となった。筆者は留学して半年を過ぎた頃、この北京大学の聴講生となっている。（『夕陽限りなく好し』所収「北京の大

珍らしく空曇り、風無けれども寒し。

けふは支那語休み。午前中『書目答問校補』を写す。

午後、西四牌楼北、受璧胡同[149]の銭稲孫氏を訪問。氏は現に清華大学[150]にて日本語を教へ、北京大学[151]にて『万葉集』[152]『源氏物語』[153]を講義せり。日本語の巧みなること殆ど支那人の感じせず。松村太郎[154]氏来合せたり。色々雑談（『国粋学報』[155]は已に得がたきこと、浙東学術[156]に明るき人は北京大学に林損[157]といふ人あり、方言甚だしく文言を以て人と語る由。鄭振鐸は商務印書館の婿[158]にて商売気強く、『文学史』清代はいつ出るか解らず。又『清人雑劇初集』[159]は已に得難く、今予約中の第二集は出版期確かならざること、其他学者と本屋の関係など）。

夜『書目答問補正校補』を遂に写し了る。

『文史通義』原道をよみて大いに共鳴する処あり。

まず代の病気心配。目黒河村に手紙をかく。

［欄外注：河村久子、三田一に手紙］

十一月十三日　雨、後霙（みぞれ）

珍らしく雨天なり。鬱陶しく且つ寒けれど、余りに空気乾燥せる折柄、嬉しき雨なり。

午近く、雨はいつしか霙となる。ストーブ消えて不愉快なり。

奚氏は来れども他の両人は来らず。武井に手紙をかく。

『文史通義』、原学、博約、言公、史徳、史釈、史注、伝記、習固、朱陸、文徳、文理、文集、篇巻、天喩、師説、假年、感遇、弁似、説林、知難、釈通、横通の諸篇を読みとほす。近来愉快なる文章也。


学」など参照）。また銭稲孫も一九一八年より北京大学で教鞭を執っていた。銭氏はのち、日本占領期の北京大学校長となり、これによって戦後「漢奸」として厳しい批判にさらされることになる。なお北京大学の校区は、一九五二年、現在の海淀区頤和園東路に移転した。

(152) 銭稲孫は『万葉集』中国語訳を初めて試みた人物である。銭稲孫著『漢訳万葉集選』（日本学術振興会、一九五九年、佐々木信綱との共著、吉川幸次郎序）。

(153) 銭稲孫訳『源氏物語』第一帖「桐壺」は、雑誌『訳文』一九五七年八月号（人民文学出版社）に発表された。その後、人民文学出版社は、一九五九年に『源氏物語』全段の翻訳者として銭稲孫を選定したが、最終的には豊子愷（一八九八〜一九七五）に委託、銭稲孫は豊子愷の翻訳事業に協力した。文潔若「懐念老社長楼適夷」『楼適夷同志記念集』（人民文学出版社、二〇〇五年）、楊暁文「中国における『源氏物語』全訳の成立に関する考察―豊子愷、銭稲孫、周作人のかかわりを中心に」（『中国研究月報』第六六巻第二号、二〇一二年）など参照。

(154) 松村太郎（?〜一九四四）。大分県出身。当時順天時報社の社員として北京に在住。のち東京駒込の東洋文庫のために、その漢籍収集事業に関わった。『東洋文庫の名品』（東洋文庫、二〇〇七年）に「松村太郎氏は上述の在北京順天時報社の社員であったが、東洋文庫が設立当初に各種の漢籍の叢書、地方志、族譜、明実録等を収集するに当たって、格別の尽力にあずかった。氏は昭和十五年（一九四〇）に帰郷し、同十八年（一九四三）にその蔵書であった近代中国関係書冊・雑誌（中文・日文）数千冊を寄贈したが、惜しくも翌年逝去された。」とある。

(155) 『国粋学報』は清の光緒三一年（一九〇五）一月に上海で創刊された月刊誌。価格は三角。国学保存会編、国粋学報館発行。編集長は鄧実。章太炎・劉師培・黄節・王国維等の文を多く掲載した。一九一一年九月に八二号で廃刊。

(156) 明清時代、浙江省の中央を流れる銭塘江を境として、その東南部の地域＝寧波、紹興、台州、温州、金華などで展開された儒学。王陽明を筆頭に、劉宗周、黄宗羲、万斯大、万斯同、全祖望、邵晋涵、章学誠などの優れた学者を輩出した。彼らは儒教経典を歴史文献と捉え、その再解釈を通じて政治を批判し、社会変革の方向を示した。

(157) 林損（一八九二〜一九四〇）字は公鐸、浙江省瑞安の人。北京大学中国哲学史の初代教授陳介石に師事し、瀋陽の東北大学教授を経て、民国三年（一九一四）中国大学文学系教授。後に胡適との不仲が原因で辞職した。著書に『政理古微』一巻がある。橋川時雄編『中国文化界人物総鑑』二四八頁参照。

(158) 鄭振鐸は一九二二年、神州女子中学に勤務していた時に、当時学生であった商務印書館編集長高夢旦の娘高君箴と出会い、翌年結婚した。陳福康『鄭振鐸年譜』（書目文献出版、一九八八年）参照。

(159) 鄭振鐸は清代の戯曲台本を集め『清人雑劇初集』（一九三一年刊）、また『清人雑劇二集』（一九三四年刊）として影印出版している。初集（全一〇冊）には四〇種、二集（全十二冊）には三七種を収録している。

夜に入りて霙か雹か、風まじりさらさらと戸を打てり。

十一月十四日　晴

暁、屋根に薄く雪の残れるを見る。

晴れたれども風寒し。塩谷先生より来信。

思へば東京を出発せしは先月の今夜、也。

僅か一月を経しのみなれど、已に数月を経たる思す。出発当夜の写真、常に屢ば取り出して眺むる所、今又之に対して感慨深し。而も妻子今病むと云ふ。又写真中の姿に似ざるべし。人生、別離足る(160)。

支那語常の如し。常氏はけふより改めて夜六時十五分より七時十五分迄。

煙草ルビークヰン十箇、ボーイに買はす。昨日も今日も終日家に在りき。

『文史通義』、繁称、匡謬、質性、黠陋、俗嫌、鍼名、砭異、砭俗の諸篇を読む（以上にて内篇四を了る）。

十一月十五日　晴

余が終日机に向へるを見て、宿の者少しく外出をすすむ。健康の上より見て尤も也。

奚先生を了りて後、先づ五昌兌換所にゆきて金三十円を支那貨幣に換ふるに、今日は日本金一に対し〇・九〇七なり。日々金価の下落を見る。誠に都合悪しきことなり。

夫より俥を雇ひて文化事業に赴き、小竹君と語る。そこにて午飯を食ひ、一人隆福寺の東来閣(161)に至る。書目に見えし『西廂記十則(162)』已に売り去りたり。再び俥にのり琉璃廠に至る（隆福寺より琉璃

銭稲孫夫妻。筆者のアルバムより

(160)　『唐詩選』巻六所収、晩唐詩人の于武陵（八一〇〜?）の「勧酒（酒を勧む）」の末尾の一句である。

勧君金屈卮　君に勧む　金屈卮
満酌不須辞　満酌　辞するを須いず
花発多風雨　花発けば風雨多し
人生足別離　人生　別離足る

この詩は井伏鱒二（一八九八〜一九九三）の次の訳詩で有名だが、

コノサカヅキヲ受ケテクレ
ドウゾナミナミツガシテオクレ
ハナニアラシノタトヘモアルゾ
「サヨナラ」ダケガ人生ダ

この初出は雑誌『作品』昭和十年三月号で（のち井伏『厄除け詩集』所収）、この時、筆者はまだこの訳詩の存在を知らない。

廠まで両毛銭)。南山閣(?)と云へる書店に二十二元の『王船山遺書』[163]を見る。現今予約を募集せる『船山遺書』(三十二元)に比して内容少し。『西廂記十則』は来薫閣に有り(十六元)、今少し余裕ある時求むべし。商務印書館にて先頃見置きたる『鮚埼亭全集』[164](四部叢刊本、十二元)を買ふ。

(今日別に商務印書館にて国学小叢書の[165]『浙東学派遡源』[166]といふ小冊子を買ふ。つまらぬもの也。又隆福寺の街上の露店にて『廿一史弾詞』[167]と活字本『絶妙好詞箋』[168]二冊にて二十銭を買ふ。退屈の時読まんが為なり)。

天気実に好けれども、空気冷(さむ)し。西山[169]に雪の白くかかれるを見る。

前日の雨に路上稍塵少し。琉璃廠に至る道は尚泥濘の為め俥すすまず。市中、駱駝の隊[170]を往々見る。

帰宅後、杜氏と会話中、広島香川[171]より端書来る。留守宅より其後何とも便りなきは心元なし、気がかりの至り也。

夜、常氏了りて後、日高氏(一二三館日華ホテル内の借家)を尋ぬ。氏は陸軍大尉。

折柄満州人二人来合せしに、氏の支那語の巧みなるに驚けり。満州語には捲舌音無きかの如し。『鮚埼亭集』「全祖望年譜」をよむ。

十一月十六日　晴

風無くして暖かなり。

午前中、奚氏了りて後、理髪にゆく。支那らしからぬ清潔完備せる床屋なり。

西裱褙胡同[172]太田洋行[173]住宅内に堤氏[174]を訪ふ。堤氏は早稲田出身、唐代文学を研究しつつあり。夫人と二人、極めて気楽なる生活なり。

(161) 東来閣は魏金水(字は麗生)と李恩元(字は佩亭)が民国十六年(一九二七)に廠甸四号に開業した書店。民国十九年(一九三〇)に店を隆福寺に移した。孫殿起『琉璃廠小志』(北京古籍出版社、二〇〇一年)参照。

(162) 『西廂記十則』は清末の蔵書家劉世珩(一八七五～一九二六)が出版した十種類の西廂記に関する戯曲小説および注釈集。まず代表作として金の董解元『弦索西廂』と元の王実甫『西廂記』(第五幕は関漢卿の続撰)とを掲げ、宋の趙令時『商調蝶恋花詞』、明の凌濛初『西廂記五劇五本解証』、徐逢吉『元本北西廂記釈義音字大全』、王驥徳『古本西廂記校注』、陳継儒『批評西廂記釈義字音』、李日華『南西廂記』、陸采『南西廂記』、そして劉世珩自らが編集した『重編会真雑録』を収める。劉氏の『彙刻伝劇』五〇冊(民国八年[一九一九]暖紅室刊本)から抄出して覆刻されたもの。

(163) 『王船山遺書』および『船山遺書』は、清初の思想家王夫之(一六一九～一六九二)の文集。清朝に仕えず故郷の湖南省衡陽にある石船山に隠棲したので世に船山先生と称された。清末に至り、曾国藩が故郷の先学を顕彰するために『船山遺書』五六種二八八巻を出版(同治四年・一八六五年、金陵書局)、その後光緒十三年(一八八七)衡陽船山書院によって六二種二九八巻の増補版が出版された。民国二二年(一九三三)上海太平洋書店が新発見の文章をさらに増補して、七〇種三五八巻を出版した。日記中に見える「現今予約を募集せる」本とはこの上海太平洋書店本であり、南山閣(?)に販売されていたのはそれ以前の版本(木版本)であろう。「内容少し」と評価が低いのは、新発見の文章が入っていないこともあるが、前者が伝統的な木版印刷本であったのに対し、上海太平洋書店版は、新たに活字組版によって出版するものであり、本文がしっかり校訂されていることをいうのであろう。ここには古典の出版物についても木版印刷から活字本に移行しつつある時代の風潮が読み取れる。

(164) この日記の先月十月二十七日の条に、「商務印書館にて四部叢刊零本の『鮚埼亭集』を見る。十二元。この次来りて買ひたきもの也」とある。

(165) 『国学小叢書』は商務印書館を主導した王雲五(一八八八～一九七九)の刊行した大規模な叢書『万有文庫』第一集(一九二九)の一部分。全六〇種。同時代の中国学研究者の著作を集めた活字印刷の叢書。

(166) 『浙東学派遡源』は、何炳松(一八九〇～一九四六)の著。民国二一年(一九三二)出版。宋代の儒学と明清の浙東学派との関係などを述べる。

(167) 『廿一史弾詞』は、明の楊慎(一四八八～一五五九)の作。『史記』から『元史』に至る二一種の正史の重要な場面を、詩詞の形式でわかりやすく説いた語り物文芸である。

(168) 『絶妙好詞箋』は南宋の周密(一二三二～一二九八)撰。清の査為義(一七〇〇～一七六三)、厲鶚(一六九二～一七五二)らの箋註を付す。南宋の張孝祥(一一三二～一一六九)から仇遠(一二四七～一三二六)まで一三二人の三八五首を収録する。

(169) 西山は北京西郊の山々、遠く山西省の太行山

帰りて縁側の日向にて『文史通義』内篇五（申鄭、答客問上中下、答問、古文公式、古文十弊、浙東学術、婦学、婦学篇書後、詩話の諸篇）を読む。

之にて『文史通義』内篇を全部了る。

食事粗末、栄養少く、海苔を以て（餞別に貰ひしもの）辛うじてすすむ。

痩せる思あり。早く家を持ち度し。明るき晩餐の食卓が恋し。

杜氏。

夜、常氏の来りし頃より旅館騒がしく、到底今夜は読書出来ず、憂鬱になりたる処、桂太郎君来れり。彼も亦日本語に渇えし時なり。人生、芸術、歴史、文学、戦争、社会百般のことを語りつくし、遂に十二時に近くなれり。愉快なる一夜なり。されどけふは読書の頁少なかりしを思ひ、稍心淋し。

十一月十七日　晴、薄き雲あり、風なし

奚先生、明日は陰暦十月一日(175)なりと云ふ。因って本日束脩(176)八元を渡す。

以後毎月十五日に月謝を払ふことにしたり。

文奎堂『呂晩村文集』(177)を持参。この前套子(178)を作ることを頼みしもの。四元。『鮚埼亭集』の套子を頼む。

千鶴子より手紙来る。直ちに返書。

［欄外注：千鶴子、ます代ニ人ニ夫々手紙］

正午過、風なくして余りに暖かなれば散歩に出づ。八宝児胡同(179)といふ処に日本料理店石田、そばや萬歳家、日本菓子屋青林堂等あり。東安市場に行き（俥にて）日記帖一冊、小筆一本、及新式評

にまで連なっている。山中には明清時代からの寺院や皇族の離宮などが点在する。

(170) 駱駝は馬よりも重い貨物を背負えるので、北京一帯では古くから荷物の運搬などに使われていたようで、『旧唐書』安禄山伝にもその記録が見える。

(171) 香川氏は広島在住の筆者の親戚。

(172) 西裱褙胡同は、北京東城区長安街の南側にある胡同。かつては貢院（科挙の試験場）に近かったことから、書画を扱う商人や表装の職人が多く集まっていた。

(173) 太田洋行は東単牌楼にあった日本の日用雑貨および医薬品などを扱う店。当時の旅行案内本『支那案内：朝鮮・満州』（鉄道院、一九一九年）や村上知行『北平：名勝と風俗』（東亜公司、一九三四年）にも紹介されている。

(174) 堤留吉（一八九六～一九九三）。早稲田大学文学部国文科を卒業し、昭和六年八月から中国に留学していた。戦後、早稲田大学教授となり著に『白楽天―生活と文学』（敬文社、一九五七年）、『白楽天研究』（春秋社、一九六九年）などがある。昭和四二年（一九六七）、早稲田大学文学部に中国文学講座が開設されるに当たり、その初代主任教授として筆者目加田誠を東京に招いた。ペンネーム堤十女橘の名での回想録『風は景と共に暖かし―明治・大正・昭和に生きる』（白帝社、一九八七年）がある。

(175) 陰暦十月一日は寒衣節という三大鬼節（祖先を祠る祭日）の一つに当たる（他は清明節、中元節）。墓所に先祖を祠り、紙製の寒衣（冬着）や紙銭を焚く風習がある。その由来には孟姜女伝説（万里の長城建設に徴用された夫に冬服を届けようとした孟姜が夫の死を知り号泣すると、長城の一部が崩れたという話）など諸説ある。村上知行『北京歳時記』（東京書房、一九四〇年）参照。

(176) 束脩［中 shùxiū］私塾あるいは家庭教師に対する謝礼。

(177) 『呂晩村先生文集』八巻は、民国十八年（一九二九）刊の活字本か。著者は明末清初の呂留良（一六二九～一六八三）、晩村は号。浙江省崇徳（清代には石門）の人、字は用晦。明滅亡後、再三の招聘にも応じず僧となり、在野で講学と著述に専念した。程朱の学（程顥、程頤、朱熹）を奉じ、当時の知識人たちに大きな影響を与えた。雍正年間（一七二三～三五）、彼の教義に私淑した湖南の曾静らが清朝打倒の謀反を図ったことが発覚すると、中華主義的民族主義的な側面が危険思想とみなされ、著述は禁書となり焼却された。

(178) 套子［中 tàozi］線装本のケースカバー、書帙。当時、書店が本の大きさに合わせて作っていた。

(179) 東単牌楼の付近の胡同で、日本人が多く居住していた。八宝胡同ともいう。石田、万歳家（屋とも表記される）、青林堂の名は、『支那案内朝鮮、満州』（鉄道院、一九一九年）にも見える。石田と万歳屋は、村上知行『北平　名勝と風俗』（東亜公司、一九三四年）にも純和風の懐石料理店として紹介されている。

(180) 評点本［中 píngdiǎnběn］句読点や優れた表現への傍点および寸評をつけた本。

点本(180)『文心雕龍』(181)（四〇銭）を求む。夫(それ)より歩きて交民巷(182)を一廻りして帰る。街上(183)、今日は乞食を見ること多し。寒さ迫れる故か。

夕方、ます代より手紙来る。熱尚下らぬ様子。我、側にゐて注意出来ざること残念の至りなり。ます代の心持ちを察し、心痛みて堪えがたし。再びます代に手紙をかく。

学士院(184)の金の中、四百五十円を送り来る。

支那の金になほして四百〇一円にすぎず、予算狂ひて実に困しむ。

武井、河村（憲一）氏より端書。武井に手紙をかく（先に書きしは投函せざりし故、再び書きなほす）。

順子が元気なるは有りがたし。ます代、順子、只々可愛想なり。

夜『浙東学派遡源』を読む。浙東学派を程子(185)に出づと為す見方、先づ妥当なるべし。

［欄外注：ます代、服部先生、武井ニ手紙。学士院ニ受取リ］

現在の新東安市場デパート入口には、当時の復元図が掲げられている

(181)『文心雕龍』南朝梁の劉勰撰、五〇篇一〇巻。中国で最も古い体系的な文学理論の書。筆者は「従来の文論を集大成し、文学のあらゆる分野にわたって考察し、文体を細かく区分し、各文体の名義を正して、その起源を古に求め、その文体のとるべき基準を明らかにし、各々に属する前人の作例をあげて批評し、伝統の継承と変革の道を考え、いたずらに好奇に趨り、技巧の末に向かう当時の傾向を匡正して、文芸の正しい帰趨を示そうとした。」と「解題『文心雕龍』」（『目加田誠著作集第五巻』龍渓書舎、一九八六年）で説明している。また昭和二〇年三月、九州大学文学部『文学研究』第三四輯で日本初となる『文心雕龍』の訳注を掲載しはじめた。その全訳注は中国古典文学大系『文学藝術論集』（平凡社、一九七四年）及び『目加田誠著作集第五巻』に収められる。その経緯について「論文集のあとに」（『目加田誠著作集第四巻』所収）で次のように述べる。

　やはり中国文学の本質を知るためにはどうしても六朝の文学思想を知らねばならないと思った。……文芸論としては『文心雕龍』を戦時中からぼつぼつと訳し始め、大学でも講読し、……「中国古典文学大系」の中に「文学芸術論集」を出すことになって、私が『文心雕龍』の訳をひきうけ、他の方々が『歴代名画記』その他の訳を受けもった。私の『文心雕龍』はやっと日の目を見ることができたのである。そこで、以前から作っていた訳文を読み返してみると、あまりに誤りが多いので、ひと思いに全てを改訳した。ところが他の原稿がなかなか集まらず、『文学芸術論集』が出版されたのは何年も後の昭和四十九年になってしまった。しかしこれで永い『文心雕龍』との因縁は一応結末がついたわけだ。

　このとき購入した書籍は大野城市目加田文庫蔵（范文瀾注、文化学社、一九二九年）。多くの書き込みがある。

(182)天安門広場の南に位置する北京最大の胡同。長安街と平行し、東端の崇文門内大街から西端の北清華街までの約五、六キロメートル、天安門広場で東西に分かれる。明代万暦年間、南方から輸送される米の集積地となり、北京の方言で南方のうるち米をさす江米から「江米巷」と呼ばれた。東交民巷は、アロー戦争（一八五六〜六〇）後、英仏米が公使邸を置き、列強各国や日本の公使館区域となった。一方の西交民巷は、清末以降中国系の金融街だった。二〇世紀初頭、交民巷に建てられた西洋風建築物の多くは、歴史的建造物として現在も保存されている。

(183)街上［中 jiēshang］街頭、町中。

(184)当時の帝国学士院。明治十二年（一八七九）、東京学士会院として創設された。初代会長は福沢諭吉。明治三九年（一九〇六）より帝国学士院、昭和二二年（一九四七）より日本学士院となる。学術上功績顕著な科学者を顕彰するための機関として文部科学省に設置され、学術の発展に寄与するための必要な事業を行うことを目的とする。筆者は帝国学士院より北平へ留学（昭和八年十月十四日の条の注参照）、昭和六〇年（一九八五）十一月、日本学士院会員となる。

(185)北宋の程顥（一〇三二〜一〇八五、程明道）と程頤（一〇三三〜一一〇七、程伊川）の兄弟、その思想は南宋の朱熹に受け継がれた。

十一月十八日

昨夜消灯後、留守宅のことを思ひて眠れず。

けさ又麗なる日也。奚氏、支那の菓子を呉れる。

暖き陽を浴びて『浙東学派遡源』の続きを読む。

本日、日本人居留民公会堂落成紀念(186)とて倶楽部に余興あり。旅館の者にすすめられて行く。八木君に逢ふ。二つ三つ見て、くだらぬ故倶楽部を出づ。

八木君と共に少し散歩し、青林堂にて菓子を買ひ、彼氏を伴ひて宿に帰る。

杜氏来りて三人にて語る。修及宮庄より来信。宮庄の手紙にます代の病気につき注意したきことあるも干渉がましければせずと例の調子なり。不親切なる人々なり。世の中にまごころこそ大切なれ。修、宮庄に返書をしたゝむ。

就寝に際し、鏡を見て我が頬の痩せしを憂ふ。

十一月十九日（日曜）

朝十時半迄寝る。

文化事業に行くに、途中暖かなれど風強し。八木、小竹両君を誘ひて真光劇場(187)にて活動を見る。支那のトーキー(188)を見んと思ひしに、日取代りてけふは独乙(ドイツ)映画「エムデン(189)」也。比較的気持ちよき映画館なり。

（文化事業の門にて本日来平せる外務省田村理事官に逢へり。）

夕方、竹田氏夫妻に誘はれて、徳国飯店(190)に洋食の馳走になる。哈達門(191)の通りを夜歩くに少しも寒さを覚えず、空に星の光冴えたり。

(186) 社団法人北京居留民会の集会施設の名称。東単三条胡同にあった。社団法人北京居留民会は、明治三六年（一九〇三）発足の北京日本人会を母胎として、大正元年（一九一二）九月、外務大臣の許可により設立された。小学校の経営、衛生管理、日本人墓地の管理などさまざまな業務を行っていた。日本倶楽部には、大広間、図書館、舞台などがあった。村上知行『北平名勝と風俗』（東亜公司、一九三四年）参照。

(187) 真光劇場は一九二一年に東安門外大街に開業した映画館。最新式の上映機材、五百人収容可能な大シアター、牛革張りの座席など豪華な設備であった。一九三七年に中国に渡り敗戦まで北京で文筆活動を行った作家の中薗英助は、「真光は高級洋画館だった。太平洋戦争になってからは、アメリカ映画がやれなくなり、欧州名画上映館のような恰好になったが、日本人ファンや中国の若い青年男女に愛されたこやだった」と回想している（『北京飯店旧館にて』筑摩書房、一九九二年、十三頁）。

(188) それまでの無声映画に対して映像とともに俳優の声や楽曲付きの映画をトーキーと称した。一九三〇年代に入って世界的に流行し、「嘆きの天使」（一九三〇年、ドイツ）、「自由を我等に」（一九三一年、フランス）、「或る夜の出来事」（一九三四年、アメリカ）などが有名。邦画では一九三一年に公開された「マダムと女房」が最初。中国制作のトーキーは、一九三一年の「歌女紅牡丹」、一九三二年の「自由之花」、一九三三年には「脂粉市場」、「姉妹花」、「春潮」などがある。

(189) 邦題「戦艦エムデン」（原題「Kreuzer Emden」）は、ルイス・ラルフ（Louis Ralph 一八七八～一九五二）監督主演による一九三二年制作のドイツ映画。「エムデン」はドイツの小型巡洋艦の名で、第一次世界大戦中のインド洋において連合国の通商船や要塞港を次々と単独で撃破し、多くの逸話を残した。本編は、戦艦エムデンの活躍と乗組員たちの奮戦を史実をもとに描く。

(190) 徳国［中 déguó］ドイツ。また徳国飯店は、崇文門大街にあったドイツ式ホテル。三階建ての洋館で、「ペンション風の小さなひっそりとした」（中薗英助前掲書、三一頁）外観であったという。また一九三二年八月から一ヶ月ほど北平に滞在した竹内好は、同ホテルの屋上で生ビールを飲んでいる（「游平日記」、『竹内好全集第十五巻』、筑摩書房、一九八一年、二一～二三頁）。

(191) 崇文門の通称。元の咸淳三年（一二六七）建造。門内に哈達大王という元朝の皇族の王府があったことからその名が付いたといわれる。明代に崇文門と改称されたが、そのまま哈達門の名で広く親しまれた。

我北平に来りしは先月二十日の夜、けふは十一月十九日。恰も一ヶ月を経たり、様々の、心に思ひ、多き一と月なりき。

更けて、遠く汽車の笛の音。

床に入りて『浙東学派溯源』を読了。三時近くまで眠れず。

[欄外注：修、宮庄へ手紙]

第二巻（昭和八年十一月二十日～十二月二十日）

崇文門（通称哈達門）。筆者のアルバムの中に保存されていた当時の絵葉書より

昭和八年十一月二十日　晴

北平に到りて正に一月。樹々の葉は殆ど落ちしも、例年に似ずといふ暖かさ、我に取りて幸なり。

朝、奚氏を了りて後、前門の郵便局に為替を受取りにゆきしも、旅館の印なければとて渡さず。止むを得ず俥を雇ひて東安市場に至り、潤明楼にて包子[1]と麺を食す。旅館の栄養不足にして近頃身体の痩せたるを恐るれば也。

午後、以前話に聞きたる工藤洋行に貸間を見に行く。全然話にならぬ処なり。

杜氏、趙[2]といふ同学会にて日本語を習へる青年を連れて来る。今後この青年と語学の交換教授といふ如き形にて交際せんと思ふ。些か得る処もあるべし。夜、常氏。

『新学偽経考』を読む。

十一月二十一日　薄曇、稍寒し

昨夜は十二時を過ぎて安眠、夢も見ず。

朝、旅館の者に郵便局にて金を受取らせたり。

奚先生了りて後、昨日の趙君来る。十二時半迄語る。

午後、運動の為め哈達門の右手より城壁に登る。小公園の如し。遠く故宮、景山を望む。逍遥半時、外国兵士二人に逢ひしのみ。

杜氏の時間、『急就篇』の復習をなす。

夜、常氏を了るはいつも七時過ぎなり。近来益々夜の長きを覚ゆ。『新学偽経考』を読めど、電灯殊に暗くして心すゝまず、階下の応接間にゆきて宿の人々と語る。

夜、安眠。

(1) 包子［中 bāozi］。肉や野菜で作った餡を小麦粉を練った生地で包んで蒸したもの。肉まん。

(2) 趙氏について、筆者は後に自著の中で、「趙君という東北（当時の満州）から来ている大学生と、愈君という江南の蘇州から来ている青年と交換教授を行った。というより実は親しい友人となった。……趙君は北方人らしく、大きな円い顔をして体格もがっしりしており、何を愛読しているかときくと、曾文正公（曾国藩）家書（家族を訓へた文章）をよんでいるといった。剛健で朗らかな青年だった」と回想している（『随想　秋から冬へ』、八二頁）。

十一月二十二日　晴

いつまでも暖く、京都の気候と比較して現在迄は大差なし。

奚氏了りて後、又趙君来り、十二時半迄語る。『新学偽経考』大半をよみ、その思想を充分知るを得たり。一々感心しがたき点も多し。

桂君の紹介にて世古堂書店[3]来る。誠に解りにくき発音にて一時間近く語れり。

杜氏。常氏。

文化事業より電話かかり晩餐[4]の案内あり。又酒一升を提げて行く。大槻氏、八木君、之に小竹君、後に公使館の伊東氏[5]、にて十一時半迄歓談す。伊東氏と二人、夜の街を歩いて帰る。東長安街に出で、伊東氏と別れ、夜更けたれば俥を雇ひしに、女の家に案内せんと云ふ。漸く叱りて宿に帰る。十二時過ぎたり。

家より其後便りなし。ます代の病気如何を知らず。心なき人々かな。

十一月二十三日　晴

朝、奚先生、趙君、常氏（けふより午前中）、世古堂書店（張世順）、午後、樫山君、以上来る。仲々忙し。

世古堂（極めて貧弱なる店也）に『拍案驚奇』[6]の大版二十円にて有りといふ故、午後琉璃廠にゆきしに、已に売れりといふ。

来薫閣にて先日見たる『西廂記十則』を求む。十五元。

帰途、交民巷にて俥を下り、林屋の家にゆき、主人尚日本より帰らざる故、妻君に逢ひ、下宿を探ねんことを依頼す。旅館にゐるは余りに不経済なるが故也。

（3）世古堂は琉璃廠にあった書店。店主の張世順はかつて文鑑堂書店で修業した。

（4）当時の十一月二十三日も日本の新嘗祭として祝日であった。その前夜祭としての晩餐会であろう。

（5）伊東孝利。一九三〇年に日本駐上海大使館の外務書記生となり、このとき北平大使館に転任していた。のち一九三五年に北平大使館の副領事となる。

（6）明末の凌濛初（一五八〇～一六四四）が著し出版した短編小説集。『初刻拍案驚奇』（一六二八年）と『二刻拍案驚奇』（一六三二年）の二種類がある。ここに見えるのは初刻であろう。「案（つくえ）を拍（たた）いて奇に驚く」と題する本書は、人々を驚嘆させる不思議な話を集めたものであるが、六朝唐代の志怪や伝奇小説、また宋金元の小説や軼事集の故事などから凌濛初がアレンジしたものが多い。

夜又堤氏の宅を訪ひ、下宿のことを相談せしも、一つも心当たり無きが如し。

帰宅後、王実甫『西廂記』と陸天池『南西廂』(7)、李日華『南西廂』を少しく比較して見る。かゝるものが又面白くなりさうなり。

近頃、安眠出来ること嬉し。

十一月二十四日　晴

朝、奚氏。文奎堂。常氏。

午後、日本警察に石橋氏(8)を訪ねたるに、昼休みは午後二時迄なりとて署に在らず。其の間に又城壁に上る。誠に暖かなる日にして蒼空の美しさ一点の雲もなし。城壁より見下ろすに、樹々は概ね落葉して、樹間に名知らぬ美しき鳥飛び交ふを見る。

二時、再び警察にゆきて石橋氏に逢ひ、下宿のことをたのむ。

漫歩(9)、家に帰るに、稍汗ばみたり。

帰宅後、留守中林屋の夫人洋菓子を持参して来れりといふ。電話にて挨拶をなしをけり。

杜氏、いつもの如く欠伸のみしつゞく。誠に腹立たしければ今月にて断はらんと思ふ。又趙君来り、けふは談恋愛(10)に及ぶ。

宿の女中、天津に行きたりとて、土産に菓子、夕食にビフテキを出せり。誠に人の情　嬉しかりき。

昨日世古堂にて求めたる『返生香』(11)といふ詩集（瓊章といふ明末の女子の詩、詞を集めたり。光緒年間刻）を読むに、誠に美しく繊細なる感じを出せるものあり。作者は年十七、将に嫁せんとして早くも世を去りたる薄倖の少女なり。情感哀艶極まりなし。朱筆を取りて佳句に点し、深更に至る。

(7) 明清時代の長江下流域（江西、江蘇、浙江省一帯）を中心に流行した戯曲を南曲という。その南曲の形式で書かれた「西廂記」劇の台本を『南西廂』という。伴奏に簫笛（縦笛）を用いるのが特徴。

(8) 石橋丑雄（一八九二〜?）、島根県益田市出身。大正初年に徴兵により渡支、除隊後も北京の日本大使館および北京市公署に務める。その傍ら北京に残る古い伝統文化や民間信仰を精緻に調査研究し、著書に『北平の薩満教に就て』（外務省文化事業部、一九三四年）、『天壇』（山本書店、一九五七年）などがある。特にこの二著は一九三〇年代の北京で撮影された写真が多く掲載されており貴重である。

(9) 漫歩[中 mànbù]そぞろ歩く。

(10) 談恋愛[中 tánliàn'ài]恋愛する。恋愛経験を語る。

(11) 明末の女性詩人葉小鸞（一六一六〜一六三二、瓊章は字）の詩集。明末清初の蘇州の文人である葉紹袁（一五八九〜一六四八）の三女。『返生香』一巻は葉紹袁が編纂した叢書『午夢堂十種』第四冊にも収められている。

十一月二十五日　晴

暁、夢に亡き友山形克美[12]と語る。覚めて心傷むことしきりなり。彼死して早くも十年なり。最後に彼に逢ひしは吾が十八の年、夏の夜なりき。彼と交り初めしは吾が十六の歳。忘れ得ぬ面影、少年の日の美しさよ。

空はけふも麗に晴れたり。蒼き空に鳩笛の音。

奚先生に『返生香集』のことを語りしに、近頃自らかゝる詩を作れりとて七律一首を示さる。

趙君又来る。文奎堂来る。『董解元西廂』[13]を求む（四元）。

常氏来る（合乎[14]の発音甚だ難しく覚ゆ）。

昼飯は下にてスキ焼。

日向にて『西廂記』離別の場を、『董西廂』及『王実甫西廂』を比較して読む。幾度か已に読めども興尽きず。今日は殊に泪出でたり。

世古堂又来る。持参の書中『燕居筆記』[15]とて面白きものありしが、四十元なりといふに些かたじろぐ。尚『雅趣蔵書』[16]とて西廂記各齣より佳句一句一つゞゝを出して之を題に作りし八股文なり。文人消閑の戯れにすぎざれど珍しければ両三日の約束にて留め置きつ。

杜氏来る。文求堂田中氏より絵端書。

夜、小竹氏来り、晩く迄歓談す。

十一月二十六日（日）　曇

前日の約束にて、八木氏、趙氏来り、共に宿を出で、東四牌楼の料亭にて趙氏に支那料理をごらる。ついで東安市場の吉祥戯院[17]

(12) 親友山形克美について、筆者は「わが半生―死別生別」（七）において以下のように回想している。

　高校三年の九月一日関東大震災があり、私はその前日、小田原の従姉の家に行っていたので罹災したが、つぶれた家から這い出して、幸い皆怪我もせず、暫くは近所隣と一緒にバラック生活をした。九月の末、水戸に帰ったが、途中馬入川の鉄橋が落ちていて、舟で渡った。ようやく水戸に帰ると、その日から発熱し、肋膜炎と診断され、日赤水戸支部病院に入院した。

　この入院中、私は大きなショックを受けたことがある。私には中学以来、無二の親友が居た。中学三年の時、朝鮮から転校してきた同級生だが、この男は小柄ながら私よりずっと大人で、世間のこともよく知り、英語も上手だし、ことにスポーツが得意で、鉄棒で、大車輪などという危険なわざを平気でやって見せた。文学の話にも詳しかった。私はこの男に惚れこんでいた。やがて私は水戸に、彼は大阪外語に、それぞれ分かれて進学したが、離れていても彼のことを想いつづけ、岩国に帰った時は彼も帰っていて久しぶりに会い、その親しさはまるで恋人同士のようだった。

　ところが私の入院中、大阪から見知らぬ人の名で手紙が届き、変に想って開いてみると、その友人が腸捻転という急な病気にかかり、医者の誤診で、一夜畳をかきむしって苦しんで死んだという。この手紙は友人が私の下宿から預かって夜になって貰ってきたのだが、私はベッドのうえでそれを読み、驚いて起き上がった。その途端、観音開きの窓の戸が、ガタン、と音立てて開き、真っ暗な外から烈しい風が雨を吹き込んできた。（『夕陽限り無く好し』所収）

(13) 唐代の伝奇小説「鴬鴬伝」の物語に基づく説唱文学。現存する諸宮調の中で唯一完全な形が伝えられている。作者の董解元については元の鍾嗣成『録鬼簿』に金の章宗（在位一一八八～一二〇八）の時の人と伝えられる他は不明。「解元」とは科挙地方試の首席合格者を指す。のち元の王実甫の雑劇『西廂記』も本作に基づいて作られた。

(14) 中国の音韻学における発音方法の表記。u介音（発音にuの音を含む言葉）の発音を指す。

(15) 明代に編纂された類書体小説集。類書（中国の百科全書）の体裁に則り、各部立て毎に関連した小説記事を収録している。現在『燕居筆記』の名を冠する書は、林近陽『新刻増補全相燕居筆記』一〇巻、馮夢龍『増補批点図像燕居筆記』一二巻、何大掄『重刻増補燕居筆記』一〇巻の三種がある。

(16) 康熙四二年（一七〇三）刊。著者は銭書。八股文とは、明代以降に科挙の答案として用いられた文体で、四書五経の解釈を対句を用いて八つの段落で説明したもの。

(17) 民国三年（一九一四）建造。一時、明星戯院と改称したが、民国十七年（一九二八）元の名に戻した。場所柄客足がよかったという。濱一衛『支那芝居の話』（弘文堂書房、一九四四年）参照。

にて芝居を見る。金友琴[18]といふ女優の紅楼夢劇「餞春泣紅」[19]は誠に夢の如く美しき場面なりき。其他「長坂坡」（侯喜瑞[20]＝曹操）、「六月雪」[21]（一名斬竇娥、即ち元曲の『竇娥冤』より来れるもの）、何れも好き芝居なりき。『紅楼夢』林黛玉のセンチメンタリズムは役者が女優なりし故一層美しく感じたり。芝居を見了りて、已に午後七時なりし故、今日の返礼に独国飯店にて洋食をおごる。其後、両君を伴ひて再び一二三館に帰りて物語りせり。

千鶴子よりの手紙にて、ます代、伝研[22]に入院せしを知る。詳細知りがたし。堪えやらぬ思なり。一人病院のベッドに臥すます代の心中を察し、涙出でゝ止まず。

十一月二十七日　晴

誠にあたゝかなる日なり。

奚氏。

来薫閣、先日たのみをきし『碑伝集補』（十八元）を持参。

世古堂又来る。『野叟曝言』[23]（小本）、『品花宝鑑』[24]、『雅趣蔵書』を併せて十二元にて買ふ。今後書物を買ふことを少しく控ふべし。

石橋丑雄氏来り、下宿を紹介さる。直ちに行ってみる。南池子[25]の中根といふ家なり。日当り悪きも心持はよさゝう也。月五十元といふ。ます代の病中、余は成るべく節約して療養費を作るべし。

今月末移転に定む。

宿に帰るに、留守中河村、宮庄朝子より来信。

河村よりの手紙にます代の容体詳しく知らせ来る。心を刺さるゝ如く、憂に堪えず。余が恐れしこと実現せり。暗然たる心地す。

一度故国に帰り、ます代の側に行きて看護したきこゝろ山々なり。

---

(18) 金友琴（一九一二〜？）京劇の青衣を得意とした女優。字は韻秋、清宗室の出身で、詩書画もよくし、容貌嫻静であった。陳徳霖（一八六二〜一九三〇）のもとで正旦花旦を学び、北京、天津の舞台を中心に活動した。橋川時雄『中国文化界人物総鑑』には「金又琴（生没年未詳）」とある。

京劇の女優は、清末の同治年間（一八六二〜七四）上海での女優京劇団創設に始まるが、男女共演は風紀上の理由から長らく禁止されていた。北京では民国二年（一九一三）一旦解禁されるが間もなく再禁止され、民国十九年（一九三〇）北平市政府によって解禁された。同年、程硯秋らが開設した中華戯曲専科学校でも男女共学となった。かかる北京の女優登場は、男女同権を良しとする欧米の考え方の浸透や映画界での女優の活躍、また当時の京劇界の名優たち（梅蘭芳をはじめ）が挙って上海に去ってしまい、北京ではもはや男優のみの興行が難しくなってきていた事情にも拠るであろう。

(19) 別名「黛玉葬花」。『紅楼夢』第二六〜二七回をモチーフにした京劇演目。林黛玉と賈宝玉とが互いの思いを伝える名場面である。陶君起『京劇劇目初探』（中国戯劇出版社、一九五七年）にも「『餞春泣紅』金友琴演出」とある。

(20) 侯喜瑞（一八九六〜一九八三）、字は靄如、山東の人で回教徒。富連成の第一期生。敵役（浄角）を得意とした。濱一衛・中丸均卿『北平的中国戯』に「楊小楼、赫寿臣の一統を一廻り小さく又現代風にすると周瑞安、侯喜瑞となる。此の両優の組合せが、楊・赫以来の名組合せとして、既に「連環套」等は売物になって居る。全ての点で赫の様な苦みには乏しいが、もっと溌溂としてゐる。（中略）現在最も活躍して居る浄角の第一人者である」とある。「長坂坡」は三国志劇中の名場面の一つ。劉備を追撃する曹操軍に対し、趙雲や張飛が獅子奮迅の活躍をする。

(21) 程硯秋作。別名「金鎖記」。元曲の名作「竇娥冤」を京劇用にアレンジしたもの。無実の罪で憐れにも処刑されようとする少女竇娥の奇瑞（六月の刑場に雪が降り、処刑されても鮮血は地に流れず、天罰によって以後三年間の旱魃が訪れる）を描く。

(22) 東京帝国大学附属伝染病研究所の略。芝区白金台町にあった。北里柴三郎が明治二五年（一八九二）に設立した大日本私立衛生会附属伝染病研究所を前身とする。

(23) 清の夏敬渠の章回小説『野叟曝言』二〇巻。文武両道また諸芸にも秀でた主人公文白の活躍が、田舎老人（野叟）の閑談として語られる。魯迅『中国小説史略』（一九二四年）では「内容が誇張的で虚妄である上に、文章が無趣味で、まったく文学というに相応しくない」と酷評された。光緒七年（一八八一）刊、一五二回の毗陵彙珍楼活字本（一三二回から一三五回を欠く）と光緒八年序一五四回の申報館排印本がある。一九二九年には上海金鐘書店より線装本が刊行された。山県初男の邦訳本がある（立命館出版部、一九三四年刊）。

(24) 清の陳森の章回小説『品花宝鑑』。道光二九年（一八四八）刊、全六十回。貴族の子弟梅子玉と俳優の杜琴言とを軸に、清代中期の北京の貴族社会を描く。魯迅『中国小説史略』にも清

夜毎の思ひ如何ならむ。

断腸の思、起っても坐っても居れず。

夜、石橋氏に礼にゆく。氏は不在、夫人と語る。健康なる夫人の体格を見て更にます代のことを想ふ。

［欄外注：ます代、河村（久）ニ手紙。］

十一月二十八日　晴

奚先生。常氏（常氏ニハ昨日束脩六元ヲ渡セリ）。

世古堂。

午後、日高大尉と語りて三時半に室に帰りしに、已に杜氏来りて回り去りしあと也[26]。

宮庄に手紙をかく。

趙君来る。

夜、日高氏と一声館[27]にゆき、支那語交換教授二人の紹介をたのむ。

日中は極めて暖かなりしに、夜は空曇り雪模様。

夜『品花宝鑑』を初めより読む。読み了るつもり也。清代京都[28]一部の風俗を知るに良し。

［欄外注：宮庄朝子ニ手紙］

十一月二十九日　晴

奚氏。常氏。

世古堂。

午後、明日引越しのことにて文化事業にゆく。小竹氏と語り、又大槻氏に挨拶す。

杜氏来る。時間の都合と、杜氏の不熱心のため、けふ限り謝はる[29]（謝礼特に七元）。


代の長篇花街小説の先駆として紹介される。主人公の同性愛を取り扱うものの、当時の北京梨園内の人情風情を写した筆力は確かで、筆者も高く評価する（この日記のこのあと十二月八日の項参照）。日本では秦浩二の抄訳（紫書房、一九五二年）がある。麦生登美江「『品花宝鑑』の登場人物について」（『野草』第四七号、中国文芸研究会、一九九一年）参照。

(25) 南池子［中 nánchízi］故宮の東側を南北に繋ぐ大通り。従来は皇城内に属し、皇族の居住地であったが、光緒年間に皇城門外とされ、庶民の居住区となった。皇史宬（皇室公文書館）や普渡寺などの建物や大小の胡同が集まる。またここにいう中根氏は中根斉（一八六九〜一九五二）、熊本県生まれ、大正四年（一九一五）天津で中根洋行を設立、北京や天津、また満州国建国後は奉天（現在の遼寧省瀋陽市）で海運貿易業を営んだ。書画骨董の趣味を通じて劉鉄雲と親交があったとされるほか、昭和五年、志賀直哉が満鉄の招待により中国を旅行した際、北京で一緒に米芾の書等を見て回ったという。奥谷貞治・藤村徳一『満州紳士録』（遼東新報社、一九〇七年、一二九頁）、長岡笏湖『支那在留邦人興信録』（東方拓殖協会、一九二六年、五三四頁）、周力「「劉鉄雲と中根斎」補遺　附—中根斎年譜」（『清末小説から』六七号、清末小説研究会、二〇〇二年）、「満州旅行日記一月二十日」『志賀直哉全集第十一巻』（岩波書店、一九七三年）参照。

(26) 回去［中 huíqù］帰る、帰って行く。

(27) 東城船板胡同にあった旅館。村上知行『北平名勝と風俗』（東亜公司、一九三八年）には「軽便な旅館」として紹介される。

(28) 京都［中 jīngdū］清時代、首都であった頃の北京をいう。

(29) 謝［中 xiè］ことわる、謝絶。

夜、千鶴子、川副に手紙をかく。義五郎の成績あしく、学業を怠ること実に痛心の至りなり。実に様々の憂一身にあつまりて、心の苦しさ誰か知らん。

『品花宝鑑』をよみつゞく。第十回(30)の了(をは)りまで。特に第十回の面白さ、美しさ、誠に人の心を蕩然たらしむ（第六回、子玉が始めて琴官の戯を見る段も亦佳。其他第九回、元宵灯謎(31)の場も面白し）。

十一月三十日　薄曇

今日は引越しの日なれば、支那語を休む。恰もけふ奚先生は脚の腫物を手術し、常氏は従弟の結婚式のため休みたき由也。且つ月末、凡てに好都合也。

午前中、来薫閣『碑伝集補』の套子を持参す。

午後、引越。小竹氏来り、手伝ふ。引越と云ひても人二人及荷物、凡て俥三台にて事足れり。

南池子二十七号、中根宅。此度は落ちつくこと出来るらし。荷物を片付け了りて、小竹君と太廟に行く。この家の隣が太廟の東門也。一人銅元二十枚(32)。

太廟に入るに、柏樹森々(33)として爽快云はん方なし。今後日々の散歩に最も好かるべし。南入口より出で、天安門に入り、端門をすぎ、午門の前より東華門大街に出でゝ帰る。

故宮の堀に已に氷張れり。小竹氏は丸山の一週忌に行くとて、夕方帰る。

夕食は同宿の日本人小学校(34)教師西村君及池田氏、それに太々(35)の四人にて一緒にスキ焼。

筆者のアルバムより。太廟東門を写したものか

(30)『品花宝鑑』第十回は、主人公梅子玉が友人の手引きで相公杜琴言と初めてゆっくり飲食をともにする場面が描かれる。

(31)正月十五日（元宵節）には家々の軒先にさまざまな趣向を凝らした提灯を灯した。絵だけではなく、中には「なぞなぞ」を書いて人々を楽しませるものもあった。

(32)銅元[中 tóngyuán]銅貨。元の百分の一の単位。日本円でいうと「二〇枚」が「二〇銭」ということになる。

(33)唐の詩人杜甫の名作「蜀相」冒頭に「丞相の祠堂　何れの処にか尋ねん、錦官城外　柏森森たり」とある。目加田誠『杜甫』（集英社・漢詩大系9、一九六五年）その二三九頁を参照。また太廟の柏の林について、筆者は次のように回想する。「北京に着いて間もなく冬になった。北京の冬は長い。十月の末頃から街路樹の葉は凋み、やがて風に舞って路上を転がってゆく。「南池子」のある家に住んでいたが、淋しくて、よく太廟の柏の林の間をさまよった。堀を距てて故宮の美しい角楼が眺められた。」（「我が半生―生別死別」、『夕陽限りなく好し』所収）

(34)北京の日本人学校、東城第一小学校を指す。北京居留民会立北京尋常小学校。同校は一九〇六年に羊肉胡同に開校、その後児童数の増加に伴って一九一七年に東長安街三条胡同に移設された。小川一郎『北京の日本学校―（北京城北日本国民学校誌）』（朝文社、一九九四年）参照。

(35)太太[中 tàitai]奥様。かつて清朝時代の大邸宅において使用人が女主人を呼ぶ際の敬称であったが、特にここでは大家である中根夫人に対して、親しみを込めていう。

(36)紅帽儿[中 hóngmàor]天津正昌烟公司から販売されていたタバコの銘柄。かつて港や駅で客人達の荷物を安全に運んでいた「赤帽（ポータ旅館よりむしろ心持よし。

[欄外注：千鶴子、川副ニ手紙]

十二月一日　晴

早くも十二月となりぬ。心に憂多く、傷心の日のみ続く中にもいつしか此地に住み慣れぬ。昨夜夜半、頸を虫にさゝれて、けさ、かゆくて堪まらず。

奚先生。

竹田氏に電話にて引越しを通知す。ます代に手紙を出す。

東安市場にゆき、煙草（紅帽児[36]一匣五十箇入、二元二十銭。及葉巻二つ）を買ひ、中原公司にてスリッパを買ふ（一円五十三銭。スリッパの高価なること日本と比較にならず）。東安市場はこの家を去ること甚だしく遠からず。

午後、読書に倦み、再び太廟を散歩す。太廟参観券を一と綴り買ひ置く。

夜、常氏。

日支交換教授希望の俞鳴奇[37]といふ青年来る。二十二才の美しき貴公子にして、英語、仏語を自由に使ふ。

常氏及俞君と雑談。誠に愉快なり。然れども余が支那語の力未だ語るに足らざるに失望す。

『品花宝鑑』を二十四回迄読む。

[欄外注：ます代ニ手紙]

十二月二日　晴

奚氏、今日より毎日一時間半（九時ヨリ十時半迄）。

河村より来信。直ちに返書を認む。

東安市場があった王府井大街。当時の絵葉書より

ー）」の中国語であり、このタバコは、往時もしばしばこのような場合のチップとして使われていたのかもしれない。

(37) この日記においては以後「俞君」として頻繁に登場する筆者の北京における親友の一人。筆者の回想には次のように見える。

俞君の方は蘇州の、俞曲園（清末の学者）の一族だとかいって、ほっそりとしたやさ男で、その愛読書は紅楼夢であった。彼は下手な絵をかき、詩詞を作った。俞君といっしょに散歩していると、まるで異性の友達と歩いているような気持ちであった。そのくせしんのある強情な男だった。（「別離」『夕陽限りなく好し』所収）

午後、中華公寓の桂君を訪ひ、一緒に家に帰り、更に又太廟を散歩し、又天安門より午門の前に至り、一まわりして帰る。半日を殆ど散歩にくらせり。

世古堂来れども、以後来るに及ばずと断りて返す。

『品花宝鑑』をよみて、今に始まりしことに非ざれど、実に支那文学なるものは、吾々貧学究の到底真に味ひうるものに非らざることを泌々（ひしひし）と感ず。

夕方、劉鏡明(38)と云ふ青年来る。之亦交換教授の希望者なり。一見日本人の如く、気のきゝたる愉快なる青年也。之に比すれば昨日の兪君の如き、誠に柔弱なる少年と云ふべし。概して現代北平の青年は柔弱にして気慨に乏しきが如し。

夜、常氏。『急就篇』を読みし後、小一時間物語る。彼の真面目なる人物、誠に信ずべく愛すべし。

『品花宝鑑』三十二回迄よむ。第二十九回、琴言が子玉の病を見舞ふ処(39)、及その前、誠に写し得て妙なり。

［欄外注：河村ニ手紙］

十二月三日（日）　午前曇、午後晴

午前中はなすことなし。服部先生より文化学院(40)の新築記念絵端書を送らる。

午後、同宿の西村君と散歩に出で、南池子より徒歩にて鼓楼(41)、鐘楼(42)に到り、什刹海(43)に出で、醇王府(44)を一見す（今この中に持原氏(45)といふ日本人住す。来合わせたる橋本といふ人に案内さる）。規模の雄大、荒れたりと雖も豪壮なる建築、折柄冬枯れて淋しけれども春の花咲く頃を偲ばする後園、誠に支那小説に出づる豪家の有

天安門。当時の絵葉書より

(38) 兪鳴奇と同じく筆者が交換教授の相手として親交を結んだ人物。彼もこれ以降「劉君」として数多く登場する。

(39) 『品花宝鑑』の第二九回、杜琴言は梅子玉の家に赴き彼を見舞おうとするが、正妻顔夫人を恐れて躊躇する。しかし梅邸を訪れた琴言に対し、顔夫人は彼を鄭重に迎え入れる。一方、病魔に苦しむ子玉は琴言への慕情を白居易「長恨歌」の詩句を歌って伝えようとし、琴言もその様子に胸打たれる。この部分は魯迅『中国小説史略』（第二六章）においても、本小説の秀逸の場面として引用されている。

(40) 東方文化学院の東京研究所は、昭和八年（一九三三）九月、小石川区大塚の東京陸軍兵器廠跡地に竣工した。主任を服部宇之吉が務めた。いまもその屋舎は拓殖大学国際教育会館として現存する。

(41) 鼓楼は、元代の大都の中心に斉政楼の名で建造されたのが最初で、いまの建物は明の永楽十八年（一四二〇）に再建されたもの。楼内には水時計が設置され、夜明けから日没まで二時間ごとに太鼓を打ち鳴らし、北京の街に時を報せた。現在の北京に残る建造物の中で最も古いものの一つである。

(42) 鐘楼は、鼓楼の数百メートル北にある。元代には万寧寺という寺院の主殿があった所で、明の永楽十八年（一四二〇）に創建されたが火災で焼失。清の乾隆十年（一七四五）に再建された。

様を思ひ見るべし。この醇王府は左程古きものに非ず、この以前に在りし建物が小説『紅楼夢』の背景、モデルとなりしといふ説あり。『品花宝鑑』に出づる怡園、華公府の有様(46)も又かくの如かるべし。

帰途は俥に乗る。夕暮の風寒し。

夜、東安市場にゆき、日語会話読本（交換教授用）と靴下とマッチを買ひ、帰らんと思へども心淋しく、遂に文化事業にゆく。河又氏が今日午後留守中に来たる故、氏の部屋を訪ひ、更に田村氏(47)に挨拶し、八木君の部屋にゆく。小竹氏も来合せたり。我近頃人に逢ふ毎に甚だ饒舌となれるを自ら覚ゆ。平素誰も話の相手なき故か。以後慎しむべし。

更けて帰る。車上、月光冴えたり。

十二月四日

奚氏少しをくれて来る。俞君、十時半に来る。共に支那の文学を語りて意気投合す。彼近来画をも学ぶといふ。誠に所謂才子型也（才子佳人(48)の意味に於ける）。彼は已に両親なく叔父の家に寄寓すといふ。

宮庄よります代の病状を伝え来る。一読愕然。予期せざりしには非ずといへども未だ左程迄とは思はざりし、如何にせん、如何すべき。心悶えて両の肩全く凝りて堪えがたし。門を出でゝ宛なしに歩く。天安門の空に高きを仰ぎつゝ、心せまりて涙を呑みぬ。歩き歩きて西城に出で、せめて人と語りて心慰めんと竹田氏の門をたゝけど、今教師来りて読書中(49)といへば、わざと逢はず、そのまゝ又引き返す。かゝるとき人に逢ひてもさして心は晴れまじ。

景山より故宮を眺める。当時の絵葉書より

(43) 万寿山昆明池から流れ込む運河を溜めてつくった湖で、西海・後海・前海に分かれる。周囲に一〇の名刹寺院があったことに因る。

(44) 醇親王府。清代の皇族である醇親王の邸宅。什刹海後海の北岸に位置する。清代には主要な宗室に対して邸宅を賜う制度があり、これらの邸宅を王府と呼んだ。醇親王は、第八代道光帝の子である奕譞を初代、その子の載灃を二代とする。同家より光緒帝（奕譞の子）・宣統帝（載灃の子）の二皇帝を輩出した。邸宅そのものは武英殿大学士の明珠（一六三五～一七〇八）の住居で、明珠の子の納蘭性徳（一六五五～一六八五）を『紅楼夢』の主人公賈宝玉のモデルとする説がある。現在は宋慶齢（孫文の妻）の故居として保存されている。

(45) 北京の日本居留民団の民会議員、持原武彦。

(46) 怡園は子玉と琴言が逢瀬を重ねる場で、怡園の主人の徐子雲は琴言を気に入り彼の窮地を救う。華公府は徐子雲と交友関係のある華公子の邸宅である。

(47) 外務省文化事業部理事官の田村真言。山根幸夫『東方文化事業の歴史―昭和前期における日中文化交流―』（汲古書院、二〇〇五年）五九頁参照。

(48) 才子佳人[中 cáizǐ jiārén]中国の明清時代の小説に登場する男女一対の主人公。美貌である上に多才多芸である。

(49) 読書中[中 dúshūzhōng]勉強中、授業中。

家に帰り、暗然として坐す。

千鶴子より手紙来る。千鶴子は健全にして宮城氏に在れば誠に安心なり。之(これ)全く幸也。

ます代、千鶴子二人揃ひて丈夫ならんには如何に嬉しからむ。

宮庄、ます代に手紙をかく。

夜、常氏の支那語。書物をよみ了りしのち、暫く物語りて、心しばし晴れたり。物思へば堪えやらねば、兪君の借したる「水滸伝施耐庵の序」（金聖嘆偽作[50]）を写して心なぐさむ。

［欄外注：宮庄、ます代ニ手紙］

十二月五日　曇

奚先生に排行[51]の話、詩条子[52]のことなど聞く。

午前中はらはらと気附かぬほどの粉雪降り、一としきり寒さ加はる。先日よりの心配積もりて何となく身心疲れ、安楽椅子にもたれしまゝ暫くうたゝねせり。

午後、憂愁に堪えず、家を出でゝ東安市場にゆき、菓子を買ひて帰る。

南池子の通りの写真屋[53]に、天壇に陳列せし楽器[54]の写真を見る。

夜、常氏を了りてのち、一声館大塚に交換教授の礼にゆく。序でに石橋氏を訪ひ、氏の長安旅行の話をきいて帰る。帰途、車上耳切れるばかり冷し。

空を仰げども星影なし。暗淡たる空なり。

星もなく月もなき夜こそ幸なれ、月明るく星冴えなば、故国のこと思はれて堪えがたければ。

夜、床に入らんとして、ます代の病気思ひつゞけて暗然たり。

(50) 金聖嘆（一六〇八～一六六一）は明末清初に蘇州で活動した文人。荘子、離騒、史記、杜甫詩、水滸伝、西廂記の六点を「才子書」と名付けて評点を付け、特に第五才子書『水滸伝』については旧来の百回本のテキストの後半部分を削除して七十回とした。しかし彼は、この七十回本こそが原作であるとして、原作者施耐庵の「自序」を偽作した。

(51) 排行［中 páiháng］同世代親族（兄弟および従兄弟）における世代内の順序。長幼の序列を重んじる伝統中国独特の命名法。

(52) 詩条子［中 shītiáozi］清朝において主に文人同士の間で行われた遊びの一つ。詩の中の一句を一部に空白にして紙に書き付け、抜けた文字を当て合うもの。

(53) 南池子にある美麗写真館。この日記の昭和九年七月十二日の条を参照。

(54) 神楽署は明の永楽十八年に建てられ、祭祀における音楽一切を管轄した。ここで楽を学ぶ生徒は最盛期には三千人に及んだという。現在も天壇公園内の神楽署において古代からの楽器の展示が行われている。

(55) 『品花宝鑑』第四五回は、梅子玉たちの宴席中、王翻子の扶乩(ふけい)（コックリさん）によって、杜琴言が屈道生の前世の娘だとのお告げを得たので琴言は屈氏の義子になるという話。

(56) 南宋の詞人辛棄疾（一一四〇～一二〇七）の作品についての初めての注釈。一九三一年出版、注釈者の梁啓勲（一八七六～一九六三）は、近代中国の思想家梁啓超の実弟。アメリカコロンビア大学に留学し、帰国後は北平交通大学や

十二月六日　曇

朝より終日来客つゞけり。

朝、奚氏、俞君。午後、桂、堤、石橋三氏。

夜、常氏、劉君。其他、文奎堂、来薫閣。

客多きは読書を妨ぐとはいへ、近頃の如く心に憂あるときは却って気楽なり。

服部先生、武井より来信。服部先生に返書を認む。

筋向ふの写真屋にて天壇の楽器、及祭器の写真を三枚求む。

『品花宝鑑』第四十五回(55)迄よむ。もはや此のあたり、始めの如き精彩なし。

文奎堂にて『辛稼軒詞疏証』(56)『詞学』(57)二巻の二つを求む。

劉君は実に爽快伶俐(58)なる青年也。

[欄外注：服部先生ニ手紙。]

十二月七日　曇

奚氏。

武井に手紙。午後、前日帰平せし橋川氏に一寸挨拶にゆく。

[欄外注：武井ニ手紙。]

午後、読書。夜、常氏。

『品花宝鑑』五十五回(59)迄。

夜、寝らんとしてますよの病気のことを思ひ、心悶えてねむれず、展転反側(60)、暁に及べり。

[欄外注：ます代、河村ニ手紙]

十二月八日　朝雪、曇

朝、目覚めれば院子に雪白く降れり。

天壇。当時の絵葉書より

青島大学の教授を歴任した。生涯、文学研究者として過ごし、詞集『海波詞』や『曼殊室随筆』などの著作がある。

(57) 梁啓勲による詞の研究書。一九三二年出版、上下二巻。上篇は詞の音楽性、下篇は詞の創作方法を論じる。

(58) 爽快伶俐[中 shuǎngkuài línglì]利発で、さっぱりした性格。

(59) 『品花宝鑑』第五五回は、屈琴仙と改名した杜琴言が屈道生と共に揚州にゆく話。その翌日、屈道生は遊山の途中、転んで致命傷を負う。

(60) 展転反側[中 zhǎnzhuǎn fǎncè]眠れぬ夜に何度も寝返りをうつさま。『詩経』国風の第一篇「関雎」の中の一句。

午前中、尚粉雪降る。奚氏来らず。

兪君来り、自ら作れる『辟邪斎筆記』を持参す。その文、愛すべし。

午後『品花宝鑑』を読み了る。

余この書を見るに、書中往々卑穢なる箇所あるも、之は主要人物の清高なる性格を一層顕著ならしめん手段に他ならず。後半稍精彩をかくが如く思はれしも、第四十八回子玉琴言離別の場、第五十六回屈道生死去の場等、亦出色なり。

この書中、当時の文人の習気、富豪子弟の風俗、灯謎(61)、酒令(62)、科挙等のことごとく現る。文人の交なるものの如何なるものなりしか一読明らかなり。

学士院に提出の報告を服部先生に送る。

夜、常氏、劉君。

梁啓勲の『詞学』上巻をよむ。

寝に就かんとして鮮人の家族やかましくて如何ともしがたし。遂に一時をすぎ、高声の静まるを待ちてまどろみしに、忽ち又何人か帰り来り、大声にて語るに再び目覚めたり。実に厭ふ可し。

十二月九日　晴、風あり

奚氏に清朝帝王陵(63)のことを聞く、如左。

太宗后 順治母	昭西陵 東陵遵化州		
順治	孝陵	雍正	泰陵 西陵易州
康熙	景陵	嘉慶	昌陵
乾隆	裕陵	道光	慕陵
咸豊	定陵		

(61) 灯謎[中 dēngmí]元宵節や中秋節の夜の風習。提灯になぞなぞを書いて家々の戸口に貼り出し、解けた人に賞品を出す。

(62) 酒令[中 jiǔlìng]酒席でのゲーム。拳を打ったり、なぞなぞを解き合ったり、詩を作ったり、さまざまな形式がある。負けた者には罰杯が課せられる。

(63) 清朝順治帝以来の九人の皇帝の陵墓。第二代皇帝ホンタイジの皇后で第三代順治帝の母である孝荘文皇后、第三代順治帝、第四代康熙帝、第六代乾隆帝、第九代咸豊帝（西太后を合葬）、第十代同治帝の六つの陵墓が北京東郊の遵化県にあり、第五代雍正帝、第七代嘉慶帝、第八代道光帝、第十一代光緒帝の四つの陵墓が北京西郊の易県にある。なお、初代皇帝ヌルハチと第二代皇帝ホンタイジの陵墓は瀋陽にある。また、ラストエンペラー第十二代宣統帝溥儀は一九九五年にようやく西陵域内に葬られた。

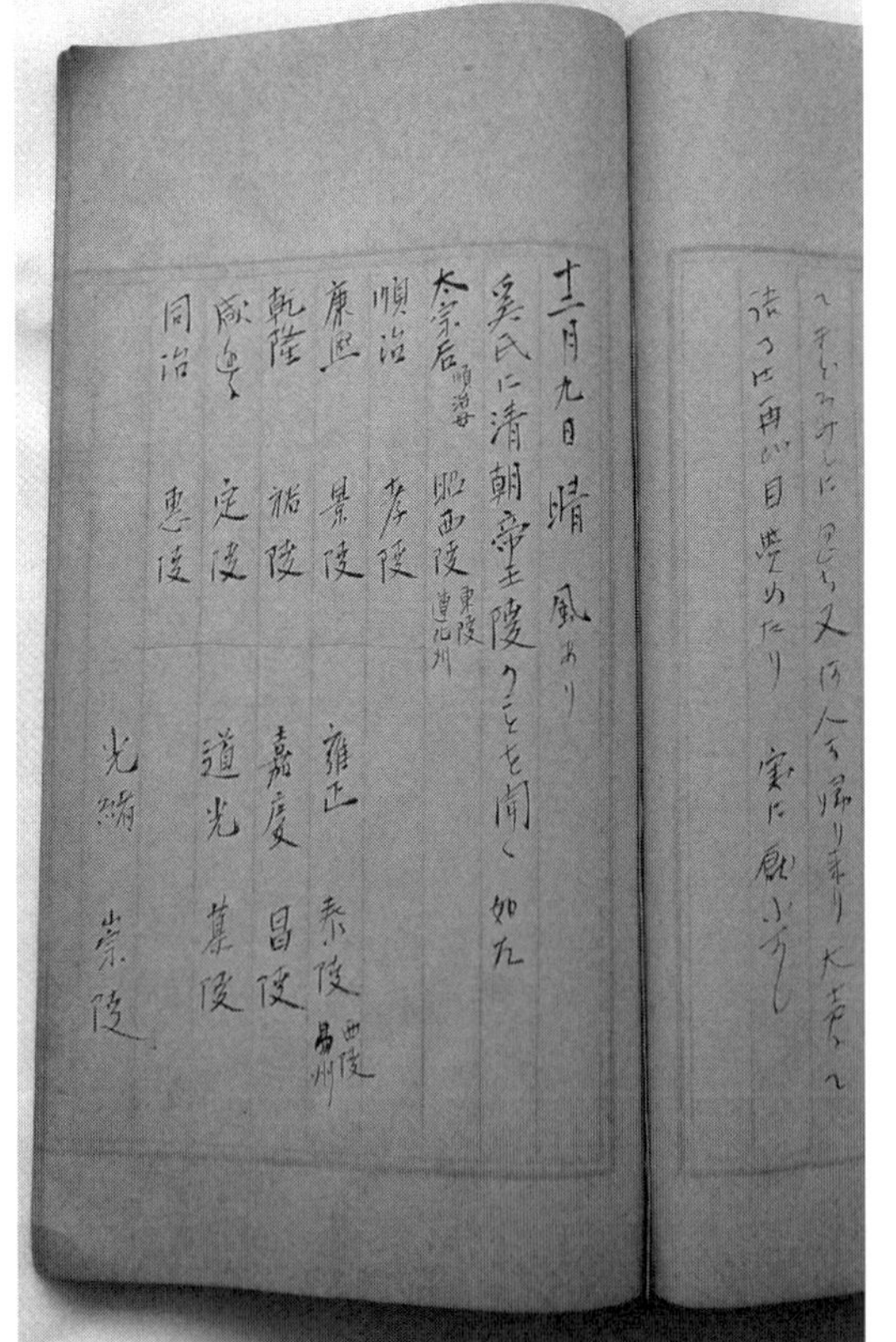
語るに再び目覚めたり　実に厭ふ可し
十二月九日　晴　風あり
奚氏に清朝帝王陵のことを聞く　如左
太宗后 順治母　昭西陵 東陵遵化州
順治　孝陵
康熙　景陵　雍正　泰陵 西陵易州
乾隆　裕陵　嘉慶　昌陵
咸豊　定陵　道光　慕陵
同治　恵陵　光緒　崇陵

北平日記の原本

同治　恵陵

光緒　崇陵

『詞学』下巻を読む。些か得る処あり。

『辛稼軒詞疏証』を読む。比較的会心のもの少なし。辛の詞は詞の正系とは云ひがたし。

兪君に聞きたる『漱玉詞(64)』を買ひに佩文斎に行きしも、売り切れてなし。

露店にて『秋水軒尺牘(65)』を買ふ。

城墻(66)に登らんと交民巷にゆきしに、大槐、橋川其他三四人の人に逢へり。

突然帰国せし河又君を見送りに来れる由。

一人城壁に登り、日暮に近き空を眺め、河又氏帰国のことなど思ひ、凄然として心楽しまず。永く城壁に佇むに堪えず、匆匆として帰る。先頃、桂君が郷愁を呼び起さるゝ故、城壁に登るを好まずといひしこと思い合せつ。

夜、常氏。

入浴。

十二月十日（日）　晴

日曜なれど人も来ず。午後、理髪にゆく（東単牌楼迄）。

『碑伝集補』及『鮚埼亭集』を所々読む。「黄梨州碑文(67)」其他。「周思南伝(68)」は誠に巧みなる文章なり。

『辛稼軒詞』をよむ。

文奎堂来り、金を払ふ。『南江書録(69)』(五十銭)、『北詞広正譜影印(70)』(二元）を買ふ。

(64) 宋の女性詞人李清照（一〇八四〜一一五五）の詞集。「漱玉」とは故郷済南の湧泉の一つから名づけられた。

(65) 清の乾隆年間の許葭村の書簡文集。『雪鴻雁尺牘』、『小倉山房尺牘』と並んで清の三大尺牘と呼ばれる。筆者が購入したのは『新体広注秋水軒尺牘』（上海広文書局、一九三三年）であろう。

(66) 城墻[中 chéngqiáng]城壁。当時、北京の町は市街の外周を城壁が取り囲んでいた。一九四九年の中華人民共和国成立後に取り壊されていった。

(67) 「梨州先生神道碑文」は、『鮚埼亭集』巻十一所収。明末清初の学者黄宗羲（一六一〇〜一六九五、梨州は号）の墓前に建てられた碑文。黄宗羲の生涯を同郷の後輩全祖望がまとめた文章。

(68) 「周思南伝」は、『鮚埼亭集』巻二七所収。黄宗羲に同じく明末に生きた全祖望と同郷の人物。無類の愛酒家であった。

(69) 『南江書録』は、清の邵晋涵（一七四三〜一七九六）の書目解題書。南江は号。『史記』から『明史』に至る歴史書を主に解説する。邵もまた浙江省余姚の出身で、浙東学派の一人である。

(70) 『北詞広正譜』は、元曲や明代の北方で流行した散曲の楽譜を集めたもの。編者は李玉。号は一笠庵。明末清初の文人。民国初年当時、青蓮書屋という書店から影印本が出版されている。

夜、西村君と語る。

杜甫の「夢李白（李白を夢む）」の詩を想ひ出づ。(71)

死別已呑声　死別は已に声を呑むも
生別常惻惻　生別は常に惻惻たり
江南瘴癘地　江南は瘴癘の地
逐客無消息　逐客　消息無し
故人入我夢　故人　我が夢に入り
明我長相憶　我が長く相憶ふを明らかにす
恐非平生魂　恐らくは平生の魂に非じ
路遠不可測　路遠くして測る可からず

修に十円送る。『秋水軒尺牘』をよむ。

［欄外注：修、河村、千鶴子ニ手紙。］

十二月十一日

奚氏、例により清朝の典故を語る。秋水軒、許葭村(72)について聞く所あり。

督(73)
撫
臬（按察）［刑法］
道
藩［財政］
知府 — 知県［法律］

幕府
幕賓
幕友
老夫子
師老爺

刑名
銭穀
書啓

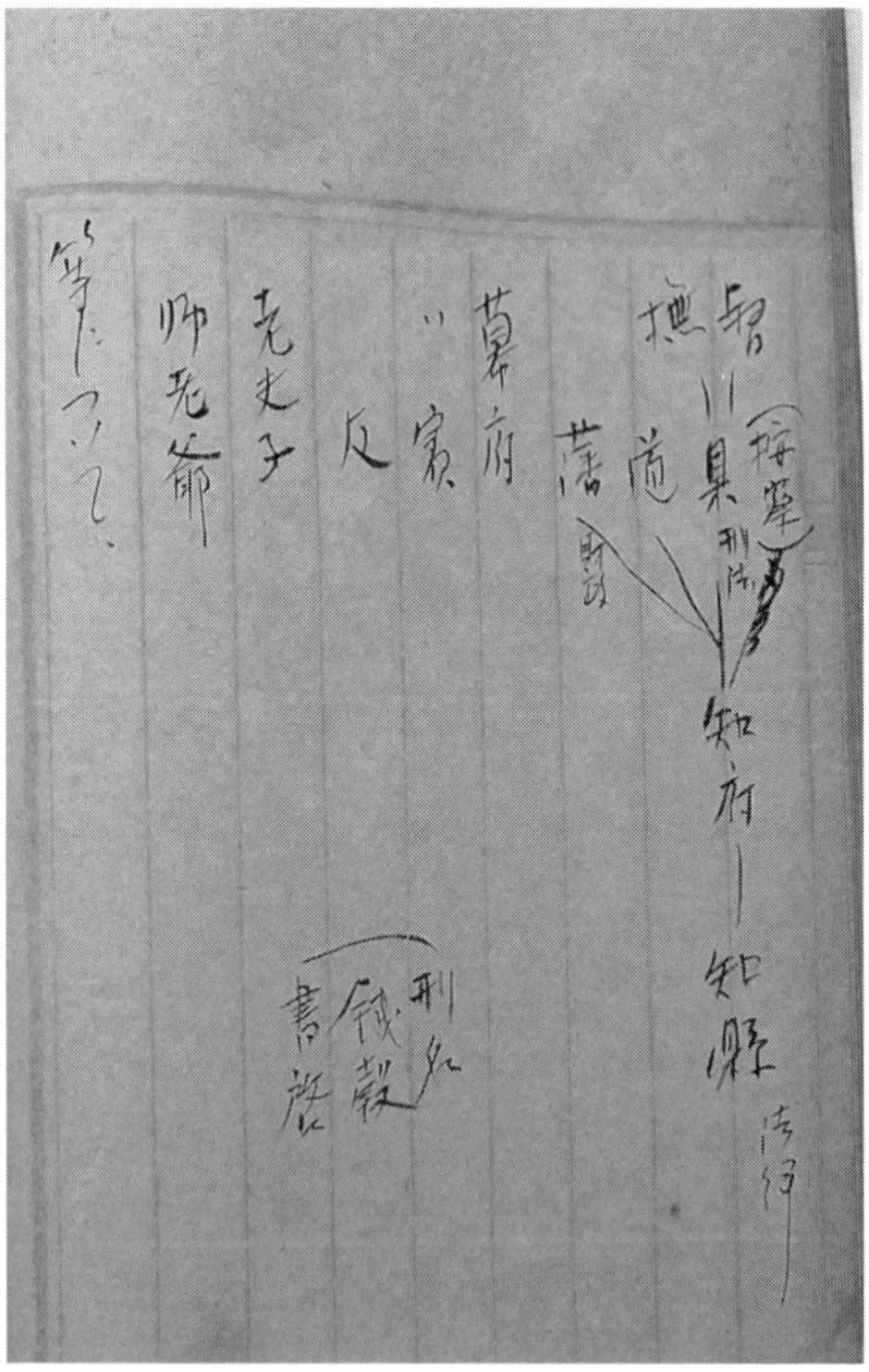

北平日記の原本

(71) 杜甫が李白を思って詠んだ名作。二首の連作であり、ここに引用されるのはその第一首の冒頭八句である。『唐詩三百首』にも収録される。日記の原文では詩の本文を白文で掲げるのみであるが、ここでは目加田誠『杜甫』（集英社）に拠って訓読を付す。

また、この詩に関して筆者の随想『夕陽限りなく好し』二五九頁に次のようにある。

「ある夜、何かに感じて目がさめ、窓のカーテンをあけると、月の光が皎々と院子を照らし、向かいの屋根の棟の上に、たしかに妻の面影を見た、と思うとそれは消えてしまった。私は何とも言えぬ変な気がして、電灯をつけた。すると机の上に杜甫の詩集が開いたままになっており、そこに「李白を懐う」の詩が出ていた。

落月満屋梁
猶疑照顔色

云々のあの詩である。私はゾッとした。

それから数日経って、東京から便りがあり、妻が結核を患っている由を告げてきた。妻の病はその後一進一退で、私は何度留学を止めて帰ろうかと思ったか知れぬ。しかし、もう少し頑張ってくれ、私の帰るのを待っていてくれ、と日夜祈りつづけて一年半の留学を了えた。」

(72) 秋水軒は、清の許葭村の号。その著作『秋水軒尺牘』は、彼の書簡文例集。彼は父祖以来代々、地方の役所に勤務し、長官の私設秘書として行政上のさまざまな事務をこなす所謂「行政処理のプロ」であった。清朝においてこのような人物は、特に浙江省紹興出身の者が多く、彼らを総称して「紹興師爺」と呼んだ。また次の図表における「幕賓」「幕友」「老夫子」「師老爺」もその別称であり、その職能は主に「刑名」（司法）、「銭穀」（財務）、「書啓」（公文書

等について。

文奎堂、李清照『漱玉詞』を持参す（一円）。

兪君、例により文学の話（『桃花扇伝奇』[74]をくれる）。

午後、読書（『秋水軒尺牘』『辛稼軒詞』）。

夕方、兪君と（元陶然亭に遊ぶつもりなりしも、兪君の学校をそく了りて時間なき故、中止）太廟を通りぬけて、西長安街の大陸春[75]といふ四川料理屋にゆく。

六時、帰宅せしに、常氏は風邪にて休み。

夜、劉君来り。今日は大いに古文[76]を論ず。彼、兪君とは正反対にて韓愈の文を好み、曾国藩[77]の文章を称し、小説は『三国志』[78]を愛し、胡適等の白話運動者[79]を蔑視す。仲々快男子なり。彼は少年の時、学校にゆかず老師[80]につきて学べりといふ。各人の性格、及環境の然らしむる処。

今日、一二三館の紹介にて、兪鈞少川と云ふ青年、支那語を教へたしとて来りしも之は断れり。

『秋水軒尺牘』をよむ。

東京より何も便りなきは如何。

十二月十二日

昨夜、ます代の夢を見たり。顔色蒼白、いたくやつれたり。

朝、河村及千鶴子より来信。千鶴子は宮城氏宅[81]にて実に幸福の様子、有難きことなり。宮城さんに手紙を出す。

奚氏少しをくれて来る。

『呂晩村文集』を読む。文集中、人に与ふる書、何れも語簡にして意永し[82]。

作成）の三種に大別されていた。

（73）中国の地方行政区は上から省、府、県の順に細分化されていた。「督」「撫」は省の長官。ただし「撫（巡撫）」は一省のみを、「督（総督）」は数省を束ねて管轄とした。「臬（ゲツ）」は別名が「按察使」であり、省内の刑罰や法律を司り、「藩」は省内の財政を司る。「道」は省の副長官。「知府」は府の長官、「知県」は県の長官である。紹興師爺は、これらの地方長官に直属し、その執務を補佐したのである。

（74）『桃花扇伝奇』清の孔尚任（一六四八～一七一八）作の戯曲。明末を舞台に文人侯方域と妓女李香君の悲恋を描く。民国初年当時、上海広益書局から単行本が出版されていた。

（75）大陸春は、当時「北京八大春」の一つに数えられていた老舗菜館。安藤更生『北京案内記』（新民印書館、一九四一年）二六四頁参照。

（76）唐の韓愈・柳宗元、そして北宋の欧陽脩、蘇洵、蘇軾、蘇轍、曾鞏、王安石ら所謂「唐宋八大家」によって提唱された散文文体。修辞や韻律美を重視する駢儷文に対し、『韓非子』や司馬遷『史記』など秦漢時代の古雅で力強く、内容本意の文章を目標とする。

（77）曾国藩（一八一一～一八七二）は、一般には太平天国の乱を鎮圧した軍人として知られるが、清末を代表する学者でもある。唐宋の古文を重んじる桐城派に学んだ。没後、李鴻章によって編集された『曾文正公全集』には、詩文のほか『曾文正公家訓』や二九歳から六二歳の死の前日まで一日も欠かさず書かれた『曾文正公日記』などが収められている。

（78）羅貫中の作とされる『三国志演義』である。

同じ古典小説の名作『水滸伝』や『西遊記』に比べ、文語的な表現が多い。

（79）胡適が民国六年（一九一七）に雑誌『新青年』に発表した「文学改良芻議」に始まる中国の言文一致運動。陳独秀、魯迅、銭玄同、李大釗らがこれに加わり推進した。魯迅が翌一九一八年に発表した『狂人日記』がその画期的小説作品となった。

（80）老師［中 lǎoshī］教員、学校の先生。ここでは近代に成立した「学校」ではなく、それ以前の「私塾」の教師を指す。中国では科挙受験のため私塾が盛行し、一九〇五年の科挙廃止後も各地には依然として多くの私塾が存在していた。中でも浙江省紹興市にある三味書屋は、魯迅（周樹人）、周作人兄弟が少年時代に通った私塾として有名である。

（81）宮城長五郎（一八七八～一九四二）は、埼玉県出身、東京帝国大学法学部卒。東京裁判所検事正を経て、一九三四年より長崎控訴院検事長をしていた。こののち昭和十四年（一九三九）の阿部信行内閣において司法大臣として入閣した。都築亀峰『宮城長五郎小伝』（故宮城元司法大臣建碑実行委員事務所、一九四五年）参照。

筆者は北平留学にあたり、日本に残る家族について「妻は赤ん坊と共に妻の実家に残し、妹は長崎の、当時検事長をしていた人の家に頼み、上の弟は神戸に就職し、下の弟は東京の知人の家にやっかいになることにした」と後に自著の中で述べている（『夕陽限りなく好し』二五七頁）。

（82）語簡意永［中 yǔjiǎn yìyǒng］簡潔にして含蓄のある文章。

東安市場に信箋と筆と茶を買ひにゆく。奚氏の話によれば、茶は夏は龍井を、冬は香片をよしとする由(83)。今日買ひしは、香片の普通のもの（半斤(84)一円二十銭）なれど、中には一斤十幾円のものもある由。茶の商人は呉、方、汪を姓とするもの多き由(85)。

午後、桂君来訪。一緒に散歩。城壁に上り、前門の側より下り、勧業場(86)を素見し、大柵欄に出づ。桂君、焼芋を買ひ、予、落花生を買ひ、帰途は俥にのりて返る。四時半、桂君帰る。

又『呂晩村文集』をよむ。

宮庄親男君より手紙来る。

常氏。

夜、西村君と真光に活動を見る（午後九時十分より始まる）。雪艶琴主演、「四郎探母(87)」。芝居を背景に用ひて写せるトーキー(88)なり。

帰宅後、ます代に手紙をかく。

［欄外注：宮城さんに手紙］

十二月十三日

奚先生、兪君、趙君、桂君、樫山君、常氏、劉氏来る。

兪君は先日約束せし自作の詩賦を写して持参せり。

趙君久しぶりに来る。話の内容乏しき故、もはや得る処なし。

西川信雄より来信、ああ家族共に健やかに京都の顔見世(89)を見物せし頃こそ懐しけれ。

常氏、或る武官と言葉の行きちがひより事を生じ、気の毒なり。

劉氏、今夜は駱賓王の文を一席講ず(90)。

夜、電灯消え数時間回復せず。

東京文化事業研究所より『東方学報(91)』を送り来る。

(83) 龍井［中 lóngjǐng］は、杭州の西湖周辺で生産される中国で最も代表的な緑茶の銘柄。
香片［中 xiāngpiàn］は、ジャスミン茶。末莉花茶ともいう。茶葉にジャスミンの花びらを混ぜたもの。北京など華北地方で特に好んで飲まれる。

(84) 半斤［中 bànjīn］二五〇グラム（一斤＝五〇〇グラム）。

(85) 呉、方、汪氏はいずれも安徽省出身の茶商。当時北京では、前門外の方景隆号茶葉抄荘や、観音寺街の汪正大茶荘などが繁盛していた。また清の光緒十三年（一八八七）に東四北大街で創業した呉裕泰茶荘は今日も有名。

(86) 前門にあった官製商業施設。別名国貨陳列館と言い、自国製品の保護育成を目的に展示販売を行っていた。

(87) 「四郎探母」は、明代の小説『楊家将演義』や民間故事に基づいた京劇の名作。映画は一九二八年上海天一公司製作。監督は尹声涛。主演の雪艶琴（一九〇六～一九八六）は、京劇女優。京劇は伝統的に女性が舞台に立つのを嫌い、男性俳優が女性役を演じるのが常であったが、一九二〇年代後半頃から女優の活躍が目立つようになった。中でも雪艶琴は人気実力ともに高く、京劇における女性の進出を牽引した。また、ここではナマの台詞がそのまま録音されるトーキー映画であるため、旧来のように男優が女性を演じることが難しかった。

(88) トーキーは、映像と音声が同時に再生される映画。talking picture の略。無声映画（サイレント）に対していう。トーキー映画は一九二〇年代にアメリカで開発され、一九三〇年以降ようやく世界的に大人気となった。ちなみに中国映画初のトーキーがこの「四郎探母」であるが、日本では昭和六年（一九三一）松竹による「マダムと女房」（監督五所平之助、主演田中絹代）であった。

(89) 京都の南座で毎年十二月に行われる歌舞伎公演。

(90) 駱賓王（六四〇?～六八四?）は、唐の詩人。王勃、盧照隣、楊炯と並んで「初唐の四傑」と呼ばれる。詩歌のみならず文章にも優れ、則天武后を倒す反乱軍のために書いた檄文「代李敬業伝檄天下文」が残るが、この文中の「一の土いまだ乾かざるに、六尺の孤いづくにか在る」の対句は敵である武后をも感心させたと伝えられる（『新唐書』巻二〇一、駱賓王伝）。

(91) 『東方学報（東京）』は、東京東方文化学院の研究紀要。一九三一年創刊。東京と京都の両機関が独自に刊行し、それぞれ『東方学報・東京』『東方学報・京都』と表記し区別した。東京号は一九四四年停刊。京都号は京都大学人文科学研究所の紀要として現在も継続している。

ます代より百円送り来る。急がざる金なりしに、之を送りしますた代の心中を察す。

河村より来信。ます代の容体更に悪し。

床に入りし後『曾文正公家書』(92)をよみ、二時迄ねむれず。

[欄外注：宮庄親男、ます代]

十二月十四日　曇、小雨

奚先生、けふは雍正帝(93)のことなどにつきて語る。

川副より手紙。武井より『帝大新聞』(94)を送り来る。

午後、一二三館にゆきて、為替の印を押し、日高氏に挨拶し、堤氏に一寸逢ひ、前門の郵便局にて金をうけとり（日本ノ百円ガ九十元三角）、昨夜より考へゐたりし『文選』を買ひに遠く隆福寺の東来閣にゆきしに目的の仿胡刻本(95)なし（二十元にて良きものありしも高価なる故、今買はず）海録軒本を買ふ。五元。帰りてみしに稍汚れあり、不愉快なり。

朝より曇りて寒き日なり。午後、俥上気付かぬ程の雨に逢ふ。

橋村よりの手紙に、義五郎近来全く不真面目なる様子察せらる。慨嘆に堪えず。此の如くして彼の将来如何。思へば憂愁限りなし。書を作って戒む。

夜、常氏。了りて湯に入る。

『文選』を読む。之より少しづつ読み続くるつもり也。

「登楼賦」「洛神賦」「高唐賦」「神女賦」(96)其他詩をよみたり。三時までねむれず。

[欄外注：西川、義五郎ニ手紙]

十二月十五日　晴、寒し

(92)『曾文正公家書』は曾国藩が家族に宛てた書簡集。「文正」は彼の諡号。全一〇巻。道光二〇年（一八四〇）二月九日から同治十年（一八七一）十一月十七日付けまでの書簡を収める。一八七九年に伝忠書局から初めて出版されたほか、一九〇五年には商務印書館からも出版されている。清代の政治史や軍事、また当時の日常生活などがわかる一級資料である。

(93)雍正帝（一六七八〜一七三五）は、清の第五代皇帝（在位一七二二〜三五）。名は胤禛。筆者には「雍正帝思想対策について」という論文がある（『目加田誠著作集第四巻』所収）。

(94)『帝国大学新聞』は、現在の『東京大学新聞』。一九二〇年十二月創刊。

(95)昭明太子『文選』の最も基本となる「李善単注本」の善本は、南宋の尤袤の刻本に基づいて清の胡克家（一七五七〜一八一六）が重刻したもの、これを胡刻本（仿はその複製）という。一方、明の蔵書家の毛晋が出版した汲古閣本を底本とし、これに清の考証家の何焯の評語を欄外に朱墨で印刷した二色刷りの豪華本（海録軒本）が清の葉樹藩（一七四〇〜一七八四）から出版されている。海録軒は葉の書斎の名。

(96)現在通行している昭明太子『文選』六〇巻は、賦（巻一〜巻一九）、詩（巻一九後半〜巻三一）、そしてその他の文体（巻三二〜巻六〇）に大別される。筆者はまず賦から読み始めたのである。後漢末の文人王粲（一七七〜二一七）の「登楼賦」は、望郷を題材とした比較的短い作品。次に読まれた曹植（一九二〜二三二）の「洛神賦」は洛水に現れた女神とのロマンスと歌う文選の賦の掉尾を飾る名作。続く宋玉の「高唐賦」と「神女賦」は、曹植の賦に先行する恋情を主題とする作品群である。

奚先生に束修十二元（一時間半）。

朝寝坊して目覚めし時は已に奚さん来て待てり。

兪君今日来らず。

『文選』の目録を作る。

午後、散歩に出で行き場もなき故、文化事業にゆき、橋川氏と語り（山本君[97]といふ人来合せたり）、後、小竹君と語る。

帰宅後、留守中、樫山君、小竹君（橋川氏と語れる頃、家を訪れ、後、文化事業にて逢ふ）来れる由。

近来何人と語りても、皆兪君の所謂「不同腔[98]」の感あり。寂しさに堪えず、家を出てはいつも失望して帰る。

夜、常氏。

劉君とけふは支那青年の思想を論じ、仲々愉快なり。

夜、ストーブ寒く、紙窓[99]風に揺る。「長門賦」「思旧賦」「嘆逝賦」「懐旧賦」「寡婦賦」「恨賦」「別賦」「文賦[100]」をよむ。

十二月十六日　晴

奚先生来ることをそし。

塩谷先生に手紙をかく。

正午、兪君来る。連れ立ちて遠く陶然亭[101]に遊ぶ。芦は枯れて満目蕭条、塚墳塁々、一望千里、傷心に堪えず。空の紺碧、浮雲一片を止めず。徒に遊子の心を悲ませしのみ。

亭のほとり香塚[102]あり、その碑銘に曰く、

浩々愁、茫々劫。　　浩々たる愁ひ、茫々たる劫（とき）。

短歌終、明月缺。　　短歌終はり、明月缺（か）く。

鬱鬱佳城、中有碧血。　　鬱鬱たる佳城（おくつき）、中（うち）に碧血有り。

（97）山本守（一九〇六～？）、専門は主にモンゴルの女真語の研究。一九三一年から三三年まで東方文化学院京都研究所研究員。その後、北平に留学した。『満州人名辞典』（日本図書センター、一九八九年／もと中西利八『満州紳士録』満蒙資料協会、一九三七年の複製）に「而来北平留学を経て康徳二年（一九三五）十月十日文教部囑託拝命」とあり、北平留学の後、満州国に移り、首都の新京（現在の吉林省長春市）に赴いた。著書にモンゴルの民話を翻訳した『蒙古千一夜物語：一名蒙古民間故事』（東方国民文庫、一九三九年）がある。戦後、神戸市外国語大学の学長を務めている。

（98）不同腔［中 bùtóngqiāng］　気が合わない。心が微妙に通じない。当時の北平の若者の間で使われていた言葉か。

（99）紙窓［中 zhǐchuāng］紙張りの窓。当時の北平ではまだガラス窓が普及していなかったようである。

（100）昨日に続いて文選の賦を読んでいる。「長門賦」は前漢の司馬相如の作、漢の武帝の寵愛を失った陳皇后のために詠まれたもの。「思旧賦」は竹林の七賢の一人、晋の向秀の作、旧友を懐かしむもの。「嘆逝賦」も晋の文人陸機の作、死せる親戚や友人を思うもの。「懐旧賦」「寡婦賦」も同じく晋の文人潘岳の作、前者は妻の父とその子供たちの死を悲しみ、後者は友人の死について、その残された妻の気持ちを代弁する。「恨賦」「別賦」は梁の江淹の作、所謂「詠物の賦」で、一つのテーマのもとにそれに関連するさまざまな故事を挙げてゆくもの。最後の「文賦」はさきの陸機の作で、「文」に関する詠物の賦と言えるが、六朝時代の文学理論の著作として梁の劉勰『文心雕龍』や鍾嶸『詩品』などと共に重視される作品である。以上すべて『文選』巻一六から巻一七に連続して収められる作品である。

（101）陶然亭は、北平の南外城内にある公園。清初の工部郎中であった江藻が建てた亭に白楽天の詩句より「陶然」の二字を取ったことにより名がついた。元時代創建とされる慈悲庵などがある。

（102）陶然亭内にある古塚。清代に建てられたものであるが、誰を葬ったものかは不明。若くして亡くなった薄幸の美女を弔うものであろう。石碑は、のち文化大革命時に破壊されたが、幸いにも碑文の拓本が北京の国家図書館に所蔵されている。なお、日記原本に引く碑銘は原文のみであるが、ここでは静永が訓読を付した。

碧亦有時尽、　碧も亦た時有りて尽き、

血亦有時滅。　血も亦た時有りて滅せん。

一縷煙痕無断絶。　一縷の煙痕　断絶する無し。

是耶非耶、化為胡蝶。　是か非か、化して胡蝶と為れり。

[欄外注：佳城、墳墓也]

側に鸜鵒冢(103)あり。日西に沈まんとして帰途につく。

夜、常氏。

河村より来信。ます代、胸の水をとれりといふ。其後経過如何。

楠本氏よりも来信。氏亦肋膜を病ふといふ。

李蕭遠「運命論」「酒徳頌」「典論論文」(104)。

十二月十七日（日）　晴

朝、楠本氏に手紙をかく。

午後迄『文選』をよむ。主として詩を。

別に王粲「登楼賦」を写して暗記す。

東亜公司にゆき、『井上日華辞典』(105)縮冊（二元九角五分）を買ふ。

夜、橋川氏に招待せられ、淮揚春(106)にて宴会。

傅惜華、其他（楊鍾羲(107)氏の息）、及日本人は、桂、山本、芝田、小竹諸君。

宴了りて橋川氏を除く日本の留学生諸君を伴ひて帰る。十一時迄快談。

其後、『越縵堂日記』をよみて三時に至る。

[欄外注：楠本氏ニ手紙]

十二月十八日　晴

奚先生。

(103) 香塚の傍らにあった塚。香塚同様に文革時に破壊されたが、拓本が国家図書館に残っている。香塚の墓主の愛鳥を陪葬したものか。

(104) 一昨日より続く『文選』所収の作品群。この日は後半巻に見える散文を読む。「運命論」は三国魏の李康（蕭遠は字）の作、『文選』巻五三所収、天下国家の「命（天命）」の巡り合わせを論じる。「酒徳頌」は竹林の七賢の一人、劉伶の作、『文選』巻四七所収。「典論論文」は三国魏の曹丕（文帝）の作、『文選』巻五二所収。六朝期の文学理論の先駆として重視される。筆者の後年の六朝文芸理論研究への関心の萌芽が伺われる。

(105) 『井上日華新辞典』縮冊版は一九三三年八月、文求堂書店が刊行した。編纂者の井上翠（一八七五～一九五七）は、兵庫県姫路市出身、一九〇四年、東京外国語学校中国語科を修了。一九〇六年、清国留学生の日本語教育のために設立された弘文学院で日本語教師を勤め、一九〇七年、北京の京師法制学堂の日本語教師として渡華。帰国後『井上支那語辞典』および『井上日華新辞典』を刊行した。その後は山口高等商業学校、大阪外国語学校等に勤務した。

(106) 淮揚春は「八大春」の一つ。揚州料理の菜館。レストラン。江蘇省淮安出身の夏万栄が北京西長安街に開業した。

(107) 楊鍾羲（一八六五～一九四〇）は、遼寧省遼陽の人、旧名は鍾廣、戊戌政変ののちに楊姓を名乗る。光緒十五年（一八八九）進士に及第し、のち襄陽、淮安、江寧等の知府を歴任した。辛亥革命以後は出仕せず上海や北平に寓居して学問に専念した。著に『八旗文経』八〇巻、『雪橋詩話』四〇巻などがある。橋川時雄『中国文化界人物総鑑』六一三頁。

その子楊鑑資（一九〇〇～一九六七）は、字は懿涑。著に『夢鬮室詩』がある。一九四九年以後は台湾に渡り余生を送った。一九三一年六月～一九三三年十二月まで楊鍾羲は東方文化事業部の依頼により、『続修四庫全書提要』の執筆に従事した。また一九三三年三月、狩野直喜の誘いで父子ともに来日、倉石武四郎、内藤湖南、服部宇之吉らと面会し、日本の漢籍善本を調査した。一九三九年に鈴木吉武が刊行した瑞洵の『散木居奏稿』には、楊鍾羲が序と瑞洵の伝を、また楊鑑資が跋文を寄せている（筆者は北平で瑞洵と鈴木吉武に会っている＝この日記の昭和九年九月十六日の条参照）。

兪君来らず。再び『越縵堂日記』をよむ。

午後、東安市場に出で丶『燕子箋』(108)『飲水詞』(109)、胡適の『嘗試集』(110)（初版に非ず第三版なり）を買ふ。

『燕子箋』をよむ。辞書により典故を一々調ぶ。

趙君来り、日暮まで語る。

夜、食事をそくなり、常氏を長く待たせたり。

劉君来る。支那の結婚につきて語る。古礼の廃せられゆくを常に嘆ず。

青年には珍らしき男なり。

『越縵堂日記』を閲す。

床に入りて「飲水詞の序」、納蘭性徳の平生、作風につきてを読む。

十二時半就寝。

十二月十九日　晴

奚先生。

『越縵堂日記』をよむ。

石橋氏の紹介にて協成堂といふ書店来る。

午後、桂君来る。一緒に散歩に出で北大出版組(111)の廉売を見、景山書局(112)をも一覧す。

北海公園に至りしに溜氷(こほりすべり)（スケート）(113)をなすもの多し。池は殆ど全部（中央の小部分を残して）已に凍れり。氷を見て初めて北京の寒さを知る。而も日中は別段さほどの寒さなし。帰宅後、兪君来る。彼の伯父近々南方に帰るにつき本月末下宿をする由、気の毒なり。

芝田君、先達置き忘れし袋をとりに来り、直ちに辞す。

(108)『燕子箋』は明の阮大鋮（一五八七～一六四六）の戯曲。唐の科挙受験生霍都梁と妓女華行雲の恋物語。民国期に数種の単行本が刊行されており、筆者の購入したものがいずれであるか特定できない。また日本では大正十二年（一九二三）宮原民平による翻訳が刊行されている（『国訳漢文大成』文学部第十七）。

(109)『飲水詞』は清の文人納蘭性徳（一六五五～一六八五）の詞集。書名は「人の水を飲むが如く、冷暖を自ら知る」という意味から作者自身が命名した。康熙十七年（一六七八）刊行。友人の呉綺と顧貞観が、その序文の中で納蘭性徳の人柄と作風を詳しく紹介している。

(110)胡適の白話による詩（新詩）集『嘗試集』は、一九二〇年三月に上海亜東図書館より刊行。四回改訂され一九五三年に亜東図書館が廃業するまで約四万七千冊を発行した。第三版は一九二二年二月の刊行。発行部数は二千冊。陳爽「『嘗試集』第三版的発現与胡適的誤記」（『文芸争鳴』二〇一五年第三期）参照。
胡適（一八九一～一九六二）は、安徽省績渓の人、アメリカのコロンビア大学に留学し、一九一七年、文学雑誌『新青年』に「文学改良芻議」を発表して白話文学運動を提唱した。のち北京大学学長。戦後は国民党を支持してアメリカに亡命。その後台湾に移り台湾中央研究院院長などを歴任した。橋川時雄『中国文化界人物総鑑』二八〇頁。筆者も胡適についての次のように書き残している。

　私が東大の学生だった、たしか昭和二、三年の頃、胡適がアメリカへの往きか返りか、東大に立ち寄って、中国の文学革命について講演をした。この時胡適はまだほっそりした姿の、面白の青年という感じを残した、瀟洒たる男であった。彼のゼェスチュアをまじえた流暢な英語にわれわれは聞きほれたものだ。昭和八、九年の頃、私は北京に留学していた。その頃胡適は北京大学の文学院院長で、その講義を一寸のぞいてみたが、聴講者がいっぱいで座席がなかった。黒板には横文字を書き並べ、春秋左氏伝の話をしていた。（「胡適の死」『洛神の賦』所収）。

(111)当時北京大学南門付近にあった北京大学出版組（販売部）をさす。はじまりは北京大学図書館に付属する印刷室であったが、一九一八年に出版部に昇格した。一九二九年に図書館から独立し、出版組と改称した。北京大学の講義プリントや教科書、在籍教師の著作を刊行し販売していた。百名ぐらいの社員がおり、当時の北平における大手の印刷業者に成長していた。白化文「我所知的老北大出版組」（『出版史料』二〇〇三年第三期）参照。

(112)景山書社をいう。一九二五年十一月に、顧頡剛を中心に、馮友蘭、郭紹虞、兪平伯、朱自清などの著名人が共同で創設した書店兼出版社。景山東街一七号にあった。一九三七年に経営上の問題で上海開明書店に合併された。潘光哲「顧頡剛離開北京」（『何妨是書生―一個現代学術社群的故事』所収、広西師範大学出版社、二〇一〇年）、顧頡剛「我怎麼進了商界」（『顧頡剛自伝』所収、北京大学出版社、二〇一二年）参照。

(113)溜氷[中 liūbīng]スケートをする。現在の中国語では滑氷[huábīng]が一般的になっている。

夜、常氏。

西村君[114]と語る。

『燕子箋』『飲水詞』をよむ。

宮庄より来信。ます代の病気につき報告あり。いよいよ容体険悪、断腸の思す。而も入院費最早次第に行きつまりゆくが如し。胸を裂かるゝ思なり。

十二月二十日　晴

奚先生、『作詩百法[115]』を余に貸与す。午前中、之をよむ。文奎堂来る。

午後『飲水詞』をよむ。

けふより常氏午後一時半より二時半迄に変更す（小林君の都合により）。

常氏了りて後、東安市場にゆき、筆と日記帖を買ふ。

趙君来る。

夜、劉君。近頃劉君の話言葉早くして、不明瞭なる点多し。劉君との話は殆ど自在なり。一つは劉君との話の内容が学問的なる事のみなる故もあるべし。


北平に来りて本日を以て二ヶ月なり。

いつしか寒さ加はりぬ。この一ヶ月、趙君、兪君、劉君等支那の友人を得て、語学の上、或は学問の上、得る処多し。北京の生活も全く馴れて、来平当時の如き淋しさなし。然れども、ます代の病気日に日に容体険悪、心の晴るる暇なし。

けふ東安市場の鏡を見て、己が顔の俄に老けたるに驚けり。

(114) 西村義一（一九〇八〜?）石川県出身。北京尋常小学校の教諭として昭和七年に来平した。

(115) 劉鉄冷『無師自通作詩百法』（上下冊、鉛活字本）は漢詩（旧詩）の作詩マニュアル。一九二三年から一九三四年にかけて上海崇文書局が八回、上海中原書局が二回刊行している。漢詩の作詩法を「較準平仄法」、「劃定四声法」などの百項目に分けて詳しく解説する。劉鉄冷（一八八一〜一九六一）は、名は綺、また文魁、字は漢声、江蘇省宝応の人。上海において『民権報』や『小説叢報』の編集部に勤務した。著に『鉄冷書談』『鷗夢軒詩牘』などがある。

夜毎に寝もやらず思ひやる故郷の空、病めるものの身の上、あれ思ひこれ思ひ、くづ折れんとする心と戦ひつゝ過ぎゆく月日、心の悩みは一月を一年にも数ふべし。

北平の寒さ、之より日々に加はるべし。夜更けて遠くまた物売の声。

第三巻（昭和八年十二月二十一日～九年一月三十一日）

嫁入り。筆者のアルバムの中に一緒に保存されていた当時の絵葉書より。裏面の説明には「支那の音楽くらゐ底ぬけの華々しい音を立てるものはない。悲しいのやら嬉しいのやら判断のつかない音律に、聖人は喜怒哀楽 色に現はさずと教へて居る。赤いお嫁さんは輿の中であの音にチャームされ乍ら親の選んで呉れたお婿さんに担がれて行くのだ」とある。

昭和八年十二月二十一日　晴

昨日夕暮の空に弦月冴えてその側に金星土星(1)が極めて近く輝きしを見たり。けさの新聞紙上、之に関して論説あり。古来かゝる現象は国家隆盛の前兆と為せり。雍正、乾隆即位の時、天文の博士が之を上奏したることあり。

夜半、夢に驚きて眠を失し、再び戸を出でゝ空を仰ぎしに、已に月は沈みて空には星斗燦然(2)と満ちわたれり。故国に在りしとき、かくも美しき夜の空は仰ぎしことなし。

奚先生来りて清朝歴代の系図(3)を語る。

世祖 北京第一代 順治―康熙（㊔玄 ㊹元、子廿四門）―雍正（胤 允）―乾隆（弘 宏、子十七門）―嘉慶（顒 永）

道光（㊔旻 ㊹綿、子九門）―咸豊（（西）（慈禧太后(4)）孝欽皇后（妃）、（東）孝貞皇后、四子、奕）―同治（（渲）淳、載（代））―宣統（溥）

道光―醇賢親王（七子）　奕

醇賢親王―光緒 → 光緒（兼祧(5)）―宣統

醇賢親王―醇王―溥亻

載　載字輩(6)　溥字輩

(1) この夜、上弦の月を中心に金星と土星が接近し、徐々に月の後ろに隠れてゆく現象が見られた。日本の新聞においても翌昭和八年十二月二十一日に記事が見える（朝日新聞データベースによる）。

(2) 星斗燦然[中 xīngdǒu cànrán]星が輝く。

(3) 清朝第三代（北京に遷都して第一代）の順治帝からラストエンペラー溥儀（第十二代宣統帝）までの系図。康熙帝以降の傍ら注記されるのは皇帝の本名とその代替字。公文書はもちろん、その時代の書籍出版の際には、皇帝およびその父祖三代の本名を避け（最後の一画を故意に書かない「欠画」）たり、別の代替字（発音が同じ別字）を用いたりした。

(4) 咸豊帝の孝欣皇后（慈禧皇太后）は、世にいう西太后（一八三五～一九〇八）である。

(5) 兼祧[中 jiāntiāo]は清代の皇族や貴族間で行われた養子相続。兄弟の間で子供が一人しかいない場合、宗族を絶やさないために、その子が実父と父の兄弟の家を同時に相続し、両家の祧廟（先祖の祠堂）を維持した。

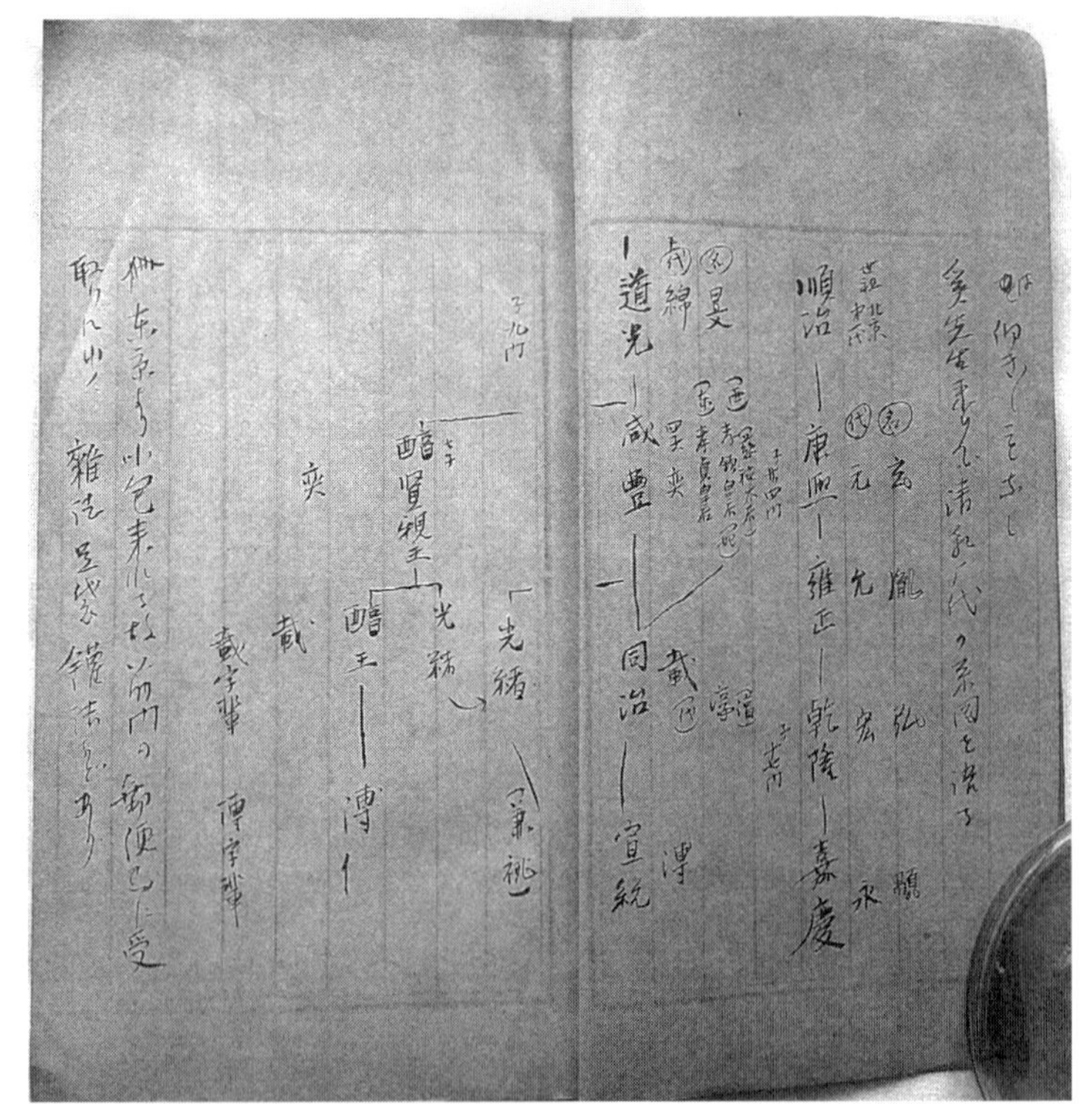

北平日記の原本（清朝皇系図の部分）

東京より小包来れる故、前門の郵便局に受取りにゆく。雑誌、足袋、缶詰などあり。

家に帰れば兪君来りて我を待てり。一時迄語る。

常氏。

此宵この家にて法事を営む由なる故、座敷を貸し、我は家に在ればうるさき故、出でゝ文化事業にゆく。小竹君と夕方迄語り、大槻氏の処にて八木氏と三人食事す。小林君も挨拶に来らる。小竹君もその部屋に来りて晩く迄語る。

家に帰るに、俥が無気味なる人影もなき胡同に入りて淋しかりき。

床に入りて本日送り来れる雑誌『朝日グラフ』[7]をよむ。日本のものを読みしは国を出でゝ始めてなり。何となく心にそぐはぬ心持す。

就寝一時半。

十二月二十二日　晴

朝早く目覚めたり。

奚先生、冬至のことを語る[8]。

河村、ます代に手紙をかき、先日小竹君が撮影せし余が写真を入れて送る。

亦ます代の病を些か慰むるに足らむか。

千鶴子より来信。

午後、常氏。

つづいて兪君。兪君とけふは宗教、人生問題につきて語る。わが支那語にては思ふこと語れぬが残念なり。日暮、兪君を送りて太廟に入り、出口にて別れて一人太廟の中をさまよふ。日暮れて柏

(6)　字輩[中 zìbèi]は、同族間の同世代の者に同じ一文字の漢字を与える命名法。咸豊帝奕詝（えきちょ）には同世代に醇賢親王奕譞（えきけん＝光緒帝の父）がおり、同治帝載淳の同世代には二代目醇王載灃と光緒帝載湉が、そして次の宣統帝溥儀には弟溥傑がいた。

(7)　『アサヒグラフ』は朝日新聞社が刊行していた日本の写真誌。大正十二年（一九二三）一月創刊、平成十二年（二〇〇〇）十月十五日号をもって休刊した。なお、筆者がここで「何となく心にそぐはぬ」（傍点も原本のまま）という感想をいだいたのは、満州事変後の日本の報道やその論説に対する違和感であろうか。

(8)　冬至の日の中国では、北京など北方では餃子、上海など南方ではもち米の粉をこねた団子を食べる。羊の肉を食べるところもある。

樹の下、陰々たり。(9)

夜、劉君来る。彼は誠に熱心なり。快き青年なり。

［欄外注：河村（ます代同封）ニ手紙］

十二月二十三日　晴

奚先生。文奎堂、『大鶴山房全書』（五元五角）を持参。

この鄭文焯(10)（鄭姓は用ひず単に文焯と称せし場合多し）は民国六年（？）に死せし挙人。唐震鈞(11)（『天咫偶聞』の著者）と同時代。生平極めて時宜に合せず、当時彼の反対者は彼を称して狂生となせりといふ。従って又極めて貧しく友人立山といふ富豪の援助を得る処多く、不幸立山早く死せしため、其の（文焯の）遺著遂に出版せられざるもの多し。彼は特に専門の学をなせしに非ざる如く、其の秀づる所は文学詞章にして、詩詞、特に詞はその特に得意なるもの、且つ画を巧みにせり（指頭画(12)）。

服部先生より手紙。武井よりハガキ。彼今肺尖カタルを病めりといふ。

常氏。兪君。

今日は誰と語りても興乗らず。東安市場に行きて菓子を買ひて帰れども食べる気にもならず。『文選』の江文通「別の賦」(13)を写す。

夜、『冷紅詞』(14)（『大鶴山房全書』の中）をよめど詞譜(15)なきこと故、仲々読みにくし。辛うじて二十数首を読み且つ味ふ。

夜九時近く余りに侘しき故、人を訪ねんと思ひ俥に乗りて吉兆胡同の本仏寺なる山本君と樫山君とを訪ふ。胡同不明、月光の下(17)を寒気にをかされつつ半時間ばかり淋しき横町をさまよひたり。十一時迄。再び俥に乗りて帰る。

(9) 太廟の柏樹について、筆者は次のように回想している。
北京に着いて間もなく冬になった。北京の冬は長い。十月の末頃から街路樹の葉は凋み、やがて風に舞って路上を転がってゆく。「南池子」のある家に住んでいたが、淋しくて、よく太廟の柏の林の間をさまよった。堀を距てて故宮の美しい角楼が眺められた。（「わが半生─死別生別（八）」『夕陽限りなく好し』所収）

(10) 文焯（または鄭文焯、一八五六～一九一八）は、号は大鶴山人、漢正白旗人。光緒元年（一八七五）の挙人。経学や金石学、医学などのほか、音楽や書画にも通じた清朝末期第一級の文化人であったが、科挙の最終試験（会試）に七度も落第し、江南退士と称して隠棲した。生活は苦しく、蘇州や杭州を転々として絵画や拓本を売り、傍ら市井の医師を生業として貧しさをしのいだ。民国六年（一九一七）北京大学学長蔡元培が彼を好待遇で迎えようとしたが応じず、翌民国七年に六三歳で没した。その著作が『大鶴山房全書』八冊として民国九年（一九二〇）に出版された（蘇州交通図書館蔵板）。橋川時雄『中国文化界人物総鑑』六七頁。また橋川時雄は『文字同盟』第十二号（一九二八年三月刊）を鄭文焯の特集号とし、冒頭に以下のように述べる。
　大鶴山人鄭文焯、字は俊臣、号は小坡、及び叔問。幼少より倜儻、志節あり、その文に奇気あり、画に工みであった。その詞には、雄厚雋秀の気韻を有し、時流のよく及ぶところでなかった。閎識絶学を有しながらも世に用ひられず、貧苦に顛頓し、民国七年二月、つひに蘇州に逝く。すでに十年を経たる今日、世かはり時うつり、その風懐学問を語るもの漸くすくなし、そは山人に立言の伝ふべきものなきためにあらず、多年の乱世、人よくこれを顧る暇なきによる。

なお満州旗人の習慣では、姓と名を同時に呼ばず、名前のみか、名前の前に爵位や官職名を付けて呼んだ。この習慣に倣い、文焯も鄭姓を冠しない場合が多い。

(11) 震鈞（または唐震鈞、一八五七～一九二〇）、字は在庭、号は渉江、憫盦。満州の旗人。辛亥革命以後は唐晏、字を元素と改め上海に閑居した。橋川時雄『中国文化界人物総鑑』七三〇頁。その著『天咫偶聞』一〇巻は、清代の北京のようすを書き残した随筆。孟元老『東京夢華録』や呉自牧『夢粱録』にならい、革命以前の北京を懐古して執筆した。

(12) 筆を用いず、手のひらや指、爪などに直接墨や絵具をつけて描いた絵画。指画とも呼ばれる。中国では古くから用いられてきた技法であるが、清の高其佩が初めて本格的に用い、画法の一つとして完成させた。日本でも池大雅ら南画家が用いた。

(13) 『文選』巻一六所収。梁の江淹（四四〇～五〇五）作。

(14) 文焯『大鶴山房全書』所収の彼の詞集。全四巻。光緒十五年（一八八九）から二二年（一八九六）の作品を収録する。

(15) 詞は、詞牌（メロディー）ごとに一句の字数や平仄、押韻が定まっている。この規則を記した詞譜を理解していないと、句読点がつけられず、内容を読み取ることが難しい。

今日、我国にては皇子御誕生[18]あらせられたり。国家の安泰、慶賀之に如くものなし。数日前より天文の異常、日々の新聞紙上に賑はしく特に日本に於て月と金、土星の接近を著しく観測し得たりとのこと。而して之が其の国の隆盛に赴く吉兆或は聖天子に出現の瑞兆といはるること思ひ合せ、迷信とのみ云ひ度くなき心地す。日本特に東京市中に於ける奉祝気分察すべし。

夜十一時半、帰宅後湯に入る。朝よりの憂鬱なる気分晴れてうれし。

十二月二十四日（日）　晴

朝、常よりをそくおき出でたり。支那語教師もけふは来ず。協成堂『詞学全書』[19]を持参、七元。之（詞譜）を用ひて『冷紅詞』を数十首よみしも余り感心するものなし。ついで夕方迄『漱玉詞』[20]を読み、一唱三嘆のものあり。

誰も来ず、淋しさに散歩に出でて故宮の堀の側までゆきしも、つまらぬ故、すぐに引返して又読書す（『文選』の賦）。

河村より手紙。ます代の病気につき始めてやや回復の希望あるたよりに接したり。之丈けにて安心も出来ねど嬉しさ限りなし。願はくば次第に熱も下り、つづいて嬉しき便り来らん事を。

夜、同宿の西村君、池田君に誘はれて又真光の活動を見る。題は『頼婚』。実は曾て見たる『東への道』のサウンド版[21]なり。悲劇の主人公の運命が悲しかりしか。或は十年以前この活動を水戸にて見たる頃の楽しかりし思ひ出を憂多き今の身に比べて淋しかりしか。度々涙出でて眼曇れり。まして近頃幼児の姿写真に見るだけにても心苦し。

(16) 北平在留の日本人のために設けられた仏教寺院。各宗派共通。住所は東城区吉兆胡同。
(17) この日は旧暦十一月七日。
(18) のちに平成時代の天皇となる明仁皇子の誕生。
(19) 『詞学全書』一四巻は、清の査継超編。清朝の詞（填詞）に関する著作である毛先舒『填詞名解』四巻、王又華『古今詞論』一巻、頼以邠『填詞図譜』六巻続集一巻、仲恒『詞韻』二巻を収録した叢書である。また九州大学附属図書館には、昭和九年三月二〇日受付のものがある。該書の第一冊には「文華堂／詞学全書／三元」との墨書紙片が残されている。
(20) 『漱玉詞』は、宋の女流詞人李清照（一〇八四～？）の詞集。全一巻。
(21) 原題は「Way Down East」一九二〇年公開のアメリカ映画。監督はD・W・グリフィス。日本では大正十一年（一九二二）に公開。筆者は大正十年から大正十五年までの旧制水戸高等学校に学んだが、その高校生時代に観たのである。中国語版タイトルの頼婚［中 làihūn］は婚約を破棄すること。主人公である純粋な田舎娘アンナ・ムーアの波瀾万丈の生涯を描く。また「サウンド版映画」とは、映像にBGMのみが付いたもの。サイレント映画とトーキー映画の中間に位置する。

十二月二十五日　晴

奚先生。

『漱玉集』を読む。

常氏、兪君、劉君、けふは皆来らず。

夕方、一寸散歩に出づ。樫山君、竹田氏夫妻来る。

夜、池田君の部屋にて語る。

『結埼亭外集』(22)をよむ。

十二月二十六日

奚氏、けふは所用の為め来らず。

もはや数日にして日本にては正月といふに、北平に在りては少しも其の様な心地せず。

朝、金のことを考へしに、実に今後は三月迄書物を買ふ金は少しもなし。

淋しき事なり。

修、ます代（看護婦代筆）より手紙。

協成堂来る。先日の『詞学全書』余りに錯簡(23)多き故返す。

午後、常氏。

桂君の病気を見舞ふ（中華公寓）。支那に来りて殊に公寓(24)に在りて病気になりては淋しさに堪えざるべし。

東安市場にて靴墨と靴ブラシ、靴下を買ひて帰る。

『結埼亭外集』をよむ。二、三発見する所あり。

夜八時半頃、山本君来り、続いて小竹、八木君来り、四人にて語り、遂に深更二時半に及べり。

十二月二十七日　雪

(22) 全祖望『鮚埼亭文集外編』五〇巻を指す。

(23) 線装本（糸綴じ本）に見られる丁（ページ）の綴じ間違い。乱丁、落丁とも言う。

(24) 公寓［中 gōngyù］下宿屋、アパート。特に北京の「公寓」は、清朝の時代、地方からの科挙受験者向けの宿泊施設として造られたものがはじまりで、中華民国成立後は自炊式の下宿屋となった。当時は食事なしのアパート式が主流であった。安藤更生『北京案内記』（新民印書館、一九四二年）参照。

交民巷。当時の絵葉書より

朝より雪降り初む。霏々として灰の如く細かき粉雪なり。

奚氏来る。

『結埼亭集』をよむ。

午後一時より東方文化事業総委員会にて挙行さるゝ柯鳳孫(25)先生の追悼会に出席。楊鍾羲氏の祭文、江瀚(26)氏の講演あり。支那老学者の風貌を伺ひえたり。

帰宅。桂君を見舞はんと東廠胡同より中華公寓まで雪中を歩く。雪は外套に積めども払へばさらさらと落ちて跡に何も濡れず。日本の雪とは大違ひなり。

千鶴子、趙君より手紙。

ます代、河村千里、趙君に手紙を出す。

夜は雪已に止みて月(27)色冴えたり。

暫く読書して早く床に入る。

[欄外注：ます代、河村千里、趙君に手紙]

十二月二十八日

朝、奚さんを了りて後、西村君と太廟にゆく。雪景色誠に美し。凡て清浄の気持ちなり。

午後、常氏所用の為め告假(28)。

小竹君との約束を思ひ、傅惜華を尋ねんと思ひ、文化事業に誘ひにゆきしに、小竹君、之より北海に溜氷にゆかむ、といふ。之に誘はれて、小竹、八木両君と共に文化事業を出で、途中スケートの靴を買ひ（三元五角）、一旦うちに帰りて仕度し、三人北海にゆく。北海公園の入口にて傅惜華に出逢ふ。溜氷の人沢山なり。初め椅子を持ちてすべり、後、手をはなして練習す。辛うじて少

(25) 柯劭忞（一八四九〜一九三三）、字は鳳孫、または鳳蓀。山東省膠県の人。光緒十二年（一八八六）の進士。清朝では翰林院編修、武英殿総纂、翰林院侍講、国史館編修、京師大学堂総監督などを歴任、学制調査のため日本へ派遣されたこともある。民国成立後は参政院参政、清史館長事務代理。従来の正史である『元史』（明の宋濂らの奉勅撰。二一〇巻）に対し、モンゴルや西洋の文献をも利用した『新元史』二五七巻を著し、民国八年（一九一九）大総統徐世昌によって歴代正史の一つに加えられた。また大正十二年（一九二三）、著書『新元史考証』が評価され、東京帝国大学より文学博士が授与されている。大正十四年（一九二五）十月、東方文化事業総委員会の発足に伴い初代委員長に選ばれた。昭和三年（一九二八）五月、日本軍の山東侵出に抗議、同委員会の中国側委員全員とともに辞表を提出した。しかし日本軍山東撤退開始後の一九三〇年二月、北京人文科学研究所服部副総裁の委嘱を受ける形で『続修四庫提要』の編纂事業を再開した。一九三三年八月三十一日没。その他の著書に『春秋穀梁伝注』一五巻、『蓼園詩鈔』五巻などがある。橋川時雄『中国文化界人物総鑑』二九〇頁。また山根幸夫『東方文化事業の歴史』、阿部洋『「対支文化事業」の研究』を参照。
　この追悼会の記録『柯鳳孫追悼会紀録』（東方文化事業総委員会、一九三三年、関西大学附属図書館所蔵）によれば、会は午後二時より東廠胡同の東方文化事業で挙行。参会者には、楊鍾羲、江瀚、傅増湘、胡玉縉ら中国の学者たちのほか、飯島渉（同仁会北平医院院長）、堤留吉、鈴木吉武、小林知生等日本人留学生約三十名、遺族として柯昌泗、柯昌済、柯昌汾の三名、主催者側としては中山詳一（外務省在北平一等書記官）、橋川時雄（司会者）、大槻敬蔵、鄧萃英（総務部主任）、徐鴻宝（図書部主任）、林秀英（図書部主事）等の名があり、総勢七十余名であったという。また、これに先行して東京でも前月に追悼会が開かれている。

(26) 江瀚（一八五七〜一九三五）字は叔海、号は石翁。福建省長汀県の人。光緒十九年（一八九三）庶民の身分から重慶東川書院山長となる。京師大学文科経学教授兼女子師範学堂総理、京師図書館長、北京大学文科学長、故宮博物院院長などを歴任。民国十六年（一九二七）より東方文化事業総委員会研究員として柯劭忞を輔佐、「詩経提要」などを執筆した。著書に『詩経四家異文考』一巻、『慎所立斎文集』四巻、『慎所立斎詩集』一〇巻などがある。橋川時雄『中国文化界人物総鑑』一一三頁。山根幸夫『東方文化事業の歴史』参照。

(27) この日は旧暦十一月十一日。

(28) 告假［中 gàojià］休み。

しすべる程度になれり。北海の雪の夕暮、実に美しき景色也。雪のもやにつつまれて、模糊たる中に北平図書館の灯、うすく彼岸に浮びたり。

八木君と共に家に帰り、うちにて一緒に食事し十一時半迄語る。

八木君の之までの話をきき、遂に失はぬ純情に感じ、泌々彼がいとしくなれり。

近来休みつゞき支那語進まず、自ら恥づ。

服部武君より手紙。

十二月二十九日

奚先生。

昨夜、中根の息子帰省（立教大学教授）、之と暫く散歩す。昨日の溜氷のため身体痛し。

常氏。

兪君久しぶりに来り、日暮迄語る。

夜、劉君。例によりよくしゃべる。西村君も来て、共に支那語を研究す。

けふはいちにち支那語に日をくらしたり。

天気誠にさむくなれり。

十二月三十日　晴、風さむし

朝、奚先生。

其後、中根氏と共に彼の溜氷の鞋[29]を買ひにゆく。吾が踵に前日の傷（豆）尚癒えず。歩行に痛みを感ず。協成堂来りしも気に入らぬ故、追ひ返す。

午後、北海にゆく（西村、中根、中根の娘さん）。けふは少しも

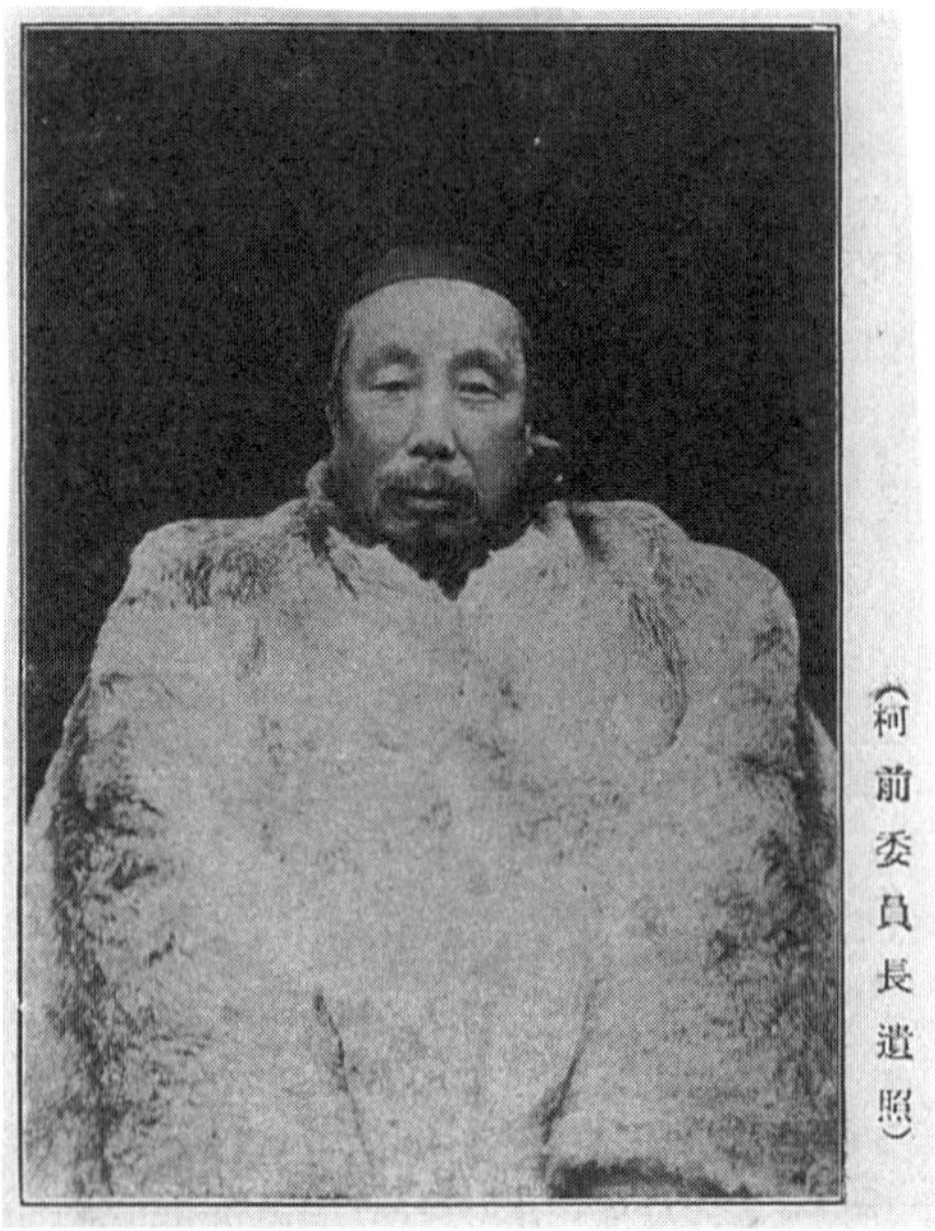

柯鳳孫氏。当時の東方文化事業パンフレットより

(29) 鞋［中 xié］靴。

溜れず。

度々転倒せるのみ。西風烈しく寒さ甚し。北京に来りて今年第一のさむさ也。帰途、小竹、八木両君と共に鞋を取りかへにゆき（鉄が壊れたる故）更に三人にて東安市場にて珈琲を飲み、茶を買ひて帰る。

何となく心淋しき日暮也。

常氏、午後五時より六時迄（常君の都合にて今日に限り変更）。『急就篇』「桃太郎」(30)を了る。

十二月三十一日

今日より正月三日の間支那語休み。

午前中、大倉(31)の裏の池に溜氷にゆく。少時にして帰る。

午後、桂君、趙君、小竹君、八木君来る。暫く語り、午後三時半、一同にて北海にゆく。溜氷稍出来始めたり。

其後、桂、八木、小竹三君と共に東安市場潤明(32)にゆきて晩餐をなす。我一人酒をのみ陶然となり、又打ちつれて珈琲をのみ、活動にゆく（大飯店グランドホテル(33)）。

今夜除夕、感慨に堪えず。涙出でんとす。友と別れ家に帰り、湯に入りてそばを食ふ。已に一時半也。今夜の心持ち筆にかかれず。

［欄外注：服部武君ニ手紙］

昭和九年一月一日

空麗に晴れて風もなく快き元旦也。

桂君も来りて共に雑煮を祝ひ公使館に到りて御真影を拝す。

文化事業部に年頭の挨拶にゆく。

午後、家にありて五六通年賀状をかく。

(30) 『急就篇』の最終章「桃郎征鬼」をさす。

(31) 王府井大街にある北平大倉洋行をさす。実業家大倉喜八郎（一八三七～一九二八）が創立した大倉組商会（後の大倉財閥）の海外支店の一つである。

(32) 潤明楼は山東料理のレストラン。

(33) 北京東交民巷御河橋路東にある六国飯店をさす。一九〇二年にベルギーの国際寝台車会社ワゴン・リー社が建設したグランドホテル（Grand Hotel des Wagons-Lits）の跡地に、一九〇五年、英・仏・米・独・日・露六ヶ国の共同出資で新築されたホテル。以後、六国飯店と改称した。現在も北京華風賓館として営業している。

（本會正門）

東方文化事業の正門と書庫。当時の東方文化事業パンフレットより

八木、小竹両君を誘ひ夜竹田四郎[34]氏宅を訪ひ晩餐を共にし、十時半、家に帰り更に両君と一時まで語る。

今年を以て我已に三十一歳也。

今年こそは誰も誰も健康に向ひ希望に充ちし一年を送るべし。

年頭に際し、遥か故国を思ひ、ます代を始め一同の健康をいのる。

一月二日

雑煮。

年賀状、三、四通来る。

午後、北海。溜氷にゆきしも足の傷尚癒えず早く帰る。

山本君、堤氏来る。三人にて西長安街大陸春[35]にゆきて晩餐をとる。堤氏に分れ山本君と共に西堂子胡同[36]の桂君を訪ね、東安市場の喫茶店にて語る。

一月三日

桂君、雑煮を食べにくる。午後、桂君はこの家の人々と麻雀をなし、我は麻雀を知らず、娘さんとトランプをする。

橋川氏来る。之と語るうちに、趙君、李といふ男を伴ひて来る。

日暮まで語る。

桂君、池田、西村諸君と共に家にて晩食をなし、九時頃、桂君を送りて、東安市場にゆき、亜東書局版の『紅楼夢[37]』を買ひて帰る（一円五十銭）。

明日の予習をなし、胡適の「考証」を読む。

義五郎より来信。ます代の病、小康を得たるが如し。

北平の正月、予想よりも快き年を迎へたり。

一月四日

(34) 竹田四郎氏は、当時日本鉱業株式会社の北平出張員。住所は西城区の絨綿胡同。この日記の昭和八年一〇月二一日の条参照。

(35) 大陸春は福建と四川料理のレストラン。

(36) 西堂子胡同は王府井大街の東側に伸びる小路。明代初期に南京から遷都した際、ここに多くの妓楼（南京の方言で「堂子」）が集められたことからこの名がつく。

(37) 一九二一年五月に上海亜東書局より出版された鉛活字本『紅楼夢』をいう（もしくはその重版）。巻頭に胡適の「『紅楼夢』考証」が掲載されている。胡適はこの文章の中で、清末民初の紅楼夢研究者たち（索隠派または旧紅学派という）の牽強付会の手法を批判し、科学的な考証を提唱し、のちに「新紅学」と呼ばれる新しい紅楼夢研究の発端を作った。

今日より再び生活を以前の規則的なるに戻す可し。

八時起床。九時より奚先生につきて『紅楼夢』を第一回より始む。

初めは少しづつ読みゆくつもり也。

午後、常氏。

この家にて麻雀を始め、桂君も之に加はる。余一人麻雀を解せず。

かゝる遊戯はもとより好まざる処なり。止むなく一人出でゝ文化事業にゆき、夕方帰る。

夜八時の汽車にて八木君、安東[38]へ出立。

桂、小竹君と之を見送る。後、両君と東安市場にて茶をのむ。

一月五日

奚先生、『紅楼夢』。

午前中、兪君の借したる『紅楼夢』の序言、讃、其他[39]をよむ。

桂君、けふも来てこの家のものと麻雀す。

正午、その人々に誘はれ東興楼にて食事。

午後、琉璃廠にゆき、廠甸児[40]を見る。王船山『読通鑑論』[41]（五十銭）、『南渡録』[42]（十六銭）及び茶碗二箇をかふ。この茶碗二箇にて始めは十二元といひしが、値切りて一元にて買ひたり。その青磁、誠に気に入りたり。

桂君も同行。

夜『紅楼夢』の予習をなす。

溜氷の第一日、足に靴ずれが出来、その後癒えず。毎日療治せしも少しも快方に向はず。之より大事を引き起すことあれば恐ろし。

明日より成る可く家に在りて保養せん。

余は四日より日常の生活に復し読書を始めたれども、この家の人々

(38)　満州国安東省安東市、いまの遼寧省丹東市。
(39)　光緒十四年（一八八八）の日付を持つ華陽仙裔の「序」、また三家評と総称される張新之（太平閑人）の「石頭記読法」、王希廉（護花主人）の「批序・摘誤・総評」、姚燮（大某山民）の「総評」、また涂瀛（読花人）の「論賛」などを指す。いずれも上海亜東書局本（一九二一年）以前に出版された『紅楼夢』の諸刊本において巻頭に付録されていたものである。
(40)　廠甸児［中chǎngdiànr］琉璃廠の中央の広場、さらにはその路上に出された露店をいう。
(41)　『読通鑑論』三〇巻は、明末清初の思想家王夫之（一六一九〜一六九二、号は船山）の著作。宋の司馬光『資治通鑑』を繙きながら自己の思想を述べたもの。
(42)　一一二六年の靖康の変によって南遷した宋王朝の一族について、その顛末を語ったもの。徽宗・欽宗二帝や后妃らが北方異民族の金に連行され、屈辱的待遇を受けたようすを述べる。ただし内容は史実とは大きくかけ離れ、創作されたものである。作者は南宋の文人辛棄疾に仮託されている（参照『四庫全書総目提要』史部雑史類存目一）。筆者が購入したテキストは、第一〜二巻に「南燼紀聞」、第三〜四巻に「窃憤録」を収録して『南渡録』と合題し、四巻構成に編集したものか。

尚休暇気分にて妨げられしが、明日よりは全部元通りになるべし。

一月六日

奚氏。

けさ、中根の息、東京へ出立。

午後、常氏。

東安市場にゆき『啼笑因縁』(43)を買ふ。この『啼笑因縁』は近時支那に於て最も愛読さるゝ小説なり。

小竹君の処によりて帰る。

夜、小竹君と吉祥戯院に韓世昌(44)一座の昆曲をきく。「紫釵記」「西廂記」何れもよし。外に「鍾馗嫁妹」なる一劇あり。型の美しさ実に驚嘆に値せり。

帰途、車上、風さむし。

床に入りて『啼笑因縁』をよむ。天橋(45)の描写など仲々よし。

一月七日

身体少し不快を感じ十時半起床。やゝ風邪心地なり。足の豆も尚癒えず。

年賀状をかき、小説（『啼笑因縁』）をよむ。終日家を出ず。

桂君、一寸来たりしもすぐ帰る。

夜『紅楼夢』を調べる。

[欄外注：熊野へ手紙、ます代へ写真。

年賀状＝宮城、進藤、藤野、黒木、若林、河村、松井、川副、末次、修]

一月八日

稍風邪心地、且足の傷を怕れ、けふも終日家を出でず。

桂太郎君。
筆者のアルバムより

(43)『啼笑因縁』は、張恨水（一八九五〜一九六七）による長編章回小説、全二二回。一九二〇年代の北京を舞台に描かれた恋愛物語。一九三〇年に『新聞報』に連載されて人気を博し、のち上海の三友書社から単行本が出版され更にベストセラーとなった。なお飯塚朗による日本語訳が一九四三年、生活社より刊行されている。

(44)韓世昌（一八九七〜一九七七）字は君青。中国南方の伝統劇である昆曲の俳優。女形として仕草や表情に定評があった。一九二八年には来日し、東京・京都・大阪などで公演した。橋川時雄『中国文化界人物総鑑』七七二頁。
昆曲（崑曲）は明の嘉靖年間に江蘇省昆山の魏良輔が創始した伝統演劇。ゆったりとした音楽のもとに、情愛豊かに演じられるのが特徴。元の王実甫の「西廂記」や明の湯顕祖（一五五〇〜一六一六）の作った「紫釵記」や「牡丹亭還魂記」などが代表的な演目。またこの日記に見える「鍾馗嫁妹」はのちに京劇でも演じられるようになった。

(45)天橋は、北京の永定門内大街付近の地名。清代、ここに北京の大道芸人たちが集合していた。屋外に仮設施設を設けて、さまざまな大道芸が行われたり、数多くの露店があり賑わった。風紀上の問題から一九五〇年代には消滅した。

奚先生、常氏（けふより午前十一時～十二時）。

午後、桂君、兪君。

夜、劉君。

劉君帰りて後、家彝と暫く語る。

けふはいちにち支那語の稽古せり。『紅楼夢』の下調べに一時間以上を要す。

一月九日

奚氏、常氏。外に来客なし。

『啼笑因縁』をよむ。

東単牌楼の理髪店にゆく。

路上風さむき日なり。俥のほろを堅く閉(とざ)す。

竹田氏より電話、十二日の晩、北京飯店(46)にゆく事を約す。

夜、『紅楼夢』第三回の半迄を下調べ。

河村千里、修より来信。

夜、風声寒し。

一月十日

風さむし。終日家にあり。寒暖計は〇下十度を降れりといふ。

奚先生。『紅楼夢』の黛玉、宝玉初めて会面する所、及鳳姐の性格の描写(47)、実によし。

常氏。

千鶴子より手紙及小包とゞく。靴下、汁粉、ポマード。

兪君、午後三時すぎ来る。

夜、家彝と語る。

足のまめ、漸く癒え来れり。

(46) 北京飯店は、光緒二六年（一九〇〇）フランス人経営者が始めた酒場であったが、一九〇三年、現在の王府井大街西南端の地に移転。一九一五年、フランス系銀行の出資により五階建ての煉瓦造り（現在のA棟）が完成し、北京屈指の近代的ヨーロッパ風ホテルとなった。さらに一九一七年には七階建ての新館（現在のB棟）が増築された。現在はE棟まであり、歴代数多くの国賓が宿泊し、中国の近代史とともにある建築物である。

(47) 『紅楼夢』第三回「林如海　義兄に託し訓教に報ゆること、賈後室　外孫を迎え孤児を惜しむこと」。

一月十一日

高野、麓[48]より年賀状。

奚氏、常氏を了り、中和戯院に切符を買ひにゆく。今夜の芝居のため也。

更に東安市場にゆき、芝居の脚本を購ひ、午後之を研究す。

夜、西村君と共に中和にゆく。

劇は程硯秋の「玉堂春[49]」也。戯院にても又唱詞[50]の印刷をくれし故、唱凡て明白。美しく哀れに実によき芝居なりき。

他に「金銭豹[51]」、「捉放曹[52]」等ありしも、他の役者何れも優れしものなく面白からず。唯「玉堂春」一幕に満足を感じて帰る。

ます代より手紙（代筆）、病気漸く快方に向ひつゝある様子、実に心明るし。

一月十二日

奚氏、『紅楼夢』の衣裳の説明仲々煩はし。

文奎堂来る。

樫山君来る。常氏。

午後、桂君来る。一緒に『爽籟館欣賞[53]』を観る。以前東京の唐宋元明展覧会[54]にて見しもの、尚見覚えあり。

『紅楼夢』の勉強。

夕方、小竹君来る。

夜、竹田氏夫妻に誘はれ、小竹君も居合わせたれば一緒に三條胡同のロシヤアパートにて食事し、北京飯店の黄河水災救捐会[55]にゆく。或は西装、或は中装、思ひ思ひに衣裳をこらして麗人実に多し。新支那に触るゝを感ず。

---

(48) 麓保孝（一九〇七～一九八八）、東京帝国大学支那哲学科卒。筆者の後任として昭和九年より第三高等学校教授に着任。のち昭和十二年（一九三七）から十四年にかけて北京に留学。のち東京帝国大学文学部講師、中華民国大使館調査官、防衛大学校教授等を歴任。著書に『北宋に於ける儒学の展開』（三陽社、一九六七年）、『帝範・臣軌』（中国古典新書、明徳出版社、一九八四年）などがある。この日記の昭和九年五月六日の条を参照。

(49) 「玉堂春」は、明の馮夢龍『警世通言』の「玉堂春落難逢夫」を題材とする所謂才子佳人劇。清の李漁（一六一一～一六八〇）の『笠閣批評旧戯目』に昆曲の「玉堂春伝奇」の名が見える。京劇としては一九二六年に上海で初めて上演された。濱一衛『支那芝居の話』（二一一～二一二頁）参照。筆者もこの劇について以下のように記している。

　馬連良の借東風（三国志）、尚小雲の白蛇伝（雷峰塔伝奇）、程硯秋の玉堂春―滝の白糸に似た、妓女が金を貢いで出世させた男に自分が裁かれる話―などいくども繰り返し観た。（「京劇」、『夕陽限りなく好し』所収）

(50) 唱詞［中 chàngcí］中国の戯曲における歌唱の部分をいう。

(51) 「金銭豹」は、いわゆる「西遊記」ものの京劇の一つ。孫悟空が天上の仙人の助けを借りて妖怪金銭豹を退治する。呉承恩の原作『西遊記』には見えないが、清の道光四年（一八二四）の『慶昇平班戯目』にはすでに題名が見える。『中国曲学大辞典』（浙江教育出版社、一九九七年）五七一頁参照。

(52) 「捉放曹」は小説『三国志演義』第四回を題材にした京劇。董卓暗殺に失敗し、お尋ね者となった曹操が、一度は陳宮に捕まるが、その義心に共感した陳宮は曹操を許し、自らも曹操とともに逃亡する。『慶昇平班戯目』に題名が見える。

(53) 『爽籟館欣賞』は東洋紡績社長であった阿部房次郎（一八六八～一九三七）の収集品の図録。爽籟館は彼の書斎名。第一輯三冊は唐から清に至る中国書画五三点を収録、伊勢専一郎解説、昭和五年（一九三〇）出版。筆者が見たのはこれである。のち第二輯は、房次郎の死後、息子の阿部孝次郎が長尾雨山に依頼して昭和十四年に出版された。現在、これらの美術品一六〇点は、大阪市立美術館に寄贈され、阿部コレクションとして知られる。

(54) 唐宋元明名画展覧会は、昭和三年（一九二八）十一月二十四日より十二月十六日まで東京府美術館および東京帝室博物館において開催された。日本と中国双方から中国画の名品が約三百点出品された。久世夏奈子「外務省記録にみる『唐宋元明名画展覧会』」（国際日本文化研究センター『日本研究』第五〇号、二〇一四年）参照。

(55) 一九三三年夏に発生した黄河の大水害救済のためのチャリティー・パーティ。この時の被害は河北・山東・河南各省で約一万八千人の死者を数え、近百年来最大のものとされた。王林「一九三三年冀魯豫黄河水災与救済」（『中国史研究』二〇〇七年第八期）参照。

自働車にて送られて帰りしは已に一時なり。

一月十三日

昨夜夢に東京の家族と語れり。

皆々健康に楽しく食卓に集へり。覚めて心痛む。

奚氏。常氏。

午後、川田病院に池田君を見舞ふ。肺尖を病へり。身体弱き我、実に之を見て人事（ひとごと）に非ず。

西裱褙胡同に堤氏を訪ふ。年賀の答礼もなさざりし故也。会談の末、今夜活動を見ることを約して帰る。

夜、堤氏夫妻来り、共に真光の「春水情波」(56)を見る。胡蝶(57)主演。

支那の活動は殆ど初めて見たり。写真、演技共に良し。

只、其の筋が陳腐なり。気のきゝたる会話を少し覚えて帰る。

一月十四日（日）

連日少々帰宅をそかりし故、身体回復の為め、けふは十一時迄ねる。

午後、久し振りに世古堂来り、一時間位話してゆく。

夕方、橋川氏を訪問。六朝文学につきて語る(58)。

夜、兪君来る。

一緒に東安市場の喫茶店にて茶をのみて九時まで語る。

帰宅後、西村君の部屋にて支那語を研究。

其後『紅楼夢』を調べて、一時就寝。

一月十五日

奚氏に月謝を払ふ。

常氏。

(56)「春水情波」は一九三三年上映の中国映画。監督は鄭正秋（一八八九〜一九三五）。主人公の阿毛は騙されて奉公先の若旦那の子を生むが、後に自らの過ちに気づき、母子二人で生きてゆく。

(57) 胡蝶（一九〇八〜一九八九）、本名は胡瑞華、上海出身の映画俳優。一九三〇年代のトップ女優で「電影皇后」と呼ばれた。

(58) 橋川時雄による六朝文学の研究成果としては『陶集版本源流攷』（文字同盟社、一九三一年）、『宋嘉泰重修三謝詩』（一九三四年。大連図書館で発見された南宋刊本『三謝詩』の影印、橋川氏の後記がある）などがある。

正房の朝鮮人(59)の言葉、昨日もけふもやかましくて堪まらず。

池田君の病気、腸チブス(60)と判明。同宿の我等危険なり。

明日、西廂房の消毒をなすとて、今日、警察及び同仁病院(61)より人来りて、其の部屋に目張りせり。

西村君けふは我が部屋に引越し。

『紅楼夢』の下調べに多大の時間を要するに困ったもの也。

夜、太太、西村君は民会(62)に日本の活動を見にゆく。余は、劉氏来り九時半まで語り、その後は読書す。

一月十六日

奚氏、常氏。

午後、石橋氏来る。池田氏の部屋の消毒に関してなり。桂君来り、腸チブスのことを聞き、大いに神経を起す。

桂君と共に中華公寓にゆき、彼氏のチブス予防薬を貰ひ、共に東安市場にて茶をのみ，又三條胡同ロシヤアパートにゆき、食事して帰る。

帰宅後、西村君、太太と午前二時迄語る。

近頃『紅楼夢』のために時間とられ、其の他の書をよむこと少し。

目黒河村より手紙。

［欄外注：義五郎、宮庄に手紙］

一月十七日

けさは睡たくてならず、奚氏を了りて後、常氏をことわりて、再び一時間ほど寝る。

午後、東安市場にゆき、五芳斎にて包子を食ひ、紙、鉛筆を買ひて帰る。喉が少し痛し。

(59) 正房［中 zhèngfáng］、四合院の家の南向きの棟。また池田君が住んでいた「西廂房」［中 xīxiāngfáng］は正房側から見て右（東向き）にある。
　この日記には今日の社会通念から見ると適切ではない言葉（朝鮮人など）が使われているが、歴史資料を尊重して、原文のままを掲げる。ここに登場する人々の歴史的また政治的な意味は、このあと一月二十九日の条で明らかとなる。

(60) 腸チフスのこと。チフス菌による感染症。感染源は汚染された飲み水や食物などで、感染力が強い。潜伏期間は一〜二週間。症状によっては、腸穿孔、肺炎などを起こす。中国では「傷寒」と呼ばれる。

(61) 日華同仁病院。日本の医療団体「同仁会」によって大正三年（一九一四）北平に開設された病院。東単三條にあった。

(62) 日本居留民会の略。戦前における在外日本人の自治組織である。さらに規模が大きいものは「民団」と呼ばれる。

夕方迄『紅楼夢』の下調べ。

高田先生より来薫へ支払依頼の金五円（支那の金にて四元二角七、近来相場益々悪し）[63] 送り来る。

夕方、小竹君一寸来て坐りもせず直ぐ帰る。

この夜、ねむれず大いに困る。

［欄外注：高田先生に手紙］

一月十八日

風邪心地癒えず。心重し。

奚氏、常氏。いづれも気が乗らず。

河村に手紙をかく。

終日家にあり。

読みかけて止めたる『啼笑因縁』を又読む。

心淋し。

［欄外注：河村に手紙］

一月十九日

けふより『大公報』[64]を止めて、『実報』（小報）[65]に換へたり（『晨報』[66]は従来の如し）。

風邪心地癒えず。心重し。

奚氏、常氏。

宮庄、橋村より手紙。

宮庄よりの手紙に、末次、沢本、吉田、皆我がたよりなきを怒れりと云ふ。皆、人の心の解らぬ人々よ。

風の音止まず。夜、朝鮮人の喧嘩あり。心焦燥にたへず。

早く床に入り『啼笑因縁』を完まで読む。通俗極まれど面白し。

(63) この当時は、アメリカをはじめとする欧米諸国の経済制裁によって、日本円のレートが徐々に下がっていった。

(64) 「大公報」は一九〇二年、満州族の英斂之により天津のフランス租界で創刊された新聞。現在も香港で刊行が続けられており、中国語新聞としては最も長い。

(65) 「実報」は一九二八年に北平で創刊されたタブロイド版の新聞。社長は管翼賢。新聞用紙が普通のサイズの半分であるため、民衆に「小実報」と呼ばれる。戦争による物資の供給不足で一九四四年に廃刊。

(66) 「晨報」は一九一六年に北平で創刊された新聞。当初は「晨鐘報」と題したが、一九一八年に改名。その「副刊」には魯迅、周作人、郁達夫など多数の文学者が作品を寄稿した。一九四三年廃刊。

いさゝか心晴れたり。

［欄外注：池田君ニ見舞］

一月二十日

風の音止みぬ。

奚氏。常氏を断りて正午近く迄寝る。

午後、桂君来る。

夕方、熱七度。

吉田、宮庄に返事をかく。

趙君、一人の不愉快なる支那人を連れて来る。不愛想に応待して早く返す。

心淋しければ『文選』をよむ。

［欄外注：吉田、宮庄］

一月二十一日（日）

午（ひる）近く迄ねる。終日誰も来ず。夕方、熱七度一分。

憂鬱也。

家彝を東安市場にやり、煙草と茶を買はす。

西村君の『改造』(67)（十二月号）と『文芸春秋』(68)とを通読。心いよいよ慰まず。

楠本氏よりはがき。

夜、『改造』新年号をよむ。

夜、失眠。遂に午前五時に至る。

一月二十二日

五時にねて八時に起床。鏡にうつる顔、色悪し。

奚先生。常氏。

(67) 『改造』は大正八年（一九一九）創刊、山本実彦が社長をつとめる改造社が刊行した日本の総合雑誌。主に労働問題、社会問題の記事で売れ行きを伸ばして、社会主義的な評論も多く掲げた。また志賀直哉、谷崎潤一郎などの文学作品も連載した。昭和三〇年（一九五五）廃刊。この昭和八年十二月号には当時の緊迫した世界情勢を憂慮する記事が複数掲載されている。横山春一編『改造目次総覧』中巻（新約書房、一九六七年）参照。

(68) 『文藝春秋』は大正十二年（一九二三）に菊池寛が私財を投じて創刊した月刊雑誌。掲載記事は政治、歴史、経済、軍事、芸能、教育などさまざまなジャンルに及ぶ。また文芸に関しては、今日も毎年の芥川賞・直木賞など幾つかの受賞作品を掲載する。

(69) 光緒二三年（一八九七）清朝政府がベルギーからの借款によって敷設した鉄道。一九〇六年に北京から漢口（いまの武漢市）までが開通した。現在は更に長江を渡って延伸し、京広鉄道となっている。

(70) 広和楼は前門にある劇場。明代末期に創建され、民国時代は広徳楼、華楽楼、第一舞台とともに「京城四大劇場」と呼ばれた。

午後、兪君来る。彼近頃、試験のため焦悴せり。此の数日門を出でず。且つは其のため夜の眠りを失ふを恐れ、兪君と共に散歩に出づ。東華門より午門の前に出で、真すぐに前門に向ひ、平漢鉄道の駅[69]にて茶をのみ、広和楼[70]を十分位立見して帰る。長安街にて兪君と分れ、太廟をぬけて帰る。

留守中、河村母より手紙、及『漢文講座[71]』の余が書ける現代文芸の巻を五冊送附。留守宅の金次第に少なく誠に心配也。他に差当り方法もなし。

桂君来る。一緒に晩飯。

劉君来り、共に語る。

十一時就寝。前夜の睡眠不足と今日の運動にて身体疲れ、すぐに夢に入る。

一月二十三日

奚先生（『紅楼夢』第七回[72]）。

常氏、今日にて『急就篇』を了る。明日より『華語萃編』をよむ可し。

橋村より手紙。三高より『同窓会雑誌』。

世古堂来り。明日、余及幾人かの日本人を芝居によばんと云ふ。気すゝまず辞したるも遂に断りきれず承知す。

『紅楼夢』の予習以前より楽になれり。

久し振りに湯に入る。二十日位なり。

一月二十四日

奚先生の持参せし『観心書院全集』を二元にて買ふ。不必用なる品なれど止むを得ず。

(71)　一九三三～一九三四年に共立社が出版した『漢文学講座』シリーズをいう。監修は服部宇之吉、編輯は内田泉之助、長澤規矩也、本多龍成。当時の若手研究者が中心になって執筆し、中国の思想・文化・文学を紹介した。筆者は第五巻の『現代文芸』（一九三三年出版）を担当。当初全一五巻の予定であったが、第七巻までで終了した。

(72)　第七回の題目は「宮花を届けし賈璉　煕鳳に戯る、寧国邸の宴にて宝玉　秦鐘に会う」。賈宝玉は秦可卿の弟秦鐘と出会い、お互いに好感を持つ。賈府の使用人焦大が酔っ払った揚げ句に、賈府の内情を暴露してしまう。

北京の牌楼。当時の絵葉書より

常氏、けふより『華語萃編』初集を初む。

午後、世古堂との約束により桂君と共に琉璃廠にゆく。他に松川、吉村、武田、高岡の諸氏。共に広和楼にて聴戯(73)。実に汚なく、且つ寒く、些の興味なく強ひて坐せり。蘇世明(74)とかいふ役者可愛ゆきを見たるのみ。戯了りて一同食事。其後、所謂前門の花柳界に遊ぶ（獵艶と支那語にて云ふ）。諸君実に詳しく且つ見知りの女あり。甚だ得意なりしかど、かゝる俗悪なる女子は我が最も悪む所、亦些かも興をひかず。かゝる巷に遊び、かゝる女子を相手になし居れば、いつか己が情も亦濁るべし。我は情の濁れる者を厭ふ。遂にけふ一日心楽しまず。

帰宅後、西村君と暫く語り、更に一時迄勉強。

武井よりはがき。

一月二十五日

奚氏。常氏。

午後、兪君来る。

夜、湯に入る。

終日出でず。

［欄外注：佐藤、児玉、麓、熊野、西川、林、鈴木、服部、高野ニハガキ］

一月二十六日

幾分暖き日なり。風なし（この二、三日来、風なきは嬉し）。

奚氏。常氏。

午後『紅楼夢』の予習を了へ、暫く読書及び手紙をかきて後、散歩に出づ。東方文化事業にゆきしも誰も居らず。浦野君達の部屋

(73) 聴戯［中 tīngxì］京劇など中国伝統劇を観賞する。常連客は動作を見ることよりも、主役の俳優の美声を楽しんだ。

(74) 蘇世明は「富連成」出身の京劇俳優。生（男役）を得意とした。

(75) 沈宗元編『東坡逸事』（商務印書館、一九一八年）。蘇東坡に関する逸話を名言、詩詞、書法など一五の項目に分けて記す。著者の沈宗元は、四川省長寧の人。著書に『東坡逸事続編』（商務印書館、一九二五年）、『西蔵風俗記』などがある。該書は九州大学附属図書館中山文庫所蔵。

(76) 徳菱女士原著、東方雑誌社訳述『清宮二年記』（商務印書館、一九一四年）。原作は英文、原題「Two yeears in the forbidden city」で一九一一年の作。著者の徳菱が、光緒二九年（一九〇三）から二年間、西太后慈禧に仕えた際の体験を綴ったもの。著者は、満州貴族の外交官裕庚の長女裕徳齢（一八八六〜一九四四）で、幼少期の六年間を日本やフランスで過ごし、帰国後は母妹とともに西太后に仕え女官長兼通訳をつとめた。父の看病のため西太后のもとを辞して上海に移り、光緒三三年（一九〇七）アメリカ副領事ホワイトと結婚、一九一五年、アメリカへ移住した。著書に『西太后秘話（Old Buddha）』『天子—光緒帝悲話（Son of Heaven）』などがある。筆者は「中国文学月報」第十三号（昭和十一年（一九三六）四月）の随筆「清宮二年記」に次のように紹介している。

先日或る書物を見度くなって探したが見付からず、考へて見るとそれは北京に居た時友人に貸したまゝになってゐる事を想ひ出した。処が筐中をかきまはしてゐる中に、之は又、其の友人から私が借りた儘になってゐる一冊の書物を発見した。薄い、表紙も失はれた汚い書物、それがこの清宮二年記である。……此の清宮二年記は、光緒の末年、当時頤和園に在った西太后に侍した裕徳菱と云ふ女性が、後に米国人に嫁して、当時の事を憶ひ出して書いたので、初めは英文で書かれたと聞いてゐるが、それは見た事はない。裕徳菱は巴里に公使として行ってゐた裕庚の女で、当時に於て例の賽金花等と共に有名なる女性であった。……一体清末に於ける西太后の勢力は今更云ふ迄も無く、従って又西太后にまつはる色々奇々怪々な噂は巷間に広く伝はって、之を材とした小説は沢山あるが、皆所謂演義物で、講談趣味のものに過ぎないが、此の二年記は作者が親しく侍し、特別な恩寵を蒙り、朝夕親しく自分の目で見た事を叙べた

にて少し話して帰る。

留守中、川副より手紙来れり。

夜、劉君来る。けふは愉快なる気持ちにて話したり。

近来（三、四日以前より）少し晩酌をやる。気が明るくなってよし。

正月以来、何となく憂鬱。読書に身が入らず困ったものなり。

［欄外注：武井、河村、楠本ニ手紙］

一月二十七日

奚氏。常氏。

午後、兪君。（『東坡逸事』(75)と『清宮二年記』(76)を持参。何れも一寸面白し。）

読書。

夜、西村、家現、坪川三君(77)と開明舞台に郝寿臣と楊小楼(78)の「長坂坡」を見る。郝の曹操殊によし。

一月二十八日（日）

順子の誕生日。吾、国に在れば何か祝ひてやらんものを。父は北京、母は病院。噫（ああ）。

朝は十一時迄ねる。

午後、小林知生君来る。世古堂来る。

小林君を送り、太廟に入り、中山公園にて茶をのんで分る。

夜、心落付かず、遠く柏林寺(79)裏の趙君を訪問。俥上月色美し(80)。

帰宅後、『紅楼夢』をよむ。

一月二十九日

昨夜、朝鮮人やかましく遂に暁五時迄ねむる能はず。腹立たしさに堪えず、今朝早速引越しせんとす。ボーイに其旨云ひつけ、奚

のであるから、其の点大いに趣を異にする。

なお該書の邦訳には佐藤知恭訳補『支那革命迷宮記』（日東堂書店、一九一五年）、太田七郎、田中克己訳『西太后に侍して』（生活社中国文学叢書、一九四二年）、井出潤一郎訳『素顔の西太后』（東方書店、一九八七年）がある。目加田文庫には、商務印書館、民国二六年（一九三七）刊本がある。

(77) 西村義一、家現（かげん）憲二、坪川信三。いずれも北京日本居留民会立北京尋常小学校の教職員。外務省外交史料館「在外日本人学校教育関係雑件／内閣職員録掲載氏名等調査関係　第一巻」参照。

(78) 楊小楼（一八七七～一九三九）、名は嘉訓、清の名優楊月楼の子。光緒二八年（一九〇二）昇平署に仕えて西太后の寵愛を受け、民国元年（一九一二）、姚佩秋との共同出資により北京で初めての近代的劇場の第一舞台を開設した。一九三〇年代当時も最古参の武生として活躍していた。橋川時雄編『中国文化界人物総鑑』五九七頁参照。濱一衛『北平的中国戯』に「最古老の一人として武生界のみならず、梨園全体の神様の域に達して居る。……その嗓子の良さ、説白の歯切れの良さ、支那語の生粋が此の老優の口から、燦燦とほとばしり出る。」とある。この日の三国志劇「長坂坡」では楊小楼が趙雲を演じ、敵役の曹操を郝寿臣（『北平的中国戯』八四頁に写真）が演じた。

(79) 柏林寺は北京城内の東北部、雍和宮に隣接した古刹。唐代開創と伝えられる。清朝唯一の官刻大蔵経『龍蔵』の経板が完全な形で保存されていたことでも知られる。この経板は民国二二年（一九三三）北平古物陳列所に移管された（現在は北京市文物局所蔵）。木田知生「龍谷大学所蔵の龍蔵について」（『龍谷大学論集』第四七一号、二〇〇八年）参照。

(80) この日の旧暦は十二月十四日。ちなみに元禄赤穂事件の吉良邸討ち入りもこの日である。

郝寿臣の曹操。濱一衛の『北平的中国戯』より

先生を了り、常氏来りし折、思ひがけなく警察署の人五、六人来り、朝鮮人を引いて行けるに驚けり。実は彼ら白面[81]（阿片の代用品）販売の常習者にて遂に検挙されしなり。痛快の至り也。太々と相談し、彼らを追ひ出すことをすすめ、警察にゆきて石橋氏に逢ふ。氏亦彼らを北京より追放すべしと約せり。俄かに気の毒なる思ひす。朝鮮人の主人、弟、遂に今日警察より帰らず。

午後、山本君来る。

千鶴子より手紙。

文奎堂にて『人間詞話[82]』を買ふ。

夜、劉君来る。

今夜、民会にて「忠臣蔵」の活動ある由にて、太々、西村君等皆出かけたり。流石に今夜は朝鮮人も静かなり。早く寝ねんと思ふ。

一月三十日

奚先生。常氏。

『人間詞話』及『清宮二年記』をよむ。後者は仲々面白きもの也。

午後（夕方）趙来る。この男、内容のなき男なれば、話退屈なり。

夜、一寸散歩に出でたり。月色冴えたり。

早く床に入れども、又朝鮮人やかましくて二時迄ねむれず。実に身体を害する事なり。

［欄外注：ますよニ手紙］

一月三十一日

珍らしく曇り日なり。

奚氏。

常氏を早く了り文化事業の宴会に行く。

（81）白面［中 báimiàn］麻薬ヘロインの隠語。また「几号」「白粉」などとも呼ばれる。これらが実はこのような日本国籍を持つ朝鮮人もしくは台湾人らによって売り捌かれ、日本軍の満州侵出等植民地政策の重要な資金源になっていたことが、近年の歴史研究によって明らかになりつつある。この日記の記述は、偶然にも、歴史の暗部を目撃している点で貴重である。江口圭一『日中アヘン戦争』（岩波新書、一九八八年）、また小林元裕『近代中国の日本居留民と阿片』（吉川弘文館、二〇一二年）、朴橿著、小林元裕・吉澤文寿・権寧俊訳『阿片帝国日本と朝鮮人』（岩波書店、二〇一八年）等参照。

（82）王国維『人間詞話』は、伝統的な詞話構成を用いて歴代の詞を論じ、「詞は境界を以て最上とす」る境界説を唱えた。光緒三四年（一九〇八）～同三九年「国粋学報」に三回にわたり連載され、単行本は民国十五年（一九二六）北京樸社より出版された。王国維没後、民国十七年（一九二八）未刊稿を加えた『人間詞話箋證』上下二巻（斯徳峻撰、北京文化学社）が出版され以後も版を重ねた。筆者は昭和十二年（一九三七）五月発行の「中国文学月報」第二六号（王国維特輯）に「紅楼夢評論と人間詞話」という一文を寄せ、次のように述べた（のち『風雅集』所収）。

王国維は借着を脱いで、然し乍ら已に一度び西洋の文芸思想をくぐった自分の目を以て、もっと支那文芸に深く入り込まうとした、之が人間詞話だと思ひます。……此の詞話を見て第一に感ずる事は、先の紅楼夢評論と異り系統立った論文ではなく、極く断片的な、暗示的な、従来の詞話の形式に戻って居る事です。……王国維は文学といふものを此の型に嵌った観念の遊戯から離し、本当に人間の心の真実に触れたものである可きとしたのです。

ちなみに目加田文庫に沈啓无編校『人間詞及人間詞話』（文芸小叢書、人文書店、一九三三年十二月）がある。

堤、鈴木、其他の諸氏同席。余り面白からず。

些か酒に酔ひ、帰宅後ソファによりて睡る。小竹君、天津より帰れりとて一寸来てすぐ帰る。

『紅楼夢』予習。

夜、雪。

兪君来り、八時半迄話す。彼を送りて門に出づる時、白雪霏々として肩にかゝる。

床に入りて『清宮二年記』をよむ。朝鮮人依然として夜半まで騒し。

第四巻（昭和九年二月一日〜三月三十一日）

北京留学中の友人たち。筆者のアルバムより

昭和九年二月一日

夜来の雪尚降り止まず。院子一面白雪に蔽はれ子供の如く心楽しむ。雪を怕(おそ)れて奚氏来らず。稍遅く起床。常氏は来る。雪止む。午後、東安市場に日記帖、筆を買ひに出で、中華公寓の桂君を訪問。桂君の隣室に姚といふ年若き無名作家あり(1)（尤も二、三翻訳などあり）。彼と中国新文学を語りて愉快なりき。其後、桂君と交民巷を散歩す。雪景色に心躍る。桂君、余に支那の点心「元宵(2)」をおごる。面白きものなり（けふ東安市場の大鼓書(3)をきゝしが、どうも解らず、すぐ出でたり）。

帰宅すれば、東京よりますよの手紙来れり。自筆の手紙なり。嬉しさ胸に迫る。熱も最高七度二、三分になれりと云ふ。但順子の身体弱くなりしは心配なり。之も追々努力して健康児となすべし。吾、日本に在らざる罪なるべし。順子は可憐なり。順子が見度し。

吾が部屋の「迎春(4)」已に盛りすぎ、紅梅将に花を開かんとす。已に二月なり。春遠からじ。春遠からじ。此夜、湯に入る。

二月二日

連日、朝鮮人のやかましさに悩まされ睡眠不足なりしため、昨夜やゝ静かなるに乗じ、二時よりけさ九時迄熟睡。あとにて聞けば、昨夜半四時頃又々一と騒ぎあり。家中起き出でたりといふ。之に気付かざりし余が如何に連日苦しめられて遂に乏(つか)(5)れ果てしか、自ら察すべし。

奚氏。

『清宮二年紀』読み了る（当時支那三美人ノ一人、裕徳菱と呼ぶ

（1）姚克（一九〇五～一九九一）、本名は姚莘農。浙江省余杭の人。一九三二年九月エドガー・スノー（Edgar Snow 一九〇五～一九七二）と共同して魯迅の作品（『阿Q正伝』など）の英訳を企画、一九三三年九月スノーの招きで北平に移った。姚克と魯迅との間には、翻訳の連絡等で書簡の往来があり、魯迅の一九三四年一月二五日付の姚克宛書簡には「Mr.Katsura はどういう職業の方か存じません。正体がしれないのでしたら、用心して交際なさるべきです。留学生でないのに中国に居留できるとすれば、任務を帯びているにちがいないからです。」とある（竹内実訳『魯迅全集』第十五巻書簡、学習研究社、一九八五年）、範麗雅「姚克と英文『中国評論週報』『天下』月刊―中国古典戯曲の紹介をめぐって」（東京大学「アジア地域文化研究」第十一号、二〇一五年）参照。

（2）元宵［中 yuánxiāo］は元宵節（旧暦正月十五日）に供される点心。桂花（木犀）や木の実などを混ぜ込んだ甘い団子状の餡に米粉を十分にまぶしゆでたもの。

（3）大鼓書［中 dàgǔshū］は当時北京でさかんだった民衆演芸の一つ。唱大鼓ともいう。若い鼓姫が書鼓と呼ばれる平たく丸い太鼓と拍子木を打ち、一人又は数人の男性が三弦などの楽器で伴奏する形式が多く、語りかつ唱うものや唱うだけのものもあった。京韻大鼓、梅花大鼓、楽亭太鼓など様々な種類があり、その起源は、東北の農村に起こるという説、北京の弦子書が瀋陽に伝わり当地の民歌と結合して形成されたという説などがある。

（4）迎春［中 yíngchūn］梅の花の一種。和名は黄梅。モクセイ科の落葉小低木で、ウメに似た黄色の高杯形の花を咲かせる。中国では春節前後の頃に開花する。

（5）疲乏［中 pífá］疲れる。以下、筆者の日記中の漢字には、しばしば中国語で使われる文字が混在する。

西太后の侍女の作）。実に近頃面白き読み物なりき。

『紅楼夢』予習。

午後、兪君来り、連れ立ちて北海に遊ぶ。けふ雪後の晴天、蒼空の美しさ、言語に絶す。

白塔山[6]に登る。石洞より降り、雪の皚々（がいがい）[7]たる北海の氷上を渡りて、五龍亭[8]にゆき、彼方の寺を見て後門より出づ。

道路の雪已に溶けて、路濘（ぬか）るみ歩行に悪し。俥を雇ひて東安市場に至る。喫茶店にて息（いこ）ひ[9]、又連れ立ちて交民巷に至り、一とまわりして兪君と分れて帰る。

常氏けふより（西村君がけふより彼につきて支那語を稽古する関係上）又時間を改めて六時半より七時半迄（西村君七時半〜八時半）。

劉君来る。大いに支那現代の教育を論ず。彼回（かへ）り[10]て後、西村君我が部屋に来り、落花生を食ひつゝ晩（おそ）く迄語る。

二月三日

奚氏。

『紅楼夢』の勉強。

午後、読書。兪君来る。

今日はわが誕生日なり[11]。兪君と西村君とを伴ひ、西長安街にて晩飯。愉快なり。されど、例年のこの日を思ひ懐郷の心、圧（をさ）へ[12]がたし。

二月四日（日）

朝十時半迄ねる。

午後、西村君と琉璃廠にゆき、来薫にて高田先生より依頼の金を

（6）白塔は、現在でも北海のランドマークとして存在するチベット仏教の塔。清の順治八年（一六五一）建立。
（7）皚皚[中 áiái]雪や霜などが大地を真っ白にするさまを表現する言葉。白皚皚とも言う。
（8）北海の湖面に張り出して建てられた五つの亭。清朝の歴代皇帝たちが皇后や臣下の王族たちと連れ立ち、月見の宴や花火、釣りなどを楽しんだ。
（9）休息[中 xiūxi]休憩する。
（10）回去[中 huíqì]帰る。
（11）筆者満三十歳の誕生日である。
（12）圧抑[中 yāyì]おさえる。

30歳誕生日の筆者。筆者のアルバムより

払ふ（商務印書館ニ『曼殊留影』[13]アリ。改メテ買フベシ）。

けふ風寒し。立春の日といふに殊に寒く、俥上眺むるうら枯れの北京の景色心傷みて止まず。

夜、淋しければ又西村君と共に東安市場に行き「大鼓」を聞く。可愛ゆき少女の唱ふをきゝ、其の意は解らざるも快よき気分なり。

『東坡逸事』を読む。興出でず。

二月五日

奚先生、従前宮中より賜りしといふ黄色の荷包[14]を持参。我に見せたり。金糸銀糸にて飾り美しきものなり。

読書。

午後夕方近く、小竹君来り、東安市場にゆき、潤明[15]にて食事。遂に八時になり、劉君を断る。

少し近来遊びすぎ、稍心安らかならず。明日より改むべし。

九時より『紅楼夢』を読みて一時を過ぐ。

［欄外注：末次ニ手紙］

二月六日

二、三日来、天気誠に暖かなり。
奚先生。

来薫閣来る。十元支払。所持の金已に不足なり。三月末を如何にせんかと憂ふ。

『紅楼夢』予習。

午後、読書。

兪君来る。少年時代の写真を呉れる。並に清華大学第二級卒業紀念冊を持参。中に学生語の説明などありて面白し[16]。

筆者のアルバムより

(13)『曼殊留影』は、清の文人毛奇齢（一六二三〜一七一三）が愛妾の張曼殊を追悼するために編んだ詩文集。上海の商務印書館より一九三〇年出版。これは一九二八年に来日した張元済が東京の実業家内野皎亭の所有となっていたものを発見し、影印出版したものである。当時の撮影に関する契約書「為拍撮日蔵中華典籍与日本撮影師所訂合同」が残されており、委託人代表者に長澤規矩也、保証人に宇野哲人の名が見える。また張元済には「戊辰暮秋東瀛訪書十首、贈内野皎亭十一月十九日」と題する詩がある。『張元済全集』第四巻および第十巻（商務印書館、二〇一〇年）参照。

(14) 荷包［中 hébāo］ 匂い袋。奚先生がかつて宮中において西太后より賜った品か。

(15) 潤明楼は、東安市場にあった山東料理の店。看板料理は「鶏絲拉皮」。

(16) 兪君は清華大学に一九二六年入学、一九三〇年に卒業した。学生語とは当時の大学生たちの間で流行した新造語。例えば同時代の日本の大学生たちの間にもドイツ語の「アルバイト」、フランス語からの「サボる」、英語からの「コンパ」などの言葉が生まれた。

趙来る。

三人連立ちて散歩に出で各々途中分れて帰る。余は川田医院に池田君を見舞ふ。

ますよりより『照葉狂言』[17]と菊池寛の『勝敗』[18]を送り来れり。『照葉狂言』は余の最も愛好する小説なり。

桂君、脚を痛めたりと電話にて知らせ来る。又小林君より銭稲孫氏只今七日まで休暇なる故、話しに来られたしとのこと、合憎手紙のことづけ行きちがひあり、已に間に合はず、又改めて訪問せむ。常氏。

今夜、湯に入る。湯水少なくて心持悪し。早く暖かくなりて、街の浴場にゆきたし。日本の銭湯こそ恋しけれ。

『照葉狂言』をよむ。売られゆく小六が最後の舞をまはむとするあたり、ひしひしと胸に迫る名文なり。所詮文学は自国のものを味ふにまさることなきか。

二月七日

奚先生。

来薫閣主人[19]来る。

川副よりのシャツ、ズボン、風呂敷の小包を家彝をして郵便局にゆいて受取らしむ。税金数多とられたり。

『東坡逸事』をよむ。面白き話二、三あり。

ますよより手紙。

桂君を見舞ふ。

東安市場にて山本君、樫山君に逢ひ一緒に茶をのむ。菓子を買ひて帰る。

(17)　泉鏡花（一八七三～一九三九）の小説『照葉狂言』は、明治二九年（一八九六）十一月十四日～十二月二三日読売新聞に連載、明治三三年（一九〇〇）に春陽堂より単行本が刊行された。ここで日本より郵送されたものは昭和七年（一九三二）に春陽堂文庫として出版された文庫本であろうか。

(18)　菊池寛（一八八八～一九四八）の小説『勝敗』は、昭和六年七月二五日～十二月三一日東京朝日新聞および大阪朝日新聞に連載、単行本が昭和七年（一九三二）新潮社より刊行された。また翌年（一九三三）四月には新潮文庫として出版。

(19)　来薫閣店主陳杭をさす。この日記の昭和八年十月二十四日の条参照。

けふ暖かし。春近き心地す。
夜、常氏。
劉君（文天祥祠[20]、安定門内府学胡同西口路北）。
［欄外注：川副、千鶴子（文学ニ現レタル王昭君ノ故事[21]ニツキテ）、
ます代ニ手紙］

二月八日

奚氏、了りて、午後三時半迄、読書。

其後、散歩に出づ。長安街に出で、王府井に廻り東安市場にて茶を四半斤[22]買ふ。帰宅後、小林君来り、夕食を共にす。

常氏来り、西村君もこの部屋に来り、何れも毎日常氏に習ふ者達なる故、共に九時迄談話す。

けふも実にあたたかき日なりき。

二月九日

奚先生。

来薫閣より『影印山帯閣楚辞[23]』を贈り来る。午後迄之を読む。

三時、門を出で散歩し小学校にて谷村君[24]に逢ひ、共に隆福寺の廟会[25]にゆく。古玩舗[26]数多あり。人多くして不愉快なり。

一人徒歩にて帰るに、南池子にて小竹君に逢ひ、伴ひて帰りて語るに、小竹君の兄、日本にて死したりといふ。誠に気の毒の至り也。其の兄たる人は、実に精神的なる人なること、以前より聞き及びたり。

夜、常氏。劉氏。

けふも春の如くあたゝかき日にて、身体やゝ力なきを覚ゆ。注意すべし。注意すべし。

(20) 南宋の将軍として元朝に捕らえられ刑死した文天祥（一二三六～一二八三）の祠堂。北京のこの地は元時代に警巡院（警察署）があり、彼が収監され処刑された場所として明初の洪武九年（一三七六）にその霊を慰めるために建立された。

(21) 王昭君は、紀元前一世紀の前漢の元帝の時代に匈奴の呼韓邪単于に降嫁した伝説宮女。中国四大美女の一人。その逸話の原型は六朝時代の『西京雑記』に見えるが、後にさまざまな文学作品に取り上げられた。唐詩では李白「王昭君二首」、杜甫「詠懐古跡、其の三」、白居易「青塚」などがあり、宋詩では王安石の「明妃曲二首」などが有名である。巷間でも講談や戯曲の題材としても取り上げられ、敦煌から出土した「王昭君変文」（唐代の語り物）や元曲の馬致遠「漢宮秋」、明の戯曲「和戎記」、清の小説『双鳳奇縁』などがある。

(22) 一斤の四分の一。一二五グラム。

(23) 清の江蘇省武進県出身の蒋驥（一六七八～一七四五）が著した『山帯閣註楚辞』全一〇巻は、一九三三年、来薫閣書店の陳杭によって雍正五年（一七二七）版本が影印出版された。全四冊、六〇元。清朝に起こった考証学の方法によって『楚辞』を考察した画期的な著作である。こののち筆者の楚辞研究（平凡社中国古典文学大系『詩経・楚辞』一九六〇年、岩波文庫『屈原』一九六七年、平凡社中国の名詩『滄浪のうた屈原』一九八三年など）に大いに刺激を与えた。

(24) 谷村勗（つとむ）（一九〇七～？）高知県出身。昭和三年に高知県師範学校を卒業し、同年、郷里の高知県幡多郡十川村尋常高等小学校の訓導になったが、昭和六年に来平し、北京日本居留民会立尋常小学校の訓導として就任。

(25) 廟会[中 miàohuì]縁日。北京の隆福寺の廟会は、明代以来、毎月一日と二日、そして九日と十日に行われていた。鄧雲郷著、井口晃・杉本達夫訳『北京の風物：民国初期』（東方書店、一九八六年）によれば、「隆福寺の書舗、花児市の造花店などは、いずれも定った店舗をかまえた商店であり、廟の門外の街路に店を設けていた。廟会の間はむろん商売が繁盛するが、ふだんも商いをしている。……廟会の期間中は廟の二つの歩廊、前庭や裏庭、山門、正殿などの場所に大きな小屋がけをして店を開き、絹織物、陶磁器の鉢や碗、各種衣料、古着、靴、帽、刃物、木製家具……を売っている。……廟会の営業時間は、「日中市をなす」という古いしきたりをよく守って普通は朝八時か九時に始まり、午後五時か六時には終った」とある。

(26) 古玩舗[中 gǔwánpù]骨董店。

(27) 北海公園の名所の一。九匹の龍を配した瑠璃装飾の障壁。もとは清代の真諦門の一部であったが、一九〇〇年の義和団事件の際に焼失してこの障壁だけが残った。中央の龍が皇帝を、左右の昇龍と降龍が文官と武官を象徴する。

(28) ウェストミンスターはイギリスの高級煙草会社。一九一〇年創業。当時の北京では日本の貿易商などを介してこれらの品が販売されていた。同社製のタバコには「ターキシヱーヱー(Turkish.A.A)」などの銘柄があり、当時のポスターなどが残っている。

(29) 現在の建国記念の日。

(30) 『鴻雪因縁図記』は、清の高官である麟慶（一

二月十日

奚氏。来週は陰暦の正月なる故、休暇。

けふ月謝の他に六円（稍少なけれど）及風呂敷を贈る。

桂君。

八木君、安東より帰りたりとて土産持参、来訪。

中根の主人帰宅。

午後、小林君、銭稲孫氏と共に来る。

銭稲孫氏は気持ちよき人なり。共に北海に散歩にゆく。北海にて日暮れたり（九龍壁(27)を看る）（北海にもはや溜氷出来ず）。一人別れて帰る。

夜、常氏。シャツ、ズボン、ウエストミンスター(28)を陰暦の歳暮として贈る（常氏も明日より一週間休み）。

河村、楠本氏より来信。

二月十一日（紀元節(29)）

けふより当分支那語休みなる故、暇なり。

朝、中根主人と語る。

午後、文化事業を訪問、諸君と語る。

『鴻雪因縁図記(30)』及李明仲『営造法式(31)』を見る。

帰宅後、亦『鴻雪因縁図記』を見て楽しむ。

夜、二条胡同の川田病院に池田君を見舞ひ、東安市場にて信箋を買ひて帰る。

昼間は春の如く暖かなりしも夜は空に星燦然とかがやきて流石に風寒く覚ゆ。


七九一～一八四六）が中国南方各地の名所旧跡を訪れた際の記録に、汪春泉という画家の線描画を図録として併せたものである。清の道光年間に刊行され、その後、光緒年間にも複数回刊行された。当時の風俗や景観などを知る上で貴重な資料となる。

(31)『営造法式』は、北宋の李誡（?～一一一〇、字は明仲）が勅命によって編纂した建築書。全三四巻。一九一九年、南京の江南図書館に収蔵された丁氏八千巻楼コレクションの中から刊本の重鈔本が発見され、その石印本が刊行されて以降、中国の古代建築研究が飛躍的に発展した。一九三〇年、日本の荒木清三、橋川時雄、中国の朱啓鈐、馬衡、陶湘、梁思成、林徽因らをメンバーとして、これを研究する日中共同の研究会「中国営造学社」が設立された。橋川時雄「重刊李明仲営造法式」（『文字同盟』第十八号、一九二八年）および今川与志雄編「橋川時雄著年譜」（『橋川時雄の詩文と追憶』所収）参照。その成果は日本では当時東方文化学院研究員であり戦後は名古屋工業大学教授であった竹島卓一（一九〇一～一九九二）『営造法式の研究』（全三冊、中央公論美術出版社、一九七〇～一九七二年）に結実している。

また中国の側では梁思成（一九〇一～一九七二、清末の思想家梁啓超の長男）によって『中国建築史』（一九四三年）および『営造法式注釈』（一九六六年完成）として纏められているが、更に梁思成は新中国成立後において、故宮や天壇など北京に残る歴史的建造物の保存に尽力した。王軍著、多田麻美訳『北京再造　古都の命運と建築家梁思成』（集広舎、二〇〇八年）参照。

二月十二日

けふも暖き日なり（九大より百円書物代を送り来る）。

午前、堤氏を訪問。

午後、兪君来る。

吉兆胡同の山本、樫山両君を訪ふ。山本君不在。樫山君には帰途出あひ、再び引返して語る。樫山君の交換教授の様子を見る。相手の支那人、『紫式部日記』[32]を持ち出して其の解釈を求めたり。

夜九時入浴の後、樫山君又我家を訪れ来る。十二時迄語る。

眠れず『啼笑因縁』の続集[33]などよむ。つまらぬものなり。

夜中、左の耳痛し。

三時半就寝。

二月十三日

朝、床の中にて外を吹く風の音をきゝ頭痛を覚え遂に十一時迄眠る。

風稍おさまりしも尚心持悪しき日なり。

午後『啼笑因縁続集』を読み了る。

兪君、自ら画ける絵を持参して予に与ふ。

中華公寓にゆき、桂君及姚君と語り、東来順[34]にゆきて食事し、二人を伴ひて帰り、更に姚君と文学を語る。

外は風強く星冴えたり。

陰暦の除夕[35]、爆竹の音聞こゆ。ボーイ、阿媽[36]に心付けをやる。

朝鮮人やかましくて眠り得ず。

二月十四日　陰暦正月元旦

昨夜は暁三時半になりて初めて眠れり。

(32) 源氏物語の作者紫式部の日記。ちなみに一九三〇年、池田亀鑑校訂の岩波文庫本が刊行されている。ここに登場する日本語学生はこれを読んでいるのであろう。

(33) 張恨水『啼笑因縁続集』（全十回、一九三三年二月、上海三友書社）。

(34) 東来順は、東安市場にあった羊肉料理店。創業者の丁徳山は回族（ウイグル族）出身のイスラム教徒。一九〇三年に東来順粥鋪として開業、一九一二年に東来順羊肉館と改称し、羊肉鍋を提供した。現在も王府井街に本店がある北京の老舗菜館の一つである。

(35) 除夕[中 chúxī]大晦日。

(36) 阿媽[中 āmā]おばさん、家政婦。なお男性のそれは「家彝 jiāyí」。当時北京の日本人社会では女性の家政婦を中国語発音のまま「アマ」と呼び、男性を「ボーイ」と呼ぶのが一般的であったという。

けふ終日、中根の家に客ありて余が応接間を使用されし為、家に在る能はず。朝一度散歩に出で、午後又止むを得ず門を出で、桂君を誘ひて北海に遊び、五龍亭にて茶を喫みて息ふ。

夜、西村君と池田氏の病院を見舞ひ、活動を見んとして中止し、崇文門内の万歳家(37)にて天プラそばを食ふ。甘かりき。

帰途は交民巷を通りて回る。

少しも寒さを覚えず。静かなる夜、西城の方に爆竹の音聞ゆ。

二月十五日

朝より応接間に客人絶えず、終日出歩く。

余りに腹立たしければ、文化事業に行き、橋川氏に逢ひ、今日文化事業に引越すことに定めて帰り、再び出でゝ一二三館にゆき、日高氏と語り、三度出でゝ石橋氏を訪れしに、朝鮮人を愈々三、四日中に北京より出だす故、引越を二、三日延期されたしとのこと。加ふるに西村君より慰められ、主人も明後日は満州に出立することなればと、遂に腹の虫をさめて引越を中止す。

夜、山本君一寸来る。

到底心落ち付かず、夜西村君を誘ひ、四度出でゝ平安に活動を見る。「四十二番街(38)」。八木君、小竹君、其他日本人留学生多勢来合せたり。

やるせなき心を抱きて帰る。

二月十六日

暖かなる日なり。日本の冬よりも温和なるべし。

先日よりの約束により小林君を誘ひて按院胡同の常氏を訪ふ。酒を出され、正午すぎ辞し、小林氏と共に銭稲孫の家に行く。夫よ

(37) 東単大街八宝胡同にあった日本蕎麦屋。在北京の日本人たちが訪れた。竹内好『遊平日記』（『竹内好全集』第十五巻、筑摩書房、一九八一年）の昭和七年（一九三二）九月七日の条にも「夜、京大吉川氏の帰京を送り、日本人クラブに寄り、東亜公司により、万才屋にてそばを食い、徳国飯店にてビールをのむ。八木、藤枝と三人なり」と見える。

(38) アメリカのミュージカル映画としてヒットした「42nd Street（フォーティーセカンドストリート）」。一九三三年六月公開。

り銭氏に案内せられ、銭氏の子息(39)、小林君、一行四人、平則門(40)より驢(41)に騎りて白雲観(42)に行く。

正月とて参詣人夥し。堂閣をめぐり、長春真人の墓碑を見る。奇怪なるは石橋の下に道士二人背中合せに坐り、見る者之に銅貨を投ぐること雨の如し(43)。帰途は驢馬にも乗り馴れて郊外の晴れやかさ実に愉快なりき（途中、月壇(44)あり）。再び平則門（阜成門）に至り、広済寺の焼跡(45)を見、西四牌楼にて一行と別れて俥を雇ひて帰る。甚だ疲れたり。

留守中、桂君来りし名刺あり。前日の約に背き悪しきことをしたり。

吉田賢抗(46)より手紙。

二月十七日

昨日、余りに疲れて八時に床に入り、間もなく就眠。朝九時に及んで目覚む。風邪心持にて気分あしく起床出来ず。

奚先生来れる由なるも逢はず。然るに約一時間を経て門前の車夫来り、奚先生阿片密飲の嫌疑を以て南湾子に於て巡捕(47)に拘引せられたりといふ。

中根主人、直ちに警察に電話を以て問ひ合せしに、奚氏はこの家の朝鮮人の許に阿片を買ひに来りしものと疑はれ警察に捕はれし処、合憎身に阿片を少量携帯したりし為め、公安局に送られしといふ。

余、急ぎ日本警察に電話をかけ、又直ちに自ら石橋氏に面会にゆき、交渉を依頼し、折しも強風、街上の砂塵を捲く中を再び帰り来るに、偶然今や公安局に送らるゝ奚先生に邂逅せり。俥を止め

驢馬に乗る筆者（中央）。筆者のアルバムより

(39) 銭稲孫氏五男の銭端信であろう。このとき中法大学附属高等中学一年生。この年十一月に筆者が銭稲孫宅に引っ越した後、しばしば日記に登場する。

(40) 北京内城の西の城門。現在は地名（地下鉄駅名）として「阜成門」と呼ぶが、当時からもしばしば元朝時代の旧称によって「平則門」と呼ばれた。

(41) 驢［中 lǘ］ロバ。当時の北京では、外国人をはじめ富裕層が多く生活するのは主に城壁の内部であり、そこでの一般的な移動手段は人力車（俥・洋車）であった。しかし城壁を一歩出た郊外になると、人の移動や物資の運搬はこのような驢馬や駱駝などが用いられていたのである。

(42) 北京の城壁の西郊外にある道教寺院。全真教龍門派の総本山である。元の時代に住んだ長春真人を祖師として祀り、北京の人々から篤く信仰されている。小柳司気太『白雲観志』（東方文化学院東京研究所、一九三四年）および李養正『新編北京白雲観志』（宗教文化出版社、二〇〇三年）参照。

(43) 白雲観の縁日は毎年陰暦正月の一日から十九日に行われる。霊宮殿の前にある窩風橋の下は水のない方形の池になっているが、そこに座って修業している道士に賽銭を投げ、それがうまく当たると縁起がよいとされた。現在では道士の代わりに「声兆九如」と書かれた直径約三十センチの木製の銅銭の模型が掛けられ、その穴を通るようにコインを投げる「打金銭眼」という風習に変わっている。

(44) 月壇は、北京旧城の阜成門外にあり、秋分に月神を祀る場所。皇宮を挟んで東の朝陽門外の日壇と対称形をなす場所にある。明の嘉靖九年（一五三〇）に建立。

(45) 広済寺は、北京八刹の一つ。阜成門内大街の東端にある。蔵経閣には清の康熙年間に刊刻されたチベット文字の大蔵経を蔵する。明の天順元年（一四五七）に創建。一九三四年一月の失火によって正殿と後殿が全焼した。翌年再建。

(46) 吉田賢抗（一九〇〇～一九九五）。東京帝国大学文学部支那哲学科卒業。戦後は東北大学教授等を歴任。文学博士。著に『支那思想史概説』（明治書院、一九四三年）、新釈漢文大系第一巻『論語』（明治書院、一九六〇年）などがある。

(47) 巡捕［中 xúnbǔ］巡査、警察官。

て慰安の言葉と当方の手筈を語り、甚だ慮ふるなからしめて見送る。

家に帰り、更に支那側の運動を為すべく大倉(48)の林氏より市長に電話を以て釈放方を依頼し、吾又公安局に出頭す。公安局は奚氏に面会を許さず。再び市政府衛生処の吉秘書を訪ね、之に又運動を託す。彼、公安局に於ける又重要人物なればなり。

かくて凡ての方面よりの運動効あり、今日中に奚氏釈放の約束を得たり。

夜、菊児胡同の奚氏宅を見舞ふ。尚未だ釈放されず、夫人一人、家にありて憂ひつゝあり。之をなぐさめ、再び大倉に電話をかけ、事情を尋ねしめしに、只今奚氏を釈放せりといふ。此に於て大いに意を安んじ、奚氏の為めに喜ぶ事限りなし。

明日満州に帰るといふ中根主人と語り、十二時就寝。

二月十八日

昨日の活動のため風邪癒えず。

早朝、奚氏夫人来れりと云ふに昨日の礼ならんと思ひ面会せしにさに非ず。

実は奚氏未だ釈放されずと云ふ。大いに驚き、又々運動を繰り返し、石橋氏に再交渉を依頼し、大倉にゆき、吉氏宅にもゆきしが、日曜なる為め外出して逢へず。石橋氏の交渉を頼みにして、奚氏夫人と共に吾が部屋にありて返事を待つ。

午後、山本君来り。やがて谷村君も来合せつ。

夕五時に及んで尚電話なき故、夫人一先づ家に帰る。

五時半頃、奚氏自身の声にて只今釈放の報知あり。ついで夫人又

(48)　大倉喜八郎（一八三七～一九二八）が創業した大倉組商会の北京支店。王府井大街にあった。

礼の電話あり。初めて吾も安堵の思ひせり。

夜、山本君と酒をのみ、愉快になりて大いに語る。

小竹君も来合せ、遂に会談午前二時に及ぶ。

小竹氏、文化事業に就職の相談あり、誠に結構なり。

二月十九日

春の心持するよき日和なり。

午前中そこはかとなく過ぎて、午後、一人北海の北平図書館に戯曲音楽展覧会(49)を見にゆく。一日に見つくさず、明日又来らんと目録を買ひて帰る。尚『北平図書館善本書目』(50)（四元）を買ふ。

中華公寓に桂君を訪ね、共に双忠祠(51)を尋ねたれど、恐らくは今外交部胡同(52)の西洋人の邸の構内に在ると見えて探し出さず。

東安市場に茶をのみて帰る。

夜、常氏。

劉君。

入浴。

二月二十日

朝、奚氏夫妻礼に来る。

桂君誘ひに来り、再び北海図書館にゆく。

風邪心地悪し。

午後、床に入らんとして小竹君来る。遂に床に入らず。

夜、常氏を了りて早く就寝。

『紅楼夢』を読む。

ます代、修に手紙をかく。

二月二十一日

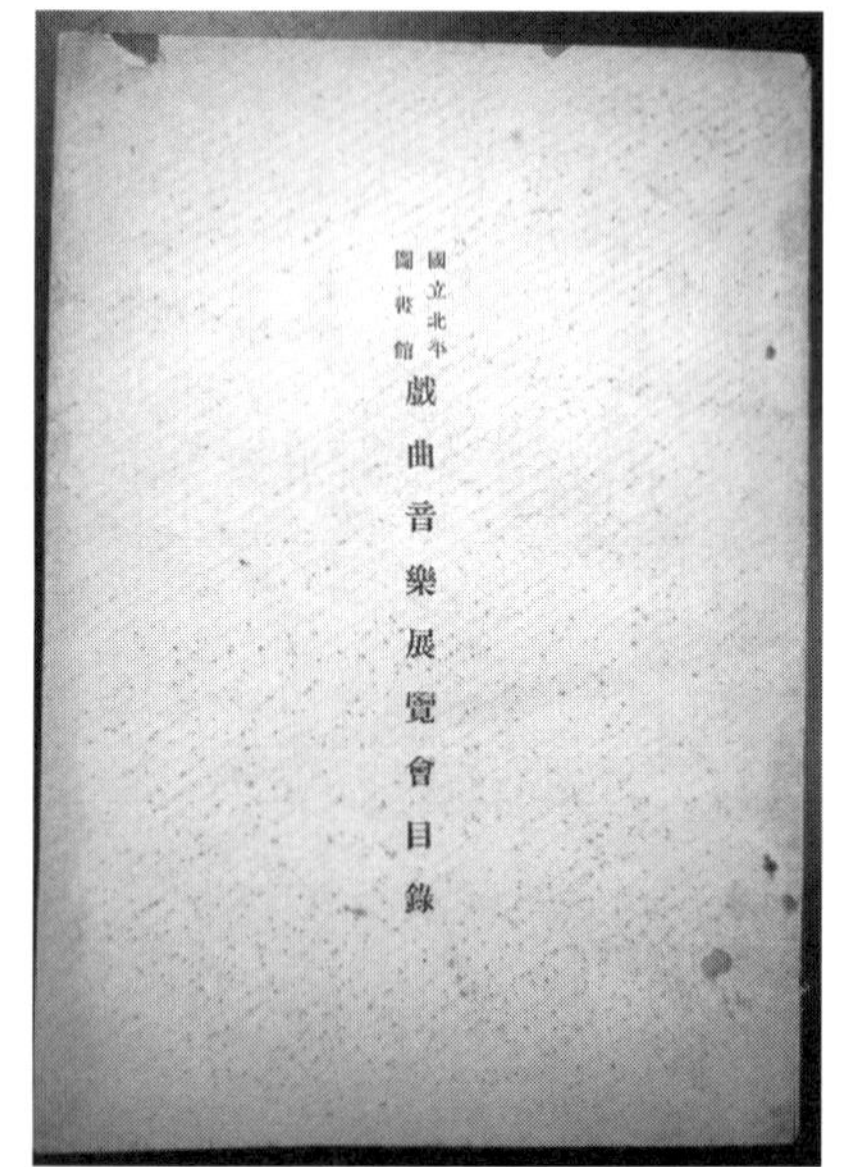
『国立北平図書館　戯曲音楽展覧会目録』

(49) 国立北平図書館、孔徳学校図書館、燕京大学図書館に所蔵される戯曲文献及び楽器、また馬廉、梅蘭芳、傅惜華らの個人蔵書が展示されていた。この時の図録『国立北平図書館戯曲音楽展覧会目録』は、日本では東京大学東洋文化研究所等に所蔵。

(50) 『北平図書館善本書目』は、民国二二年（一九三三）十月、北平図書館より発行。趙万里（一九〇五～一九八〇）主編、傅増湘（一八七二～一九四九）序。線装本、全四冊。趙万里については橋川時雄『中国文化界人物総鑑』六五一頁、傅増湘については同五三九頁。

(51) 十八世紀におけるチベットの反乱（独立運動）を鎮圧した駐蔵大臣傅清と拉布敦の二人を慰霊する祠堂。彼らは乾隆十五年（一七五〇）、反乱の首謀者ギュルメナムギャル（珠爾黙特那木扎勒）を誅伐したが、その混乱の中、自らの部下に殺害された。清朝政府は彼らの殉職を悼み、北京とラサに祠堂を建てた。筆者がこのとき訪れようとした北京の双忠祠は現在は撤去されている。呂文利「清代北京和拉薩的『双忠祠』」（『清史鏡鑑』第四輯、国家図書館出版社、二〇〇二年）参照。

(52) 外交部胡同は現在の外交部街にあたる。もとは明の官僚石亨の邸宅があり、石大人胡同と呼ばれていた。中華民国初年に民国政府の外交部がここに設置されていた。

風邪尚思はしからず。終日家にあり。

午前中、読書。

午後、兪君来る。其後、床につく。

服部先生より手紙来り、余の留学、本年度を以て終るべしとのこと。早く帰れるは嬉しかるべきに、甚だ不愉快を感じ、実に心楽しまず、失望を感ず。

夜、常氏。

［欄外注：ます代、修ニ手紙。塩谷先生ニ展覧会目録ヲ送ル］

二月二十二日
やや寒し。

奚氏に金十円を又借す。

午前中、詞について調べ、備忘録に記入。

北平留学中、詞の研究をものにすべし。

午後、兪君来り、琉璃廠の廠甸児[53]にゆき、『浣紗記[54]』と更に明版元曲零本[55]をかふ（之は誤つて買ひしなり『殺狗勧夫[56]』）。

陰天なるがためか、心実に楽しまず、不愉快にたえず。

小林君、河南旅行にゆくとて来る。

夜、常氏を了り、茶を買ふつもりにて家を出で、遂に八木君を訪ひ、石原[57]にて茶をのむ。まづき紅茶にていよいよ心重し。

家にかへり『紅楼夢』をよむ。

二月二十三日　寒き日
奚氏。
服部先生に手紙をかく。
午後、市場に茶をかひにゆく。

(53) 廠甸児［中 chǎngdiànr］は、かつての琉璃煉瓦の窯跡で、琉璃廠街の中心部の広場。ここには骨董品や古書などをあつかう多くの露店が並び、賑わった。鄧雲卿「廠甸の面影」（『北京の風物』所収、東方書店、一九八六年）参照。
(54) 春秋時代の呉と越両国の攻防に取材した戯曲。范蠡の計略によって、呉王夫差のもとに西施が送られる。西施は自らの美貌で呉王夫差を誘惑し、越王勾践は宿敵呉国を滅ぼす物語。明の万暦年間に活躍した梁辰魚（一五二一〜一五九四）作。該書は大野城市目加田文庫に所蔵。
(55) 零本［中 língběn］不揃いの端本。中国古籍における専門用語。
全冊が揃ったものは足本［中 zúběn］という。
(56) 元の蕭徳祥の雑劇『楊氏女殺狗勧夫』。夫の放蕩を懲らしめるために妻が一匹の犬を殺し、その死骸を人に見せかけて一芝居を打つ。
(57) 当時北平で営業していた日本食堂。日記ではこの年四月十日の条にも見える。

夕方迄、読書。

夜、常氏、桂君、劉君。

『紅楼夢』予習。

［欄外注：服部先生ニ手紙］

二月二十四日　尚寒し

奚氏、薛涛牋(58)をくれる。

風邪癒えず。午後ねる。

世古堂来る。九大の為めに『納書楹曲譜』(59)をかふ。四十元。

小林君来る。

夜も床の中で池田君の『週刊朝日』(60)等拾ひよみす。

尚小雲の「昭君出塞」(61)を見る筈なりしも、取消し。

二月二十五日（日）

十時起床。

午後、以前よりの約束により、西村、桂、八木、山本、樫山の諸君と共に白雲観(62)にゆく。順治門(63)より驢にのる。白雲観より天寧寺(64)にゆきしも軍隊のために占領されて中に入れず。再び驢にのりて平則門に帰り、西安商場(65)の喫茶店にて茶をのみて別る。

夜、うちで酒をのむ。池田、西村両君と語る。

夜、何故となく失眠し、様々のこと胸にうかび、特に義五郎の将来など考へ、憂に堪えず。チヅ子の嫁入、ますよの病気、順子の弱さ、修の除隊後のこと、凡て我一身の上にかかりて、思へば思ふ程、目の冴えて、遂に四時に及ぶ。

この夜、船に乗りてどこかゆく苦しき夢を見たり。

二月二十六日

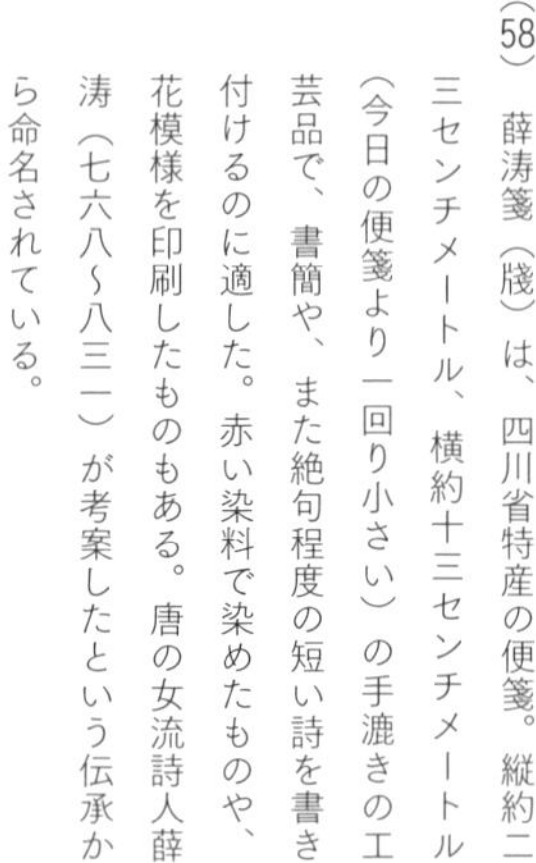

(58) 薛涛箋（牋）は、四川省特産の便箋。縦約二三センチメートル、横約十三センチメートル（今日の便箋より一回り小さい）の手漉きの工芸品で、書簡や、また絶句程度の短い詩を書き付けるのに適した。赤い染料で染めたものや、花模様を印刷したものもある。唐の女流詩人薛涛（七六八～八三一）が考案したという伝承から命名されている。

(59) 『納書楹曲譜』は、清朝に主に蘇州など中国南方で流行していた昆曲などのメロディを集めたもの。乾隆五七年（一七九二）出版。正集四巻、続集四巻、外集二巻、補遺四巻の合計十四巻。編者の葉堂は蘇州の人。納書楹はその書斎の名で、本書は葉氏による私刻本（自費出版）である。同じ江蘇省出身の文人王文治（一七三〇～一八〇二）が序文を寄せている。現在は九州大学附属図書館所蔵。

(60) 朝日新聞社の週刊誌『週刊朝日』は大正十一年（一九二二）二月に創刊された。

(61) 尚小雲（一九〇〇～一九七六）は、京劇四大名旦の一人。京劇の流派「尚派」の創始者。幼くして劇団三楽科班に入り、初めは武生を学んだが後に正旦に改めた。歌唱が勇ましく武劇は堅実であり、面に侠気を帯びていたので、「雷峰塔」などの烈女節婦の劇を演じるのに長じていた。橋川時雄『中国文化界人物総鑑』二六四頁。
「昭君出塞」は、漢の時代に匈奴の王に嫁いだ悲劇の美女王昭君の物語。従来のこの劇は俳優のしっとりとした歌唱を聴くのが主体であったが、尚小雲は豊富な仕草を取り入れて、故国を懐かしむ切ない心情を表現した。『中国戯曲志』北京巻（中国ISBN出版中心、一九九九年）六〇三頁参照。

(62) 筆者は先週二月十六日に白雲観を訪れている。

(63) 順治門は、北京西南の城門である宣武門の古称。当時の北京の習慣では、胡同や城門の名を清朝以前の旧称によって呼び習わしていた。例えば阜成門が平則門、崇文門は哈徳門と称した。代々北京に生まれ育ってきた所謂「生粋の北京っ子」（老北京［中 lǎo běijīng］）の心意気である。

(64) 後魏孝文帝の延興年間（四七一～四七六）に建立されたという北京屈指の古刹。白雲観の東南にある。始め光林寺と言い、隋では宏業寺、唐では天王寺、金では大万寺、明では元寧寺と称し、後に天寧寺と改めた。遼時代建立の八角十三層の石塔がある。安藤更生『北京案内記』（新民印書館、一九四一年）一四一頁参照。

(65) 西安市場。西単牌楼にあった市場。一九三七年まで営業していた。場内には三、四軒の茶館があり、店内で講談を聞くことができた。中でも欣蚨来茶館は特に有名だった。侯宝林『我的青少年時代』（北京少年児童出版社、一九八九年）七二頁参照。

天寧寺石塔。筆者のアルバムより

金が足らず、考へれば実にこまる。

奚氏。

朝の中、世古堂来り、原板『詞律』二十巻(66)を買ふ。四月になりて払へばよし。

午後、『紅楼夢』の予習にけふは許多(67)の時間を費せり。

五昌にゆき、日本金十円を換へる。支那貨幣の八元四角五なり。

カラタスにて煙草の彩券(68)二元を換ふ。

夜、兪君来る。

『詞律』などよむ。

常氏、劉氏。

二月二十七日　雪

霏々(69)たる粉雪、終日降りつづく。支那語教師、誰も来ず。

午前中、世古堂来り、九大の金を払ふ。

午後、『南渡録』(70)の「南燼紀聞」を上下凡て一気によみ了る。悲痛なるもの也。辛稼軒の詞はこの方向を先づ考へてよまざる可からず。

義五郎より手紙来る。昨夜、我又義五郎に手紙をかきて未だ出さざりしに、不思議なる心地せり。

夜早く床に入りしも、ねむれず。

小竹君来り、金五円を返す。之より河南旅行に出立すといふ。

雪なほ止まず。

二月二十八日

空晴れ、雪に映ずる陽の光美し。

奚氏、五円を返し、墨をくれる。

(66)『詞律』二十巻は、清の万樹撰。詞牌（曲調）を字数順に排列し、それぞれの詞牌について文字数、句読、押韻、平仄などの詞体を解説した詞譜。精密な考証に基づき唐宋以来の誤りを正した。康熙二六年（一六八七）刊本のほか、徐本立による拾遺八巻、杜文瀾による補遺一巻を附した同治十二年（一八七三）刊本、さらに恩錫・杜文瀾が校勘を行った光緒二年（一八七六）刊本がある。筆者が購入した「原板」とは康熙二六年刊本を指すか。万樹（一六三〇〜一六八八）、字は紅友・花農、号は山翁・山農、常州宜興（現江蘇省宜興県）の人。明末の戯曲作家呉炳の甥。康熙年間に当時の両広総督呉興祚の幕僚となり、上奏の執筆を担った。彼の書いた戯曲台本は、呉興祚お抱えの俳優たちによって、上演されたという。

(67)許多[中 xǔduō]たくさん、あまた。

(68)彩券[中 cǎiquàn]くじ、抽選券、福引券。

(69)霏々[中 fēifēi]雨や雪などがしきりに降るさま。

(70)筆者が同年一月五日に琉璃廠で購入した書物である。南宋の文人辛棄疾（一一四〇〜一二〇七）に作者が偽託されている。

いずれも筆者のアルバムより

王媽、家彝に月極めの金をやる。

『紅楼夢』勉強。

午後、東安市場にゆき、筆、信封(71)、菓子をかひ、ますよ、義五郎、田中鉄之氏に手紙を出す。

［欄外注：田中鉄之、義五郎、ますよニ手紙］

帰宅後、読書しつつある時、ますよ、河村母より手紙及順子の写真送り来る。見違ふる程生長せし順子の写真を見て、愛著に堪えず。見れども見れども飽かず。改めてますよに手紙をかき、先日驢馬にのりし写真を西村君がくれたる故、之を同封して送る。及河村に手紙。

禎次郎君、三月二十五日に結婚との事。目出度し。祝の何物も送れぬが残念也。

夜、月夜。元宵也。爆竹きこゆ。

近年、北京市中、燈籠殆ど出さず。東華門大街に少しあり。元宵の菓子を食ひにゆかんとして果さず。

［欄外注：ます代、河村久ニ手紙］

三月一日、寒き日也
奚氏。
午後、清代浙東学派につきノートを作る。
樫山君、一寸来る。
常氏、正月の蜜供(72)、月餅をくれる。
夜、『今古奇観』をよむ。
西村君と共に中和戯院に程硯秋の「梅妃(73)」を見る。やゝ冗漫の嫌ひあり。

(71) 信封[中 xìnfēng] 封筒。
(72) 蜜供[中 mìgòng] 北京の伝統的な菓子。小麦粉をこねて油で揚げ、砂糖や蜜をかけたもの。年末年始にこれを塔の形に積み重ね、神仏祖先に供える。
(73) 京劇「梅妃」は、程硯秋が「上陽宮」を改作し完成させた演目。唐の玄宗皇帝の貴妃となった江采蘋は、梅の花を愛好したため梅妃と称された。後宮には各地から集められた梅の名木が植えられ、そこに梅亭が建設されるほどの寵愛をうけた。しかし楊貴妃が後宮に入ると玄宗は彼女に夢中になり、梅妃のもとを訪れることはなくなった。その後安史の乱により玄宗は蜀へ逃亡、梅妃も戦いの中に没する。乱が平定され王宮に戻った玄宗が梅亭で梅妃を思い出すと、眼前に梅妃が現れて別離の悲しみを述べる。しかしそれは夢であった。目覚めた玄宗は嘆きつつ宮中に戻る。

帰途、月色皎々たり。寒さ身にしむ。

三月二日

奚氏。

文奎堂、『八十回本紅楼夢』を持参。

午後、読書、及び詩韻と現代語の韻の関係につきて調ぶ。入声は変化して現代北京語の二声に変れるもの多し。[74]

三時すぎ、散歩に出で、行き場もなくて、中華公寓の桂君を訪ひ、一緒に城壁にゆく。二、三日来、風寒し。

夜、常氏、劉氏。

入浴。

順子の写真来て以来、日に幾度出し見るか解らぬ仕末なり。

三月三日

近頃、風強し。

奚氏。

午後、床屋にゆく。進藤さんより手紙。

夕方、奚氏の家より使来り、又々奚氏公安局に連れゆかれたりとて救を求む。石橋氏を訪ひ、一応話しをきたり。

一声館に滞在中の東京幼年学校[75]教官の飯田といふ人を訪ふ。案内をたのまれて、吉祥戯院の芝居を見る。郝寿臣の「桃花村」[76]よし。楊少楼の「艶陽楼」[77]亦見る可し。尚、劉硯芳の「汾河湾」[78]ありしも、元来この役者を好まず。且、劇の構成拙なし。

［欄外注：進藤真砂ニ手紙］

三月四日（日）　風強し

朝まだ睡眠中、奚氏来りて不愉快なり。

（74）入声は、中世の漢字音における四声（平声・上声・去声・入声）の一つ。およそ唐宋時代に存在したイントネーションの区別であるが、そのうち「入声」のみは北方モンゴル民族が統治した元朝の頃に消滅していった。現在は客家語や広東語など中国南方の方言にその体系が残る。また日本の古い漢字音にも「入声」はほぼ保存されており、語尾に「フ・ク・ツ・キ・チ」が付くものはおおよそ入声である。たとえば「蝶／テフ」「徳／トク」「別／ベツ」「敵／テキ」「吉／キチ」がそうであるが、これらはそれぞれ現代中国語の発音では筆者の指摘するように[蝶 dié][徳 dé][別 bié][敵 dí][吉 jí]と第二声であるものが比較的多い（ただしすべての入声の漢字音がこの通りではない）。

（75）東京都新宿区市ヶ谷にあった東京陸軍幼年学校のこと。明治二九年（一八九六）に設立された東京陸軍地方幼年学校を祖とし、数度の改編を経て、大正九年（一九二〇）東京陸軍幼年学校となった。幹部将校候補を養成するための教育機関で、十三歳から十六歳で入校し、三年間全寮制による教育が行われていた。

（76）「桃花村」は、小説『水滸伝』第五回に取材した京劇。郝寿臣の脚本。桃花村を訪れた魯智深は、盗賊周通が村の劉太公の娘を強引に娶ろうとしていると聞き、新婦に仮装して新婚の部屋で待ち伏せ、周通を叩きのめして撃退する。

（77）「艶陽楼」は、梁山泊の好漢の息子たちが活躍する『水滸伝』の後日談についての京劇。奸臣高俅の息子高登は、父親の権勢を笠に着てたびたび乱暴を働いている。ある日、徐寧の息子徐士英が一家で墓参りに行くと、妹の佩珠が高登に見初められ、強奪されて艶陽楼に監禁される。花栄の息子花逢春、呼延灼の息子呼延豹、秦明の息子秦仁らは、徐士英と協力して艶陽楼に潜入、高登とその手下たちを倒し、佩珠を無事に救出する。

（78）「汾河湾」は一名「打雁進窯」。唐の武将薛仁貴とその家族を題材とする悲劇。中里見敬整理『濱一衛著作集　中国の戯劇・京劇選』（花書院、二〇一一年）に、濱一衛による解説と翻訳がある（一六九〜一七〇頁、二三五〜二五五頁）。またこの劇の主役劉硯芳（一八九三〜一九六二）、老生を得意とする俳優で名優楊少楼の娘婿。濱一衛『支那芝居の話』（三一頁）に次のように見える。

　秦腔時代の名は小梧桐、鳴盛和科班で老生を学び十八歳で出科する迄は大いに頭角を露しましたが、出科後嗓音を失ひ丁俊（丁永利の父）に学び、更に楊小楼に武戯を学び、その娘を妻としました。かうして武生と譚派老生とを兼演してゐましたが晩年は主として老生戯を演じてゐます。民国十二年頃に小栄華科班を起し、自分の子宗揚、姜妙香の子少香、陳徳霖の子少霖、王蕙芳の子少芳等を出したことがあります。劉硯亭は硯芳の兄です。

昨日は何事もなく出所の由。但し月曜に再び法廷にゆきて罰金をとらる可しと云ふ。実にうるさし。

世古堂来る。

新聞の切り抜きを作る。

午後、千鶴子より来信。

東安市場まで散歩にゆき、すぐ帰る（林之棠『詩経音釈』(79)ヲカフ）。

『南渡録』巻三、四、「窃憤録」をよみ了る。実に面白きもの也。

夜、桂君来り、西村君と三人、真光に活動を見る。健美の女性。

夜の寒さ甚し。この数日、冬に返れるが如かりき。

三月五日

奚氏。徳友堂書店来る。

午後、『紅楼夢』予習の後、東亜公司にゆきて尺牘の本(80)を買ひ来る。

劉君と交換教授をなす為なり。

山本君来り、夕方迄語る。

夜、常氏。劉君。劉君、尺牘を講じ頗る得る処あり。

入浴。

けふ、喜田洋行(81)より金をとりに来り。小遣愈々乏し。

三月六日

奚氏来り、例の問題、遂に解決せりといふ。

徳友堂又来り、種々の書物を持参。其中、『目録学発微』(82)（北大出版）及『古本書目』(83)（沈家本）、合計五元を買ふ。

午後、此の書物を閲す。

同仁医院にゆきて種痘(84)をなす。多数の日本人来る（六、七両日）。

夜、常氏。

（79）林之棠（一八九六～一九六四）は、字は召伯・楽民、福建省福安の人。一九二六年、北京大学中文系卒。中学・高校・大学等で講師を勤めた。著書に『中国文学史』『国学概論』『学術文』などがあり、また『国学月報』『晨報』『黄報』などの新聞や雑誌にも多くの論文や小説、散文、詩詞を発表した。その著『詩経音釈』は一九三四年に商務印書館より出版（九月とあるが、全国に販売するために、上海や北京では半年早く店頭に並べられたのであろう）。『詩経』に纏わる伝統的な注釈を極力廃し、原文を音読し、そのまま鑑賞することを目的とした書籍。おそらく中学や高校などでの副読本として執筆されたものであろうが、その後の筆者による詩経鑑賞の方法に何らかのヒントを与えたかもしれない。

（80）尺牘[中chǐdú]書簡、書状の古語。ここでは当時の中国におけるさまざまなフォーマルな場面での手紙の文例集を指す。

（81）日本人経営の雑貨店。東単近くの棲鳳楼胡同にあった。

（82）『目録学発微』は、余嘉錫（一八八四～一九五六）が、当時の北平大学および北平師範大学等で行っていた講義資料を出版したものである。のち娘婿の周祖謨によって一九六三年に北京の中華書局から、また一九九一年に成都の巴蜀書社から、校訂出版された。中国の目録学を知る入門書の一つとして評価が高い。近年、日本では古勝隆一・嘉瀬達男・内山直樹の三氏による日本語訳が平凡社の東洋文庫シリーズの一冊として出版された（二〇一三年）。余嘉錫は湖南省常徳出身の目録学者。他の代表的著作に『四庫提要弁証』二四巻がある。橋川時雄『中国文化界人物総鑑』二〇八頁参照。

（83）正しくは『古書目三種』八巻。著者の沈家本（一八四〇～一九一三）は浙江省呉興出身の法律学者。中国における近代刑法学の開祖とされる。古代の書物にも造詣が深く、本書は『三国志』の裴松之注、『世説新語』の劉孝標注、『続漢書志（後漢書の八篇志）』の劉昭注に引用される書目についての考察である。その著作集として『沈寄簃先生遺書』がある。橋川時雄『中国文化界人物総鑑』一八〇頁参照。

（84）天然痘予防のための予防接種「種痘」は、日本では江戸後期より試みられ、やがて明治四二年（一九〇九）には法律によって義務づけられた。この日記の記述は、海外の在留邦人にどのように実施されていたかを知る貴重な資料であろう。

朝鮮人、今日引越せり。我が喜び実に大なり。今日よりは、かの粗野なる者共に悩まさるゝことなかるべし。

昼間は風なく暖なる日なりしも、夜に入りて風出でたり。心落ちつかぬ風の音なり。

再び『目録学発微』をよむ。

三月七日

昨夜、何故か失眠して三時に及べり。

奚氏。

徳友堂、『古文旧書考』(85)（島田翰、四元）、『両漢三国学案』(86)（十二元）を持参す。又書物を買ひこみて借金を作る。

午後、風強し。

楠本氏、辛島氏に手紙を認む。

東安市場にゆきて茶を買ふ。

夜、常氏。けふはをそく迄語る（後の西村君、日本の寄席に行き度る故）。

近来、夜甚だ睡気を覚ゆ（其実ね付かれず）。春来れる故か。

[欄外注：楠本、辛島両氏に手紙]

三月八日

朝ねむたし。

奚先生。

徳友堂又来る。けふは又『詞譜』を買ひたり。影印なれど甚だよし。

午後、金をかへにゆく。

王府井大街の立達書局(87)にて「四郎探母」のレコード（馬連良(88)）を

(85)『古文旧書考』四巻は、日本の漢学者島田翰（一八七九～一九一五）の著。一九〇五年、東京の民友社刊。日本に残る貴重な漢籍ついて、旧鈔本と宋以降の刊本、また元明清及び朝鮮刊本のそれぞれについて調査、考証したもの。北京においても一九二七年に刊行されており、筆者が購入したものはこの北京刊本であろう。なお島田翰の生涯については高野静子「小伝　鬼才の書誌学者島田翰」（『続・蘇峰とその時代』所収、徳富蘇峰記念館、一九九八年）に詳しい。

(86)『両漢三国学案』十一巻は、清末の知識人唐震鈞（別名唐晏、一八五七～一九二〇）の著。漢代から六朝に至る儒学経典に関する注釈家を『漢書芸文志』や『隋書経籍志』等にもとづいて、考証したもの。著者の震鈞（唐震鈞、唐晏）については、この日記の昭和八年十二月二十三日の条を参照。

(87)立達書局は、北京王府井大街五三号にあった新書専門の書店。雑誌『文学季刊』（この日記の昭和九年四月八日の条を参照）などを刊行したほか、ここに見えるようにレコードなども販売していた。

(88)「四郎探母」は『楊家将演義』や民間故事に取材した京劇の名演目。筆者は以前にもこの演目をトーキー映画で鑑賞している（この日記の昭和八年十二月十二日の条を参照）。濱一衛『支那芝居の話』には「雁門関八本のうち、八郎探母の一劇より張二奎が撰したといひます。殆ど二時間もかかる大芝居です、良い役者が揃へば滅法面白いのですが、揃はなければあくびが出ます。譚派の老生は皆やりますが、唱做ともに甚だ演じにくいものです。」とある（一八一頁）。また俳優の馬連良（一九〇〇～一九六六）は富連成の出身。「借東風」を当たり役とする代表的な老生。橋川時雄『中国文化界人物総鑑』三三〇頁。その晩年、呉晗の「海瑞罷官」で主役を演じ、文化大革命の批判の中で亡くなる。彼の演技について濱一衛『支那芝居の話』には「よく上海へ行き、芸風が上海式なので保守的な北京人にはいやがる人もありますが、何といつても今日では老生の筆頭です。仕草は瀟灑で、一寸した動作にもよく注意が行きとどき、定評通り芝居は上手です。唱は馬腔などといはれていますが、嗓子は昔に比して調門も低くなつてゐますし、日毎に枯渋に趨くやうですが反面花腔を多くして聴衆を喜ばせてゐるやうです」とある（一二三頁）。なお九州大学図書館の濱文庫にはまさに馬連良が楊四郎を演じた「四郎探母・坐宮」のSPレコード盤が保存されている。

買ふ。

『華語萃編』復習。

夜、常氏。

小竹君、河南旅行を了りて来る。酒をすゝめ十一時迄語る。

三月九日　やや曇り
昨夜はよくねる。種痘のあと癢し。
奚氏。午前中は近来奚氏了りしあとはいつも『紅楼夢』の予習にて一ぱい也。
午後、世古堂来り、一時間半位語る。
又、『華語萃編』復習。
晩食に些か酒に酔ふ。
夜、常氏。
劉君、尺牘を又よむ。
けふ終日外出せず。

三月十日　曇
朝早く起きる。昨夜よく眠りしため也。近頃は夢も見ず。

徳友堂、先日より買ひ込みし書物に套子を作りて来る。

午後、文化事業に一寸ゆき、其後戈載の『詞林正韻』を買はんと思ひ隆福寺の書舗を一々尋ねたれども見当らず。東四牌楼の露店にて『陰隲文図説』(89)を三十銭にて買ふ。

序でに吉兆胡同の本仏寺に行きたれど山本君居ず、樫山君と一寸話す。

帰宅後、池田君を訪ね来りし小学生二人、余が部屋に来り遊ぶ。

『古文旧書考』を読むに睡たくて困る。

(89)『陰隲文図説』四巻は、明末の道教経典の一種である善書（民衆に向けて勧善懲悪を説く）についての注釈書。清の黄正元（生没年未詳）の注。『文昌帝君陰隲文』に図を挿入して解説する。

河南省洛陽市の「天津橋」の遺構。筆者のアルバムより。筆者は洛陽には行っていないので、恐らくこの写真は小竹武夫君からもらったものであろう。天津橋は洛陽城の中央を東西に流れる洛水に懸かる橋。隋唐時代のアーチ橋である。

服部、塩谷両先生より消息あり。(90) 西川信夫よりも手紙。

三月十一日　雪

霙やがて雪となる。

詞韻を研究す。

午後、東安市場に買物にゆく。夕方、頭痛、ねる。

夜、余が部屋にて西村、池田、家現三君と共に酒をのむ。

三月十二日　風

風吹き荒るゝ不愉快なる日也。夕方迄、床に臥す。

一昨日の服部先生の手紙に留学が半年短縮されし報知あり。何となく不愉快也。

夜、小林君、樫山君来る。

三月十三日　風、塵埃甚し

けふも吹き荒る。

元気を出して、九大旅行団(91)のために文化事業にゆき、橋川氏に逢ふ。小竹、西両君とも語る。

服部先生より又来信。余が留学費、甚しき削減をうけたり。全く悲観す。色々の計画に狂ひを生ぜしのみならず、研究上、殆ど手も足も出ぬ有様也。

夜、一声館に九大旅行団宿泊の交渉にゆく。堤氏により、明日の清華ゆきを打ち合せす。

三月十四日　風

朝六時起床。七時、青年会(92)より清華ゆきバスにのる。

堤氏夫妻、小林君同行。途中の景色嬉し。

清華にて銭稲孫氏の部屋にて語り(93)、後、銭氏の日本語教授を参観

(90) この服部宇之吉、塩谷温両教授の手紙の内容について筆者は多くを語らないが、当時日本の国会で問題となっていた「帝人事件」（帝人株の高騰を見越した贈収賄疑獄）に端を発するもの。この問題を追及され、当時の文部大臣鳩山一郎が辞任する（昭和九年三月三日）。これによって斎藤実内閣は弱体化し、筆者の北平留学の期間短縮と留学費用の削減が行われたのである。

(91) この後、三月二十日に到着する九州大学楠本正継教授を団長とする九州大学法文学部の卒業生、在校生の一団をいう。

(92) 西単牌楼交差点付近のバス停。当時ここから清華大学などがある海淀地区へのバスが発着していた。

(93) 目加田家アルバムには、銭稲孫夫妻、堤留吉夫妻とともに筆者を撮影した写真があり、この日に撮影したものと思われる。

左から堤留吉夫妻、銭氏の夫人、筆者、銭稲孫

左から銭氏の夫人、堤夫妻、筆者

す。

銭氏の校宅にて食事。一時のバスにて帰り、小林君と東安市場をのぞき、別れて帰る。

数日来、風甚しく、実に堪えがたき不愉快なり。

三月十五日

風尚止まず。

奚氏。

徳友堂、又別の本屋をつれて来る。うるさし。

午後、桂君久しぶりに来る。交民巷を散歩し、市場にて茶をのみ、山本君に逢ひ、一緒に桂君の公寓にゆき、姚君も共に食事し、山本、桂両君と共に帰り語る。

九州大学より『図書館目録(94)』を送り来れり。

『北京遊覧指南(95)』を買ふ。二十一日九大より来る旅行団の案内のため。

三月十六日

けふ始めて風なし。奚氏。

文奎堂、世古堂。

午後、詞譜を調べる。其他、読書。

夕方、兪君久し振りに来りて芝ゐを誘ふ。

夜、常氏。

劉君。

それより、華楽戯院の芝居にゆく（西村君も共にゆく）。富連成の芝居也。

李盛藻(96)、袁世海(97)の「応天球(98)」、葉盛蘭(99)其他の「南界関（戦寿春）(100)」、

(94)『九州帝国大学図書目録』第一巻（一九三二年十二月発行）及び第二巻（一九三三年五月発行）をさす。
(95) 北京の観光ガイドブック。
(96) 李盛藻（一九一二～一九九〇）は、本名李鳳池、北京出身の京劇俳優。十二歳で富連成科班に入り、民国二二年（一九三三）卒業。老生をつとめ、「四郎探母」「借東風」などを得意とした。なお、富連成は一九〇四年に旗揚げされた京劇団の名。吉林省出身の豪商牛子厚（一八六六～一九四三年）の出資で、京劇俳優の葉春善（一八七五～一九三五）によって設立された。十歳前後の男児を預かり、七年間で一人前の役者に育てるため、その稽古の厳しさはしばしば「七年大獄」とも揶揄された。馬連良や譚富英をはじめ、多くの俳優を輩出したが、一九四八年経営難により解散した。唐伯弢『富連成三十年史』（伝記文学出版社、一九七四年）参照。
(97) 袁世海（一九一六～二〇〇二）は、本名袁瑞麟、北京出身の京劇俳優。民国二三年（一九三四）に富連成を卒業。浄角をつとめ、『水滸伝』に取材した「野猪林」「李逵探母」などを得意とした。中華人民共和国成立後は、テレビドラマにも出演したほか、中国戯曲家協会理事、中国国際文化交流センター理事なども歴任。
(98) 京劇「応天球」は、別名「除三害」「混天球」「打虎斬蛟」。西晋の武将周処の故事「周処、三害を除く」（『世説新語』自新篇）に基づく。浄角の袁世海が周処を演じる。
(99) 葉盛蘭（一九一四～一九七八）は、北京出身の京劇俳優。富連成科班の初代社長葉春善の第四子。九歳で入門、はじめ旦を学んだがのち小生に転じた。一九三〇年に卒業した後も富連成の学生劇に出演。濱一衛『支那芝居の話』（弘文堂書房、一九四四年）に「文武ともによく、男前はすばらしいし、柄はあるし、あんなのが小生らしい小生でせう。」と評される。特に唱に優れ、華麗と評された。一九五五年、中国芸術団の一員として西欧諸国を訪問した。
(100) 京劇「南界関」は、別名「戦寿春」。のちの宋太祖趙匡胤による安徽省寿春攻略を題材とするもの。

非常によし。

三月十七日

蒙古風の飛塵のため空一面に黄色く太陽も見えず、終日憂うつにくらせり。

奚氏。常氏。

三月十八日（日）

昨日の空晴れて初めて心地よき春の日也。

午後、西村君と散歩す。太廟より午門に出で、中山公園に入る。遊人実に多し。支那服の美しき女に多く逢へり。それより景山にのぼり北海に遊んで帰る。

帰宅後、部屋を移る。

夜、小林、八木君来る。二人と共に潤明にゆきて酒をのみ、我酔へり。

三月十九日

奚氏。

天津より楠本氏の電報、明日着のこと。

王府井にゆきて茶と電球をかひ、一旦帰りて東単の床屋にゆき、再び帰り、夕方、更に文化事業にゆく。

夜、常氏。劉君。

樫山君来る。

三月二十日

空曇り。風荒く不愉快なる日也。

正午の汽車にて九州帝大学生旅行団(101)来る。

楠本氏引率。

(101)　九州帝国大学法文学部楠本正継教授（中国哲学史）の北平旅行については、九州大学法文学部の『文学研究』第九輯（一九三四年）の「彙報」に次のように記録されている。「三月十六日、楠本教授を引率者とする一行五名博多発。十九日天津着、同夜一泊。翌二十日北平着。以後十日間同地滞在見学を行ふ。是より先中江大野氏先発隊として、十一日福岡築港出帆。京城、平壌、新義州の古蹟・博物館視察更に満州各地の古蹟博物館図書館及び都市工鉱業地巡見。大連より乗船、天津を経て二十五日北平滞在中の本隊と合流。かくて一行七名同地留学中の九大支那文学助教授目加田氏の案内により故宮博物館・武英・北平図書館の書画骨董類の観覧及び有志万寿山見物を行ふ。四月三日一行無事博多駅に帰着解散。」なお、六名の学生たちは、中国哲学史講座から岡田武彦・久須本文雄・秋山達三、中国文学講座から大野得雄、東洋史学講座から森住利直・中江健三という構成メンバーであった。目加田家保存アルバムに北京で撮影した一行の集合写真がある。

左から、秋山、岡田、楠本教授、森住、筆者、久須本。北京の東方文化事業の庭園内で撮影

森住利直(102)、岡田武彦(103)、秋山達三、
久須本文雄、中江健三、大野得雄。

（この後二人は数日をくれて満州より来る。）

毎日案内。到る処見つくせり。琉璃廠にも殆ど毎日ゆき、直隷書局(104)の庫、徳友の宋版零葉(105)、隆福寺の書舗到らざるなし。古玩(106)舗にて初めて宋瓷の美しさを知る。硯(107)、墨、発掘土器等も目開けたり。来薫閣と九大図書費の交渉をなす。来薫は晩餐一度及尚小雲の戯一度案内せり。

最後の日、文化事業にて宴会。王重民(108)なども来る。

二十九日午後四時、離京。後れて来れる二人は三十一日朝までのこる。

此度の九大旅行、余は毎日案内として精神肉体共に疲れ果てたり。好天気つゞきしは唯一の幸福なりき(109)(中一日は冷甚しかりき)。

三月二十九日

夜、山本君来る。

三月三十日

一日家にあり。趙来る。桂君来る。学生二人尚一声館にあり。一人病気。

三月三十一日

九大の学生二人、早朝出発。

午後、あたたかき陽に当りて休息す。

夜、小林君の招きにて、新陸春にて銭稲孫氏と三人飯を食ひ快談す。

ますよより手紙。

(102) 森住利直には『九州大学新聞』第一〇八号（昭和九年五月十日発行）に「支那旅行記に代へて」と題する次のような投稿記事がある。
　去る三月の十六日、楠本教授を大将とする吾々北支旅行団は折しも荒れ狂ふ吹雪の中を衝いて長安丸に乗船し、波涛万里を蹴つて十九日天津着、廿日より満十日間といふものは、目下支那留学中の目加田助教授を先頭に押し立て、人力車の行列を作つて北平市中を徘徊したのであります。是よりさき、既に十一日に福岡を飛び出しました所の中江、大野の両君は、朝鮮、満州を経由して廿六日頃北平に到着。かくて一行七名となり、四月の三日には無事博多駅に帰着致しました。吾々一行が今回の旅行で最も力を注ぎましたものは、北平に於ける書肆廻り、日本では容易に偶目出来難い古版本の研究でありました。（以下省略）

(103) この旅行団のうち岡田武彦（一九〇八～二〇〇四）は、戦後に九州大学教養部教授となる。著書に『王陽明と明末の儒学』（明徳出版社、一九七〇年）、『宋明哲学序説』（文言社、一九七七年）などがあり、『岡田武彦全集』全二四巻（明徳出版社、二〇〇二～二〇一二年）がある。この楠本教授との旅行については、次々頁の【付録】参照。また久須本文雄（一九〇八～一九九五）は三重県出身。九州帝国大学卒業後、戦後は日本福祉大学教授、禅文化研究所所員などを歴任。著書に『王陽明の禅的思想研究』（日進堂書店、一九五八年）、『宋代儒学の禅思想研究』（日進堂書店、一九八〇年）などの研究書のほか、『禅語入門』（大法輪閣、一九八二年）、『菜根譚』（講談社、一九八四年）、『寒山拾得』（講談社、一九八五年）、『言志四録』（講談社、一九八七年）など一般にもわかりやすい思想書の翻訳で定評がある。

(104) 直隷書局は琉璃廠の古書店。宣統元年（一九〇九）宋魁文が開業した。一九三一年の長沢規矩也「中華民国書林一瞥」（『長沢規矩也著作集』第六巻所収、汲古書院、一九八四年）に「時に南遊して書を齎し来る。昨は長沙の葉氏観古堂の書を購ひ来り、夙に諸家の嗜む所を知り、滬上に其一部を售り、平中の各氏には巧に書を分かちて大利を得たりといふ。従って近来頗る殷盛を極め、南北新刊の木板書も多数備へ、肆中の書価には悉く定価を附し、又毎歳書目を印行す。」と詳しく紹介されている。

(105) 零葉[中 língyè]は、一枚もしくは数枚だけが残った貴重な木版本の一丁をいう。

(106) 古玩[中 gǔwán]は、骨董の意。のちに筆者は座談会「先学を語る　楠本正継博士」（東方学会『東方学』第六二輯、一九八一年）で次のように述べている。
　私が北京にいた時に、楠本さんが岡田さん達と一緒にお出でになった。一番欲しがられたのは雨過天青の鉢ですよ。青磁のね。それが欲しくてたまらないんだけれど、もう旅費が四十元ぐらいしか残っていない。向うは八十元と言っている。下宿に帰って来て、「どうしても欲しい」と言われる。それで、「じゃ、私が交渉に行きましょう」ということで、六十元まで値切った。それでもお金が足りない。それでも欲しいわけですよ。余り気の毒だから、また出かけて行く。三べんか四へん行って、

とうとうあり金をはたいて買われた。楠本さん、意気揚々と持って帰られましたよ。（笑）
また同座談会では九州大学の善本漢籍の多くが北京の来薫閣から購入されたことも、「（研究室）創設の頃は、北京の来薫閣ですか、あそこにいい書物をどんどん註文されて、今の研究室の善本のたぐいが手に入った様です。」と述懐している。

(107) 筆者の随筆「風字硯」に、筆者と楠本教授との交遊がさまざまに回想されている。その末尾にいう。

風字硯はいま私の机上にある。この硯によって象徴される二人の交誼、博士の人柄を思い、もうこの世では、こんな交わりは得られまいことをしみじみと考えるのである。

（『中国文学随想集　目加田誠著作集第八巻』所収）

(108) 王重民（一九〇三～一九七五）は、字有三、号は冷盧主人、河北省高陽県の人。一九二八年北京師範大学国文系卒業、一九三〇年より北平図書館編纂部編纂委員会委員兼索引組長を務めた。一九三四年、欧米各地の主要図書館を訪問し、中国から流出した敦煌文献や古書籍の調査を行った。一九三九年～一九四七年、アメリカ国会図書館に招かれ中国古典籍の整理にあたった。帰国後、北京大学教授、北京図書館副館長などを務めた。著書に『中国善本書提要』『敦煌曲子詞集』『敦煌遺書総目索引』などがある。橋川時雄『中国文化界人物総鑑』三六頁。

(109) 冷［中 lĕng］寒い。

【付録】　岡田武彦の回想録『わが半生・儒学者への道』（思遠会、一九九〇年）より。

　昭和九年一月十日、私は卒論を提出した。私の卒論は前に述べたように、存在論的立場から論じた朱子学で、今考えてみると取るに足らぬものであったが、当時では斬新なものであったのかもしれない。恩師はかって私に、「歴史を越えなければならない」といわれたことがある。歴史を越えるには、自分の哲学を創造しなければならないはずである。この恩師の教えはその後も私の念頭から離れなかった。しかし、当時では右のような論文を書くのが精一杯であった。ただし、私の卒論は優秀な方であったらしく、恩師から、

「副手になって学校に残ってみないか」

といわれた。恩師がこのようにいわれたのは、私の卒論もさることながら、田舎育ちの私が処世術も下手で、取柄といえば生真面目だけで、学問に励む以外には何の能力もないのが評価されたのかもしれない。

　私は他の同僚と違ってひたすら研究図書室に入って勉学に勤しんだ。東洋史の重松先生からも、ある日、「岡田君はよく精出すね」といわれたことがある。その頃、私は何の取柄もない男であったので、柄にもなく、

「学問に専念して学者にでもなれれば本望である。終生、図書の中に埋もれ暮らすことができれば、これほど幸福なことはない」

と考えていた。

　当時の大学の制度では、研究図書室には副手か助手がおり、副手は二年間、助手は三年間勤務することが許されていた。そして副手は最初の一年間は無給、二年目になって月三十五円の俸給が支給された。副手を終えて助手になるが、助手になると月六十五円の俸給になる。その頃は中学校の教師でも初任給は八十五円から百円位であったので、それに比べると副手、助手はきわめて薄給であった。したがって家に資産がない限り副手や助手になる者はいなかった。しかし、私は、

「副手になることができればこれに越したことはなく、最初の一年間、無給副手として我慢すれば、あとは何とか暮らして行ける」

と思った。

　というのは、当時、家内は農学部で働き、私はアルバイトをしていて、私の母を呼び寄せて同居したり、家内の妹を大牟田から呼び寄せて、わが家から福岡の市立学校に通わせたりしたほどに生活に余裕があったからである。ただし、学校を卒業すれば渡辺氏からの学資も途絶えることは承知していた。そこで渡辺氏の了解を得て学校に残ることを決意し、その旨を恩師に申し上げた。三月に入って私の副手採用が教授会で決定された。

　私は希望に胸をふくらませながら卒業研修旅行に加わり、恩師に連れられて同僚四人とともに門司を出港して、北京に向かった。

　出港の日はあいにく強風で玄界灘は荒れ狂い、五千トンの船も木の葉のように揺れ動いた。船客は船酔いのために嘔吐し、一日中みな吐き通

しであった。ところが一人だけ平気で食事をとっている者がいた。不思議に思っていたところ、彼は私たちを監視するために同行した刑事であることがあとで分かつた。

その頃、政府は左翼思想に対しては厳しい取り締りをしていた。学生の頃、私はときどき福岡から郷里の姫路に帰ったが、車中でも船中でも、必ず一度は所持品の検査を受けた。それは学生が左翼思想に関係する図書を所持しているかどうかを調べるためであった。あるとき船中で一人の刑事から検問されたので、腹立ちまぎれに身分証明書の提示を求めたところ、その刑事は私の郷里の隣村の出身で、私の生家のことまで知っていたのには驚いた。

門司を出発してまもなく九大の事務室から私宛に「富山市の神通（じんつう）中学校に行かないか」という電報が届いた。詳しい事情が分からないので、福岡に帰ってから返事するとの返電を打った。旅行から帰ってみると、私の富山行きは決定済みであった。それは、私の母がすでに承知していたからである。母は私の希望や身辺の事情など知る由もない。当時は中学校に就職すれば、みなから羨（うらや）ましがられたほど不景気な時世であった上に、中学校の教師の俸給は、前に述べたように非常に高かった。借金を抱え、次兄にも気兼ねして暮らしていた母にしてみれば、私が早く一人前の俸給取りになってくれることを念願してやまなかったのであろう。

一抹の不安を抱きながらも、ともかく私は船旅を続けた。船が黄海に入ると、文字通り海の色はだんだんと黄土色を増してきた。船が塘沽（タークー）に到着すると、雲つくような大男が船内に入って来たのには驚いた。私たちはそこから天津に向かった。塘沽の汽車の駅から黄河を眺めると、甲板に芋を積んだように苦力を載せた五千トン級の汽船が、蛇行しながら泥沼の流れの中を航行して行くのが見えた。そのとき始めて「地球の大地」というものを実感した。天津で一泊したが、大勢の大男がみな紺色の中国服を着て、手を拱（こまぬ）いて市街をぞろぞろと歩いているのを見て、気味の悪い感じがした。

塘沽から北京へは急行列車を利用したが、山野の景色は日本と違って茫漠とした砂漠であった。汽車がとある駅に着くと、布袋の生まれ変わりかと思われるような福男が饅頭をプラットホームで売っていた。そのとき私は、このような風貌の男を生んだ中国の大地と風土を偲ばずにはおられなかった。そして同時に、中国に老荘思想が生まれたのも当然のように思われたのである。汽車が北京駅に到着すると、中国人旅行者がわが身の二倍もあろうかと思われる荷物を窓から積み下ろしている風景に接して、一驚した。また一人の日本人が、大きな荷物を背負って乗車しようとしている中国人を足蹴りにしているのを見て心中憤慨に堪えなかった。しばらくすると銃声がしたので一瞬不安の念が胸を掠（かす）めた。というのは昭和六年に満州事変が勃発し、昭和七年、北京で何応欽、梅津協定が結ばれて、日中関係は一応平穏になっていたものの、些か気になるものがないでもなかったからである。事実、北京市街のあちらこちらの壁には、日本兵が中国人の婦女子に銃剣を突き付けている絵を画いた張り紙がしてあって、中国人の反日感情が露骨に示されていた。しかし、こういう排外的な宣伝は中国人の常套手段であった。

私たちは日本人が経営する旅館、「一声館」に宿泊した。市街見物に人力車を雇うときには、この旅館の娘が玄関に出て一声叫ぶと、六、七人の車夫が駆けつける。その中で最も賃金の安い人力車を選んでもらって、それに乗るのである。聞くところによると、車夫たちはみな独身で、真冬でも車の中で寝るということであった。こういう風であるから、道路で餓死する者もときどき出るという。あるとき、私は秋山君と北京大学の学生寮に行った。二人とも中国語ができないので人力車を止めるのに汗だくであった。車夫に約束の賃金を払ってもそれで満足せず、チップをねだる。それも切りがない。余りしつこいので拒絶してそこを去っても、何処までも後ろに付いてくるのには閉口した。

北京では天壇を見ては古の皇帝の祭典の模様を偲び、景山に登っては明の毅宗たちが自殺した哀史に思いをはせた。故宮の緑、青、藍、黄、色とりどりの甍が紺碧の空の下に映えている光景は、今だに目に沁みている。来薫閣書店主の案内で生まれて始めて京劇を観たが、喧噪な音楽は私の性分に合わなかった。余りにも絢爛豪華な衣裳と、役者の大げさな所作も私の好む所ところではなかった。当時、中国人は西瓜の種をかじりながら観劇するのが常であった。

ずっと後のことであるが、ある年、台北（台湾）で大がかりな中国学の国際シンポジュームが行われたことがある。一夜、京劇が披露せられ、私は東北大の金谷教授と米国コロンビア大学のデ・バリー教授と一緒に観劇した。演し物は「王昭君」であったが、京劇を始めて観た金谷教授は感激して、デ・バリー教授に、

「すばらしかったですね」

といったところ、デ・バリー教授は、

「私は日本の能楽の方が好きです」

といった。そこで私は、

「動と静の違いですね」

といったことを覚えている。

北京では私だけが恩師の伴をして書店や骨董店巡りをした。あるとき恩師は骨董点（店）で宋の青白磁を購入された。それは相当高価なものであった。こういうことが機縁となって、私も後には骨董漁りをするようになったのである。

（「卒業研修旅行」、一五〇〜一五七頁）

第五巻（昭和九年四月一日〜六月十九日）

当時の絵葉書より

昭和九年四月一日（日）

早くも四月に入れり。北京にも春訪れたり。麗なる春日、珍らしく風もなし。

午後、西村、山本、家現君と共に北海[1]に遊ぶ。西村、家現両氏は、近日満州に転任なれば、思ふに最後の散歩なり。暖かく而も日曜なる故に公園は麗人多し。日西に斜なる時、家に帰り、そのまま東興楼[2]の両君送別会に赴く。

此の夜、東興楼に於て、酒、量にすぎ、遂にめいてい前後を知らず、夢の中に俥に乗せられて帰る。

四月二日　曇、寒し

奚氏の『紅楼夢』[3]、久しぶりに又読み初む。

本屋、二、三来る。

午後、家にありて読書。『天一閣蔵書考』[4]『北平陶器』[5]『陶説』[6]其の他。

常氏。

夜、西村君と語る。寒き夜也。

四月三日

奚氏、『紅楼夢』中の人物の系図を記してくれる。

『詞林正韻』[7]をよみ研究す。

午後、桂君と民会の皇太子殿下御誕生祝賀会[8]（今まで延期なりしもの）にゆき寸時にして帰る。山本、桂両君同伴。家に在りて暫く語る。

夕方にかけてやや寒し、而も正に春の夕暮の甘き心地を感ずること切なり。

〔欄外注：千鶴子、河村ニ手紙〕

（1）故宮の北西にある北海公園。遼から清までの王朝が御苑とし、一九二五年に一般開放された。

（2）創業一九〇二年の山東料理店。当時は東安門大街にあった。現在も東直門内大街に店を移し、「東興楼飯荘」として営業している。

（3）清代の長篇白話小説。作者は曹雪芹。上流階級の貴公子賈宝玉と従姉薛宝釵、従妹林黛玉との愛情の起伏を軸とする物語。白話とは、伝統的な文言文（漢文）に対して、より口語に近接した書き言葉のこと。日本では江戸時代より白話小説が中国語学習の教材として読まれていた。

（4）陳登原『天一閣蔵書考』、金陵大学中国文化研究所、一九三二年。陳登原（一九〇〇～一九七五）は歴史学者で、この他に『古今典籍聚散考』などがある。天一閣は明の范欽（一五〇五～一五八五）の書庫で、嘉靖年間に建造された中国に現存する最古の蔵書楼。浙江省寧波にある。

（5）倉橋藤治郎『北平の陶器』（工政会出版部、一九三三年）。

（6）清・朱琰『陶説』六巻。乾隆三九年（一七七四）初刻。陶磁器に関する中国初の専門書。日本でも明治期に京都清水焼の窯元三浦竹泉（初代。一八三四～一九一五）による和漢対訳本が出版された（『和漢対照　陶説』、開益堂書店、一九〇三年）。

（7）清・戈載『詞林正韻』三巻。詞の押韻に用いる韻字を一九部に分類した韻書。

（8）明仁皇太子（のちの平成時代の天皇）の祝賀。この日記の昭和八年十二月二十三日の条参照。

筆者のアルバムより。
ただし被写体は不明

四月四日

奚氏。世古堂。趙[9]（近来傷害罪に問はれ罰金をとらる。金五円を借したり。うるさくて堪らず）。

暖き日にて外出に外套を用ひず。午後、明日帰国の竹田氏を問ふ。

午後四時二十五分の汽車にて、西村君、家現君、満州に向ふを停車場に見送る。

常氏。

午後八時十五分の汽車にて堤氏夫妻、銭稲孫氏（これは清華の学生をつれて渡日）を停車場に見送る。淋しき心地なり。

駅より小竹、小林、桂三君と共に帰り、東安市場にて茶をのみ、更に桂君に誘はれて東華門街の支那酒場にて酒をのまさる。汚なくまづく、一口ものめず、不愉快なりき、且つ些か身体の具合あしく、早く分れて帰り床に入る。憂鬱たとへんに物なし。けふ、ますよより手紙来る。

四月五日

暖く晴たる日也。

奚氏。を了りて後、『海上花列伝[10]』をよむ。南方語難解なり。

午後、山本、桂二君来り、共に宣武門を出でて、法源寺[11]を見る（唐代の憫忠寺、明代の崇福寺、清に至りて法源寺と改称）。次いで陶然亭[12]にゆき、外城の壁に上りて眺望す。清明の節なれば附近の墓地に詣づる人多し。郊外の景色、実に麗らかなり。

帰途、江南城隍廟[13]に詣づ。廟会の日とて、遊人絡繹、挨土鼻口を塞ぐばかり也。

夕方、我家にありて二君と食事を共にし、桂君先に帰り、山本君

崇文門大街。当時の絵葉書より

（9）筆者と語学の交換教授を行っていた人物。

（10）清末の章回小説。全六四回。韓邦慶（一八五六〜一八九四）の作。上海花柳界の裏側を描写するとともに、蘇州方言を用いている点が特徴。

（11）北京宣武門外教子胡同南端東側に位置する古刹。貞観十九年（六四五）、唐太宗李世民によって、高句麗遠征の犠牲となった将士を傷んで建てられた。六九六年完成、武則天によって憫忠寺と命名された。その後、度重なる天災で修復を繰り返し、正統二年（一四三七）に崇福寺、雍正十二年（一七三四）に法源寺と改名。

（12）康熙三四年（一六九五）に勅命により建造される。白居易「与夢得沽酒閑飲且、約後期（夢得と酒を沽ひて閑飲し、且つ後期を約す）」詩（『白氏文集』巻六七）の「更待菊黄家醞熟、共君一酔一陶然（更に菊黄にして家醞の熟するを待ちて、君と共に一に酔ひて一に陶然たらん）」の句より名を取る。現在の陶然亭公園。

（13）西城区成方街に位置する土地神を祀る道教の廟。至元四年（一二六七）建立。年に一回、廟会が催される。

とおそく迄語る。

四月六日

朝小雨、冷たく寒し。じめじめしたる気持ち。

奚氏。終日家にとぢこもる。

四月七日

奚氏。

午後、前の部屋にストーブをたかせ、『勧学篇』[14]、日本の雑誌など読む。

午後晴れ。一寸茶を買ひにゆく。

夜、入浴。常氏。又本をよみ、十二時ねる。

川副に手紙を出す。

〔欄外注：川副ニ手紙〕

四月八日（日）

午前中憂うつ也。『海上花列伝』実によみづらし（南方語）。

午後、『文学季刊』[15]を買ひにゆきしに、第二期未だ出版されず。第一期を買ふ（王国維の文藝批評について[16]、「巴」の字の訓について（黎錦熙）[17]、金瓶梅製作年代など[18]面白し）。

小学校に写真のことにて谷村君を訪ふ。夜早く床に入り、却って失眠。

四月九日

よき日也。春めきたる空の色うれし。

奚氏、『紅楼夢』黛玉葬花[19]。

本屋、来薫[20]、徳友[21]、世古堂来る。

午後、崇文門内にて花を買ひて部屋に置き、香をたく。

(14) 『勧学篇』二巻。清末の政治家張之洞（一八三七～一九〇九）の作。一九世紀末に起こった変法運動に対して「中体西用」の考え方を示し、急進的すぎる改革を戒めた。

(15) 周立民主編『文学季刊』、一九三四年一月創刊、立達書局発行。文学季刊社の機関誌。鄭振鐸（一九五八～一九五八）を中心に巴金、李健吾、李長之らが参加していた。翌年九月、巴金、李長之が脱退するに及んで停刊。

(16) 李長之「王国維文藝批評著作批判」。李長之（一九一〇～一九七八）は民国の作家、文学評論家。一九三一年に清華大学に入学、在籍時に『文学季刊』の編集委員を担当した。のち、一九三五年に『魯迅批判』を発表し、学術界に多大な影響を与えた。王国維（一八七七～一九二七）は清末民国初の学者。革命期に詞曲を専攻し、『紅楼夢評論』『人間詞話』『宋元戯曲史』等の新分野を開拓して注目されたほか、甲骨文研究の先駆としての功績も大きい。主要な論著は『観堂集林』に収録される。

(17) 黎錦熙「近代国語文学之訓詁研究示例」。黎錦熙（一八九〇～一九七八）は民国の言語学者。一九二一年以来、北京師範大学文学院国文系教授に在任、のち国文系主任文学院長に累進、その間中国大学国文教授、北京大学国文講師等も兼任した。在任中、当時の革命運動にも参加する一方で、中国の国語の専門家として国語文法を教え、二十数年来、自国の国語統一における主導者であった。

(18) 呉晗「『金瓶梅』的著作時代及其社会背景」。呉晗（一九〇九～一九六九）は政治家、歴史家。清華大学卒業後、同大学で歴史学（明史）を講じた。民国成立後は北京大学人文科学部長、北京市副市長を務めたが、のちに一九六一年に発表した戯曲「海瑞罷官」が批判されたことをきっかけに、北京市副市長を解任され、文化大革命の端緒となる。

(19) 『紅楼夢』第二七回「滴翠亭楊妃戯彩蝶　埋香塚飛燕泣残紅」中の歌詞「林黛玉　葬花詞」を指す。「葬花」とは、林黛玉がかつて賈宝玉と共に風に散った桃の花を埋めて花塚を作ったことを指す。その後、林黛玉は鳳仙花や石榴等とりどりの花が敷き詰められた花塚のそばで、賈宝玉への怨みを込めて「葬花詞」を口ずさむ。『紅楼夢』における名場面の一つ。

(20) 琉璃廠にある書店来薫閣。咸豊年間に開業。開業当時は古琴店であったが、一九一二年に来薫閣書店として書店経営を開始した。

(21) 北京の文昌会館にあった古書店。一九〇一年に王鳳儀が開設し、一九一五年に弟の王景徳が継いだ。徳友堂は昭和九年三月五日以来、しばしば著者のもとを訪れている。中国語学者・中国文学者の倉石武四郎（一八九七～一九七五）が北京留学中に書いた中国語の日記である『倉石武四郎中国留学記』（栄新江・朱玉麒輯注、中華書局、二〇〇二年）にもその名が見える。

居間にてをばさんと茶をのむ。

常氏。

小林君より電話、病気といふ故、見舞旁々あそびにゆく。帰途、北海の夜の景色美し。風寒く、春の宵の心持はせず。若き男女、肩抱き合ひて歩く。女は泣きぬれたり。

〔欄外注：塩谷先生ニ手紙〕

四月十日

朝早く起きたるに、奚氏は休み。

西村君より手紙来る。満州の昌図(22)にゆくこととなりし由。悲観的なるたよりなれば、直ちに返書を認む。

午後、『文学季刊』などよむ。三時半よりひるね。千鶴子より手紙及写真。

夕方、八木君、小林君来る。小林君の案内にて崇文門大街(23)のヘンペルにて食事。其の後、石原(24)にゆきて湯豆腐をたべ、更に家に帰りて一時頃迄語る。

〔欄外注：楠本、西村ニ手紙〕

四月十一日

朝、風の音凄まじければ、午前中、床にあり。

午後、陽はあたたかなるも、風さむし。読書。

文化事業に橋川氏訪問。桂君、病気也。

常氏。劉君、久し振りに来る。

夜、検温器と薬をもらって、桂君を見舞ふ。風邪ひき也。

四月十二日

好天気なり。奚氏。ますよより手紙。

(22) 現在の遼寧省最北部、鉄嶺市昌図県のこと。当時は満州国奉天省に属した。

(23) 故宮の東南、王府井の南に位置する通りの名。現在の地下鉄二号線崇文門駅の一帯を指す。当時は、北京でも繁華な場所であったようで、筆者は時折ここでの買い物を楽しんでいる。

(24) 当時の北京にあった日本料理店。日記ではこの年の二月二十二日にも訪れている。

左は小竹武夫、右は筆者

この3枚は4月14日撮影のものであろう。筆者のアルバムより

天安門にて。左から小竹、筆者、山本

『文学季刊』第二期[25]をよむ。

午後、日向にて読書。

夕方、樫山君来り、山本君来る。山本君に奚氏の月謝のため、日本金二十円を借りる。二君と家にて食事を共にす。

夜はさむし。

四月十三日

晴れたれど風あり。

奚氏。

文禄堂、『今古奇観[26]』の古板と『雪月梅[27]』を持参。『今古奇観』の板本、見極め一寸つかず、暫くをかす。

午後、歩きて五昌[28]にゆき、きのふの金をかへる（〇・八七四）。

桂君を一寸見舞ひて帰る。

楠本氏、久須本君より来信。

千鶴子に手紙を書く。

小竹君来り、写真をうつして帰る。

常氏。やや寒けれど、春の夜を感ずること切なり。

万葉をよみて心慰む。

四月十四日

奚氏。世古堂。

午後、小林君、八木君、他に小島といふ男、三人来合せ、中山公園[29]を散歩す。桃李花開いて柳煙る。籐椅子に坐りて茶をのみ、暮れ近く帰宅。

常氏。劉君。

『大公報[30]』ニ『清平山堂話本[31]』ノ姉妹本発見ノ記事アリ（馬廉氏[32]）。

(25) 『文学季刊』第一巻第二期は、一九三四年四月一日発刊。創作十二篇、論文七篇、劇本二篇、翻訳小説五篇、散文随筆七篇、詩十九首、書報副刊十篇、補白七篇を収録。

(26) 明の短篇白話小説集、四〇巻。崇禎年間に抱甕老人によって編まれる。「三言二拍」の中から優れた作品計四〇篇を収録。後に筆者は四月十七日に購入。現在、九州大学附属図書館に昭和九年六月五日の受入印を持つ金谷園蔵板『今古奇観』が収蔵されている。

(27) 『孝義雪月梅伝』を指す。清の乾隆四〇年（一七七五）に成立、全五〇回。作者は陳朗（生卒年未詳）、字暁山。作中の女性登場人物である許雪姐、王月娥、何小梅より一字を取り作品名とする。南京を舞台に岑秀という一人の青年と上述の女性らとの交情を描き出した才子佳人小説である。

(28) 五昌兌換所のこと。この日記の昭和八年十一月十五日の条に、「奚先生を了りて後、先づ五昌兌換所にゆきて金三〇円を支那貨幣に換ふるに、今日は日本金一に対し、〇・九〇七なり。日々金価の下落を見る。誠に都合悪しきことなり」と見える。本日の「〇・八七四」も交換比率を示す。以降、著者はしばしば交換比率の悪化を嘆いている。

(29) 天安門の西側に位置し、遼金代には興国寺が、元代には長寿興国寺があったが、一四二一年に社稷壇に改築される。一九一四年に一般開放。一九二八年に孫文にちなみ中山公園と改称。著者にとっては格好の散歩場所であった。

(30) 一九〇二年に天津で創刊された新聞。現在は香港版のみが継続して発刊され、これは中国語新聞としては最長である。この日記の昭和八年十月二十三日の条に、「今日より『北平晨報』『大公報』を取る」とあり、昭和九年一月十九日の条に、「けふより『大公報』を止めて『実報（小報）』に換へたり（『晨報』は従来の如し）」とある。

(31) 明嘉靖年間に洪楩によって編まれた短編小説集で、もとは六〇篇あった。清平山堂は洪楩の書斎名である。現在、日本の内閣文庫に十五篇、雨窓集と欹枕集の残篇十二篇、阿英旧蔵の二篇の計二十九篇が伝わる。ここに述べられるものは、天一閣より発見された雨窓集と欹枕集の残篇十二篇を指す。校本として程毅中校注『清平山堂話本校注』（中華書局、二〇一二年）がある。

(32) 馬廉（一八九三～一九三五）、字は隅卿、浙江鄞県人。蔵書家、小説戯曲作家として知られ、魯迅を継いで北京大学教授として中国小説史を講義する。「清平山堂話本序目」を記している。馬廉による『清平山堂話本』残篇発見の報告は、「清平山堂話本与雨窓欹枕集」という表題で、まず『国立北平図書館刊』第八巻第二号（一九三四年四月刊）に掲載された後、修正を加えて『大公報・図書副刊』第二二期（一九三四年四月十四日号）に掲載されている。馬廉とその『清平山堂話本』残篇発見の経緯は、劉倩編『馬隅卿小説戯曲論集』（中華書局、二〇〇六年）を参照。

天一閣[33]ヨリ散出セシモノ。

四月十五日（日）

実によき春の日也。

午後、桂君来り、橋川氏来る。桂君と共に同学会[34]の野球を見にゆく。小林、八木両君は選手也。

東単牌楼[35]の床屋にゆく。

夜、家にて酒。

初めは小竹、小林、八木の三君なりしが、之に桂君、山本君加はり、大賑やか也。

十一時、酒に酔ひたる一同、停車場に小川君[36]を出迎へ、万才をとなへ、初見の人を吃驚せしむ。大さわぎなり。又一旦家に帰り、夫より桂君、八木君（八木君は応接間に寝たり）を除く四人、再び石原に赴きビールをのむ。又一同にて家に帰りしは已に三時。

小林君、余が寝台に寝る。余は小竹、山本二君と共に徹夜。

四月十六日

昨夜より徹夜し暁に至りて、小竹、山本二君と共に太廟[37]より天安門を散歩す。

午前中、日向にて皆と疲れを休め、正午、東安市場[38]にて一同食事し、後別れて帰り、夕方七時迄寝る。

今日は已にあたたかさすぎて、暑さを覚えたり。洋服に困る。

夜、読書。十二時就寝。

四月十七日

奚先生。常氏。

明板後印の『今古奇観』を手に入れたり。これ今少し研究せば面

(33) 明の范欽（一五〇五〜一五八五）による現存する中国最古の蔵書楼を指す。浙江省寧波に位置する。『四庫全書』編纂の際は、この天一閣からも書物が供された。

(34) 北京同学会。北京在留邦人が中国語学習のために作った私塾「支那語同学会」を起源とする。一九三九年に北京興亜学院と改名し、四一年に旧制専門学校となり、四三年からは東亜同文会によって運営される。終戦にともない廃校。著者は同学会にて日本語を学ぶ中国人と相互学習をするなど、同会と交流があった。

(35) 東単とは現在の北京の長安街・東単北大街・建国門内大街の間にある十字路のこと。「牌楼」［中 páilóu］は装飾門を指す。かつてこの場所には巨大な門があったことからその名がついた（一九二三年に撤去）。西単と対になっており、その片割れという意味で「単」と言う。

左より桂、筆者、山本。筆者のアルバムより。4月15日撮影

(36) 中国文学者の小川環樹（一九一〇〜九三）のこと。地質学者小川琢治の四男。兄に小川芳樹（金属工学・冶金学）・貝塚茂樹（東洋史学）・湯川秀樹（物理学、日本人初のノーベル賞受賞者）がいる。『中国小説史の研究』（岩波書店、一九六八年）『風と雲　中国文学論集』（朝日新聞社、一九七二年）『中国語学研究』（創文社、一九七七年）『唐詩概説』（岩波書店、一九五八年。岩波文庫、二〇〇五年）『蘇東坡詩集』（第一〜四冊、山本和義と共訳、一九八三〜九〇年、筑摩書房、未完）『完訳三国志』（金田純一郎と共訳、岩波文庫、一九八八年）『中国詩人選集』（吉川幸次郎とともに編集・校閲、岩波書店、一九五八〜六三年）『新字源』（西田太一郎・赤塚忠と共編、角川書店、一九六八年）など編著・翻訳多数。『小川環樹著作集』全五巻（筑摩書房、一九九七年）がある。「小川環樹年譜」（『小川環樹著作集』第五巻所収）によれば、一九三四年四月から三六年四月まで北京大学・中国大学聴講生として留学。

(37) 一四二〇年に建造され、明清時代、皇室の祖先の位牌が祀られた場所。最も完全な形で現存する明代建造物の一つ。天安門の東側、中山公園の向かいに位置する。現在は労働人民文化宮として一般開放されている。

(38) 一九〇三年から一九九〇年代まで、北京王府井大街の東側に設置されていた市場。著者は昨年十一月三十日に南池子の家に引っ越して以来、頻繁にここで日用品の買い物をしている。

白しと思ふ。二十二元。

午後、小竹君来る。山本、桂二君、小川君を連れて来る。

王府井まで散歩す。

夜、又『今古奇観』を調べる。

山本君、妻君を呼ぶ事につき、再び相談に来る。

〔欄外注：図・版式、崇文堂本と一様なり。但し、崇文堂本の誤字が、この本にては正しき字になりたる処あり〕

四月十八日

けふ珍しく曇り。

奚先生。

兪君、久しぶりに来る。南京に旅行にゆきたりと。

常氏。徳友堂。

楠本氏より菓子と本屋に払ふ金（二十三元二角七毛）を送り来り、郵便局に取りにやらす。

『教案彙編』[39]をよむ。

夜『清代学者生年表』[40]の籍貫を調べ、浙東の人々を数ふ[41]。

終日外出せず。

四月十九日

奚氏。兪君。常氏。

午後、支那服の材料を買はんとて呉服屋を呼ぶ。気に入らず。

日陽にて『詞譜』[42]、『詞林正韻』、『文学季刊』の小説をよむ。

小川君来り、支那文学を語る。

小林君来り、家にて食事し、余りに甘きここちの宵なれば、二人街に出で、東安市場と福生[43]と二ヶ所にてビールをのむ。微酔して

(39) 清の程宗祐『増訂教案彙編』（光緒二八年〔一九〇二〕寔学書社刊）のことか。
(40) 蕭一山（一九〇二～七八）の著。『清代通史』（全五冊）の中の「清代学者著述表」を抽印したもの。この日記の第一冊、昭和八年十月三十日の条を参照。
(41) 宋代以来、中国の学問や思想に大きな影響力を持った人々に浙江省東部（宋代には両浙東路と呼ばれた）出身の人物が多いことから、これらの学者達を「浙東学派」と呼ぶ。著者も当時浙東学派に関心を抱いていたらしく、留学中にしばしば関連書を購入している。『清代学者生卒及著述表』に見える浙東の学者としては、黄宗羲・李文允・万斯道・全祖望・姚燮など二十余名を挙げることができる。
(42) 『欽定詞譜』四〇巻。康熙五四年（一七一五）康熙帝の勅命により王奕清、陳廷敬らが編纂。歴代の詞牌八二六種の典型的な作例を示し、詞の句法、押韻法、平仄の配置などを図示する。詞を読むための最も基本的な工具書。
(43) 東安市場近辺にあったイスラム系レストラン福生食堂を指す。馬芷庠『北平旅行指南』（経済出版社、一九三七年）に記述が見える。

帰る。

小林君の洗錬されたる細く感じ易き心、実に嬉しきもの也。君、間もなく南方に行くと云ふ。我が淋しさ比べやうなし。

四月二十日

この頃毎日、春の美しき日和也。風もなし。

奚氏。常氏。

午後、隆福寺の修綆堂に楠本氏依頼の『説文句読』(44)をかひにゆき、郵送せしむ。別に家彝(45)をして『大公報』一年分、楠本氏のために予約せり。

午後、読書しつゝありしに中根のおばさんに誘はれ、東安市場と北海にゆく。北海の紅き花、柳の緑、実に佳し。恐らく一年の最も好季節なるべし。

けふも送金をまてども来ず。

夜『欽定詞譜』により『漱玉詞』(46)に点し了る。小竹君来り、十二時迄語る。

四月二十一日

奚氏。常氏。世古堂（『香艶叢話』(47)を買ふ）。

午後、桂君、八木君一寸来る。鳥居国雄さん死去の報に心を打ちくだかる。

千鶴子より手紙、宮城さんについて長崎にゆく由、運命は測られぬもの也。

云ひしれぬ心の感動、近頃の幾分弱くなりし心に堪えず。

宮城、鳥居、進藤、義五郎夫々に手紙。

竹田氏にゆきて『紅楼夢』(48)中を借りる。

(44)『説文解字句読』三〇巻。清の学者王筠（一七八四〜一八五四）の撰。彼は当時の主流であった段玉裁『説文解字注』の説に従わず、独特で緻密な注釈をつけたことで高く評価されている。王筠は、段玉裁、桂馥、朱駿聲とともに「清代説文四家」と並称されている。

(45)家彝［中 jiāyí］は家僕、使用人のこと。この日記の二月七日の条を参照。

(46)北宋末の女流詞人李清照（一〇八四〜一一五五）の詞集。李清照、字は易安、山東済南の人。詞作の中に女性の繊細で優雅な風格を表現した。

(47)中華民国の作家周痩鵑の編。五巻。清末民初の才媛の詩やエッセイ、恋愛譚などを収集する。一九一七年刊行。周痩鵑（一八九五〜一九六八）は、蘇州の人。本名国賢、字は祖福、痩鵑は筆名である。上海を活動拠点として本書をはじめ大衆向けの娯楽出版物を幾つも刊行し、また娯楽雑誌『紫羅蘭』や『礼拝六』を発行した。「礼拝六派」また「鴛鴦蝴蝶派」の作家と呼ばれた。

(48)大正十年（一九二一）に国民文庫刊行会より出版された「国訳漢文大成」シリーズ文学部第十五巻『紅楼夢』の中巻。幸田露伴と平岡龍城による共訳。

夜、『翼教叢編』[49]をよむ。九時すぎ、樫山君来る。

四月二十二日（日）

昨夜、南京虫[50]に喰はれ実に苦痛を感ず。

けふもよき日なり。いちにち何となく読書。

夕方、小竹君との約束ありて文化事業にゆきしも、話ゆき違ひて帰る。

中華公寓[51]によりて夕食を簡単にしたため、すぐ帰りて読書。

九時頃、山本君より電話。夜に入りて雨。

九時半頃、小竹君、八木君、宴会果てて来り、余を誘ひて雨の中を自働車にて石原にゆく。長安街の春雨、鋪道の水にうつる街の灯美し。

帰る頃、雨いよいよはげし、石原の雨にぬれし、ライラックの花（白き丁香[52]）を持ち帰りて部屋に挿す。

四月二十三日

窓の前の丁香（之は薄紫の花咲くといふ）程無く咲くべし。この部屋を丁香斎と称せんか。

午後、小川君来り、一緒に停車場に東京へ向う小竹君を送る。

夜、小川、山本、桂三君を誘ひ、西長安街新陸春[53]に小川君歓迎の意味にて晩餐を共にす。山本君、けふは何となく心重く不愉快げなり。一同我が部屋に戻り二君先に帰り山本君一人残る。心中のこと説き語り、遂に夜更けて我がソファにねる。

四月二十四日

山本君は早朝目覚めて帰宅せり。

奚先生、告假[54]。常氏。

(49) 清末の光緒二四年（一八九八）に刊行された叢書。全六巻。湖南省出身の儒学者王先謙や葉徳輝等の書簡や上奏文をまとめたもの。編者は蘇輿（一八七四〜一九一四）。「戊戌変法」を推進した康有為や梁啓超ら過激な改革派の説に反論する。書名は中国伝統の「教化」を翼（たす）けるという意。

(50) 『北京案内記』（一九四一年、新民印書館）の「支那旅館」の項に「支那旅館に泊って不快に感ずる事は、南京虫、白蛉、蚊等に悩まされることである。北京の一流支那旅館では左様な事も無いけれども稀には南京虫も居り、……南京虫の有無をよく聞いた上で契約することが大切である。」とある（一六二頁）。

(51) 筆者の友人桂太郎君が住んでいたアパート。この日記の八年十一月二日と九年二月十三日の条を参照。

(52) 花は四月頃に咲き、芳香がある。筆者の随筆集『随想 秋から冬へ』の「天安門」の章に「北京の春は黄塵万丈というが、私のいた年は幸いに、それが襲って来ず、院子（にわ）の丁香の花の甘い薫りがただよって、なんとも悩ましく、公園や寺々の牡丹の花がうわさされるようになる。」と綴っている（八〇頁）。

(53) 北京を代表する南方料理店「八大春」の一つとして西長安街に営業する老舗。当時日本人もよく訪れていた。『北京案内記』（一九四一年、新民印書館）にも店名が見える。名物料理は南腿魚唇（金華ハムとフカヒレのエンガワの煮物）。

(54) 告假［中 gàojià］は休暇をとる、授業を休講する。

きのふ河村より禎次郎君結婚式の写真二葉送り来れり。皆々元気なり。順子も其の中に入れり。

けふ遂に金届く。四百五十円が三百八十九元となりて物足らず。

近来、書物の借り増加したれば難儀也。

『清人説薈』(55)（世古堂にて買ふ）を読む。趣味的のものなり。

午後、実にものうし。夕方、風少し出で急に冷気(56)覚ゆ。

［欄外注：河村ニ手紙］

四月二十五日

奚先生、病癒えず、告假。常氏。

午後、東安市場にて靴（五元）、支那服（三元）を買ふ。山本君を訪ふ。

夜、兪君、劉君来る。院子に朧月(57)、美しき春の宵也。山本君と共に光陸(58)にディートリッヒのThe Song of Songs「恋歌」(59)を看る。

四月二十六日

奚先生尚休みにつき思はず朝寝し、小林君に起されたり。小林君は直ぐ帰る。常氏に月謝。

文禄堂、『今古奇観』の套子(60)を作り来る。

群玉斎(61)、『東周列国志』(62)と『西湖佳話』(63)の善本を持参（東―七元、西―四十元）。学校に買はさむかと思ふ。花曇り。

報費(64)一元六十銭支払ふ。

夕方、文化事業大槻氏の案内にて、委員会後、庭にて花見の宴。後園(65)は丁香の薫充ち、海棠、李花、様々の花咲き満ちたり。夕暮の美しさ、実に筆に述べがたし。宴果てて、八木君と共に尚賢公寓により、小島、布施、植野の諸君に逢ひ、八木君と共に帰る。

(55) 雷瑨（一八七一〜一九四一）編。上海掃葉山房刊。初集二十巻（一九一七年刊）、二集二十巻（一九二八年刊）。「乾嘉詩壇点将録」「円明園詞序」など、清朝の文人たちの文章や逸話、詩作詩評、事件記録など幅広いジャンルにわたる。大野城市目加田文庫所蔵。

(56) 冷気［中 lěngqì］寒さ。

(57) この日は旧暦三月十二日にあたる。

(58) 東城崇文門大街にあった映画館。日本から配給されてきた映画フィルムを上映していた。

(59) 一九三三年製作のアメリカ映画。邦題は「恋の凱歌」。監督はルーベン・マムーリアン。ドイツ出身の女優マレーネ・ディートリッヒ Marlene Dietrich（一九〇一〜一九九二）が主人公リリー役で出演していた。

(60) 套子［中 tàozi］。線装本の書籍につけるカバー。日本では書帙（しょちつ）という。

(61) 琉璃廠の海王村公園にあった書店。民国二十年（一九三一）創業。創業者は張俊傑（一九〇二〜一九八三）。字は士達。

(62) 『東周列国全志』。蔡奡編。全一〇八回。清の長篇歴史小説。戦国七雄各国の歴史をさまざまなストーリーを交えて描く。明の余象斗編『列国志伝』（八巻）や陳継儒の評を加える『春秋列国志伝』（十二巻）、さらに馮夢龍による『新列国志』（一〇八回）などに基づく。この本は現在九州大学附属図書館に所蔵。

(63) 『西湖佳話古今遺蹟』十六巻。清の短篇白話小説集。作者は古呉墨浪子。杭州西湖の名勝十六ヶ所にちなむ著名人の事跡を紹介する。例えば第二話「白堤政蹟」では唐の杭州刺史であった白居易を、第七話「岳墳忠蹟」では宋の武将岳飛を、第十五話「雷峰怪蹟」では民間説話として名高い『白蛇伝』の白娘子の物語を述べる。この本は現在九州大学附属図書館に所蔵。

(64) 報費［中 bàofèi］新聞代。

(65) 後園［中 hòuyuán］邸宅の奥に広がる庭園。日本語の「裏庭」のニュアンスとは反対に、大邸宅に設けられた豪壮な庭をいう。

八木君、一寸話して帰る。

四月二十七日　曇、夜に入って細雨

奚氏今週休みなれば、午前中暇あり。常氏。午後、世古堂。

宮庄より手紙。直ちに返書。

小川君来り、一緒に琉璃廠にゆき、開明[66]、直隷[67]、来薫等をあさる。来薫にて『四庫総目』[68]を買ふ（十元）。商務印書館[69]にて、『南唐二主詞』[70]、『珠玉詞』[71]、『小山詞』[72]を買ふ。夕方、俞君一寸来てすぐ帰る。

夜、『珠玉詞』、『文選』巻十六[73]をよむ。心淋し。ます代のこと思はれてならず。

四月二十八日　曇

午前中、『珠玉詞』をよむ。奚氏休。常氏。

午後、小林君、銭稲孫氏の子息をつれて来る。小林君、先にグランドに向ひ、余は三時半銭氏の息と共に、塁守の小林、八木君達、同学会対満鉄の野球を見る。風寒し。銭氏、桂、小川両君も来る。

夜、銭氏に招かれ、東安市場の萃芳斎[74]にて晩餐。

小林、松川、桂、小川、木村及木村氏の客二人席にあり。散じて松川君を送りて、桂君と共に彼の尚賢公寓にゆき、桂君と共に帰る。

［欄外注：宮庄ニ手紙］

四月二十九日　天長節[75]

公使館に拝賀あれど服装無き故行き得ず。家にありて心に賀す。

午前中、読書。

午後、八木、小林両君来り、シャツを着換へて野球にゆく。余は三時半になりてグランドに見物にゆく。小川、桂君達もグランド

(66) 琉璃廠にあった開明書局を指す。姜士存（字は性斎。河北深県の人）によって一九一五年設立、のち一九二八年に李丙寅（字は象乾。河北東鹿県の人）と杜桐棻（字は子斌。河北衡水県の人）の二人が経営者となる。

(67) 琉璃廠にあった直隷書局を指す。宣統元年（一九〇九）設立当初は複数の出資者により北京、天津、保定の三カ所で経営されていたが、その後中華民国成立後にそれぞれが独立、北京は創業者のひとり宋魁文（字は星五。河北南宮県の人）が経営。

(68) 清朝に編纂された中国最大の漢籍叢書「四庫全書」所収の書物の解題をまとめたもの。全二〇〇巻。乾隆帝の勅令のもと紀昀（一七二四～一八〇五）によって編纂された。乾隆四七年（一七八二）に完成。

(69) 一八九七年に上海のキリスト教会出資で設立された出版社。はじめは商業簿記、雑誌印刷を取り扱っていた。初代所長は蔡元培（一八六八～一九四〇）。

(70) 五代十国南唐（九三七～九七五）の王であった李璟（九一五～九六一）とその第六子李煜（九三七～九七八）父子の作品を収めた詞集。李璟、李煜は二代にわたり詞作や書画などの文芸に造詣が深く、「南唐二主」と称される。

(71) 北宋の文人である晏殊（九九一～一〇五五）の詞集。一三一首を収録。晏殊は晩唐五代の作風を継承し、宋詞の正統とされる婉約派を代表する文人として知られる。

(72) 晏殊の第七子である晏幾道（一〇三七～一一一〇）の詞集。父が「大晏」と称されるのに対し「小晏」と称され、また父子併せて「二晏」とも称される。

(73) 六朝梁の昭明太子蕭統（五〇一～五三一）によって編まれた詩文アンソロジー。第十六巻には前漢の司馬相如「長門賦」に始まる哀傷の辞賦が収録されている。向秀「思旧賦」、陸機「歎逝賦」、潘岳「懐旧賦」「寡婦賦」、江淹「恨賦」「別賦」。

(74) 萃芳斎。東安市場内にあった食堂。あるいは正しくは「翠芳斎」か。

(75) 昭和天皇誕生日。

に来合せたり。同学会勝。

夜、小林、八木、高岡三君と共に天長節奉祝と野球祝勝の祝杯を潤明に挙ぐ。一同酔ふて帰る。

小竹君、大連よりはがき。

［欄外注：九大研究室ニ手紙］

四月三〇日

けふより奚氏来る。常氏。

よき日和也。室の前の丁香、薄紫に咲き始めたり。

昨夜酒をのみ、けさ午前六時より起きたるため、午後になりて身体ものうし。一時間半程昼寝。起きて湯に入る。爽快なり。

夜、兪君、劉君来る。共に東安市場にて茶をのむ。月紅し。

五月一日

早くも五月になりぬ。院子の草木美しく青葉せり。太陽かがやき花薫る。

奚先生（五元借金）。常氏。徳友堂に二十一元五毛支払ふ。

午後、山本君来り、一緒に北平図書館(76)に金石展覧会を見にゆく。益する所なし。

夕方、空美し。華楽戯院(77)に明後日の切符を買ひにゆく。

夜九時頃迄読書。その後太々(78)の部屋にて雑談。

五月二日

近来、朝起き出づる事早し。奚先生。常氏（『華語萃編』(79)復習）。

文禄堂に二十一元払ふ。

午後、小川君来る。小林君来る。

夕方、空曇り風出で、雨さへ降り出しぬ。荒き雲の往き来。『小

(76) 現在の中国国家図書館の前身。民国元年（一九一二）京師図書館として正式に公開、一九二八年国立北平図書館と改称した。一九三一年には文津街庁舎が完成し、当時の中国国内で最大規模の、最も先進的な図書館となる。文津街の北平図書館は現在中国国家図書館の分館となっており、本館は一九八七年に北京市西北部の白石橋に新たに建立された。
(77) 前門（正陽門）外にあった京劇の劇場。中丸均卿・濱一衛『北平的中国戯』（秋豊園、一九三六年）、中里見敬「濱文庫所蔵戯単編年目録」（『中国文学論集』第三七号、二〇〇八年）参照。
(78) 太太［中 tàitai］本来は役人の妻に対する尊称だが、宿舎の管理人役の女性に対する通称として使われる。「おばさん」とでも言うような気の置けない相手への呼びかけ。
(79) 東亜同文書院発行の北京官話教科書。東亜同文書院は、明治三四年（一九〇一）上海に開設された日本人学校。

山詞』をよむ。夜、失眠。

五月三日

奚氏。常氏。

午後、同宿の（今回北京小学校に来れる）大塚君、支那服を買ふとて共に東安市場にゆき、帰途、東単牌楼の床屋にゆき散髪。『小山詞』は『珠玉詞』よりもすぐれたるもの多し。

夜八時すぎ、小林、八木二君来り、それより前門外華楽戯院に尚小雲[80]を聴く[81]。尚小雲の「貴妃酔酒」[82]の美しきこととえも云へず。他に「湘江会」[83]ありしも之は普通なり。

五月四日

昨夜帰宅一時すぎ。けさ眼痛し。

奚氏。常氏。

午後、眼の痛み尚止まず一時間程昼寝する。桂君来りて起きる。

夕方の美しさ。

窓前の丁香、薄紫に今盛りなり。

花の薫り室内まで漂ひ来る。

千鶴子より手紙。小林、八木二君と福生にて食事。

五月五日

奚氏。常氏。

端午の節句とて寿司を食べる。

午後、『小山詞』[84]をよむ。

同学会対満鉄の野球優勝戦あり。同学会敗。

夜、大塚君と散歩に出で崇華食堂にて一寸ビールをのむ。

けふ始めて柳絮[85]の飛ぶを見たり。誠に雪の如く綿の如し。南池子

(80) 尚小雲（一九〇〇〜一九七六）、京劇四大名旦の一人。京劇の流派「尚派」の創始者。幼くして劇団三楽科班に入り、初めは武生を学んだが後に正旦に改めた。歌唱が勇ましく武劇は堅実であり、面に侠気を帯びていたので、「雷峰塔」などの烈女節婦の劇を演じるのに長じていた。橋川時雄『中国文化界人物総鑑』二六四頁。

筆者の随想の中にも次のように尚小雲の名が見える。

　私はもともと芝居が好きだから、京劇にはたびたび通った。そのころ、梅蘭芳は上海に居り、北京では老生の馬連良、副浄（敵役）の侯喜瑞、時には珍らしく楊小楼、そして女形の程硯秋、尚小雲らが活躍していた。馬連良の借東風（三国志）、尚小雲の白蛇伝—日本の蛇性の婬のもとになった雷峯塔伝奇—、程硯秋の玉堂春—滝の白糸に似た、妓女が金を貢いで出世させた男に自分が裁かれる話—などいくども繰り返し観た。副浄の銅鼓のような太い唱声はとくに好きだった。（「京劇」、『随想 秋から冬へ』所収）

(81) 聴戯〔中 tīngxì〕は、京劇を見る。中国の伝統劇は歌曲を中心に構成されるため、それを鑑賞する際の動詞として「聴」を使う。

(82) 「貴妃酔酒」は京劇の演目。もと崑劇の脚本。一名「百花亭」「酔楊妃」。玄宗皇帝の心変わりに悩む楊貴妃が、花苑で一人酒を飲み、酔うほどに美しく歌い舞う。京劇の名優梅蘭芳（メイ・ランファン、一八九四〜一九六一）の代表作として有名。

(83) 「湘江会」は京劇の演目。戦国時代、魏の霊公が呉起の策謀を用いて斉の宣王を宴席に招き、その座興に弓比べを行って彼を射殺そうと図ったが、斉王妃の鍾離春がこれを察知し、無事に王を救う。鍾離春は王妃でありながら顔にアザを持ったため醜女とされるが、実は聡明である上に武芸にも秀で、斉王に代わって競射に出る。

(84) 晏幾道『小山詞』の作品について、筆者の論文「填詞選釈」（九州大学文学会『文学研究』第十三輯、一九三五年）には次の「玉楼春」詞が掲げられている。

初心已恨花期晩　初心　已に恨む　花期に晩（おく）れたるを
別後相思長在眼　別後の相思　長（とこしへ）に眼（まなこ）に在り
蘭衾猶有旧時香　蘭衾　猶ほ有り　旧時の香り
毎到夢回珠涙満　毎（つね）に夢の回（さ）むるに到り　珠涙満つ
多応不信人腸断　多く応（まさ）に　人腸の断つるを信ぜらるべきも
幾夜夜寒誰共暖　幾夜の夜寒　誰と暖を共にせん
欲将恩愛結来生　恩愛を将（もつ）て来生に結ばれんと欲するも
只恐来生縁又短　只だ恐る　来生の縁（えにし）も又短きを

(85) 柳絮〔中 liǔxù〕柳の種子。白い綿毛で包まれており、風に乗って飛散する。北京など北方中国の晩春の風物詩となっている。

の辺り、アカシヤの青葉にて微風さわやかなり。

五月六日（日）

朝『小山詞』。世古堂。

麓君(86)より手紙、返事。

午後、中根太太と松岡太太及大塚君と共に景山(87)に登る。満城の緑葉、森の如し。

山本君来り。うちにて食事を共にして語る。

夜、雨。しめやかなる春雨也。

［欄外注：麓保孝、返事］

五月七日

雨にて奚氏、常氏休み。

静かに心落ちつく雨の日也。花咲き充ちたる丁香は雨に打たれて半ば倒れんとす。

『小山詞』をよみふける。

午後、小川君来る。

雨は晴れては又降る。

夜、実に心寂しくて堪えがたし。

五月八日　晴

奚先生。常氏。

午後、余りによき天気なれば一人散歩に出づ。

太廟(88)に入るに、栢樹の間に灰鶴(89)数多棲ひたり。

中山公園に牡丹を見る。満開なり。

新緑、藤花、若き女人の服、爽やかなる五月なり。

山本君来る。

(86) 麓保孝（一九〇七～一九八八）。東京帝国大学支那哲学科卒。筆者の後任として昭和九年より第三高等学校の教授に着任。のち昭和十二年（一九三七）から十四年にかけて北京に留学。のち東京帝国大学文学部講師、中華民国大使館調査官、防衛大学校教授等を歴任する。著書に『北宋に於ける儒学の展開』（三陽社、一九六七年）『帝範・臣軌』（中国古典新書、明徳出版社、一九八四年）等がある。

(87) 景山公園。故宮の北門外にある公園。高さ四三メートル。故宮と同じく北京の中心線上に位置し、景山頂上にある万春亭からは故宮が一望できる。元代には皇室の禁苑として青山と呼ばれ、明代に万寿山と改称、清代に至って景山と呼ばれるようになり、乾隆年間に庭園として整備された。

当時の絵葉書より

(88) 栢樹（柏樹）［中 bǎishù］ヒノキ科の常緑樹の総称。和名コノテガシワ。中国北西部原産。太廟には古柏が多い。筆者は「柏と楷」（『随想秋から冬へ』所収）の中で次のように記す。

　私の家の庭に柏の木と楷の木がある。柏はカシワではなく、ヒノキに似た常緑樹である。松柏と並び称されて、古来節操の固いことにたとえられる木である。だいたい柏は、中国では廟などに多く植えられているが、私の家の柏は同じ柏でも曰くがある。これは成都の諸葛孔明の廟の柏樹の苗木が熊本の済々黌に持ってこられて大木となり、そのまた種子から生えたのが私の家の柏である。……（楷は）孔子廟の楷樹の孫にあたる。柏も楷も、これから五十年もたてば、大木となって、この家のある大野城市の名木になるであろう。その時これをもって帰った私のことを思い出してくれる人が果たしているであろうか。

また、『済々黌物語』（西日本新聞社、一九七二年）によれば、明治九年北京公使館勤務の津田静一が成都の諸葛孔明廟から持ち帰った若芽（一説には種子）から育った苗木の一本を明治三五年に済々黌に寄贈したという（「そびえる孔明柏」一八九頁）。

(89) 灰鶴［中 huīhè］クロヅル。体長約一二〇センチメートル。体は青灰色、頭・頸・肩・翼は白色、額・頬は赤色、嘴は微緑色。ユーラシア大陸に広く繁殖分布し、北アフリカ、インド、東南アジア、中国南東部で越冬する。鹿児島県出水市が定期的な飛来地。

支那服を注文。

禎次郎さんより手紙。

服部先生より学費削減の誤りなりしことを報知あり。

家より小包届く。

竹田氏より（公園へ行きし留守中）東京の土産物届けらる。

［欄外注：ますよ、ちづ子、修ニ手紙ト写真］

五月九日

奚氏。常氏。

着物なければ、このよき日に外にも出られず。

終日読書。夕方、大槐氏、小川君来る。

夜、兪君、劉君来る。

近頃、夜ねむれず。

五月十日

奚氏。常氏。

世古堂来り、小林君につき一寸心配なる話をきき不安に堪えず。

八木君に電話をかけ、始めて安心す。

支那服出来たり。九円（褲子[90]、帯共々）

午後、塩谷先生に手紙などかく。

河村より順子が歩き出したるたよりあり。ますよより手紙来ぬは心配なり。

夕方、小林君、平井君を伴ひて一寸来る。

夜、久しぶりに夕方の散歩に出で、文化事業にて、小川君、赤堀君[91]（新来の水高[92]出身者）、樫山君と語る。橋川氏もやがて帰宅。

快談。

(90) 褲子［中 kùzi］ズボン。
(91) 赤堀英三（一九〇三～一九八六）、人類学者。昭和二年（一九二七）東京帝国大学理学部地質学科卒業。同年六月より同学理学部人類学研究室へ移り人類学研究を開始。昭和五年（一九三〇）十月京都帝国大学医学部大学院入学、東亜考古学会からの派遣で昭和九年（一九三四）五月～翌年七月北京に留学した。京都帝国大学医学博士。その後東京帝国大学人類学研究室及び上海自然科学研究所在日本嘱託となる。昭和十五年（一九四〇）日本鋼管に就職し、鉱山調査等に従事した。退職後、昭和四四年（一九六九）頃から北京原人に関する人類学研究を再開した。著書に『中国原人雑考』（六興出版、一九八一年）などがある。筆者とは旧制水戸高等学校の同期生である。「故赤堀英三博士略歴」（日本人類学会『人類學雜誌』第九四巻第四号、一九八六年十月）参照。
(92) 旧制水戸高等学校。通称、水高。大正九年（一九二〇）、茨城県水戸市に設立された官立旧制高等学校。修業年限三年の高等科で、文科、理科に分かれていた。茨城大学文理学部の前身校の一つ。筆者と赤堀氏は大正十年（一九二一）四月、第二期生として入学している。

小林君、留守に又来りし由。
［欄外注：塩谷先生ニ手紙］

五月十一日

奚氏。常氏。
午後、八木君、布施君をつれて来る。
小林君来る。
夜、銭稲孫氏宅にて小林君送別会を開催、之に招かれてゆく。
日本人　余、木村、桂、小川、赤堀、（小林）
中国　章鴻釗(93)、徐鴻宝(94)、楊永芳(95)、（銭氏）
十時頃散会。赤堀、小川、桂三君を伴ひて家に帰り、十二時過ぎまで語る。

五月十二日

奚氏。常氏。

高田先生(96)より来信　この夏、来平のこと。

宮庄より　〃〃　義五郎及第のこと。

九大図書館　〃〃　書物購入のこと。

慵き日なり。

早く湯に入る。

夜、小林君、銭稲孫氏を誘ひて来る。部屋にてビールを一寸のみ、それより夜の中山公園にゆく。

五月十三日（日）

朝、済南(97)の小学生の一行に加はり、大塚君(98)と共に八達嶺(99)に行かんと思ひ、扶桑館(100)迄ゆきしが、時間にをくれ、間に合はず。

計画を変じて、小林君を誘ひ天壇にゆく。天壇を散歩せる際、平

(93) 章鴻釗（一八七七～一九五一）。地質学者。字は演羣、浙江呉興の人。一九一一年東京帝国大学理学部卒業、北京政府農商部地質研究所長、北京大学教授、東方文化事業上海委員会委員等を歴任。中華人民共和国成立後も中国科学院地質学専門委員に招聘されるなど、中国における近代地質学創始者の一人と評されている。橋川時雄『中国文化界人物総鑑』五〇一頁参照。

(94) 徐鴻宝（一八八一～一九七一）、書誌学者。字は森玉、浙江呉興の人。清代の挙人、山西大学堂卒業。北京京師図書館勤務後、北京大学図書館館長、国立北平図書館採訪部主任を歴任。当時、東方文化事業部総委員会図書部主任もつとめていた。その後中央博物館理事、故宮博物院古物院館長となる。橋川時雄『中国文化界人物総鑑』三五五頁参照。

(95) 楊永芳（一九〇八～一九六三）、数学者。河北安国の人。東京帝国大学数理科卒業。帰国し輔仁大学講師となる。民国二五年（一九三六）北平大学女子文理学院副教授となり（翌年教授に昇任）、民国三〇年（一九四一）西北大学に転じた。橋川時雄『中国文化界人物総鑑』五九八頁参照。私生活では、一九三五年周作人の長女周静子と結婚、中山公園での親族による結婚記念写真が長男楊吉昌氏の手許に残されている。

(96) 高田眞治（一八九三～一九七五）。筆者の旧制水戸高校時代の恩師。東京帝国大学漢学科卒。この当時は東京帝国大学支那哲学文学科教授となっていた。戦後はのちに大東文化大学教授。著書に『支那哲学概説』（春秋社松柏館、一九三八年）、『詩経』上・下（集英社、漢詩大系、一九六八年）、『易経』上・下（岩波文庫、一九六九年）などがある。筆者とは留学中数回書信を遣り取りしている（昭和八年十月三十日、昭和九年一月十七日、八月五日、十一月十二日）。「随想　高田眞治先生」（『目加田誠著作集第八巻』）で次のように回想している。
　先生のような型の中国学者は、今後まず出まい。先生は中国哲学者とか、中国文学者というよりむしろ漢学者、漢詩人であった。酒と詩を愛し、世に拙く、強情一途に生きた人であった。

(97) 済南市は山東省の省都。当時、そこに日本人学校（小学校）があり、修学旅行として生徒たちが北京に来ていたのであろう。

(98) 大塚君は、北京小学校（日本人学校）の教諭。この日記の五月三日の条参照。

(99) 八達嶺は、北京郊外における万里の長城観光の最適地。

(100) 扶桑館は、東単大街にあった日本旅館の一つ。日本間二十一室があった。

井君外二人に行きあひ、彼らと共に自働車にて玉泉山、万寿山[101]に遊ぶ。玉泉山の泉の木蔭、万寿山の新緑、実によし。三時帰宅。傅惜華[102]、小川、桂両君と共に来る。

夜、小林君と共に食事（八木君も来る）。食後、山本君来る。

五月十四日

奚氏。常氏。

きのふのけふにて少し疲れたり。

午後、小川君来る。

夜をそくなる。

五月十五日

奚氏。

午前中、雨。常氏来らず。

午後、小川君引越し来る。

夕方、桂君をもさそひ一緒に市場を散歩。

留守中、小林、赤堀二君来れりといふ。

五月十六日

奚氏。常氏。

午後、『貪歓報』[103]をよむ。之まで長編かの如く思ひたりしが、実はつまらぬ短篇集也。通行本十八回よりなし。

夜、劉君来る。

いつもより少しよくねる。

五月十七日

奚氏。常氏。

小川君終日話す。

(101) 玉泉山と万寿山は、清王室の離宮である頤和園内の景勝地。一九二四年溥儀が紫禁城から退いた後、北平特別市政府に接収され公園として一般に公開された。

(102) 傅惜華（一九〇七〜一九七〇）。本名は宝泉。惜華は字である。満州族富察氏。戯曲小説研究家また蔵書家として知られる。北平国劇学会編纂主任、華北広播協会文芸委員、北平国劇学会理事長などを歴任し、中国戯曲音楽の復興事業に尽力した。また、東方文化事業部での『続修四庫全書総目提要』小説詞曲類部分の編纂にも従事した。編著書に『北平国劇学会図書館書目』（北平国劇学会、一九三五年）、『元代雑劇全目』（作家出版社、一九五七年）、『明代雑劇全目』（作家出版社、一九五八年）、『北京伝統曲芸総目』（中華書局、一九六二年）、『清代雑劇全目』（人民文学出版社、一九八一年）及び『中国古典文学版画選集』（上海人民美術出版社、一九八一年）などがある。橋川時雄『中国文化界人物総鑑』五三六頁参照。

(103) 明末の小説。西湖漁隠主人編。五巻十八回。情欲に淫する男女の恋愛故事を集めた短編小説集。別名『歓喜冤家』ともいい、二十四回本もある。

夜、山本君来る。
疲れたり。

五月十八日

朝、頭痛、風邪心地。
支那語休み、就床。
赤堀君来る。
小林君も午後来たる由なれど、うとうとと睡れる際にて逢はず。
俄かに痩せたるを覚ゆ。

五月十九日

朝、雨。
奚、常両氏来らず。
午後、山本、八木二君をつれ、絨線胡同の国劇陳列館(104)にゆく。
傅惜華、斉如山(105)両氏と語る。

五月二十日（日）

身体不舒服(106)。不ゆ快也。
終日臥す。
夜、小川、山本二君とビールをのむ。
竹田夫妻来る。

五月二十一日

奚氏。常氏。
午後、床屋にゆく。
風、埃多し。
高田先生、香川に手紙をかく。
小川君と共に東安市場にゆく。

(104)　北平国劇学会陳列館。一九三一年に斉如山、梅蘭芳、余叔岩、傅芸子、傅惜華らが理事となって北平国劇学会が創設され、それに伴って戯曲資料を公開した国劇陳列館が附設された。「国劇」とは、京劇を中心とした中国伝統劇を指す。九州大学附属図書館濱文庫に『北平国劇学会陳列館目録』（上下、斉如山編、北平国劇学会、一九三五年）がある。

(105)　斉如山（一八七七〜一九六二）、本名は宗康、如山は字。河北高陽の人。同文館（清末の通訳養成、翻訳出版機関）にて英語、ドイツ語、フランス語を学ぶ。一九〇〇年以降日本や欧米を遊歴し、帰国して中国戯曲の改革を訴えた。梅蘭芳の師であり、彼のために多くの台本を書いた。一九三三年には梅蘭芳とともにアメリカに渡って京劇を上演し、その翌年帰国して国劇陳列館を創設した。橋川時雄『中国文化界人物総鑑』六五九頁参照。

(106)　身体不舒服［中 shēntǐ bù shūfu］　体の具合が悪い、調子が悪い。「舒服」は心地よいの意。

交民巷。当時の絵葉書より

近頃人に妨げられて勉強出来ず。

五月二十二日

奚氏。常氏。

近頃本屋沢山来る。良き本少し留めたり。(『古韻標準』(107)、群玉斎『儒林外史』(108)、『貫華堂原本西廂記』(109)、その他)

午後、赤堀、小林二君来る。

両君と福生にて夕食、ビールをのむ。

帰宅後、小川君も加はりて更にのむ。皆々酔ひたり。

赤堀君を送るとて文化事業までゆき、又少しのむ。夜更けの町を小川君と帰る。近日の憂鬱を忘れたり。

五月二十三日

奚氏。常氏。

本屋大勢。

ますより手紙来る。丈夫になりて誠に嬉し。

山本君来り、東安市場にゆき、小説『大地』(110)と蠅たたきを買ひて帰る。

太廟に鉄道展覧会(111)あり、昨日は見物人四万を越えたりといふ。

夕方、一人中山公園にゆく。芍薬咲き満ちて遊人美し。

夜、劉君来る。

半月やや朧ろ也(112)。

五月二十四日

奚先生。常氏。

書店大ぜい。

群玉斎、康熙刊の『嘯餘譜』(113)を持参。百二十元といふ。

(107) 四巻。清の江永(一六八一～一七六二)撰。『詩経』の音を基準として古代の音韻を説明した韻書。

(108) 清の呉敬梓(一七〇一～一七五四)撰の白話小説。全五五回、また五六回本もある。科挙に及第することで成功を求める受験生や、官僚などの知識人を風刺的に描いた作品。群玉斎本とは、同治八年(一八六九)に刊行された活字本(全五六回)で、大野城市目加田文庫に収蔵。

(109) 『西廂記』は、元の王実甫(関漢卿補)による五本二十一折からなる戯曲作品。山西省の普救寺を舞台に、旅の書生の張君瑞と亡き宰相の令嬢の崔鶯鶯との波乱に満ちた恋愛をつづる。貫華堂本とは、清の金聖嘆(一六〇八～一六六一)が批評を加えた『貫華堂絵像第六才子西廂』(封面に「貫華堂原本」の文字有り)の系統であろう。清代に大流行したこの版本は、第五本が削られて四本十六折構成に改められている。

(110) アメリカの女性小説家パール・サイデンストリッカー・バック(Pearl Sydenstricker Buck 一八九二～一九七三)の作品(原名：The Good Earth)。一貧農から大地主になった王竜とその一家の歴史を描いている。一九三一年にアメリカで原著が出版された後、翌年一月から中国でもその中国語訳(胡仲持訳)が『東方雑誌』に連載され、数年間のうちに複数の翻訳単行本がいずれも『大地』の題で出版された(張万里訳が一九三三年六月、北平志遠書店。胡仲持訳は一九三三年九月、開明書店。馬仲殊訳が一九三四年二月、上海中学生書局。由稚吾訳が一九三六年五月、上海啓明書局)。なお、新居格による日本語訳『大地』は一九三五年九月、第一書房からであって、このとき筆者が購入したのは、おそらく中国語訳本であったと思われる。また、この事実から類推するに、新居格による翻訳はその邦訳題名が示すように、パール・バックの原著(英語)のみならず、中国語訳をも参照しつつ、書き上げられたもののようである。のち一九三八年、パール・バックはこの小説によってノーベル文学賞を受賞している。

(111) 第三回全国鉄路沿線出産品展覧会のこと。一九三三～三五年の間に、第一回(上海)、第二回(南京)、第三回(北平)、第四回(青島)の四回が開催された。

(112) この日は旧暦四月十一日にあたる。

(113) 十一巻。明の程明善撰。詩や詞、戯曲の平仄や押韻について説明した書。九州大学附属図書館所蔵。

午後、小川君と交民巷にゆき、それより福生にてアイスクリームをのむ。小林、赤堀二君に出逢ふ。

近頃小川君この家に来てより終日妨げられ、少しも勉強出来ず。

五月二十五日

奚氏。

常氏は休み。

午後、団城[115]の西北古物展覧会[116]にゆく。

八木君来る。

夜、八木君と共に布施君（大興公寓[117]）を見舞ひにゆく。八木、布施二君と共に東安市場の喫茶店にゆきしに、又赤堀、小林二君にあふ。

八木君に浴衣一枚もらふ。小林君と帰る。小川君又余が部屋に来りて語る。

憂うつ也。

五月二十六日

兪君より手紙来る。

奚氏。常氏。

午後、桂君来る。

小説『大地』をよむ。

五月二十七日（日）

午前中、小川君と院子にて語る。近頃、院子に緑茂りて石榴の花多し。

ますより手紙及写真来る。嬉し。

夕方より東興楼[118]に於て小林君[119]送別会を設く。銭稲孫氏を招き、小

(114) 現在の天安門広場毛主席記念堂あたりから真東に伸びていた胡同。東は崇文門内大街から西は北新華街までで、明清時代には江米巷と呼ばれていた。

(115) 現在の北海公園の南端、金鰲玉蝀橋の東にある建物。団城は俗称。元代の儀天殿の旧址で、清代乾隆帝に再建された承光殿がある。殿内には玉仏があるほか、古い土器類が常設展示されていた。民国二年（一九一三）、袁世凱が二次革命鎮圧後に政治会議（いわゆる団城会議）を開いた場所でもある。

(116) 開放団城聯合展覧会。民国二三年（一九三四）五月十五日～二十七日に国立中央研究院歴史博物館が企画した。その売り上げは「北京燕京大学百万基金運動」に寄付された。前年にも「西北文物展」が開催されている。

(117) 東四南大街にあったアパート。公寓［中gōngyù］は、もとは科挙受験生のための賄い付き宿泊施設だったが、この頃は学生や一般人向けの下宿屋となっていた。安藤更生『北京案内記』（新民印書館、一九四一年）参照。

(118) 東安門外にあった山東料理店。光緒二八年（一九〇二）開業。北京八大楼の最上位に挙げられていた。看板料理は、拌鴨掌（アヒルの水かきの冷菜）、炸鴨胗（アヒルの砂肝の揚げ物）など。

(119) 小林知生（一九一〇～一九八九）。東京帝国大学文学部東洋史学科卒業ののち、東亜考古学会の留学生として昭和八年九月より北平に留学、翌年には仏領インドシナに渡り、十年三月に帰国。その後東京大大学院で考古学を専攻。南山大学名誉教授。

林、赤堀、小川、八木、山本、桂。

大酔。

五月二十八日

昨日の酒にて終日気分すぐれず。外にも出ず。

夜、劉君来る。

五月二十九日

奚氏。常氏。

小説『大地』をよむ。米国婦人の作也。支那農民の生活比較的よく描かれたりと思ふ。

九州に本を送る。(120)

『今古奇観』、『東周列国志』、『書影』(121)、『両漢三国学案』(122)（之は前に）、『西湖佳話』。

群玉斎本『儒林外史』は暫く手許に止む。

『骨董瑣記』(123)、『戯劇叢刊』(124)を買ふ。

［欄外注：ますよニ手紙］

五月三十日

奚氏。常氏。

午後、市場に出でて写真（ますよ、順子の）の額ブチと筆を買ひて帰る。

桂君来る。

夜、小川、大塚二君と中和戯院(125)に程硯秋(126)、郝寿臣(127)、王少楼(128)の「紅払伝」(129)を看る。竹田氏夫妻に逢へり。

(120) 九州帝国大学附属図書館宛に公費購入分を発送したことを指す。『両漢三国学案』第一冊には「徳友堂」の印及び「寄（発送の意）」の文字のある紙片が挟まれている。このことから該書を瑠璃廠の古書肆徳友堂が発送したことがわかる。なお九州大学附属図書館購入記録簿に記される納入業者は積文館とあり、日本側窓口事業者であったことがわかる。積文館は、大正五年（一九一六）福岡市東中洲町に創業した小売書店。書籍雑誌のほか教科書や文房具の販売も行い、その規模は当時全国四、五位であった。店主の八木外茂雄は、大阪積善館に勤務、大正二年に同福岡支店長となり、福岡支店廃止に伴い独立、開業した。昭和二年（一九二七）九月より五年春まで、福岡県書籍商組合長をつとめた。出版タイムス社編『日本出版大観』（一九三一年刊）参照。

(121) 『書影』清の周亮工撰、全十巻。別名『因樹屋書影』。世道、人心、文章、故事から山川、人物、草木、虫魚に至るまでその平生見聞するところを記す。康熙六年（一六六七）南京で刻されたが、同十年（一六七一）禁書として版木が焼却された。雍正三年（一七二五）在延が復刻。しかし『四庫全書』編纂時に再び禁書となり一部が削除された。著者の周亮工（一六一二～一六七二）は、字元亮、号は櫟園、減斎。河南省祥符県の人。明の臣下でありながら清朝に降った、いわゆる弐臣で、福建左布政使、戸部右侍郎などを歴任、有能な官僚で実務の才があった。詩文をよくし、篆刻にも詳しく、特に書画の鑑識にすぐれた。書室を頼古堂、因樹屋、恕老堂という。著書に『頼古堂文選』、『頼古堂詩鈔』、『読画録』などがある。九州大学附属図書館所蔵（書名『因樹屋書影』、昭和九年六月五日受付印）。

(122) 『両漢三国学案』民国・唐晏撰、全十一巻。『龍渓精舎叢書』の一つ。民国三年（一九一四）序。六経や論語、孝経、爾雅、また明経文学列伝など漢から三国時代における経学の発展状況、学派について述べる。著者の唐晏（一八五七～一九二〇）は、字元素、もとの名を震鈞（字は在庭、号渉江、または惘盦）といい、辛亥革命後に改名した。満州族。光緒年間の挙人で、江蘇省江都県知事在任中の宣統二年（一九一〇）、京師大学堂講師に転じた。辛亥革命で上海に逃れた際、その家財や書画等はすべて略奪に遭った。著書に『渤海国志』、『旗人述存目』、『天咫偶聞』などがある。橋川時雄『中国文化人物総鑑』七三〇頁。九州大学附属図書館所蔵（昭和九年六月五日受付印）。

(123) 『骨董瑣記』は民国の鄧之誠撰、全八巻。民国一五年（一九二六）初版。金石、書画、陶芸、彫刻、刺繍、紙墨筆硯その他文化学術について一千項目余りの解説がある。著者の鄧之誠（一八八七～一九六〇）は、字文如、号明斎または五石斎。江蘇省江寧の人。国史編纂処特別纂修員、北京大学史学系講師をつとめたのち燕京大学教授となる。詩詞、書にも巧みであった。著書に『中華二千年史』、『東京夢華録注』などがある。橋川時雄『中国文化人物総鑑』七〇八頁。該書は大野城市目加田文庫に収蔵。

(124) 『戯劇叢刊』国劇学会編。民国二一年（一九三二）一月、北平国劇学会の機関誌として創刊。不定期刊行物で、第二期（同年五月）、第

五月三十一日

奚氏。常氏。

午後、小川君と共に、石橋氏、古北口(130)に転任の由をきき一寸挨拶にゆく。

夫れより天文台(131)にゆき、城壁を伝ひて朝陽門にて下りる。東郊の景色甚だよし。又城壁より見る森の都北京は緑にむせぶばかり也。

順路(132)、山本君を訪ひしも留守。帰宅して留守中山本君の来りしを知る。

程硯秋のプロマイド写真。筆者のアルバムに保存されていたもの。

三期（同年十二月）、第四期（一九三五年十月）がある。発起人は梅蘭芳などで、京劇の発展に対する体系的な整理研究を行い、世界への芸術宣伝を目的とした。『民国京昆史料叢書』第一三輯（学芸出版社、二〇一二年）に影印版がある。九州大学附属図書館濱文庫に民国二一年刊の第二、三期を蔵する。

(125) 前門外の糧食店街にあった京劇の劇場。清末の開設当初は「中和園」と呼ばれていた。新式の西洋風劇場の一つで、程硯秋はこの劇場で長期間公演をおこなった。濱一衛『支那芝居の話』、濱一衛・中丸均卿『北平的中国戯』参照。

(126) 程硯秋（一九〇一〜一九五八）、別名程艶秋。満州正黄族の旗人。梅蘭芳、尚小雲、荀慧生とともに京劇の四大名旦（女形）の一人と称される。程派の創始者。栄蝶仙に入門、のち劇作家の羅癭公の紹介により王瑤卿に入門。民国六年（一九一七）頃から人気が出始める。喉を繊細に響かせた声や、柔らかで控え目な演技と表情に定評があり、悲劇を得意とした。また昆曲も学び、その復興にもつとめた。民国二一年（一九三二）初頭より十四ヶ月間、ヨーロッパへ戯曲研究に出掛け、「赴欧考察音楽戯曲報告書」を発表。現地ではその語学力を活かして英字新聞に筋書きを掲載したり、英仏文の説明書を配るなど欧米人へ積極的に京劇を紹介した。

(127) 郝寿臣（一八八六〜一九六一）。名は瑞、寿臣は字、十代の芸名は小奎禄。河北省香河の人。副浄（顔に隈取りがある英雄、豪傑などの役）をつとめる。七歳から兄の寿山に京劇を習い、少年時代には神童と呼ばれていた。二〇歳を過ぎて満州から北京に出て、更に人気を博す。横広の体格と斬釘截鉄と称される苦い胴太の声で知られた。熱心なクリスチャンでもあったという。橋川時雄『中国文化人物総鑑』三七六頁。

(128) 王少楼（一九一一〜一九六七）。山東省蓬莱の人。王毓楼の子、梅蘭芳の甥。老生（ヒゲのある主役級の男役）をつとめる。十二歳から出演し人気を得る。李鳴玉、張春彦、陳鴻寿らに師事した。当時は程硯秋の一座に出演していた。

(129) 程硯秋一座の京劇演目。晩唐・杜光庭の伝奇「虬髯客伝」をもとに、元代の雑劇「風塵三侠」、明代の「紅払記」、清代の「虬髯客伝」などにも基いて、民国十二年（一九二三）羅癭公が程硯秋のために台本を書いた。程硯秋が紅払、郝寿臣が虬髯客、王少楼が李靖を演じた。

(130) 現在の北京市密雲県の北東に位置する要塞とその一帯の村。もと万里の長城に設けられた要害で、中国内地から長城外に出入りする関門の一つであった。明代には北東の喜峰口（河北省遷西県の北）、北西の独石口（河北省赤城県の北）と並んで、北京を北方の攻撃から守る第一線を形成していた。

(131) 古観象台。明の正統七年（一四四二）に築造された、現存する最古の天体観測施設。明清両王朝において国家天文台とされ、観測は一九二九年まで続けられた。天文台は明代の城郭の上にあり、北京市街を眺望できる。

(132) 順路〔中 shùnlù〕ついでに。

六月一日

昨夜よりの雨止まず。奚、常両氏共に来らず。

終日悶居[133]。小説『大地』読み了る。

六月二日

雨、午後晴れ。

奚、常両氏今日も来らず。雨のため気温降り膚寒し。

夜、小林君の案内にて西四牌楼[134]の同和居[135]にて宴会。銭氏父子、木村、赤堀氏など。散じて小林、赤堀二君と共に東城に来りて十二時を過ぐ。

［欄外注：兪君ニ手紙］

六月三日（日）

正午まで寝る。

午後、小川君と市場に出で、タホル、シーツなど買ふ。『今古奇聞[136]』を見付けて買ふ。美しき夕方なり。

六月四日　晴、午後時々雨

小包をとりにやる。シャツ、夏服など。

奚氏。常氏。

午後、樫山君来る。香川より葉書（朱子ノ石摺[137]ヲ注文サル）。

四時半の汽車にて小林君を駅頭に見送る。劉君来る。

夜、山本君来り、小川君と三人、真光[138]にて活動を見る。支那映画『良宵[139]』。

六月五日

奚氏。常氏。群玉斎『庶幾堂今楽[140]』を持ち来る。

午後、小川君と後門[141]へ散歩。

(133) 悶居〔中 mènjū〕ひきこもる。

(134) 北京市西城区に建つ牌楼。明の永楽年間に北京城が建立された際、東単や西単などの牌楼とともに築かれた。皇城の東西に位置する西四牌楼と東四牌楼は、ともに北京の交通の要および商店街として栄える。

(135) 同和居。西四牌楼西南の一角にある中国料理店。一八二二年創業。山東料理を提供し、特に三不粘（桂花蛋）で有名である。三不粘は、卵黄、緑豆粉、砂糖、ラードで作るカスタード風練り菓子。なおこの店は昭和十一年に北平に留学した奥野信太郎の「燕京食譜」にも次のような記述があり、銭稲孫が贔屓にしていた店であったことがわかる。

　この銭稲孫先生がいつもわたくしたちを招いて下さった料理屋は西四牌楼の同和居であった。……同和居は古くから銭先生の眷顧を受けてゐる家であるから、銭老爺の無理や叱言は覿面に効果を現はす。……これらはいづれも銭老爺の特別の注文があつてこそありつけるもので、普通の客には出さない品物だといふことである。（『随筆北京』、平凡社東洋文庫五二二、一九九〇年、四八～四九頁）

(136) 原題『新選今古奇聞』。二二巻。清の王寅編の短篇小説集。光緒十三年（一八八七）刻。『醒世恒言』から四篇、『西湖佳話』から一篇、『娯目醒心編』から一五篇、及び出所不明の伝奇二篇を集めている。近年では復旦大学図書館の所蔵本の影印が『古本小説集成』に収められている。

(137) 石摺とは石印本、転写紙に手書きした原稿を裏返して石面に張り付けて製版し、油墨を塗って紙を押しつける印刷法。十九世紀末から二十世紀初頭までの間に上海で多く出版された（点石斎印書局や掃葉山房など）。ここで依頼されたのは朱子の『四書集注』であろうか。

(138) 真光電影院。東安門外の映画館。この日記の昭和八年十一月十九日の条参照。

(139) 一九三四年上映の中国映画（楊小仲監督）。ヒロインの雲琳が青年教員の朱英と出会うことから始まる悲恋の物語。貞節牌楼の林立する柏村を舞台として、旧時代の封建的な貞節観念を描出する。当初村人同様に礼儀貞節を重んじていた雲琳が最終的に村を逐われることとなり、貞節牌楼を通って柏村を出て行くところで幕を閉じる。

(140) 清の余治撰の京劇劇本集。余治（一八〇九～一八七四）は戯曲作家として有名で、特に皮黄劇本を多く生み出した。最も早い同治年末刊行の『庶幾堂今楽』は、初集十六種、二集十二種からなる蘇州元妙観得見斎書坊刊本である。後の光緒初年刊行の待鶴斎刊本六種六巻は北京大学図書館が所蔵しており、その影印は『不登大雅文庫珍本戯曲叢刊』第二三冊（学苑出版社、二〇〇三年）に収められている。また、光緒六年刊の元妙観得見斎書坊系統の刊本が、日本東京大学東洋文化研究所雙紅堂文庫（長沢規矩也の旧蔵書）に存する。なお、九州大学附属図書館濱文庫には、同治十二年刊行の『庶幾堂今楽』を所蔵する。

(141) 故宮後門。故宮の裏門。

途中、景山書社[142]にて『文学年報』第一期を買ふ。

夜、大塚、森、小川三君と家にてビールをのみ、東安市場へ玉ころがし[143]にゆく。

六月六日

奚氏。常氏。

群玉斎、嘉靖版『三国志演義』[144]（四〇〇元）、明版『嘯餘譜』[145]（一〇〇元）を持参。何とかして学校[146]にても買ひ度きもの也。

［欄外注：楠本、小牧ニ手紙］

六月七日

奚氏。常氏。このごろ少し腹の工合（ぐあい）わるし。

家にありて読書。夜、をばさんに長唄を習ふ。

六月八日

奚氏。常氏。

午後、床屋にゆき、信義洋行[147]にてビオフェルミンをかひ、東安市場にて靴下をかふ。

夕方、大槻氏にまねかれて宴会。其後、氏と共に朝日軒[148]にゆく。

愉快也。

六月九日

気分わるし。暫く深酒を禁ずべし。世古堂に支払ひ。

午後より発熱。夜、八度になる。

六月十日（日）

朝、今村氏[149]（河田病院長）を招き、診察を請ふ。胃腸の関係なるべし。

けふは熱昇らず、六度台。

(142) 景山東街にある新刊書店。学術書の発行や上海の書店の書籍の取次販売を行っていた。燕京大学の論集のうち、『史学年報』（燕京大学歴史学会、一九二九年）の出版は景山書社が行ったものである。長沢規矩也「中華民国書林一瞥」（『長沢規矩也著作集』第六巻、汲古書院、一九八四年）参照。

(143) ボウリングのこと。

(144) 嘉靖版『三国志通俗演義』は、明の嘉靖元年（一五二二）の序を持つ版本で、現存する三国志演義の版本の中では早期のものとして貴重である。中国では現在、北京の国家図書館や上海図書館、また甘粛省図書館、天津市人民図書館に蔵され、日本ではお茶の水図書館成簣堂文庫（徳富蘇峰旧蔵）に所蔵されている。

(145) この日記のおよそ二週間前の五月二十四日にも、群玉斎が清の康熙年間発行の『嘯餘譜』（一二〇元）を筆者の元に持参したとある。明版『嘯餘譜』は、清代の版本に比べて誤字脱字が少ないため珍重される。

(146) 九州大学附属図書館での購入を検討したもの。欄外に九州大学法文学部の同僚である楠本正継（中国哲学史）、小牧健夫（独文学）への手紙が記録されているのはこのことの相談であろう。

(147) 東単牌楼大街にあった薬局店。経営者は愛媛県出身の越智丈吉。一九〇四年創業。『北支在留邦人芳名録』（北支在留邦人芳名録発行所、一九三六年）参照。

(148) 東単の溝沿頭胡同にあった日本式高級料亭。日本人芸妓による唄や踊り、三味線が宴席に興を添えた。

(149) 今村佼廉。島根県出身。熊本医学専門学校卒業後、県立広島病院、島根県和田見病院など勤務を経て、北京に渡り同仁医院勤務ののち、一九二八年に東単牌楼二条胡同に病院を開院した。邦人患者だけでなく、中国人からも信頼されていた病院だった。なお病院名の表記については他書では往々「川田病院」とある。『北支在留邦人芳名録』（北支在留邦人芳名録発行所、一九三六年）、村上知行『北平　名勝と風俗』三五四頁（東亜公司、一九三四年）など参照。

六月十一日（月）

終日安静。身体疲れたり。熱出ず。

午後、九大の山室君(150)より来信。二十一日の船にて渡支の由。

六月十二日（火）

奚氏。常氏。けふは病癒えたるも、尚安臥せり。

家彝に山室君に電報を打たしむ。

書店が金をとりに来る（端午節(151)）。

午後、世古堂来る。

六月十三日（水）

奚氏。常氏。

本屋に金を支払ひて、金足らず。九大より未だ送り来ず。

午後、小川君と山本君の家にゆく。夕方、中山公園(152)にて食事。

六月十四日（木）

奚、常両氏。本屋うるさし。

兪君来る。共に北海に遊び五龍亭にて食事して帰る。

『文学』(153)雑誌の中国文学研究号面白し。

午後、谷村君一寸来る。山本君来る。

夜、レコードをきく。

六月十五日

奚、常両氏。

午後、一声館大塚賢三君来る。

兪君来る。

夜、兪君の案内にて開明舞台(154)に戯曲学校(155)の芝居を見る。

王和霖(156)の「蘇武牧羊(157)」佳也。

(150) 山室三良（一九〇五～一九九七）。長野県出身。九州大学で哲学を学んだのち、外務省留学生として北平に留学。一九三六年より東方文化事業から委嘱を受け、北平近代科学図書館の創設に尽力。同館長として終戦まで北平に留まり、戦時下の困難の中、施設の維持に奔走した。帰国後、一九四八年より九州大学助教授（後に教授）。著書に『儒教と老荘―中国古代における人文と超人文―』（明徳出版社、一九六六年）、『中国のこころ』（創言社、一九六八年）などがある。なお、氏の十数年に及ぶ北平での生活についての回想記『生かされて九十年』（石風社、一九九五年）がある。

(151) 端午節［中 duānwǔjié］端午の節句のこと。旧暦の五月五日にちまきを食べ、無病息災を祈る。また当時は、春節、中秋節とともに、付けにしておいた代金をまとめて支払うのが慣例であった。筆者の留学仲間であった中国文学者の小川環樹も、端午節の思い出として、「商人たちは掛取りに忙しく、琉璃廠の本屋の番頭からつきつけられた請求書をながめて頭をなやますのも同じころ」（『小川環樹著作集』第五巻、「中国の春と秋」三六二頁、筑摩書房、一九九七年）と述べている。ちなみにこの日は旧暦の五月一日。筆者も本屋から支払いを催促されていたのであろう。

(152) 当時の中山公園内には、中華料理の春明館、長美軒、上林春などのほか、西洋料理の来今雨軒、柏思馨珈琲館など多種多様な茶館や料理屋が散在していた。佐藤三郎『北京大観』（北京写真通信社、一九一九年）、安藤更生『北京案内記』（新民印書館、一九四一年）など参照。

(153) 雑誌『文学（月刊）』は、一九三三年七月上海で創刊。鄭振鐸と傅東華が主編し、黄源が助編（副編集長）、実際の編集実務を茅盾がつとめた。一九三四年六月に刊行された第二巻第六期は「中国文学研究専号」と題し、巻頭に鄭振鐸「三十年来中国文学新資料的発現史略」を掲げるほか、郭紹虞「中国詩歌中的双声畳韻」や朱自清「論『逼真』与『如画』」、兪平伯「左伝遇」や顧頡剛「灤州影戯考」といった当時第一級の優れた研究論文が掲載されている。

(154) 開明戯院は、一九一二年に中日両国の合資により建築されたドイツバロック様式を採用した劇場。前門大街の南端、珠市口にあり、梅蘭芳なども出演した。濱一衛『支那芝居の話』（弘文堂、一九四四年）の第四話「劇場」に現存する劇場の一つとして挙げられるが、二〇〇〇年の道路拡張に伴って取り壊された。

(155) 京劇俳優の養成所。当時の北平では富連成が第一に挙げられ、戯曲学校はこれに次いだ。濱一衛・中丸均卿『北平的中国戯』（秋豊園、一九三六年）では、両校出身者の違いが次のように説明されている。

　戯曲学校はそれ（富連成）に反して、遥に近代的で極度の肉体労働、非衛生を避け、在来の無文字の役者から年少俳優を救ふ可く国語、英語、地理等の課業迄さづける。富連成の生徒は青木綿の支那服を着、徒歩で楽屋入りすれば、戯曲学校生徒は洋服で、専用自動車に乗つて吉祥戯院に乗りつける。両方の相違が見えて面白い。

(156) 王和霖（一九二〇～一九九九）は戯曲学校所属で当時より評判が高かった京劇俳優。老生

六月十六日　端午節(158)

先生休み。

本屋もけふは来ず（金を多く支払ひえざりき。九大よりの金来ず、困り切りたり）。終日在宅。

六月十七日（日）

天気、熱さ甚し。けふも在家。

夕方、小川君と桂君訪問。

六月十八日

常氏、女子出産のため休み。

奚氏。

午後、兪君来る。

小川君の友人、浜といふ人(159)（大阪の人）来り、山本君、周豊一(160)（周作人の息）と共に院子にて食事す。

小牧先生(161)より手紙。

六月十九日

昨夜殆ど一睡せず、黎明の空美し。

奚氏、けふより二時間にきめる（けふは『紅楼夢』五十三回(162)）。

常氏。

楠本氏より手紙。浜君一寸来る。

午後、小川君と文化事業にゆき、赤堀、橋川氏などと語る。

八木君病気なり。近来病ふ（わづらふ）もの非常に多し。

麻の支那服出来せり。六元。夜、赤堀君来る。

（壮年、老年の男性役）を主に演じた。

(157) 漢の武帝の命をうけて匈奴に使いし、そのまま抑留されて北地で羊飼いとなっても漢への忠節を貫いた蘇武を主人公とした演目。

(158) この日は旧暦の五月五日に当たる。

(159) 濱一衛（一九〇九〜一九八四）、中国文学者。京都帝国大学卒業後、昭和九年五月から二年間北平に留学した。のち昭和二四年より九州大学教養部助教授、同二八年より教授となる。著作に『北平的中国戯』（中丸均卿共著、秋豊園、一九三六年）や『支那芝居の話』（弘文堂、一九四四年）などがある。筆者は濱氏との関係を次のように回想する。

　私が浜さんと識り合ったのは昭和十年十一月の頃、北京留学中のことで、浜さんは私より半年くらいおそく北京に来られた。私が京都の小川環樹さんと同じ宿にいた関係で、京大出身の浜さんとも親しくなったのである。後には私は西城の受璧胡同の銭稲孫先生の家に居り、浜さんは八道湾の周作人先生の家に住まわれてお互いに近かったから、始終往き来していた。（「浜さんのこと」『中国文学論集』第四号、一九七四年）

(160) 周豊一（一九一二〜一九九七）、周作人の長男。昭和六年（一九三一）四月、大阪の浪速高等学校に入学するも、同年九月の満州事変により帰国を余儀なくされた。浪速高校では濱一衛の一学年後輩であった。中里見敬「濱一衛の北平留学――周豊一の回想録による新事実」（『九州大学附属図書館研究開発室年報』二〇一四／二〇一五年）参照。

(161) 小牧健夫（一八八二〜一九六〇）、独文学者、詩人。東京帝国大学卒業後、第三高等学校、水戸高等学校等で教鞭を執り、昭和七年より九州帝国大学教授。ドイツロマン派文学研究で著名であり、『ノヴァーリス』（岩波書店、一九二九年）や『ヘルダーリーン研究』（白水社、一九五三年）などがある。

(162) 『紅楼夢』第五三回の標題は「寧国府 除夕に宗祠を祭り、栄国府 元宵に夜宴を開く」。賈珍の寧国府での歳末の宗廟の清掃と宴の様子、そして賈赦の栄国府での元宵節の宴の様子が描かれている。

第六巻

（昭和九年六月二十日～九月三十日）

筆者のアルバムより

昭和九年六月二十日

日々に暑さきびし。院子の合歓（ねむ）の木、花開きて淡く夢見る心地也。

奚氏。常氏。

東安市場にゆきて兪平伯[1]の『紅楼夢弁』[2]を買ふ。

夜、大塚君と一声館の森君を尋ね、西単商場にゆく。帰途、馬車に乗る。

近頃、をばさんに長唄を習ふ。

六月二十一日

奚氏。常氏。

午後、大塚君と孔廟にゆく。服部先生より大成殿の神位[3]につき問ひ合せありし故、実見の為也。帰宅後報告。

兪君来る。一緒にうちの晩食を食ふ。

八木君、河田病院に入院。夜見舞ひにゆく。

六月二十二日

奚氏。常氏。

白蛉[4]に喰はれて手足癢ゆく、且つ赤く痕残り、心地悪し。

午後、八木君を見舞ひ、東安市場にて日記帖、白ズボンを買ふ。

九大図書館より送金の通知。

六月二十三日

奚氏。常氏休み。暑さきびし。

午後、洗濯。ますよより手紙。

夕方、山本君来り、院子にてビールをのむ。夜風涼しき晩なり。

六月二十四日（日）

朝五時に起き、小川、大塚両君と共に交民巷を散歩。朝の空気冷

（1）兪平伯（一九〇〇～一九九〇）、本名は兪銘衡、平伯は字。著書に『紅楼夢弁』（上海亜東図書館出版、一九二三年）、『読詩札記』（北平人文書店出版、一九三四年）、『読詞偶得』（開明出版、一九三四年）がある。清朝の学者である兪樾は曾祖父に当たる。詩人や散文作家としても著名であり、詩集に『冬夜』（上海亜東図書館出版、一九二二年）がある。また、胡適ともに「新紅学派」の創始者とされる。この日記が閉じられる直前の昭和十年二月二十六日に筆者が兪氏に面会した「兪平伯氏会見記」が見える。

（2）『紅楼夢弁』は、一九二三年亜東図書館より出版。内容は三つに分段され、上巻は『紅楼夢』後半四〇回に関する問題、中巻は前半八〇回の分析、下巻は『紅楼夢』の佚本に関する考察が展開する。この翌年二月二十六日の筆者による「会見記」にも冒頭より本書のことが話題となっている。

（3）孔子とその高弟の「四配」（顔回、曾参、子思、孟軻）と「十二哲」（閔子騫、冉伯牛、仲弓、宰予、子貢、冉求、子路、子游、子夏、子張、有若、そして朱熹）等を祀る木製の位牌。江戸時代に湯島聖堂に祀られていたものが一九二三年の関東大震災により聖堂とともに焼失。服部宇之吉は「聖堂復興期成会」を組織して再建に尽力した（一九三五年落成）。

（4）白蛉[中 báilíng]チョウバエ科の害虫。スナバエ。人を刺して血を吸い、感染症を媒介する。村上知行『北平 名勝と風俗』（東明書局、一九三四年）には「白蛉子といふのは日本のブトに似た殆んど肉眼では見分け難しいほど微小な白色の虫で、木の下暗などに盛んに浮遊しつつ、人が通ると肌を螫す。馴れない日本人などこれにやられると、あとが恐ろしく腫れあがってたまらなく痛痒い思ひをなければならぬ。」とある。

たし。

世古堂来る。群玉斎来る。

兪平伯の『紅楼夢弁』よみ了る。得る処多かりき。

午後、桂、浜君来る。

夜、天津より帰れる磯ちゃんと東安市場より王府井を散歩して帰る。

竹田氏に家彝を遣はし『国訳漢文大成　紅楼夢　第三』[5]を借る。

六月二十五日（月）

奚氏。常氏休み。

昨日けふ両日、山室君をまてども消息なし。

午後、小川君と八木君を見舞ふ。

六月二十六日

奚氏（常氏休み）。

午後、山本、小川、磯ちゃん、それに途中浜君も加はり、天然博物院[6]にゆく。地域広大、緑蔭満地、西太后駐輦の室あり。

兪君来る。山室君より二十六日出発の通知。

夜、東安市場にて茶を買ひ、文化事業に赤堀君を訪ね、朧月の後園のベンチにて晩く迄語る。

帰宅すれば桂君、小川君の部屋に来り居れり。又語りて深更に及ぶ。

六月二十七日（雨）

奚氏（常氏休み）。

『紅楼夢』を読める際、空曇り雷鳴りて沛然として雨降り出せり。

院子の樹々生き返れるが如し。

（5）国訳漢文大成『紅楼夢』（国民文庫刊行会、一九二〇～二二年）は我が国初の『紅楼夢』訳本である。幸田露伴と平岡龍城の共著。全三冊で第八〇回までを全訳し、後四〇回については梗概を付している。

（6）現在の北京動物園。西太后によって建てられた「万牲園」が起源で、中国初の近代的な設備を備えた動物園である。一九二九年十月に「北平天然博物院」として一般に公開された。

筆者のアルバムより

小竹君来り、ネクタイを貰ふ。

六月二十八日

奚氏。常氏。

午後、兪君来る。

夜、兪、小川、小竹三君と共に華楽戯院(7)に尚小雲の「雷峯塔(8)」を見る。全本の後半を尚小雲演じ、実に見事なり。

六月二十九日

奚氏。常氏。

中原公司(9)に繭綢(10)の洋服を注文。

ます代より五十円来る。

夜、小川、山本君とそばを食ひ、八木君を見舞ふ。

六月三十日

夜来の雨、朝までつづく。夜半、大雷雨なりき。

奚氏休み。常氏は来る。

午後、浜君来る。

六時二十分の汽車にて山室君来る。山室君は当分大塚君の隣室に泊る。夜をそく迄語る。

七月一日（日）

午前中、中原公司に洋服の試様(11)にゆく。山室、小川二君も同行。

東安市場により、『国劇画報(12)』第一期より第四十期迄合本を買ふ。

午後、一寸午睡。読書。

楠本氏にも手紙。

夕方、山室、小川、いそちゃんと四人で北海に遊ぶ。遊人をびただし。

（7）前門南側の鮮魚胡同にあった劇場。清の光緒年間に京劇俳優田際雲（一八六四〜一九二五）が建てた天楽園を前身とし、一九二〇年に華楽園、一九二六年より華楽戯院と称して営まれた。程硯秋、朱琴心、韓世昌などの名優が出演した。濱一衛『支那芝居の話』（弘文堂書房、一九四四年）参照。

（8）尚小雲（一九〇〇〜一九七六）は、幼くして三楽科班で京劇を習い、初めは武生、後に青衣を得意とした。剛勁な嗓音が特徴で、当時「鉄嗓鋼喉」と評せられた。「三娘教子」「四郎探母」「雷峰塔」などで烈女節婦の役を演じる。梅蘭芳、程硯秋、荀慧生とともに「四大名旦」と称された。濱一衛『支那芝居の話』および橋川時雄『中国文化界人物総鑑』二六四頁参照。なお「雷峰塔」は今日も「白蛇伝」と称されて上演される京劇の代表的な演目の一つ。筆者の随筆「京劇」（『夕陽限りなく好し』所収）には「私はもともと芝居が好きだから、京劇にはたびたび通った。そのころ、梅蘭芳は上海に居り、北京では老生の馬連良、副浄（敵役）の侯喜瑞、時には珍しく楊小楼、そして女形の程硯秋、尚小雲らが活躍していた。馬連良の借東風（三国志）、尚小雲の白蛇伝（雷峰塔伝奇）、程硯秋の玉楼春—滝の白糸に似た、妓女が金を貢いで出世させた男に自分が裁かれる話—などいくども繰り返し観た。副浄の銅鼓のような太い唱声はとくに好きだった」とある。

（9）天津中原公司北平支店。天津中原公司は、一九二八年に林寿田、黄文謙、林梓源などの出資により天津に開業した当時北部中国最大の百貨店。販売商品は主に香港や上海の高級品及び輸入品であった。一九三四年、王府井大街に北平支店を開いた。

（10）繭綢［中 jiǎnchóu］正絹、シルク。

（11）試様［中 shìyàng］試着。

（12）『国劇画報』は、一九三二年に梅蘭芳、余叔岩らによって創刊された北平国劇（京劇）学会の専門誌。一九三三年八月に第七〇期で廃刊。京劇の歴史や観賞の基本知識、関連ニュースや評論、各劇場の演目表などを豊富な写真とともに掲載した。現在第一期から第七〇期までの全号が九州大学附属図書館濱文庫に所蔵されている。

ラマ塔上の景色、夕焼美し。

七月二日（月）

奚氏。常氏。

午後、山室君と共に一二三館、満鉄(14)、文化事業にゆく。

橋川、小竹氏などと語る。

夜、劉君来る。

七月三日（火）

奚先生。常氏。

東京の家より小説『にんじん』(15)着く。之を少しよむ。

夜、小川、山室、五十(いそ)ちゃんの三人と共に中天(16)の活動を見る。

帰途、馬車にのる。

七月四日

奚氏。常氏。

郵便局にて金をうけとる。

午後、山室君と共に北平大学医学部(17)、定王府(18)、図書館、中原公司にゆく。

夜、山本君蒙古(19)行きの送別会を設く。小川君大いに酔ふ。

山室氏夕方より発熱。

七月五日

小川君病気のため、けふは奚氏を三時間習ふ（平常二時間）。

山室氏、病気面白からず。

午睡。

夜、浜君、沈君をつれて来る。沈君は品よき青年也。

七月六日

(13)　北海公園の瓊華島にあるラマ教の白い仏舎利塔。白塔とも言う。清の順治八年（一六五一）にダライ・ラマ五世の北京訪問を記念して順治帝の勅命で建造された。

(14)　南満州鉄道株式会社北京公所。東城の椿樹胡同二号にあった。この前日、北平＝満州奉天間の直通列車の運行が開始。しかし初運転の列車が爆破され、多数の死傷者を出した。

(15)　仏文学の名作『にんじん』。作者はジュール・ルナール（一八六四～一九一〇）。岸田国士による邦訳が一九三四年三月に白水社から出版された。

(16)　中天電影台。西城の絨線胡同西口にあった映画館。一九二一年開業。一九三一年に中国国内では初めてトーキー映画（有声映画）を上映した。

(17)　ここにいう北平大学とは、一九二七～二八年にフランスの大学区制（例えばパリ大学が第一大学から第十三大学の総称であるように）に倣って、北平学区として九つの大学を併せた組織を指す。医学院（医学部）は、一九一二年に和平門外の八角琉璃井に設立された北京医学専門学校を前身とする。白欣・張志華・李琳・兪行「国立北平大学歴史地理遺迹探考─為西北大学一一〇周年校慶而作─」（『西北大学学報（自然科学版）』第四二巻第一期、二〇一二年）参照。

(18)　定親王府。乾隆帝の長子である定親王愛新覚羅永璜（一七二八～五〇）の邸宅。西四南大街の東、頒賞胡同の南にあり、東には礼親王府が隣接していた。

(19)　当時のモンゴルは、一九二四年にソビエト連邦を後ろ盾としたモンゴル人民共和国（いわゆる外モンゴル）が成立しており、ここでいう「蒙古」とは中華民国の宗主権下にあった内モンゴルを指すであろう。

朝、山本君出発の筈なりしも雨のため延期。
奚氏。常氏。
赤堀君、ハルビン[20]に行くとて挨拶に来らる。
午後、家の人々と語る。
暑さ実に堪えがたし。
午睡。
夜尚雨模様。心晴れぬ宵也。
義五郎より手紙来る。

七月七日

奚氏。常氏。
天気わるし。
『にんじん』を読む。
中原公司に注文せし洋服出来。十七円五十銭。
服部先生より手紙。
山室、小川両君病気。
［欄外注：ます代、ちづ子、義五郎ニ手紙］

七月八日

朝四時起床。五時半に沙沿頭の坂田組に蒙古ゆきの山本君を見送る。
別れ惜しかりき。トラックに帽子をふりて去りゆきたり。
帰宅、尚朝早し。
銭稲孫氏を訪問。徐鴻宝氏[21]、松村氏も来り合せり。
午後在宅。
夜、いそちゃんと光陸の活動を見る。「木偶寄情[22]」といふ巴里の

(20) 当時満州北部最大の都市。十九世紀末にロシア帝国が東清鉄道を敷設したのをきっかけに発展した。昭和六年（一九三一）時点での人口は三十三万人であった。南満洲鉄道株式会社編『哈爾浜案内』（一九三一年刊）を参照。

(21) 徐鴻宝（一八八一〜一九七一）、字森玉、浙江呉興の人。目録学、版本学に通じ、北京大学図書館館長や故宮博物院古物館館長を歴任、東方文化事業部総委員会では図書部主任を務めた。中華人民共和国成立後は上海図書館及び上海博物館の設立に尽力した。橋川時雄『中国文化界人物総鑑』三五五頁参照。
倉石武四郎「東京大学東洋文化研究所漢籍分類目録の刊行にちなみて」（『東京大学東洋文化研究所・東洋学文献センター報センター通信』第八号、一九七三年）には次のように回想されている。
わたくしは一九二八年から三〇年まで、京都大学からの在学研究員として北京に在駐した。そのとき、たまたま創立された東方文化学院の京都研究所所長狩野先生から、研究所の中核になる漢籍をあつめるようにという手紙をいただき、さっそく徐鴻宝先生に相談して、天津の陶湘氏が蒐集しておいた叢書類を一括購入することにした。

(22) ロウランド・V・リー（Rowland V. Lee）監督の「I Am Suzanne」（一九三三年、アメリカ）。パリの操り人形師トニーをジニー・レイモンド(Gene Raymond) が、踊り子スザンナをリリアン・ハーヴェイ(Lilian Harvey)が演じている。

人形芝居を扱へるもの也。

七月九日

けふの暑さ、朝よりたへがたかりき。

朝、銭稲孫氏来る。

奚氏。『紅楼夢』六十五回、尤三姐の会話難解也。(23)

常氏、けふは此方より休みたり。

午後午睡。アイスクリームなど作る。

夕立ものすごし。

夜尚小雨止まず。桂君、浜君来る。

千鶴子より来信。

七月十日

奚氏。常氏。

午後休息。夜、山室、五十ちゃんと中山公園散歩。

七月十一日

奚氏。

常氏は休む。

午後、暑さ堪えがたし。

小雨。

夕方、雨晴れて、空の美しさ、この世に見得る最も美しき色なりき。

七月十二日

奚氏、所用ありて休む。

先日より服部先生に頼まれたる用事(24)にて、孔廟にゆく。

先づ美麗写真館(25)にて、孔廟及曲阜聖廟の写真を買ひ、隆福寺にて『聖廟祀典図考』(26)を找(さが)せ(27)しも、見当たらず。

(23)『紅楼夢』第六五回「賈二舎　偸(ひそ)かに尤二姨を娶り、尤三姐　柳二郎に嫁がんと思う」。賈家の葬儀を手伝うため、賈珍の妻の尤氏の異母妹である尤二姐、尤三姐が寧国邸に逗留し、尤二姐は賈璉の妾となる。尤三姐は言い寄る賈珍や賈璉に難解な謎かけや比喩を連発して冷や水を浴びせる。

(24) このころ日本では、関東大震災で焼失した湯島聖堂を、東京帝大教授伊東忠太の設計により、旧制を模しつつ、鉄筋コンクリート造で再建した。中山久四郎編『聖堂略志』（斯文会、一九三五年）によれば、「服部先生」こと服部宇之吉も聖堂復興期成会に理事としてその名を連ねている。工事は昭和八年十一月二十七日に上棟式を行い、翌九年十月十六日の披露会を経て、翌十年四月四日に竣工式を迎えた。このように、復興工事は筆者の留学中に行われており、ここで服部先生に頼まれた用事というのは、これに関わるものと考えられる。この日記の昭和九年六月二十一日の条も参照。

(25) 美麗照相館。北平の南池子にあった写真館。中国語で美麗は英語Merryと同音。

(26) 清の顧沅輯、全五巻。孔廟に祀られる聖人について、その図像及び伝記などの説明文を載せ、序列したもの。道光年間刊。九州大学附属図書館に道光六年（一八二六）刊本が所蔵される。

(27) 找[中 zhǎo]探す、尋ねる。

文奎堂にて『小説月報』[28]第一期より第八巻の続九十冊揃を買ふ。四十元。保萃斎[29]にて『詞学叢書』[30]十二元を買ふ。

孔廟に至り、大成殿内の木主[31]を測量す。

午後いささか暑気に当れり。家の人々と五目並べす。

夜、五十ちゃんと、偶ま来合せたる小竹君とを伴ひ、光陸にコールマンの映画『情聖（シナラ）』[32]を見る。美しき写真なり。

七月十三日

奚氏、近頃少し早く来る。

常氏の時間は、けふは本をよまず、唯会話に過せり。

小菅医院[33]に大槻氏を見舞ひ、帰りに東安市場にて、常氏の子供の満月[34]の贈物を買ふ。

午後『小説月報』などよむ。

午睡。

けふより盆に入る[35]。中根の家にも仏壇に灯籠をかけたり。

故郷のことを悲しく想ひ出づ。

院子にて皆々と更くる迄語る。

七月十四日

奚氏。常氏。

常氏に子供の誕生祝の品を送る。

七月十五日（日）

朝、をばさんと五十ちゃん、山室君五人にて日本人墓地に詣づ（朝陽門外[36]）。

帰宅直ちに西単牌楼聚賢堂[37]に常氏満月の喜事を做すによばれてゆ

(28) 中国の月刊文学雑誌。宣統二年（一九一〇）に上海で創刊。初期は鴛鴦蝴蝶派を中心に、文語の小説や詩詞、劇、西洋小説の文語訳などを主に掲載していたが、一九二一年以降、文学研究会の機関誌となり、白話文学が中心となった。写実主義の提唱、外国文学の紹介などの活動で、当時の新文学運動に大きな影響を与えた。一九三二年に廃刊。

(29) 韓鳳台が民国十年（一九二一）に琉璃廠に開設した書店。孫殿起『琉璃廠小志』（北京古籍出版社、一九八二年）一三二頁を参照。

(30) 清の秦恩復編。詞学に関する宋元時代の文献（曾慥『楽府雅詞』、趙聞礼『陽春白雪』、張炎『詞源』、陳允平『日湖漁唱』、『精選名儒草堂詩余』、『詞林通釈』）を収める。大野城市目加田文庫に光緒六年（一八八〇）刊本が収められる。

(31) 木主とは神や人の霊魂に代えて祀る木製の牌のこと。前掲注（24）『聖堂略志』に「旧大成殿に安置せる孔夫子像も、また震火を免れざりしを以て……明末朱舜水将来の孔夫子像を宮中より拝受して、新大成殿に安置し、之を鎮斎祭祀することとなれり。顔曾思孟四配の像も、亦震火に遭ひしが、新大成殿には像を更めて、木主となし、正位孔夫子像と共に新殿内に安置することとなれり」（九一頁）とあり、ここで著者が木主を測量したこととの関連性が窺える。

(32) ロナルド・コールマン（Ronald Colman）、ケイ・フランシス(Kay Francis)ら出演、キング・ヴィダー（King Vidor）監督の『Cynara』（一九三二年、アメリカ）のこと。

(33) 無量大人胡同（いまの紅星胡同）にあった日本人経営の病院。もと陸軍軍医中佐の小菅勇（一八七八～?）が、退役後も北平に残り、大正十四年（一九二五）に開業した。『大衆人事録 第十四版 外地・満支・海外篇』（帝国秘密探偵社、一九四三年）、安藤更生『北京案内記』（新民印書館、一九四一年）を参照。

(34) 満月[中 mǎnyuè]子供が生まれて一ヶ月目に行われる中国の伝統なお祝い。また弥月[mǐyuè]ともいう。この二日後の七月十五日に、著者は常氏から「満月の喜事」に招待されている。また約一ヶ月前の六月十八日には常氏の子供の出産のことが記されている。

(35) この当時の北京には清朝以来の伝統的な中国の風習（前項の「満月」のお祝いなど）と、近代の欧米文化、またこのような日本人居留者たちの日本の文化（東京と同じく七月に盆を迎える）など各国のさまざまな行事や風習が混在して営まれていた。

(36) 北京の東の城門。義和団事件の際、日本軍の戦死者はこの門外の一角に埋葬され、以来日本人墓地として定着していた。

(37) 西四北大街の報子胡同にあった高級料理店。広大な四合院造りで芝居も上演できた。

く
隣りの大院子に結婚式[38]あり。両方の儀礼を見るを得たり。
午後二時近く辞して、帰途竹田宅に一寸寄りて帰る。
此の夜、発病。扁桃腺と胃腸を患ひ、遂に一週間臥床す。
其の間、今村医師を招くこと五度。自身出かけしこと一回。
熱甚だ高からざりしも、炎熱の候なれば苦堪えがたかりき。
幸にして徐々に癒えたり。
其の間、東京より又々ますよの病気再発、近々入院の様子を知らせ来る。

七月二十三日（月）[39]

病良しとて奚さんの勉強をしたれども身体疲れて堪えず。

午後、太廟[40]の木蔭にゆきて読書。

夜、発熱尚七度二分。

七月二十四日

終日安静。樫山君来る。

夜、七度。

七月二十五日

昨夜夜半、小川君突如四十度の発熱。大さわぎ也。小川君は一昨日も四十度の発熱あり。

夜明け近く再び床につき、十一時迄ねる。

天陰り蒸し暑さ苦しき日なり。

午後、兪君来る。

七月二十六日

朝、奚先生、常氏を勉強して疲る。

(38) 七月十五日は中国の伝統では中元節にあたる。よって結婚式や慶祝行事があった。

(39) 日記はこれまで毎日欠かさず続いていたが、病気により一週間中断した。

(40) 筆者は初めて太廟を訪れた際、「柏樹森々として爽快云はん方なし。今後日々の散歩に最も好かるべし」（この日記の昭和八年十一月三十日の条）と述べ、留学中好んで訪れていた。村上知行『北平 名勝と風俗』にも、「酷暑の頃など、人稀れな古柏の緑蔭に涼を趁うて散策する清閑な興味も強ち棄てたものではない」とある（東亜公司、一九三四年、五五頁）。

午後在宅。安静を主とす。

夜、劉君来る。

七月二十七日

奚氏。常氏。

午後、山室君と隆福寺の本屋を廻り、東安市場にて買物して帰る。（帯経堂[41]にて欲しき本数多あり。文奎堂にて『両当軒詩鈔』[42]『草堂詩余』[43]を買ひ、修繕せしむ。）

夜又山室君と城壁に登り、月を賞す。[44]さながら秋の夜の如し。あはれとも悲しとも美しとも云ひ様なし。不思議なる心持になり、十一時迄さまよふ。夢の中の如し。

石原に廻りてビールをのんで帰る。

七月二十八日

奚氏。常氏。けふは三時間半読みつづけたれば甚しく疲る。

午後休息。文奎堂来る。

夜、院子にていつもの如く語る。

医者の支払十六円六十銭。

ますよに手紙を出す。病状その後如何。愁ふるも効なければ強ひて思はじとするも、心痛みて堪えがたし。

九大図書館及事務室に手紙。

［欄外注：ますよ、九大田中氏、中野氏（中野葛二事務室）ニ手紙］

七月二十九日

咽喉やゝ痛し。

朝夕は少し涼しくなれり。

夜、兪君、山室君、五十ちゃん三人と共に真光に支那のトーキー

---

(41) 隆福寺にあった書店。光緒二七年（一九〇一）王雲慶が創業。当時は息子の王熙垣が店主を継いでいた。

(42) 清の詩人黄景仁（一七四九〜一七八三）、字は仲則、江蘇省武進の人。「両当軒」はその書斎名。自ら宋の黄庭堅の後裔と称し、自己の孤独の胸中を歌った作が多く「沈鬱清壮」と評された。

(43) 南宋初期に編纂された唐宋詞の選集。撰者不詳。そのテキストには二種類の系統があり、春夏秋冬など作品の主題によって分けられる分類本と、詞の曲調（詞牌）によって分類される分調本とがある。元明代にもしばしば増補改訂がなされ、『水滸伝』などの小説にも引用されている。藤原祐子「『草堂詩余』と書会」（『日本中国学会報』第五九集、二〇〇七年）を参照。

(44) この日は旧暦六月十六日、つまり十六夜の月。

を見る。「二対一」[45]、つまらぬもの也。

七月三十日

終日在宅。鬱々としてくらす。

七月三十一日

奚氏も休む。午後雨。

八月一日　曇

不愉快なる日也。

奚氏来らず。常氏のみ。

午後、午睡して夢を見つづく。

八月二日

奚氏。常氏。曇天。身体すぐれず。

文奎堂『両当軒詩鈔』『草堂詩余』持参。

八月三日

奚氏。常氏。又曇天。

東安市場にゆきて買物す。

夜、小川、山室両君と中山公園散歩。

八月三日[46]

奚氏。常氏。小竹、桂、来薫閣来る。

毎日曇天にて不愉快也。

八月四日　雨

支那語なし。

午後、市場にゆき絵端書など買ふ。

夜、松岡太々の送別茶話会を開く。

八月五日（日）

（45）　一九三三年公開の中国映画。サッカーチームを中心に描く青春映画。現在も続くＦＩＦＡワールドカップサッカーの第一回大会は一九三〇年南米ウルグアイで開かれた。

（46）　ここに八月三日の記述が二回並んでいる。些細な記憶の乱れに拠るものであろう。

筆者のアルバムより。撮影地点は不明

東安市場に又ゆきて鄭振鐸の『中国文学論集』[47]及王易著『詞曲史』[48]を買ふ。

方々に暑中見舞。

宮庄、末次政、富、

大野、秋山、久須本、森住、宮城、川上、川副、塩谷、高田[49]、松井、河村憲、河村千里、足立修、進藤真砂。

八月六日

奚氏。常氏。

奚氏は稍をくれて来る。近頃『紅楼夢』はかどらず、稍あせる。

『中国文学論集』をよむ。

八月七日

奚氏休み。常氏。

午後、床屋にゆく。

夜、先頃より代る代る病ひし一同の全快祝ひとて独乙飯店[50]にゆきて晩餐。

美しき宵也。

八月八日　曇

奚氏。常氏。

午後、小川君と宣武門内の本屋をあるき、『孽海花』[51]と『新青年雑誌』[52]第一、二、三年合本を買ふ。宮城氏より手紙。

夜『孽海花』をよむ。

八月九日　雨

両先生来らず。

宮城さんに千鶴子の縁談につき返事。

(47) 鄭振鐸『中国文学論集』(開明書店、一九三四年)。『三国志演義』『水滸伝』をはじめとする中国古典小説や、弾詞などの通俗文芸についての二五篇の論文を収録する。

(48) 王易著『詞曲史』(神州国光社、一九三一年)。中国における楽府や詞、また宋代以降の戯曲などの音楽を伴った文学作品に関して論述する。

(49) このとき暑中見舞いを送ったのは多くが筆者の親類縁者であるが、塩谷温(一八七八～一九六二)と高田眞治(一八九三～一九七五)は筆者の恩師。このとき共に東京帝国大学支那文学科教授であった。

(50) 崇文門内大街にあった徳国飯店。

(51) 曾樸(一八七二～一九三五)の著。『官場現形記』『二十年目睹之怪現状』『老残遊記』と共に清代の四大風刺小説に数えられる。欽差大臣として欧州を訪問する金雯青と妓女傅彩雲を中心に、当時の中国とその周辺諸国との国際関係、清朝の政治情勢などを描く。

(52) 月刊雑誌『新青年』。一九一五年、陳独秀(一八七九～一九四二)により上海で創刊。当初は『青年雑誌』と称したが、翌年『新青年』に改称。一九一七年以降は北京で刊行され、一九二二年七月に休刊。胡適、魯迅、周作人などが執筆に参加、近代中国の文学革命運動に大きな役割を果たした。

八月十日

奚氏やゝをくれて来る。常氏。

近頃失眠、困る。

ますよより手紙。

八月十一日（土）

奚氏をよみ了り、奚氏と共に太廟にゆく。

午後、小川、山室二君と共に琉璃廠に至り、商務印書館にて『黄仲則年譜』『全祖望年譜』[53]、四部叢刊本『草堂詩余』（之は分類せしもの、分調に非ず）及その近処にて活字本の『紅楼夢散套』[54]を求む。

来薫閣と群玉斎にゆく。群玉斎にて『漢魏楽府広序』[55]を見る。黄宗羲の叙あり。六十元といふ。他に二、三見たるのは下次[56]に持参せしむ。

今夜又ねむれず、一時は已にすぎたり。

近頃何故の失眠かわからず、煩悶す。

八月十二日（日）

朝、五時すぎに起き出でゝ小川、山室、大塚諸君と共に北海に蓮花[57]を見る。池を渡りて後門より俥にのり、銭稲孫氏を訪問。その後更に一同にて西単牌楼の喫茶店にて休み、人人書店[58]を見てひる前に帰る。

人人書店にて兪平伯の『雑拌儿第二』[59]を買ひ来りて午後読む。『孽海花』も少しづゝよむ。十六回まで。

夜やはりねむれず。ますよに手紙をかく。

八月十三日

---

(53)　黄逸之編『清黄仲則先生景仁年譜』と史夢蛟編『清全謝山先生祖望年譜』をいう。一九三二年より商務印書館の王雲五によって出版が開始された新編中国名人年譜集成の一つ。

(54)　『紅楼夢』を題材とする戯曲作品。作者は清代中期の呉鎬。全十六齣。『紅楼夢』の名場面を抜粋し戯曲化したものである。ここにいう活字本とは、一九三三年四月に田漱芳の校閲によって農商書局から出版されたもの。大野城市目加田文庫所蔵。

(55)　清の朱嘉徴『漢魏楽府詩集広序』（『楽府広序』）全三〇巻。康熙十五年（一六七六）年序刊。両漢魏晋の楽府作品を、『詩経』の体裁に倣って分類し簡単な解説（小序）を付ける。朱嘉徴は浙江省海寧の人。明末の崇禎十五年（一六四二）の挙人で、明滅亡後は清に仕えた。その序文を明末清初の思想家で浙江省余姚の出身の黄宗羲（一六一〇～一六九五）が書いている。

(56)　下次［中 xiàcì］次回、こんど。

(57)　北海公園に隣接する什刹海は蓮花の名所。米田祐太郎『支那の四季』（教材社、一九四三年）の「什刹海の蓮花」には、夏の早朝水辺で蓮の花を見ながら人々が涼をとる習慣があり、露店が軒を連ね賑わったとの記述がある。

(58)　一九三四年西単大街に洪炎秋（一八九九～一九八〇）が開設した新刊書店。店主の洪炎秋は、台湾の詩人洪棄生（一八六六～一九二八）の子で、台湾人として初めて北京大学に籍をおいた人物（一九二九年教育系卒業）。第二次世界大戦後は、台湾に戻り、台湾大学中文系教授、台中師範学校校長などをつとめた。著書に『文学概論』、『語文雑文』などがある。

(59)　『雑拌儿之二』（開明書店、一九三三年）は兪平伯の論文集。一九二八年刊の続編で、序文は周作人。「詩的神秘」、「長恨歌及長恨歌伝的伝疑」、「論水滸伝七十回古本之有無」、「談中国小説」、「小説随筆」など二九編の論文と随想十七編を収める。大野城市目加田文庫所蔵。なお、雑拌儿［中 zábànr］とは本来「寄せ集め」の意味だが、北京っ子には蜜柑や棗などさまざまな果物のドライフルーツを砂糖漬けにした庶民のお菓子をいう。

奚氏。常氏（頭痛き故、本をよまず院子にて語る）。
終日在宅。竹田夫妻来る。近日帰国の由。
文奎堂『北平図書館館刊(60)』をもち来る。
世古堂来り『宣和遺事(61)』をかふ。
夜、図書館にて仕事をしつゝある顧華といふ人にあふ。

八月十四日

昨夜久しぶりに安眠せり。朝の光、已に秋に入りたり。
奚氏。常氏。
徳友堂(62)来り『清芸文志(63)』二元を買ふ。
午後、いそちゃんの宿題の代数、幾何など手伝ふ。
夕方、小川君と散歩。浜君の家までゆく。
『紅楼夢』の「芙蓉誄(64)」の下調べをなすに仲々厄介なり。

八月十五日

八月十六日(65)

八月十七日

奚氏。常氏。
午後、小川君と傅惜華の家にゆく。富春堂本『南西廂(66)』其他を見る。

八月十八日

奚、常両氏。『紅楼夢』八十回を了る。
午後、小川、山室君と北京大学にゆく。
帰途、東安市場にて黎錦熙の『国文法(67)』を買ふ。
夜、五十ちゃん、小川、山室君達と真光に活動を見る。飛行機映画也。(68)

八月十九日

(60) 別名『国立北平図書館館栞』。国立北平図書館館刊編輯部編輯、一九二八年五月より隔月で刊行された。貴重本等の図版写真、学術論文、目録校勘、図書目録などを収録する。第八巻（一九三四年）各巻末には販売代理店として、北平の富晋書舎、景山書社、直隷書局、来薫閣のほかに京都彙文堂の名もみえる。一九三七年二月、十一巻六一号で廃刊。

(61) 『宣和遺事』四巻は作者未詳（商務印書館、一九二五年）、『大宋宣和遺事』ともいう。北宋最後の年号である宣和年間（一一一九～一一二五）の逸聞集で、徽宗、欽宗父子二帝が金に幽閉され客死するに至った顛末や、宋江が梁山泊で盗賊三十六人の頭目となった話（『水滸伝』の原話）なども含まれる。大野城市目加田文庫所蔵。

(62) 琉璃廠にあった古書店。光緒二七年（一九〇一）王鳳儀が文昌館内に開業。民国四年（一九一五）四番目の弟景徳が引き継ぐ。一九三〇年には南新華路東に移転していた。この日記の昭和九年三月五日にも記述あり。孫殿起「琉璃廠書肆三記」（『琉璃廠小志』所収）および長澤規矩也「中華民国書林一瞥」参照。

(63) 朱師轍等撰『清芸文志』四巻（一九〇〇年、鉛印本）。著者の朱師轍（一八七八～一九六九）は、字は少濱、『説文解字』を研究した考証学者朱駿声の孫にあたる。清史館纂修に携わり『清史稿』の芸文志を執筆した。輔仁大学、中国大学で教鞭を執った。著書に『黃山樵唱』『清史述聞』などがある。橋川時雄『中国文化界人物総鑑』一〇〇頁参照。

(64) 『紅楼夢』第七八回に見える「芙蓉女児誄」を指す。賈宝玉の侍女晴雯は、ばあや達の誹謗中傷を真に受けた王夫人によって屋敷を追い出され、宝玉に無念の思いを打ち明けた後病死する。宝玉はその死を悼み長文の「芙蓉女児誄」を作り、月明かりの下、小侍女に芙蓉の花を捧げ持たせ涙ながらに読み上げた。『紅楼夢』中最も長い詩賦で『楚辞』のスタイルに倣い故事を盛り込んで描かれる。井波陵一『新訳　紅楼夢』第五冊（岩波書店、二〇一四年）を参照。

(65) 昭和九年八月十六日は、旧暦では七月七日、七夕節にあたる。夜、女性達が月下に水を盛った碗に針を浮かべ、碗底に見える影の形で針仕事の巧拙を占うため「乞巧節」とも呼ばれる。また、家族一同が夜の庭に出て星を見ながら菓子や果物を味わう風習もあった。当時の北京では名物の烤羊肉、涮羊肉がこの日から供された。『北京案内記』『北京　名勝と風俗』参照。

(66) 明の李日華『南西廂記』二巻。元雑劇『西廂記』を南方の戯曲スタイルに改編したもので、他に同時代の陸采の作もある。李日華の作には、原作をほぼ忠実に伝えるテキスト（嘉靖本）と、実際の上演のために流暢に改作されたテキスト（万暦本）とがあるが、傅惜華氏所蔵の富春堂刊本は後者に属する。現在は北京の中国芸術研究院図書館所蔵、『古本戯曲叢刊』初集（上海商務印書館、一九五四年）にその影印が収録されている。

(67) 黎錦熙（一八九〇～一九七八）、字は劭西、湖南省湘潭の人。民国十年（一九二一）北京師範大学文学院国文系教授に迎えられ、中国大学、北京大学、北京女子師範学院で中国語文法を教えた。中国語統一運動の主導者。著書に

麓、川副等より手紙。

夜、五十ちゃんをつれ、小川君と一緒に散歩。太廟より交民巷、カラタス(69)にて喫茶。

十一時の汽車に東京研究所(70)の連中を迎えにゆく。来らず。

八月二十日

奚氏。常氏。

五十ちゃん天津(71)に返る。汁粉をたべる。

夕方、をばさん、大塚、小川君達と太廟を散歩。秋を感ず。

八月二十一日

奚氏。常氏。

午後、小川、山室二君と真光に支那トーキー映画『姉妹花』(72)を見る。

帰途、雨。

兪君に手紙を出す。

八月二十二日　雨

先生来らず。

十時頃、電話かゝり福岡の井上氏来たる。

午後、小川君と又真光に北平戯劇学会第一届公演『屠戸』(73)を見る。甚だ見るべし。農村問題を取り扱へるもの也。会話殆ど全部わかる。

夕方六時四十五分の汽車に東京研究所の連中（阿部、服部、仁井田、青山、その他）(74)を出迎へしに、それより三十分前の汽車にて着き居たり。共に文化事業部にゆき語り、九時に帰る。

井上氏は三四日中根に泊る。

河村より手紙。ますよ尚熱ある由。


『国語運動史綱』『国語模範読本』などがある。ここに見える『新著国語文法』（商務印書館、一九三三年改訂版）は、中国語の標準的な文法体系を記述したもの。一九二四年に初版が出されて以来、以後一九五九年まで改訂が重ねられ（通算二十四版）、中国語の文法研究の最も基本的な参考書となっている。

(68) 一九三三年のアメリカ映画「空中レビュー時代」（原題：Flying Down to Rio）、日本では一九三四年五月公開。監督ソーントン・フリーランド、主演ジンジャー・ロジャース。三角関係の恋愛ドラマを描いたミュージカルで、クライマックスには飛行機の翼上でのレヴューシーンがある。

(69) 哈達門（崇文門）内にあった西洋人経営の喫茶店。別名カラザス。安藤更生『北京案内記』参照。

(70) 東方文化学院東京研究所。一行はこの後八月二十二日に到着する。

(71) この当時北京には在留邦人のための高等女学校がなく天津日本高等女学校（大正十三年在外指定）に通っていた。北京の女学校開校は一九三九年の北京日本第一高等女学校となる。

(72) 中国映画「姉妹花」。一九三四年二月公開。監督は鄭正秋（一八八八～一九三五）。双子の姉妹でありながら幼くして別々に育てられた大宝と二宝をめぐる物語。当時の上映記録を更新する大ヒットとなったが、その結末や内容を巡って論争が起きた。西谷郁「中国映画の最初の転換点―『姉妹花』論争について」（『九州中国学会報』第三九巻、二〇〇一年）参照。

(73) 熊仏西（一九〇〇～一九六五）作の戯曲。高利貸の孔屠戸が儲けのために王氏兄弟を離間しようとするが、結局失敗して逮捕されるという話。全三幕。『仏西戯劇』第四集（商務印書館、一九三三年）所収。

(74) 阿部吉雄（一九〇五～一九七八）、服部武（一九〇八～？）、仁井田陞（一九〇四～一九六六）、青山定雄（一九〇三～一九八三）の四氏。

けふ、阿部君が出発前ます代を見舞ひし話をきき感迫る。

八月二十三日　小雨

井上氏と共に故宮中路及東路を見る。景山にも登る。

夜、井上氏と山室、小川二君と共に西長安街新陸春[75]にて食事。

八月二十四日　曇

奚氏。常氏。

けふは中元、七月十五日也。

夜、麗しき月出でたれど、稍風邪心地なる故、早く床に入り『春阿氏』[76]第六回まで読む。

八月二十五日　曇

奚氏。常氏。（大同会　道徳学社　段正元[77]）

終日安静。

夜又『春阿氏』などよむ。

千鶴子より手紙。

河村に手紙を出す。

『春阿氏』読了。

八月二十六日

奚氏。常氏。

午後、井上氏、山室君、小川君と四人自働車にて西単牌楼頭條六号道徳学社を訪ふ。次いで白雲観に至る。

帰途、琉璃廠により通学斎にゆく。賀蓮青[78]にて筆を買ふ。

大柵欄厚徳福[79]にて食事。歩いて帰る。

八月二十七日

奚氏。

(75)　西長安街にあった四川料理の名店。芳湖春、東亜春、慶林春、淮陽春、大陸春、春園、同春園と共に「八大春」と呼ばれていた。今は同春園のみ現存。

(76)　一九〇六年に起きた事件「春阿氏殺夫案」に基づいて、一九一四年に出版された小説、全十八回、作者は王冷仏。女主人公春阿氏は従弟の玉吉と相思相愛でありながら、両親の言い付けで春英という金持ちの青年と結婚する。不幸な結婚生活の中で、玉吉と春英が阿氏をめぐって喧嘩となり、玉吉は誤って春英を殺してしまう。阿氏は玉吉を庇って自分が殺したと自首し、結局獄死する。第六回は阿氏の裁判の場面である。

(77)　段正元（一八六四～一九四〇）、四川省威遠県生まれ。独自の思想で孔子の「大同の道」を提唱し、当時の政界の大物とも絡んで、神秘的な予言なども行った。譚松林編『中国秘密社会』（福建人民出版社、二〇〇二年）参照。

(78)　琉璃廠にあった画材商。一八三〇年に創業し、清皇室の御用筆も扱った。「賀蓮青」は創始者の名前。

(79)　前門大街大柵欄にあった豫菜（河南料理）レストラン。一九〇二年に創業し、店主は陳連堂という。美食家で、中国における最初のシェイクスピア翻訳を手がけた作家の梁実秋（一九〇三～一九八七）が、この店の常連であった。

常氏を休み、常氏と共に東安市場に着物を見にゆく。買ふべきものなし。

午後、井上氏と猪市大街の古玩舗を見、観光局(80)に至り、三井により、市場にて井上氏買物して帰る。

夜は早くねて又起きる。

近頃、身体悪し。

八月二十八日

奚氏の勉強中、阿部君、服部君来る。服部先生より御土産。

午後、床屋にゆく。警察にて護照(81)の相談をなし、一度帰り、小川君と山本写真館(82)にて護照用の写真をうつし、停車場にて井上氏を見送る。

夜、小川君の兄さん(83)来る。疲れたり。

八月二十九日

奚氏。常氏。

午後、民会(84)にて三円の収入印紙を求め、山本にて写真をうけとり、警察にゆきて護照の手続きをなす。

『両当軒集』(85)をよむ。

八月三十日

奚氏。

少し風邪心地。近頃健康すぐれず。

夜、東京研究所の連中より十三陵(86)行きの相談うけ、文化事業にゆく。但し道路の洪水の為、一時中止。

八月三十一日

奚氏。常氏は休む。

(80) 一九一二年、日本の鉄道省が開設した「日本国際観光局」の北平支局。崇文門大街と王府井大街の二箇所にあった。今日の旅行代理店のような業務を行い、日本人と中国人のほか、北京に駐留する外国人に対しても日本旅行の便宜を図った。『外国在華工商企業大辞典』（四川人民出版社、一九九五年）参照。

(81) 護照[中 hùzhào]パスポート。

(82) 山本照相館。王府井大街霞公府にあった写真館。写真家の山本讃七郎（一八五五～一九四三）が一八九七年に開業。写真撮影のほか、カメラや機材の販売も行う。当時は中国人経営の写真館がほとんどなく、著名人や政府要人もここで撮影を行っており、山本讃七郎は学者や文化人とも広く交流を持った。彼が出版した写真図録に『PEKING北京名勝』（一九〇九年）がある。また東京大学東洋文化研究所に所蔵される彼の写真の目録が『明治の営業写真家山本讃七郎写真資料目録』（東大東文研・東洋学研究情報センター叢刊6、二〇〇六年）として纏められている。他に日向康三郎「林董伯爵と写真師山本讃七郎：ルーツ調べの余録としての古い写真の発掘」（『史談いばら』二四号、一九九七年）、遊佐徹「近代中国の写真文化と山本讃七郎」（『岡山大学文学部プロジェクト研究報告書』二〇巻、二〇一三年）参照。

明十三陵の牌楼。当時の絵葉書より

(83) 小川環樹の次兄貝塚茂樹（一九〇四～一九八七）である。貝塚は一九三二年五月に東方文化学院京都研究所に着任、同研究所の中国実地調査のために、一九三四年八月二十四日から十月二日まで中国を訪れ、視察、資料調査、研究者間の交流などを行っている。

(84) 社団法人北京居留民会。外務省の監督の下、北京在住日本人の自治組織として、市役所に相当する業務を行う機関である。北京日本人会を母体として大正元年九月に設立され、日本人学校も開いた。

(85) 清乾隆年間の文人黄景仁（一七四九～一七八三、字は仲則）の文集。両当軒は彼の書斎名である。その著作は孫の黄志述が編纂して『両当軒全集』二二巻・附録六巻・考異二巻（詩一〇七二首・詞二一四首・文六篇）として完成したが、太平天国の乱で焼失し、黄志述の妻呉氏が十余年をかけて復刻した。

(86) 明の十三陵。北京市昌平区天寿山の南麓にある明代皇帝の陵墓群。成祖永楽帝以後十三帝の陵墓があることからこの呼び名がある。最大規模の長陵（永楽帝陵）を中心に、その東西に諸陵を配して造営された。

終日安静。山本君より手紙、嬉し。

夜、傅惜華氏(87)より案内ありしも断る。

九月一日

けふも横臥。空澄みて陽の光清く、秋風の梢を鳴らす音たまらず淋し。

夏以来健康を失ひしこと、実に情なく心細し。

『文藝春秋』などよむ。

九月二日

けふは身体よほどよし。尤も気分は尚すぐれず。

ますよより小説『葡萄畑の葡萄作り』(ルナアル(88))送り来る。

小川君と中山公園散歩。

九月三日

咳嗽(89)多し。

服部君、午後来る。

夜、兪君来り、東安市場に一緒に薬を買ひにゆく。

九月四日　雨

咳嗽に苦しむ。不愉快なる雨なり。

九月五日

午前、今村医院にゆく。気管支を害したりとのこと。東単牌楼の信義洋行にて吸入器を買ひて帰る。

通学斎(90)来り、『定盦全集(91)』原版(六元)を買ふ。

九月六日

引つづき奚氏、常氏を休む。

日本より朝日飛行機(92)来る。文化事業にて宴会。学者連集る。せき

(87)　傅惜華（一九〇七～一九七〇）。本名は宝泉、惜華は字である。傅芸子の弟。彼らは満州族の文化人の家に生まれ、伝統的な教養を積んだ。東方文化事業総委員会において『続修四庫全書総目提要』の編纂にも参与。中国古典戯曲や小説の研究者として知られ、また蔵書家としても名高く、そのコレクションは「碧蕖館蔵書」と呼ばれた。一九三一年には梅蘭芳や斉如山らとともに北平国劇学会を設立し、その理事長をつとめた。この一九三四年春より北平図書館に奉職している。のちの著作に『北京伝統曲芸総録』『清代雑劇全目』『子弟書総目』『中国古典文学版画選集』などがある。橋川時雄『中国文化界人物総鑑』五三六頁参照。

(88)　フランスの小説家ジュール・ルナール（一八六四～一九一〇）の短篇作品集。原名は『Vigneron dans sa vigne』、一八九四年刊行。日本では岸田国士が翻訳し単行本として大正十三年（一九二四）に春陽堂から『葡萄畑の葡萄作り』の書名で刊行された。一九三四年には白水社から文庫本として再版された。ます代さんから送られたのはこの文庫本であろう。

(89)　咳嗽［中késou］咳をする。

(90)　通学斎は民国八年（一九一九）に琉璃廠に開業した古書店。創業者の孫殿起（一八九四～一九五八）は、河北冀県の人。著書に『販書偶記』二〇巻、『琉璃廠小志』等がある。

(91)　清の龔自珍（一七九二～一八四一）の文集。定盦（庵）はその号。ここで「原版」と言ったのは宣統二年（一九一〇）国学扶輪社より出版された全七冊本を指すか。他に上海の掃葉山房から民国九年（一九二〇）に出版された石印本などがある。なお筆者には論文「水仙花―龔定庵の生涯」（『目加田誠著作集第四巻』所収）がある。

(92)　朝日新聞社が企画した北平訪問の飛行機。当時未開通だった日中間の航路開拓のために実験飛行が行われた。大阪―京城（ソウル）―北平間の一九一〇キロメートルを九時間四十七分で航行した。機種は当時の川崎造船所飛行機工場が製造した「KDA―6型」で、通信用の飛行機として日本陸軍から朝日新聞社に払い下げられたものである。朝日新聞一九三四年九月六日と七日の記事を参照。

(93)　『現代中国文学史』は銭基博（一八八七～一九五七）の著。一九一一年の辛亥革命から三〇年代までの中国の現代文学を紹介し論評した。一九三二年十二月に、在職していた無錫国学専門学校学生会より『現代中国文学史長編』の書名で出版されたものが初版であるが、翌年九月、上海の世界書局より現在の書名に改めて出版。大反響を呼んだ。その後、増訂版（一九三六年）も出版された。

(94)　『近代二十家評伝』は王森然（一八九五～一九八四）の著。清末から民国に至る中国の思想・文学・歴史学各分野の著名な学者二〇名の評伝。経学の王闓運（一八三三～一九一六）を筆頭に、林紓（一八五二～一九二四）、厳復（一八五三～一九二一）、康有為（一八五八～一九二七）、王国維（一八七七～一九二七）、また羅振玉（一八六六～一九四〇）、魯迅（一八八一～一九三六）、胡適（一八九一～一九六二）、郭沫若（一八九二～一九七八）などこの時点でまだ存命の著名人も選んでいる。一九三四年六月

なほらず。

九月七日

奚、常両氏を休む。

夜、来薫の招待もことわり早く床につく。

九月八日

東安市場にて『現代中国文学史』(93)及『近代二十家評伝』(94)を買ふ。

山本(95)にてエハガキ。

九月九日

日本の飛行機に托す端書をかく。

夜、小川君と中華公寓にゆく。桂君病気なり。

九月十日

奚氏を初む。

警察に護照のことにてゆく。帰途、原稿紙、インキなど求む。

午後、北京大学、中法大学、輔仁大学(96)に九月以後の課目を調べにゆき、更に懐仁堂(97)の展覧会を見る。没意思(98)。

夜、一声館(99)にうつりし桂君を見舞ふ。

九月十一日

奚、常両氏。

午後、中国大学、師大文学院(100)にゆく。中国大学は旁聴生を許可し、種々便宜(101)なり。各校の課目を調べ出し旁聴のつもり。

北大は黄節、馬廉、魏建功など。中国大学は孫人和、呉承仕など(102)。

文化事業にゆく。

夜、をばさんにすすめられ活動を見る。

に北京の杏厳書屋より出版。同書の刊記によれば北平の西単商場の東華書店と東安市場の佩文斎が販売の主な店舗に挙げられている。

(95) 先日（八月二十八日と二十九日）訪れた山本照相館（写真館）をいう。

(96) 北京大学は、一八九六年に清朝の国子監を改組した京師大学堂を前身とし、辛亥革命の後に北京大学と改称した。当時は故宮の東北、景山公園の東に当たる沙灘にあり、現在もその地に当時の校舎が「北京大学紅楼」として保存されている。

　中法大学は、一九二〇年に設立された法文予備学校（フランス語専門学校）にはじまる。景山公園の北、地安門を北に出た東側にあった。一九五〇年に各学部が北京大学や南開大学などに合併されて廃校した。

　輔仁大学は、ローマ教皇庁による私立大学で一九二七年に北京公教大学からこの名称に変わった。什刹海の西側の定阜大街にあった（現在は北京師範大学北校区として使用されている）。大学機構としての輔仁大学は現在は台湾の新北市に存在する。

(97) 中南海の建造物の一つ。一八八八年に西太后により建造された儀鑾殿を前身とし、一九一一年に袁世凱により懐仁堂と改名された。

(98) 没意思[中 méi yìsi]つまらない。

(99) 北平にある日本人が経営する旅館の一つ。住所は東城区の船板胡同。石橋丑雄『北平遊覧案内』（一九三四年）によれば、当時の邦人経営の旅館には扶桑館（東単牌楼、料金五元～十五元）、日華ホテル（旧称一二三館、洋溢胡同、料金五元～八元）、福島館（八宝胡同、三元～四元）とこの一声館の四軒が営業しており、一声館の料金は福島館と同じ「三元～四元」と表示されている。

(100) 中国大学は、孫文など国民党の有力者が日本の早稲田大学をモデルに一九一二年に設立した大学。西城区の西単商場の西側にあった。一九四九年廃校。

　師大文学院とは、北平師範大学の文学部にあたる。西単牌楼の南、絨線胡同にあった。

(101) 便宜[中 piányi]都合がよい。料金が安い。

(102) 黄節（一八七三～一九三五）は、字は玉昆、または晦聞、号は純熙、広東順徳の人。詩文および書道に長じる。青年期は章太炎など共に革命に奔走。一九一七年より北京大学教授となる。著作に『漢魏楽府風箋』『魏武帝魏文帝詩注』『曹子建詩注』『阮歩兵詠懐詩注』『謝康楽詩注』などがある。橋川時雄『中国文化界人物総鑑』五五六頁。

　馬廉（一八九三～一九三五）は、字は隅卿、浙江鄞県の人。北京大学教授。専門は中国劇曲小説。著作に『中国小説史』『曲録補正』などがある。その蔵書は「不登大雅文庫」と称し、現在は北京大学附属図書館に所蔵されている。

　魏建功（一九〇一～一九八〇）は、字は益三、号は天行、江蘇南通の人。中国言語学と文字学を専攻。中法大学、北京大学等で教鞭を執った。著作に『古音系研究』などがある。新中国成立後『新華字典』の主編になった。橋川時雄『中国文化界人物総鑑』七七六頁。

　孫人和（一八九四～一九六六）は、字は蜀丞、江蘇塩城の人。唐宋の詞などを専攻。一九二九年に中国大学の教授となる。著作に『論衡挙正』

九月十二日

奚、常両氏。

午後、本屋、二、三来る。群玉斎、先般頼みし『三水小牘』[103]『顔学弁』[104]を持参。

夕方より、来薫の招宴、諸橋先生、加藤氏、小竹、小川兄弟。[105]

日中尚甚だ暑し。

九月十三日

奚氏、常氏。

『現代文学史』『近代名人伝』をよみ、近人の事につき、知るところ多し。

九月十四日

朝、諸橋先生を駅に見送る。

奚氏。常氏。

午後一寸、文化事業にゆく。

修より手紙来り、返事をかく。

夜、阿部、服部、仁井田、青山の諸君[106]を晩食に招く。

九月十五日

奚氏（常氏は休み）。

午後、小川、山室二君と北京大学にゆく。そのまま中南海万善殿[107]に詣る。

水の面をわたる秋風さざなみ立ちて淋しさ身にしむ。

夜『現代文学史』をよみて面白くて止められず。

（小川君の兄さん、大同へ立つ）。

九月十六日（日） 朝小雨　後晴

『唐宋詞選』などがある。橋川時雄『中国文化界人物総鑑』三一〇頁。

　呉承仕（一八八四〜一九三九）は、字は検斎、号は展成、安徽歙県の人。章太炎に師事し、経学および訓詁学を専攻。北平師範大学中文系主任等を歴任した。著作に『経籍旧音弁証』『経典釈文序録疏証』などがある。橋川時雄『中国文化界人物総鑑』一三三頁。

(103)『三水小牘』は、唐末五代の皇甫枚の編とされる伝奇小説集。清の『抱経堂叢書』に基づく影印本が一九二三年北京の直隷書局から出版されている。

(104)『顔学弁』は程朝儀（一八三三〜一九一〇）の著作。清初の学者顔元（一六三五〜一七〇四）の実用主義的な学説を批判したもの。

(105) ここに挙がるのは東京と京都の二つの東方文化学院から派遣された研究者である。諸橋轍次（一八八三〜一九八二）、加藤常賢（一八九四〜一九七八）、そして先にこの日記の八月二十八日の条に見えた貝塚茂樹（小川環樹の兄）である。諸橋は東京教育大学教授。大修館書店『大漢和辞典』の編者として著名。加藤常賢は戦後東京大学中国哲学科教授。一九四九年に発足した日本中国学会の初代理事長。著に『支那古代家族制度研究』『漢字の起原』などがある。

(106) 東方文化学院東京研究員の仁井田陞、助手の阿部吉雄、青山定雄、中田源次郎、瀧遼一、横超慧日、服部武の面々である。昭和九年八月に来平（『北平日記』昭和九年八月二十二日の条参照）。九月二十五日に北平を発ち、承徳、満州の奉天などを巡り、十月三日に平壌を経由して帰国した。

(107) 中南海の東岸に位置する仏殿。明代の創建時は、崇智殿と呼ばれた。殿内には過去・現在・未来の三世仏を安置する。清の順治帝の時に万善殿と改名され、順治帝の宸筆「敬仏」の扁額があったという。現在非公開。

(108) 楊樹達（一八八五〜一九五六）は、字は遇夫、号は積微、耐林翁。湖南長沙の人。十五歳の時に葉徳輝に師事して『説文解字』を学んだ。一九〇五年に日本留学。東京の弘文学院に入学し、のち京都の第三高等学校に転じた。一九二五〜三〇年武漢大学や清華大学において中国文学と語学の教授を歴任した。一九三〇年六月、日本を再訪。各地の図書館に所蔵される漢籍の善本を熟覧調査した。著作に『中国語法綱要』『詞詮』『高等国文法』『中国修辞学』などがある。住所の頭髪胡同は城内の南西、絨線胡同の電停と宣武門との中間にある東西の胡同で、数軒の古書店もあった。なお、日記ではこの後、楊樹達を講師に招き北平同学会を会場に毎週日曜『説文解字』の講義が行われる（昭和九年十一月四日〜十二月三十一日の条を参照）。橋川時雄『中国文化界人物総鑑』六一三頁。

(109) 葉徳輝（一八六四〜一九二七）は、字は煥彬、漁水。号は郋園。湖南長沙の人。清の光緒十八年（一八九二）の進士。清末の革命思想に同調せず、郷里に戻ってその学問を究めた。筆者の師である東京大学の塩谷温は一九〇九年から一九一二年まで湖南省長沙に留学し、葉に師事した。民国十六年、長沙にやってきた革命軍によって銃殺さる。『書林清話』一〇巻、『双梅景闇叢書』二一巻などの著書多数。書誌学や目録学にも精通した。塩谷温「葉徳輝先生」（『天

孫君来る
頭髪胡同の楊樹達先生(108)を訪ふ。

色々面白き話をきく（別ノート）。その中の一つ。葉徳輝(109)の郋園は音希(シー)(110)にして許慎の故郷を郋亭といふ処より来る也と。

午食は奚さんにまねかる。他に光緒元年(111)の挙人博天乞（原名瑞洵(112)）七十六才なる老人と、宮島貞亮(113)、鈴木吉武(114)君達あり。

午後、八木君、布施君来る。

夕方、兪君来る。

終日、人と語って疲れたり。

九月十七日

今日より奚氏を午後にまわす。

午前中、小川君と北京大学旁聴の件につき公使館にゆきしも駄目。文化事業に至り、橋川氏にたのむ。

空はれ気澄み風膚に涼しくまことに秋の天気なり。

九月十八日

午前中、読書。

通学斎、『篋中詞(115)』を持参（及孫雄(116)の詩）。

午後、奚先生（以後時間変更）。

夜、小川兄弟、山室君と共に城壁にゆく。

美しき月なり（九一八記念日(117)、何事もなし。只街上巡査平日よりやや数多きかと思ふのみ）。

九月二十日

日中、曇。

東京の連中と八達嶺(118)に行く予定なりしも延期。


馬行空』、日本加除出版、一九五六年）に「（葉徳輝）先生、字は煥彬、郋園と号した。郋は漢の県名。説文解字の著者許慎の出身地である。即ち先生は文字学者で、許慎に傾倒の余り、その故郷の名を号とされたのである。」とある。橋川時雄『中国文化界人物総鑑』六二〇頁。

(110) 葉徳輝の号にある「郋」は、日本の漢字音では「ケイ」、現在の中国語発音では[xi]（シー）]である。許慎『説文解字』に「郋は、邑に从(したが)ふ自の声、読みて奚(けい)の若し」とある。

(111) 光緒元年は西暦一八七五年。日本は明治八年。この年一月に同治帝が急死し、西太后によって従弟の光緒帝が擁立された。

(112) 瑞洵（一八五八〜一九三六）は、字は信夫、号は景蘇、坦園、天乞居士。満州正黄旗人。清朝においては翰林院編修、国子監司業、科布多参賛大臣などを歴任した。橋川時雄『中国文化界人物総鑑』六四二頁にその肖像写真とともに紹介されている。それに拠れば「（辛亥革命後）北京浄業湖畔の僧舎にかくる。わづかに詩を賦してその志を述ぶ。」とあり、また「邦人鈴木吉武彼れに入門してその『犬羊集』一巻、続一巻を刻印し、また其の死後『散木居奏稿』二五巻を印刷して各方に頒った」とある。『犬羊集』は昭和十年（一九三五）四月刊。また『散木居奏稿』は昭和十四年（一九三九）刊。

(113) 宮島貞亮は、宮島大八（詠士）の息子。大正十一年（一九二二）三月、慶応義塾大学を卒業。昭和九年五月から昭和十一年三月まで、中国語学及び東洋史研究のため、慶応義塾大学文学部留学生として北平に留学した。その後、昭和十八年には父が設立した中国語塾の善隣書院の院長を勤め、『中等華語教程』『註解支那時文類編』『注音符号速知』『文法を主体とした新中国語』などの中国語教科書を出版した。また宮島の「北平だより」（慶応義塾大学三田史学会編『史学』第十三巻第四号、昭和九年）には、次のような記述が見える。

（昭和九年九月十四日）小生目下いろいろの学者と面晤いたしてをります。九月十四日礼司胡同に参り、瑞景蘇先生にお会ひいたしました。七十六歳で楊雪橋先生よりも六歳多く耳も遠く大分弱ってをられます。楊先生と同じく進士で経学が得意です。……（同十月廿日）瑞洵先生とは特別親しくしてゐますが、唯恨む所は小生学力不足の点です。先生は今年挙人になられてから六十年になります。嘗ては大臣にまでなった人ですが、今は貧に安んじ賎を守り、好爵を己が栄とせず、実に窮迫した生活をされてゐます。其後王樹枏、江瀚等の碩学鴻儒、馬衡、徐鴻宝、孟森、謝国楨、銭稲孫、楊樹達、溥儒、張孝謀等の諸学者に会ひました。

(114) 鈴木吉武は、号は餐菊軒。瑞洵に師事し、昭和十年に『闕特勤碑釈文』と瑞洵の『犬羊集』を自費出版している。また瑞洵『散木居奏稿』（台湾華文書局、一九五六年の影印本）に見える楊鍾義の序と伝文、楊鑑資の跋文によれば、本書が刊行された昭和十四年当時、鈴木は九州大学の別府温泉治療研究所に滞在していたとある。昭和二四年に（一九四九）、塩谷温が顧問として勤めていた相模女子大学中国文学科の初代教授となる。『相模女子大学六十年史』（一九六〇年）参照。

午後その為め、奚先生来らず。

夜、阿部、青山両君来り。明月に乗じて又城壁にのぼりカラタスによりて帰る。

けふ、ますよに手紙を出す。

千鶴子より来信。

近来いたく痩せたり。心細さに堪えず。

九月二十一日

午前中『篋中詞』の評をよむ。

午後、奚氏、常氏。

小川君と前門に散歩。

九月二十二日

八達嶺、居庸関[119]旅行。

午前七時、小川、青山、山田、野村、井上の諸氏と共に前門より平綏鉄道[120]の三等に乗りて出発。汽車は北京城壁の東より北を巡りて西直門に着き、それより清華園、沙河鎮等を経て北に向ふ。南口に至れば已に目前に巍々たる山のせまれるを見る。居庸関を列車の左に見て午前十時半過ぎ青龍橋にて下車。停車場より驢に騎りて先づ八達嶺に向ふ。八達嶺の長城は聞きしにまさる悠大さ。山の嶺より嶺へ連れる城壁、処々に聳ゆる烽台、誠に天下の奇観なり。然れども、已に列車中より曇れる空は遂に北より雨雲蔽ひ来て、やがて全山雨に包まる。八達嶺を降り、雨中なれどもこのまま引き返すも心惜く、遂に驢をかりて居庸関に向ふ。初めひそやかに降り来りし雨、遂に沛然たる大雨となり、岩石多き山路、濁水瀬をなして流れ、雄大云はむ方なし。遂に二度は驢より落つ。

(115) 『篋中詞』は、譚献(一八三二〜一九〇一)の編纂した清詞の選集。正集六巻と続集四巻がある。光緒八年(一八八二)刊。清初の呉偉業から清末の荘棫までの二〇九名五九〇首の詞を収録し批評を加える。編者の譚献は、旧名は廷献、字は仲修、号は復堂。浙江杭州の人。清の同治六年(一八六七)の挙人。詞に精通し、詞の「寄托」という芸術的技法を重んじ、「小令」というスタイルの詞を得意とした。この『篋中詞』を含む譚献の著作一〇種は譚献自身によって『半厂叢書』として纏められている。

(116) 孫雄(一八六六〜一九三五)は、旧名同康、字は師鄭。江蘇常熟の人。清の光緒二〇年(一八九四)の進士。清朝においては学部主事、内閣中書などの職を歴任した。著作に詩集『眉韻楼詩』三巻(光緒三〇年刊)、『師鄭堂集』、『眉韻楼詩話』などがある。橋川時雄『中国文化界人物総鑑』三一九頁。

(117) 満州事変の発端となった柳条湖鉄道爆破事件(昭和六年・一九三一)が起こった日である。中国では満州事変を「九一八事変」と呼ぶ。

(118) 八達嶺は北京北郊の所謂「万里の長城」を見る最も有名な観光スポット。今日では高速道路の開通によって片道2時間程度で行けるほか、長城内にもロープフェイが設置されている。この日記によって、八〇年前の北京観光の様子がうかがえて興味深い。

(119) 居庸関は北京市内から八達嶺に向かう中間の昌平区に位置する関門。楼門の上に「天下第一雄関」の扁額がある。また元代の建造物である過街塔には中央のトンネル内部にガルーダやナーダ、四天王のレリーフのほか、「陀羅尼経文」と「造塔功徳記」が刻まれている。この経文と功徳記は、漢字のほか、サンスクリット、チベット、ウイグル、パスパ、西夏の六種類の文字で刻まれており、東洋のロゼッタストーンと呼ばれる。

(120) 平綏鉄道は、北平と帰綏(現在のフフホト)とを結ぶ路線。中国人(清国政府)の技術によって建設された最初の鉄道である。開業は一九〇九年、河北省の張家口駅までであったが、この日記が書かれた頃には内蒙古のフフホトまで延伸していた。現在の起点は北京北駅、終点は包頭駅なので「京包線」と称される。なお設計者の詹天佑(一八六一〜一九一九)は中国鉄道の父と称される。往時の万里長城最寄り駅の青龍橋駅には彼の銅像が、また八達嶺駅には詹天佑記念館が建っている。橋川時雄『中国文化界人物総鑑』六二九頁。

左から井上、筆者、野村、青山、小川

午後二時過ぎ居庸関に到着せし時は已に全身雨にしみとほり、冷寒慄ふばかりなり。漸く農家に入りて火をたき衣服を乾し、弁当を食ふ。

居庸関は名にし負ふ要害、関は元代に建つと云ふ。アーチ型の内側に漢、蒙、西夏、パスパ、チベット、梵字（？）の文字及仏像の彫刻あり。その他、居庸上関等併せて五つの関門（他には彫刻なし）あり。

三時すぎ再び驢に騎る。幸にして雨停（や）みたり。されど已に腰のいたさ堪へがたし。道路更に石多く、難行はつづきて、午後五時遂に南口に到着。同時に汽車にのる。青龍橋より南口迄四十余支里[121]。六時すぎ西直門につく。

小川君と二人、馬車にて家に帰る。空已に晴れて地上水気多く月高く[122]のぼりて恰も水の底を行く如し。帰宅入浴、酒をのんで八時半就寝。けふの旅行、山田君に負ふ処実に多し。汽車賃往復二円。驢馬一円七十銭[123]。

（121）中国の一里は五〇〇メートル。日本の一里（四キロメートル）と区別するために「支里」と呼んでいた。

（122）この日は陰暦八月十四日、よって翌日が中秋の名月。

（123）一行六名の驢馬の代金はおそらく一〇円。これをおおよその割り勘にしたのであろう。

左から青山、筆者、野村、山田

左から小川、青山、井上、野村、筆者。
9月22日の八達嶺・居庸関旅行。
いずれも筆者のアルバムより

九月二十三日（日）　中秋節(124)

この節句、又しても金なきに苦しむ。

きのふの雨は已に名残もなく、あさ霧深かりしも、やがて蒼くすみ切ったる秋晴れの日なり。きのうの旅行にて今日尚身体痛む。

午後、文化事業にゆく。橋川氏に先日頼みをきし孫人和、呉承仕、馬廉氏の講義旁聴の件、孫、呉両氏は快く引きうけ且つ中国大学なる故問題なきも、馬廉氏はやや難題なり。馬廉氏は北京大学にて「小説史の問題」を講ずる也。馬衡氏(125)等は対日感情誠にあしく、馬隅卿氏亦面白からざる如し。十五日が旁聴生の締切なりしを、小川君と共にこの締切を知らざりし故、益々不都合になれり。それより小竹君の部屋にて語る（小川君の兄さん昨日病気にて文化事業に臥せり）。三時より大興学会(126)に於ける銭稲孫氏の講演をきく。

夕方、文化事業の庭にて東西研究所(127)、大興学会合同にて月見の宴あり。少しく酔ひ早く抜けて小竹君と北海に遊ぶ。北海の渡し舟にて小川、大塚両君に出逢ひ、共に月を賞す。今宵は流石に遊人多し。池の東の樹立を通りて出づ。

北海より馬車を傭ひ（四人にて）月の街を走らす。前門に出で月に浮べる城門を仰ぎ交民巷をまわりて帰る。

昨日、河村より来信。ますよの病、尚快からざる報知。憂はしき限り。心苦し。

九月二十四日（祭日なる故けふも支那語教師休）

午前、山田、瀧(128)君と戯曲学校訪問。胡效参氏(129)と語る。

目黒より六十円（四十八元九角）来る。

午後、小川君と中国大学にゆきしも方氏(130)不在。更に方壷斎の方宅

(124) 中秋節［中zhōngqiūjié］旧暦八月十五日の節句。中国では名月を観賞し、月餅を食べる習わしがある。筆者の留学仲間小川環樹は、そのときの中秋節について「端午および大みそかとならんで中国の三つの節季の一つだから、商人たちは掛取りに忙しく、琉璃廠の本屋の番頭からつきつけられた請求書をながめて頭をなやますのも同じころではあるが。」（「中国の春と秋」『小川環樹著作集』第五巻、三六二頁、筑摩書房、一九九七年）と回想する。筆者が翌日文奎堂にお金を支払いに行くのもこのためである。

(125) 馬衡（一八八一〜一九五五）字は叔平、浙江鄞県の人。北京大学史学系教授、故宮博物院院長等を歴任。北京大学では金石学を講じた。著に『中国金石学概要』『凡将斎金石叢稿』がある。

(126) 大興学会は、東方文化事業の補給生（官費留学生）によって北京で組織された学会。昭和七年（一九三二）結成。昭和九年（一九三四）九月二七日付「北平大興学会会則及会員表送付ノ件」に、賛助員としての橋川時雄、大槻敬蔵、会員としての桂太郎、濱一衛、山室三良、樫山弘等の名前が見える。活動は留学生各自の研究発表のほか、当時の学術界を代表とする中国人学者の講演開催も行われた。例えば、昭和十年（一九三五）に胡適、楊樹達、黎錦熙等の講演が実現している。岡野康幸「近代における日中文化交流の一側面―「大興学会」と橋川時雄を中心に」（『神話と詩：日本聞一多学会報』第七号、二〇〇八年）参照。

(127) 東方文化学院の東京研究所と京都研究所を指す。一九二九年、外務省管轄の東方文化事業により発足、東京と京都に研究所を設置した。東京研究所主任は服部宇之吉、京都研究所主任は狩野直喜である。しかし政府の要請する研究方針の受け入れをめぐって東西の研究所で齟齬が生じ、一九三八年両者は東京の（新）東方文化学院と京都の東方文化研究所として分離独立した。戦後二つの研究所は廃止されたが、京都の研究所は京都大学人文科学研究所に統合され、東京の研究所は東京大学東洋文化研究所に統合された。

(128) 瀧遼一（一九〇四〜一九八三）、東京帝国大学東洋史学科卒、昭和七年（一九三二）東方文化学院東京研究所助手、昭和八年より同研究所研究員を勤め、昭和九年の夏に中国・朝鮮の音楽調査に派遣された。この日記の九月十四日の条を参照。著に『支那の社会と音楽』（東亜研究会、一九四〇年）、『東洋音楽論』（弘学社、一九四四年）等がある。関鼎編「瀧遼一先生年譜・業績目録」（『東洋音楽研究』四八号、一九八二年）参照。

(129) 中華戯曲専科学校（戯曲学校）副校長。

(130) 方宗鰲（一八八五〜一九五〇）、字は少峰、廣東普寧の人。日本の明治大学に留学。帰国後、中国大学の教務長及び商学系主任を務め、朝陽大学教授、北平大学法学部教授等を歴任。北京宣武門外方壷斎五号に住んでいた。橋川時雄『中国文化界人物総鑑』七〇頁参照。

を訪へども留守
文奎に金を払ひにゆく。

昭和9年9月23日中秋節、東方文化事業での月見の宴。筆者のアルバムより

九月二十五日

午前、手紙をかく。床屋にゆく。

午後、奚氏、常氏。

夜、西四、同和居(131)にて宴会。東京研究所の人々、銭稲孫氏、周作人、楊樹達、鄭穎孫(132)、傅惜華、徐鴻宝、楊鍾羲ノ長男(133)、其他、及橋川、小竹、高岡等の諸氏。愉快なる会合なりき。

[欄外注：河村、香川、駒井、楠本ニ手紙]

九月二十六日

朝八時、文化事業にゆき、そこよりけふは十三陵見物に出づ。自働車にて先づ清華大学に行き、十一時半、銭氏と別れて、十三陵に向ふ。途中昌平故城を通る。

路傍の景、茫々たる平野、農村の秋、珍しきもの也。

二時、石獣、石人を見る。永年あこがれたりし者也。

更にゆきて長陵(134)(永楽帝陵)を見る。この辺り路傍に柿多く熟せり。

長陵は痛く荒れたり。殿の如きは幾何もなくして崩るべし。遠く永陵(135)その他の陵を眺め。実に広大なる規模にをどろく。

帰途、自働車二時間と四十五分。(七時前帰平)

同行者、青山、仁井田、服部、中田、横超。

夜、周豊一(136)君来る。

九月二十七日

文奎堂、『国粋学報』(137)第五年迄持参(六、七年ナシ)。

午前中、瀧、小竹両君と(小川君も加はる)戯曲学校の教授ぶり参観。

午後、奚氏、常氏。

(131) 西四牌楼南路の西側にある山東料理の名店。現在も三里河月壇南街で営業。名物料理には大豆腐、三不粘などがある。魯迅、銭稲孫なども通った。鄧雲郷『北京の風物：民国初期』(井口晃、杉本達夫訳、東方書店、一九八六年)参照。

(132) 鄭穎孫(一八九三～一九五〇)、安徽省黟県の人、古琴の演奏家。燕京大学卒業後、早稲田大学に留学。帰国後は北京芸術専科学校教務主任、校長等を歴任。国楽改進社の発起人の一人。橋川時雄『中国文化界人物総鑑』七一八頁参照。

(133) 楊懿涑(一九〇〇～一九六七)、字は鑑資。一九三三年、父楊鍾羲と共に来日。日本に所蔵される漢籍を調査し、狩野直喜らと交流した。

(134) 長陵は、明の成祖永楽帝(一三六〇～一四二四)の陵墓。明十三陵内で最大規模を誇る。在世中の永楽七年(一四〇九)に建造を開始し、四年がかりで完成した。

(135) 永陵は、明第十一代皇帝嘉靖帝(一五〇七～一五六六)と彼の三人の皇后の合葬墓。規模は長陵に次ぐ。

(136) 周豊一(一九一二～一九九七)。周作人と羽太信子の長男。のちに北京図書館に務める。日本文学の中国語訳に『広島的一家』(大田洋子等原著、新文芸出版社、一九五七年)がある。

(137) 清末の月刊学術雑誌。一九〇五年二月、鄧実・黄節らによる「国学保存会」の機関誌として上海で創刊。国学(中国の伝統学問)を保存し、研究することを目的とした。一九一一年の停刊まで八二期を出版。鄧実が総編集となり、章炳麟、劉師培、黄節など五十数名の著名人が寄稿した。王国維の連載「人間詞話」が有名。現在この原本は九州大学附属図書館所蔵。

夜、小川兄弟、山室、大塚諸氏と共にロシヤアパートにて食事。

九月二十八日　雨

小川君の兄さん其他京都の連中出発。駅に見送る。

小川、浜、桂諸君と一緒に北大にゆく。周豊一君わざわざ迎へに家まで来てくれる。

聴講の手続終れり。余は、黄節、馬廉氏を聴く。

夜、瀧、小竹両君と共に鄭頴孫氏訪問。琴を聞く。雨そぼふる秋夜、古琴を聞きて感動すること大なりき。令嬢(138)は「良宵引(139)」を弾じ、鄭氏は「長門怨(140)」を弾ぜり。

文化事業小竹君の部屋にて十二時迄語る。

九月二十九日　雨、夕方八木君夫妻来る。

雨天に支那語教師の休む事、実に腹立たし。

夕方より文化事業にゆく。東京研究所連の送別会也。

其後、赤堀君と語る。雨の中を帰る。

九月三十日　雨

朝、停車場に研究所の人々を見送る。八木君達も同じ汽車なり。

帰宅後、小川君と共に周作人氏(141)を訪問。

雨漸く止みたり。

夜、少し酒をのむ。

室中に入れたる桂花(142)、部屋一ぱいに薫る。日本の秋を想ふ。

九月も了りぬ。留学期間残すところ五ヶ月。漸く寒さに向ふ折柄、心の引き締るを覚ゆ。

(138)　令嬢の名は鄭慧。古琴のほか琵琶も得意とした。張瑞芳『歳月有情：張瑞芳記憶録』（中央文献出版社、二〇〇五年、一七四頁）参照。

(139)　古琴の名曲。隋代より伝わるというが、現存する最も古い楽譜は明の厳澄『松琴館琴譜』に見える。夜の静寂さを表現する。

(140)　清末梅庵琴派の代表的な古琴曲。前漢の司馬相如「長門賦」を題材に、男に棄てられた女性の閨怨の悲しみを表現する。
　なお、この日の回想として筆者には「秋雨」（『秋から冬へ』所収）という随筆がある。また瀧遼一「音楽資料の調査」および「鄭頴孫氏との会見」（ともに『瀧遼一著作集Ⅱ、中国音楽再発見・歴史篇』第一書房、一九九二年）参照。

(141)　周作人（一八八五〜一九六七）、字は豈明、筆名は啓明、苦雨斎など。魯迅の弟。浙江省紹興の人。光緒三二年（一九〇六）に日本に留学、初め法政大学、ついで立教大学文科に入学、辛亥革命の際に帰国した。民国十三年（一九二四）以来北京大学東方文学（日本文学）系主任、国立北京大学文学院長等を歴任。著に『自己的園地』『談龍集』『談虎集』『域外小説集』『現代小説訳集』などがある。橋川時雄『中国文化界人物総鑑』二二六頁参照。
　北京の魯迅博物館に所蔵される『周作人日記』（一九九六年に大象出版社より影印）によれば、その一九三四年九月三十日の条に「目加田小川二君来訪」とある。

(142)　桂花［中 guìhuā］木犀。文脈より推測すると、この日訪問した周作人氏の宅中に咲いていたものをプレゼントされたか。

第七巻

（昭和九年十月一日～十二月二十五日）

当時の絵葉書より

昭和九年十月一日

木犀の香漂ひて秋深みたり。けふ十月の一日と云ふに、空曇り風冷たく、冬服を身につけて尚寒さを覚ゆ。今年、北京の気候は特に例年と異なれりと云ふ。然れども已に冬遠からず。樹葉漸く凋落す。

午前中、小川君と中国大学にゆく。

午後、奚、常両氏。

夜、小川君と東安市場にゆき橋川氏に逢ふ。市場にて『太白』(1)（大衆語(2)提唱の雑誌）創刊号、『紅楼夢伝奇』(3)など買ふ。

夜『三十三年落花夢』(4)をよむ。

十月二日

天尚寒し。終日陽を見ず。

午前中、又中国大学にゆく。

午後、奚、常両氏。

周豊一君来り、北大旁聴(5)料領収書を持参(6)。

『三十三年落花夢』（漢訳）読了。

十月三日

空晴れたれど天寒し。

午前、中国大学にゆく。

午後、奚、常両氏。

夜、浜君来る。小川君と三人、石原にゆく。

憂鬱也。

十月四日

朝、中国大学にゆき、遂に手続を完了せり。

（1）一九三四年に創刊された中国白話文の半月刊行の文学雑誌。上海生活書店出版。陳望道を総編集とし、他に鄭振鐸、朱自清、郁達夫などが編集に加わった。一九三五年の停刊まで、全二四期を出版した。創刊号の徐懋庸「要辦一個這様的雑誌」において「大衆語」と「大衆文化」が提唱された。論文の他に、大衆語で書かれた散文、科学小品文（エッセー）などが掲載された。太白は金星の別名、夜明けが近いことを意味する。

（2）大衆語［中dàzhòngyǔ］一般大衆の口語に近い書き言葉。当時、日本の言文一致運動に呼応して中国でも同様の運動が起こっていた。

（3）清の仲振奎（一七四九～一八一一）作。小説『紅楼夢』と逍遥子の『後紅楼夢』をもとにした戯曲作品。全五六齣、最後は賈宝玉が林黛玉と結婚し、高官となって大団円となる。嘉慶四年（一七九九）緑雲紅雨山房初刻本、同治二年（一八六三）抱芳閣刻本、光緒三年（一八七七）上海印書屋活字本等がある。大野城市目加田文庫に大達図書供応社版（全二冊、一九三四年）がある。

（4）宮崎滔天（一八七一～一九二二）の自伝的小説『三十三年之夢』（一九〇二年）の中国語訳。来日した孫文を援助し、東アジア各地を往来したことを描写する。革命思想を鼓吹して、当時の中国に大きな影響を与えた。一九〇四年一月、上海国学社が初版。同年大達図書供応社、中国研究社、出版合作社等からも出版された。訳者金天翮（一八七三～一九四七、字は松岑）は江蘇省呉江の人。小説『孽海花』の一部分を執筆したことでも有名。筆者は論文「孽海花」に「金松岑の訳した三十三年落花夢は中国でも愛読されたもののようである。孽海花二十八回あたりに出てくる日本浪人天弢竜伯に宮崎滔天の面影を見せていることも考慮に入れていいと思う」と述べる。（『目加田誠著作集第四巻　中国文学論考』所収）

（5）旁聴［中pángtīng］講義を聴講すること。

（6）当時留学生仲間だった小川環樹は、「北大の講義は、それもなかなか聴かしてくれなかったんだけどね、最後に周作人に頼んで紹介してもらって、それでやっと聴講できるようになったんですけどね」と述べている（『小川環樹著作集第五巻』筑摩書房、一九九七年、四三〇頁）。その後の実際の手続きは息子の周豊一が取りはからったのであろう。

秋の日ざし、木犀かほる。

午後、奚、常両氏。

夕方寒く、心細くわびしかる也。

河村善生君より手紙、宮庄静人さんの死を知る。

夜、皆で酒をのむ。

十月五日

午前六時半、起床。七時半、家を出でゝ（小川君と共に）中国大学に聴講にゆく。

八時より十時迄、孫人和氏「詞学及詞選」(7)。孫氏（塩城人）の言葉は元より難解の定評あり。而もかほど迄とは思はざりしが、講義をきゝて（プリントなし）熟知の人名、書名、其他のことは殆どきゝとれず、誠に悲観せり(8)。

十時より十二時、陸宗達(9)「音韻原理及其沿革」。この人の言葉は又孫氏と反対に殆ど一語を残さず了解し得たり。されど講義の内容、興味なし。

午食は街に出でゝ簡単にすます。

一時より三時、呉承仕氏「説文」(10)。之は言葉の程度は前両者の中間位にて、わかる処もありわからぬ処もあり。されど話の内容はほゞ察しえて却って興味あり。実に支那語のむつかしき事を嘆ず。

四時、疲れて帰る。

常氏来れども今日は支那語をよむ元気なく疲れて只話をせしのみ。

兪君来る。誘はれて哈爾飛(11)に戯曲学校「四郎探母」(12)を見る。

帰途、星冴えたり(13)。

忙がしき一日了り、疲れてねる。

(7) 孫人和（一八九四～一九六六）、江蘇省塩城県の出身。民国十八年より中国大学国学系教授。著書に『唐宋詞選』（三友図書社、一九四六年）などがある。また、昭和三年から二年間北平に留学した倉石武四郎は、この孫氏宅に下宿していた。頼惟勤「倉石武四郎博士略歴」（倉石先生還暦記念号『中国の名著―その鑑賞と批評―』勁草書房、一九六一年）参照。

(8) 留学中の大学授業について筆者は後に次のように回想している。「中国大学には文字学の呉承仕、詞（塡詞）の孫人和などという先生が居た。しかし多くは江蘇省出身の先生で、孫人和は揚州塩城の人、その言葉がまるで分からない。当時北京の大学では、各時間の授業には、あらかじめ講義内容を印刷して配り、これを『講義』といっていたが、それと黒板に書かれる字を見ながら、ほぼ教授の話を理解することができた。隣席の中国人の学生が、私のひじをつついて、『今どこだ』ときくから『ここだ』と教えると『うん、そうか』といって『講義』をたどっていた。同じ中国人でも北の学生に南の言葉はまるで分からなかったのである。中にはきれいな北京語で講義する若い先生も居たが、そういう人の講義はまことにつまらない。」（「大学」、『随想　秋から冬へ』所収）。
　また筆者と共に孫氏の講義を聴講していた小川環樹も「（孫先生は）プリントをくばられるからね、テキストだけは分かるんですがね。それについて何と言わはったんかその説明の方はよく分からへん」と、当時孫氏の方言に苦労したことを回想している（『小川環樹著作集第五巻』四三四頁）。

(9) 陸宗達（一九〇五～一九八八）、祖籍は浙江省慈溪県だが、北京生まれである。章炳麟（一八六九～一九三六年）門下である黄侃（一八八六～一九三五）の弟子で、文字学や音韻学を専門とする。近年、陸氏の講義録を整理した『陸宗達文字学講義』（郁亜馨、趙芳編、北京師範大学出版社、二〇一四年）が出版された。

(10) 呉承仕（一八八四～一九三九）、安徽省歙県の出身。光緒三三年（一九〇六）二十四歳の時、首席で科挙に及第（翌年より科挙廃止）。初め官界に入るも、後に章炳麟に師事し学問に専念。中国大学、北京師範大学教授を歴任した。橋川時雄『中国文化界人物総鑑』一三三頁参照。著書に『経典釈文序録疏証』（中国学院出版科、一九三三年）などがある。また小川環樹はかつて呉氏の授業について、「何というか余談の多いものでした。突然ですけど、たとえば章太炎先生は北京語が大きらいであったとかね、北京官話を話す人間を非常に軽蔑していたとか」と回想している（『小川環樹著作集第五巻』四一二頁）。

(11) 一九三〇年西単牌楼旧刑部大街に開業した劇場。「哈爾飛 hāěrfēi」は英語の HAPPY の音になぞらえたものといわれる。照明などに本格的な設備を導入し、二階席を合わせて六〇〇人が収容可能であった。梅蘭芳がこけら落としに「貴妃酔酒」を上演した。

(12) 京劇の人気演目の一つで、明代の小説『楊家将演義』の一節に題材を取る。なお作者は以前にもこの映画版を見ている。この日記の昭和八年十二月十二日の条参照。

(13) この日は旧暦の八月二十七日に当たり、月が

十月六日

朝遅く起きる。

午後、奚氏を昨日の分と合せて二日分読み、百四、五回[14]を読了。常氏。

夜、小川君と中華公寓に桂君を訪ふ。

床に入りて『人間詞話』をよむ。

十月七日

うすく空霞みて、春の如き日なり。

午後、操場[15]に日本人運動会あり。小川、浜君と之を見る。桂君も加はりて中山公園に遊ぶ。

夜、桂君、一緒に宅にて食事。

まさえさんより手紙。ますよ鎌倉に行きたる由。安心の如く、又今後の養生心配なり。返書を認む。

十月八日

午前、小川君と北京大学にゆく。

景山書社にて『文哲季刊』[16]古きもの二冊（清代両詞人恋愛）及『国学季刊』[17]（新出版胡適の石頭記鈔本について）を求む。

午後、奚、常両氏。

夜、浜君、葡萄酒を持参。之をのみて酔ひ、芝居談に耽る。

十月九日

朝、趙君来る（陳といふ男同伴にて）。昨日の雑誌などよむ。

午後、奚、常両氏。

世古堂来り、『樊山集』[18]持参。

夜、趙君と和平門外の日本語学校訪問。

見えない。

(14)『紅楼夢』第百四回「酔金剛　小鰍の大浪を生ずること、痴公子　余痛の前情に触るること」。第百五回「錦衣軍　寧国邸を査抄（差し押さえ）すること、驄馬使　平安州を弾劾すること」。賈家のこれまでの悪事の数々が遂に露見する。

(15)操場［中 cāochǎng］運動場。

(16)『国立武漢大学文哲季刊』第一巻第三・四号（一九三〇、三一年）所収の蘇雪林「清代男女両詞人恋史的研究」上下二篇を指す。上篇は納蘭性徳、下篇は清代の女性詞人である顧太清のそれぞれの作品中の表現と彼らの異性関係について考証。蘇雪林（一八九七～一九九九）は浙江省瑞安出身の学者。北京高等女子師範学校で胡適に学び、後に東呉大学、武漢大学教授を歴任。戦後は台湾に渡る。

(17)『国立北京大学国学季刊』第三巻四号（一九三二年）所収の胡適「跋乾隆庚辰本脂硯斎重評石頭記鈔本」を指す。当時新発見の資料であった清の乾隆二五年（一七六〇）の『紅楼夢』鈔本（庚辰本）の本文や評注、版式などについての調査報告である。なお、胡適が調査を行った庚辰本や、現存最古の『紅楼夢』鈔本である己卯本をはじめとする手抄本は、従来の通行本である百二十回本（程本）よりも原作者曹雪芹の筆に近いとされ、「脂硯斎評本」と通称される。『紅楼夢』の成立とテキストの流伝については伊藤漱平「脂硯斎と脂硯斎評本に関する覚書」（『伊藤漱平著作集第一巻・紅楼夢編』二〇〇五年、汲古書院）に詳しい。ちなみにこの時筆者が購入した二種の雑誌は現在九州大学附属図書館所蔵。

(18)樊増祥（一八六四～一九三一）の詩文集。全二八巻。光緒十九年（一八九三）刊行。樊増祥は字は嘉父、号は樊山。湖北省恩施市の人。光緒三年（一八七七）に進士及第、渭南任知県を務める。辛亥革命後は北京に閑居、酒と詩作の日々に明け暮れた。橋川時雄『中国文化界人物総鑑』七二三頁参照。

帰りて『樊山集』を拾ひよむ。

十月十日（双十節[19]）

午前中、読書。

午後、小川君と南横街の兪君を訪ねて逢はず。

陶然亭にゆく。芦葉人の丈より高く、空は紺碧に高し。

交民巷の陸軍兵営に御真影下賜紀念祭あり。余興を五分間ほど見て返る。

夜、読書。

十月十一日

午前中、北大にゆき馬廉氏「小説史問題」の講義をきく。十一時～十二時。

午後、奚氏、常氏。

来薫閣、『雨窓欹枕集[20]』を持参、その中「董永遇仙伝[21]」などよむ。

夜、小川君と本仏寺[22]の八木、赤堀二君を訪ふ。

十月十二日

朝七時起床。

八時より十時まで、中国大学孫人和氏の講義。

十一時～十二時、北京大学にて馬廉氏の講義。

一時～三時、又中国大学にて呉承仕氏の講義。

西単商場を歩きて四時半帰宅。

夜、浜君来る。

十月十三日

午前中、読書。桂君、赤堀君、一寸来る。

午後、奚氏二日分、常氏。

(19) 中華民国の建国記念日。辛亥革命の発端となった武昌蜂起が起きた日（一九一一年十月十日）を記念する。現在でも「中華民国国慶日」として台湾の祝日に制定される。

(20) 明の嘉靖年間に杭州銭塘の出版家である洪楩が刊行した話本小説集。一九三三年に馬廉が寧波で購入した古書群の中から明の天一閣旧蔵の『雨窓集』『欹枕集』残巻を発見、これに『雨窓欹枕集』と名づけ、一九三四年八月に平妖堂からこれら残巻の影印版を出版した（大阪市立大学図書館に来薫閣刊行とするものが所蔵される）。なお、馬廉による『雨窓集』『欹枕集』の発見は、この日記の昭和九年の四月十四日の条に「『大公報』ニ『清平山堂話本』ノ姉妹本発見ノ記事アリ（馬廉氏）。天一閣ヨリ散出セシモノ」と記されている。日本では入矢義高氏による翻訳がある。『宋・元・明通俗小説選』（中国古典文学大系第二五巻、平凡社、一九七〇年）参照。

(21) 『雨窓欹枕集』中の一篇で、東晋の干宝の志怪小説集『捜神記』に見える故事を題材とした作品。漢の董永は貧しいながらも年老いた父によく仕えたが、その父が亡くなった際に自分の身を売って葬式費用を賄おうとする。天帝は董永の孝行に感動し仙女を董永のもとへ遣わし、二人は夫婦となる。やがて仙女は天に帰るが、董永は大臣に出世する。二人の間に生まれた息子は仲舒と名付けられ、父董永の死後に登仙する。

(22) かつて東城吉兆胡同にあった在外日本人のための宗教施設。この頃は下宿も経営していた。

北京大学。筆者のアルバムより

夜、少し酒をのむ。東安市場にて『蘇曼殊全集』(23)（開華書局版）及『越縵堂詩話』(24)を求む。

東単牌楼にて茶をのんで帰る。

金相場下りて百円＝七十四元也。

十月十四日（日）

朝より風凄く、落葉庭に満つ。

午前中、東安市場に『胡適文選』(25)を求めにゆき見当らず、『天游閣詩集』(26)を買ふ。

午後、小竹、小川、山室三君と共に後門米糧庫胡同に胡適之氏を訪問(27)。氏の所蔵の鈔本『脂硯斎重評紅楼夢』(28)を見る。第十三回秦氏の死のところ(29)最も注意すべし。鼓楼大街の品古斎にて楠本氏依頼の墨を求む。

夜、風蕭条として庭の樹をならす。

ますよより手紙。

十月十五日

昨夜早く就寝せしに十時半に至りて目覚め、再びねつかれず。それより二時半まで詞韻(30)の事を調べ、従来不明瞭なりしこと明かとなれり。

けさ九時起床。

午前中、詞に関する孫人和の去年のプリントに見ゆる参考書につき調べ、且つ大曲、法曲(31)に関して悟るところあり。

午後、奚、常両氏。

夜、寒し。火を恋ふ。

十月十六日

---

(23) 蘇曼殊（一八八四～一九一八）の作品集。柳亜子の編で一九二八年に北新書局から刊行された（開華書局版は広島大学に一九三五年出版のものが所蔵される）。蘇曼殊（本名子谷。のち玄瑛と号す。曼殊とは法号）は清末から民国初年の文人。中国人商人の父、日本人の母のもと横浜で生まれる。早稲田大学高等予科、成城大学に学び、陳独秀等と交際、中国革命団体に参加する。のちに出家、中国各地で教師をしながら『バイロン詩集』『レ・ミゼラブル』等の欧米文学作品を翻訳した。また柳亜子の発起による文学結社である南社にも参加した。代表作に『断鴻零雁記』がある。橋川時雄『中国文化界人物総鑑』七九八頁（蘇玄瑛）参照。

(24) 李慈銘の『越縵堂日記』より詩歌及び詩話を抜粋しまとめたもの。全三巻。編者は蒋瑞藻（一八九一～一九二九）。筆者が購入したのは一九二五年に上海商務印書館より刊行された上下二冊の鉛印本である。

(25) 『胡適文選』は、一九三〇年十二月に上海の亜東図書館より出版された。胡適の講演録をまとめたもの。

(26) 清の女性詩人顧太清（一七九九～一八七七）の詩集。『詩集』七巻と詞集『東海漁歌』六巻の全十三巻。この時購入されたのはその活字本（神州国光社刊）であろう。顧太清は満州鑲藍旗人の出身。本来の姓は西林覚羅、名は春。太清は道号である。皇族の多羅貝勒奕絵の側室で、その『天游閣集』の原本は義和団事変の際に失われたが、その鈔本が現在日本の杏雨書屋（武田科学振興財団）に蔵されている。

(27) このときの筆者の胡適邸訪問の回想は、その随筆「胡適の死」（『洛神の賦―中国文学論文と随筆』所収。また『目加田誠著作集第八巻』所収）に見える。
　また『胡適日記全集』（曹伯言整理、台北・聯経出版公司、二〇〇四年）によれば、民国二十三年（一九三四）十月十四日の条に「有日本青年学者小川、山室、目加（ママ）三人来訪」とある。

(28) 胡適の所蔵する『脂硯斎重評石頭記』は、紅楼夢の最も古いテキストとして貴重である。乾隆十九年（一七五四）の写本であり、その干支によって「甲戌本」と呼ばれる。全十六回分（第一～八回、第十三～十六回、第二五～二八回）のみが現存する。旧蔵者は清末の蔵書家劉銓福で、一九二七年に胡適が上海で購入した。胡適の死後、アメリカのコーネル大学図書館に寄贈されたが、現在は中国に戻り、上海博物館に蔵されている。任暁輝「甲戌本石頭記論略」（『河南教育学院学報・哲学社会科学版』二〇〇七年第三期・第二六巻総第一〇七期）参照。

(29) 甲戌本第十三回に見える脂硯斎の評語には、この回の題目は、もと「秦可卿、天香楼に淫喪す」であったが、悲切きわまりないので、のちに作者曹雪芹がその死の場面などを削除させたことが記されている。

(30) 宋代以降に流行した曲子詞（填詞）の押韻や平仄に関する規則。

(31) 「大曲」は漢代以来中国の宮廷に伝わっていた伝統音楽で、唐代にそのおおよその分類が確定した。一方「法曲」も同じく中国伝統の音楽であるが、道教の儀式などで用いられ、また民間にも伝わっていたもの。これも隋唐時代に確立された。

けふ重陽の節句なり。

天高く気澄み菊花薫る。鳩笛[33]の音、空に高し。

朝、山本君、蒙古[34]より帰る。

午後、奚、常両氏。

夕方、小川君と散歩す。

夜、山本君を招きて食事、蒙古の話つきず。

十月十七日

午前中、郵便局にゆきて井上氏及九大の金合計七十九円五十銭うけとる。

通学斎[35]にゆきて井上氏の二十六元五角三を支払ふ。

帰宅、金を数ふるに十元不足す。郵便局にゆきて交渉。

小川、山室二君と北海にゆく。秋の水痩せて北海も淋しくなれり。

夜、手紙をかき、本などよむ。

十月十八日

けふも美しき日なり。

朝、郵便局より電話。きのふの間違ひの十元をうけとる。

北大にゆきしも馬廉氏休み。浜君と共に帰る。

午後、奚氏。常氏。

夕方散歩に出て、兪君に逢ひ、共に東安市場にゆき『樊山集外』[36]及『道咸同光四朝詩史』[37]を買ふ。夜、之をよんで面白し。

十月十九日

朝より中国大学にゆく。孫氏の言葉依然として難解なるもけふはプリントありし故、少しはわかる。

一度帰りて『樊山集外』中の人物を調べる。

(32) 旧暦の九月九日。菊の節句として、長寿を祈る。

(33) 中国語では鴿哨[中 gēshào]という。鳩の羽根に竹や木などで作った笛をくっつけて空に放ち、その音を楽しむ北京独特の秋の風物詩。この日記の昭和八年十月三十日の条にも見える。

(34) 内モンゴル自治区。当時ソ連の保護下にあった外モンゴルに対し、中華民国の領域内にあった。なお、この日記にしばしば登場する赤堀英三は、翌昭和十年秋に東亜考古学会派遣の調査員として江上波夫（一九〇六～二〇〇二）とともに内蒙古を巡検調査している。赤堀英三「内蒙古百霊廟古墳人骨」「黄羊高原便乗巡検記」（ともに赤堀著『中国原人雑考』所収、六興出版、一九八一年）参照。

(35) 通学斎は琉璃廠にある書店。

(36) 清末民国初の詩人樊増祥（一八四六～一九三一）の詩集。『樊山集外』は、民国三年（一九一四）上海の広益書局より石印本が出版されている。作者が晩年を過ごした清末の北京の様子を伺うことができる。

(37) 清代の後半道光（一八二一～五〇）、咸豊（一八五一～六一）、同治（一八六二～七四）、光緒（一八七五～一九〇八）四代に詠まれた詩とその詩人の伝記をまとめた詩集。編集者は孫雄。全十六巻。宣統二年（一九一〇）の刊本がある。

北海での筆者。筆者のアルバムより

午後、再び電車にて中国大学にゆき、呉承仕の『説文』(38)をきき、帰途、哈爾飛にて切符を買はんとして懐中の金の紛失に気付きたり。再び中国大学にゆきて調べしも元より見当らず。電車の中にてすりとられしを知る。蟇口中十数円あり（九大より托せられし金）。

口惜しき事なり。

十月二十日

朝、琉璃廠にゆく。藻文堂にて世徳堂刊『拝月亭』(39)を見たり。百元といふ。

午後、奚氏。

常氏はこちらより休む。

夜、坪川君と語る。

小川君と哈爾飛に荀慧生の「紅楼二尤」(40)を見る。不愉快なり。

十月二十一日

日曜。風強し。

金、未だ来ず。河村よりの手紙にて十四日に送金せし由。計算して到底金の足らざるに煩悶す。

午前中より浜君来る。

午後、山本君、真武君(41)来り。家の山室、小川君も加はり賑かに語る。

十月二十二日

午前中読書。午後、奚、常両氏。

常氏をけふにてことわる。満一ヶ年なり。何となく淋しきここちす。

(38) 段玉裁『説文解字注』をテキストとした文字学の講義。

(39) 関漢卿の雑劇『閨怨佳人拝月亭』にもとづき、元末の劇作家施君美が四〇幕に改編した戯曲台本。明の万暦十七年（一五八九）金陵（南京）の書肆である唐氏世徳堂本が出版したもの。

(40) 荀慧生（一九〇〇～一九六八）は当時の京劇「四大名旦」として梅蘭芳、程硯秋、尚小雲と並び称された名優。この日は荀自身が台本を書いた『紅楼夢』に登場する尤二姐と尤三姐姉妹の劇である。性格が真逆の姉妹の二役を荀慧生一人で演じ分けるのが見どころ。

(41) 真武直（一九〇六～一九九六）、福岡県宗像市出身。昭和九年七月広島文理科大学より外務省第三補給生として北平へ留学した。戦後は福岡教育大学教授。またその傍ら九州大学にも中国語の非常勤講師として長らく出講した。昭和三六年（一九六一）「日華漢語音韻論考」により九州大学にて文学博士を取得。『目加田誠博士還暦記念中国学論集』（大安、一九六四年）に論文「両周秦漢韻文の用韻から見た夏音と楚音」を寄稿している。著書に『日華漢語音韻論考』（桜楓社、一九六九年）、『漢字形音義の構造論的体系研究』（日本学術振興会、一九七六年）がある。

楠本氏に墨を送る。

夕方、小川君と散歩。

蔡元培『石頭記索隠』(42)、『国学論叢　王静安紀念号』(43)及『紅楼夢写真』(44)（石印ノ絵）を買ふ。

十月二十三日

午前中、読書。

午後、山室君引越し。

奚氏。

親男君より手紙、静人君の死、悔みの手紙を直ちにかいて出す。

夕方、山室君の新居(45)を訪ふ。小川、山本両君と共に。浜君も加はり一緒にそばを食ふ。

北大の学生との茶話会の談話筆記につきて問題起る。余、出席せざりしは之を予め慮れば也。けふ寒さきびし。

十月二十四日

午前中、小川君と輔仁大学にゆく。寒風堪えられず。

午後、奚氏。

夕方、浜、山室両君。

桂君、瀧沢氏(46)来り、一緒に富源楼(47)に世古堂に招かる。

十月二十五日

午前中、馬廉氏の講義。

午後、奚氏を了り、文化事業にゆき、小竹君訪問。赤堀君に逢ふ。赤堀君と共に隆福寺にゆき、朱の硯を買ひ、中原公司にて饅頭を食べて帰る。

---

(42)　蔡元培（一八六八～一九四〇）『石頭記索隠』（商務印書館、一九一七年）。雑誌「小説月報」に連載されたものに二篇の付録論文（銭静方「紅楼夢考」、孟森「董小宛考」）を付けて刊行された。『石頭記』は『紅楼夢』の原名で、索隠とは書中に隠された真事実を探ることを指す。蔡元培は、本書冒頭で「『石頭記』は清康熙朝の政治小説なり」と述べ、滅満興漢を狙いとした諷刺文学であると主張した。該書は大野城市目加田文庫蔵。

(43)　『国学論叢』第一巻第三号、清華学校研究院編、民国十七年（一九二八）四月発行。前年の六月二日（旧暦五月三日）頤和園の昆明池で入水自殺した王国維の追悼号。梁啓超の序、王国維の遺著六篇（韃靼考、萌古考、黒車子室韋考、蒙古札記、宋代之金石学、唐宋大曲考）のほか、趙万里による年譜及び著述目録、呉其昌と劉盼遂による業績記録、付録として陳寅恪の挽詞を収録する。該書は大野城市目加田文庫蔵。

(44)　蔡康著、王釗画『紅楼夢写真』、全六十四幅。民国年間、雲声雨夢楼より刊行された石印の綫装本。『紅楼夢』第一回～第三二回の挿絵を載せる。

(45)　住所は黄化門大街。『目加田誠博士還暦記念中国学論集』に収める山室三良「想ひ出」によれば、「昭和九年六月合歓の花咲く北京站に降り立った私は、目加田さんと小川環樹さんとに迎えられ、そのまましばらくお二人の下宿南池子中根家に厄介になった。……当時私は、北京の真中、景山のうしろ黄化門大街に住んでいた。広い屋敷の中にボーイを相手に唯一人生活していた」とある。

(46)　滝沢俊亮（一八九四～一九七九）。岡山県出身、早稲田大学高等師範部国語漢文科三年退学。大正十二年（一九二三）中国へ渡り旅順、鞍山、奉天中学校等に勤務、大正十五年（一九二六）～昭和三年（一九二八）、昭和九年（一九三四）～十一年の二度満鉄留学生として北京に派遣された。戦後は、早稲田大学高等学院、桜美林大学等で教鞭を執った。著書に『和漢現代支那研究書目未定稿』（中日文化協会、一九三〇年）、『満洲の街村信仰』（満洲事情案内所、一九四〇年）、『中国の思想と民俗』（校倉書房、一九六五年）などがある。『中国の思想と民俗』所収「思い出の記、四、北京」で、「西城に棲んでおられた橋川時雄さん御一家、……九州大学の目加田誠さん、……浜一衛さん、……その他多くの方々のご指教を得て見聞を広めたことは私の生涯にとって何物にも換え難い至宝となった」と綴っている。

(47)　北平にあったレストラン。鄧雲郷『北京の風物―民国初期』（原題『魯迅与北京風土』井口晃・杉本達夫訳、東方書店、一九八六年）では清末『燕市積弊』を引用し「飯館は、大中小の三つの等級に区分され、……通聚館、富源楼、同和館、致美斎などは、いずれも中等の飯館である」と紹介している。

十月二十六日

朝、中国大学孫氏、十一時より北大にて馬廉氏。

午後又中国大学呉承仕氏。

小川君と琉璃廠にゆき商務印書館にて『石遺室詩話』(48)を買ふ。

夜、山本、桂君来る。

東京より遂に金来る。

十月二十七日

午前中、天津銀行にて金をうけとる。山室君を訪ねて借りたる金を返す。

午後、奚氏。

『紅楼夢』を遂に読み了れり(49)。十ヶ月に近く、日日回を追ふて読み来りしに、曾て一日たりとも興味を失ひしことなし。さ乍ら心の糧の如く、日日に楽しみ来りしを遂に百二十回をよみ了りて、却って淋しさを覚ゆ。

夜、山本君、小林君（慶応出身）を伴ひて来る。

十月二十八日（日）

朝、八木、赤堀、中西の三君来る。

秋深けれど陽あたたかに、風もなき麗らかなる日なれば、小川君、浜君も加はり、一同にて東便門(50)を出で、舟を傭ひ二閘(51)に遊ぶ。芦花両岸に茂く、一道の水路蒼空をうつして、真白き鴨群をなして泳ぐ。二閘より畑の中を仏手公主の坟(52)に至る。紅葉日に映じて燃ゆるが如し。小さき石人、石馬あり(53)。二閘の茶店、趣深きものなり。三時すぎ、又舟にて東便門に返る。快き散策なりき。秋の北京郊外を今日は心ゆく迄味ひたり。

石馬に乗って記念撮影。筆者のアルバムより

(48) 陳衍『石遺室詩話』。道光以後の詩人を取りあげて批評したもの。彼は中国詩の盛行期は、盛唐の貞元、中唐の元和、北宋の元祐であるとする「三元説」を提唱した。本書は、はじめ梁啓超主幹の雑誌「庸言」（庸言報館刊、一九一二年十二月～一九一四年六月）に掲載され、一九一五年広益書局より十三巻（石印本）が刊行され、さらに一九二九年に商務印書館より三十二巻（排印線装本）が出された。著者の陳衍（一八五六～一九三七）は、字叔伊、号は石遺又は石遺老人、福建省侯官（福州市）の人。光緒二四年（一八九八）張之洞に召されて湖北省武漢へ赴き、その後、経済学を専攻して北京大学や厦門大学などで教鞭を執った。詩作では鄭孝胥とともに同光体を標榜し、北宋の王安石や南宋の楊万里の詩風を重んじた。鈴木虎雄「陳石遺の詩説」（『支那文学研究』所収、弘文堂、一九二九年）および橋川時雄『中国文化界人物総鑑』四五一頁参照。

(49) この日記の中で筆者が『紅楼夢』を読み始めたのは、この年一月三日の条に東安市場の書店で亜東図書館版の『紅楼夢』を買ったのが最初であった。そして翌日より奚先生の中国語授業で第一回から読み進められた。

(50) 東便門は北京外城の東南に位置する城門。明の嘉靖年間に蒙古侵攻の防備を目的として建てられた。現在は国家重点保護単位（日本の重要文化財に相当）に指定。

(51) 二閘は、明の嘉靖年間に東便門から通州へと向かう通恵河に設けられた五つの水門の一つ。東便門から数えて二番目に位置することからこのように通称された。正式には慶豊閘。清代から北京市民の遊覧地として知られ、夏の中元節に灯籠流しを行う風習があった。安藤更生『北京案内記』（新民印書館、一九四二年）参照。現在は慶豊公園と呼ばれる。

(52) 仏手公主は、清乾隆帝の第四女である和嘉公主（一七四五～一七六七）の通称。生まれつきその手指に水かきがあった。坟［中 fén］は、墳墓。二閘に程近い建国門外松公坟村にあり、当時、北京在住の日本人の間でも「紅葉寺」と呼ばれていた。前掲の安藤更生『北京案内記』参照。

(53) 中国の貴人の墳墓には一般にその墓道に石彫の人物や動物の像が並んでいる。

十月二十九日

文奎堂に九大の金五十七元余支払ふ。

世古堂に十元余。

所々に手紙をかく。

塩谷先生、河村憲、河村久、修、九大田中、遠藤[54]（先日『長恨歌研究』を贈られし礼）。

東安市場にて『詞学季刊』[55]三冊買ふ。

夜、北大旁聴について骨折りをたのみし周君[56]を招き、小川、浜君達と、ロシヤアパートにて食事。其後、平安に活動を見る。

帰宅、『石遺室詩話』をよむ。

本屋が『半厂叢書』[57]（先日購入、套子を作らせしもの）を持参、七元五角。

就寝二時。

十月三十日

薄曇、起来[58]遅し。

午後、奚氏。今日より『儒林外史』[59]を読み始む。

中根の小母（をば）さん、引越のことを持ち出す。我ら亦従って家を求めて移らざるを得ず。誠に面倒なり。

十月三十一日

午前中、読書。

午後、黄節[60]の魏武帝詩[61]の講義をきく。言葉少しも解らず。

夜、小川君と吉兆胡同[62]を訪ふ。赤堀、山本、八木、布施君達と食事。

風吹き出でて寒気加はる、而れども夜中ストーブはまだ熱し。

(54) 遠藤実夫。その著書『長恨歌研究』（建設社）は一九三四年九月に刊行された。昭和六年（一九三一）九州帝国大学文学部卒業。当時、九州大学中国文学講座には専任教員が不在であったため（目加田誠が実質上初代の専任教員）、東京大学の塩谷温が兼務してその指導に当たった。

(55) 『詞学季刊』は一九三三年九月、上海民智出版より発刊。詞学に関する研究雑誌で、主編は龍沐勛（一九〇二～一九六六）。第二巻以降は開明書局の発行、一九三六年に第三巻第四期で停刊する。このとき第二巻第一期までが発刊されている。

(56) 周作人の息子、周豊一を指す。

(57) 清末の譚献（一八三二～一九〇一）編『半厂叢書』。龔橙『詩本誼』一巻、張鑑『西夏紀事本末』三六巻、舒夢蘭輯・謝朝徴箋『白香詞譜箋』四巻、呉懐珍『待堂文』一巻、また譚自らが著した『篋中詞』『復堂類集文』『復堂日記』『合肥三家詩録』『池上題襟小集』などを収める。

(58) 起来［中 qǐlái］起き上がる、起床。

(59) 当時『紅楼夢』についで呉敬梓『儒林外史』も北京語学習の最良の教科書として用いられていた。

(60) 黄節（一八七三～一九三五）は、字玉昆、広東省順徳の人。一九二九年より北平大学、清華大学、北平師範大学などで教鞭を執る。著書に『魏武帝魏文帝詩注』（商務印書館、一九六一年）などがある。また筆者は顧炎武詩の講義も受けている。橋川時雄『中国文化界人物総鑑』五五六頁。

(61) 三国魏の曹操（一五五～二二〇）。

(62) 朝陽門大街の北側にあった胡同。もと「鶏爪（鶏罩）jīzhǎo 胡同」と称していたが、中華民国の国務総理段祺瑞がここに居を構えた際に、同音の「吉兆」に改名した。この後、ここにある日本人のための仏教寺院本仏寺に小川環樹が下宿することになる。

筆者のアルバムより

【欄外注：塩谷先生、楠本氏ニ手紙】

十一月一日

風吹き砂塵飛び、落葉路上に舞ふ。
午前、馬廉氏の講義。
午後、読書（奚氏来らず）（『半厂叢書』をよむ）
夜、小川君と文化事業部にゆき、橋川氏と語り、其後小竹氏を訪ふ。

【欄外注：ます代、ちづ子、吉田、星川[63]ニ手紙】

十一月二日

朝、孫氏の講義に行けず。

馬廉氏の講義に出る。

午後、中国大学にゆきしも、呉承仕休み。

宣内[64]の本屋にて『林黛玉筆記』[65]を買ふ（をかしなもの也）。

商務印書館にて四部叢刊影印藤花榭本『説文解字』[66]、直隷にて掃葉山房影印『説文段注』を買ふ。

夕方、山本、山室、浜君一寸来る。

浜君は小川君と共に芝居にゆけり。

夜一人湯より上りて蕩然となる。

銭稲孫氏に電話をかける。

『説文』について『四庫提要』[67]其他を読みて調べ、『段注』を二頁よむ。

近日『説文』に関して頓に眼開きたる心地して嬉し。

十一月三日

午後、小川君と銭氏を訪ふ。

中国大学。筆者のアルバムより

(63) 星川清孝（一九〇五～一九九三）は、筆者の東京大学時代の同窓生。著書に『楚辞の研究』（養徳社、一九六一年）や『明解古文真宝・文章軌範』（明治書院、一九六九年）などがある。

(64) 宣内[中 xuānnèi]は宣武門内大街の略。この日記の昭和八年十月二十三日の条を参照。

(65) 『林黛玉筆記』二巻（世界書局、一九一八年）。著者は喩血輪（一八九二～一九六七）。林黛玉の自筆日記という視点で『紅楼夢』を語る。

(66) 後漢の許慎『説文解字』十五巻は、中国最古の字書。その主要なテキストは五代南唐の徐鍇による『説文解字繋伝』（小徐本）と北宋に入って刊行された兄の徐鉉の『説文解字』（大徐本）の二系統があるが、後者大徐本系統の中では清の嘉慶十二年（一八〇七）に満州人額勒布が覆刻した藤花榭本が刻字も美しく評価が高い。筆者がここで購入したのは民国三年（一九一四）商務印書館による影印本である。現在も大野城市目加田文庫所蔵。また清の段玉裁（一七三五～一八一五）の『説文解字注』（説文段注）は清朝文字音韻学を代表する著作。上海の掃葉山房本は民国十五年（一九二六）刊行。大野城市目加田文庫所蔵。

(67) 清の乾隆帝勅撰『四庫全書総目提要』。その巻四十一経部『説文解字』の項では、その成書過程や文字学の沿革が詳しく述べられている。

銭氏宅に寄寓を依頼す。銭氏、崑曲の話をなして愉快也。

夜、谷村君の家に招かれ、烤羊肉(69)を食ふ。パイカルに酔ふ。

十一月四日（日）

午前中、楊樹達氏の宅にて『説文』の話をきく（瀧沢、竹田等の諸君と毎日曜聴講の約束）。

午後、山室君を訪ふ。

部屋の片づけ。

夜、小川君と活動（光陸「自由万歳」(70)）。

十一月五日

家の片付け。古手紙を焼き、汚れ物洗濯。

夕方、散歩に出で、東安市場にて『燕子箋評釈』(71)を買ふ。

夜、桂君来る。我が銭宅へ引越しの事を他処にてきき甚だ不平の面持。松村太郎の話を持ち来りて誠に人を不愉快たらしむ。

松村を訪問、妻君に逢ふ。実にうるさき世界也。

十一月六日

終日風吹く。

午後、奚氏。

夜、小川君と散歩に出で、浜君を訪ふ。寒き夜、星斗(72)燦然。

桂君の不愉快なる噂などきかされて憂鬱になりし折柄、山室君、浜君の家に来り、彼も亦銭氏の宅に厄介になる事に頼み来れりといふ。

総て訳の分らぬ人々なり。

銭氏宅に引越しの心、頓に薄らぐ。只不愉快極まる。

(68) 崑曲は、明の嘉靖年間に江蘇省昆山（崑山）の魏良輔が創始した舞台歌曲。明の万暦年間以降、中国各地に伝えられ、近世中国の歌劇のもととなった。現在ではユネスコの世界遺産（無形文化遺産）となっている。銭稲孫氏は浙江省出身であるので、北京の京劇よりも親しみを感じていたのであろう。

(69) 烤羊肉[中 kǎoyángròu]は北京の名物料理の一つ。羊肉の焼き肉。また、その食卓にはコーリャン（高粱）で作った蒸留酒パイカル（白乾児 báigānr）が出される。

(70) 「自由万歳」は一九三四年四月公開のアメリカ映画。原題は「Viva Villa!」、ジャック・コンウェイ（Jack Conway）監督、ウォーレス・ビアリー（Wallace Beery）主演。メキシコ革命の英雄パンチョ・ビリャ（Pancho Villa 一八七八～一九二三）の生涯を描く。日本では「奇傑パンチョ」の邦題で配給された。

(71) 明の阮大鋮『燕子箋』は全四二齣の戯曲。唐の書生霍都梁と酈飛雲が安史の乱の混乱の中でめぐりあう恋愛物語。このとき購入されたものは、羅宝珩注釈、湯寿銘評点『注釈評点燕子箋伝奇』（上海、会文堂書局、一九二五年）を指すか。

(72) 星斗[中 xīngdǒu]は、星。

十一月七日

風和ぎ、温かき日となれり。

午前中、『国粋学報』鄧実(73)の論文、章太炎の「新方言」(74)等よみ、音韻の事を考ふ。

午後、山本君を誘ひ、小川君と三人、利瑪竇、湯若望の墓(75)に訪づ。其の石門教会にて葡萄酒を買ひて帰り、浜君をも招きて飲み酔ふ。ますよの病、又々面白からざる模様、むしろ腹立たしくなる。

十一月八日

実に暖き日。朝起きて頭痛。

午前中、北大に馬廉氏の講義、実にくだらぬ。

午後、文化事業に小竹君を訪ねしも留守。

修より手紙来る。又金のこと。

可愛想なれど、今如何にも手が出でず。

夕方、太太、小川君と三人、太廟を散歩。

夜、小竹君来り、山本君送別会の相談。

十一月九日

中国大学。

午後、赤堀君来る。

山室君来る。

桂君来る。

小川、山室、桂三君と酒を飲む。先頃よりの不愉快なる感情を洗ふ。

就寝三時近し。

十一月十日

(73) ここでは『国粋学報』第二年第十三号（第二十五冊）掲載の鄧実「顧亭林先生学記」を指すか。清初の考証学を代表する顧炎武（一六一三～一六八一）の学問について解説した論文。鄧実については橋川時雄『中国文化界人物総鑑』七一一頁参照。

(74) 章炳麟（一八六九～一九三六）は、太炎は字。浙江省余姚の人。「新方言」は『国粋学報』第三年第九号（第三十四冊）から第四年第七号（第四十四冊）にわたって連載された。中国各地の方言について『説文解字』を多く引用しながら考察する。なお章炳麟については橋川時雄『中国文化界人物総鑑』四九八頁参照。

(75) 阜成門外馬尾溝の上義師範学校（キリスト教カトリック系教会学校）の敷地内にあるイエズス会宣教師のイタリア人マテオ・リッチ（利瑪竇／一五五二～一六一〇）、ドイツ人アダム・シャール（湯若望／一五九一～一六六六）の墓。同敷地内には耶蘇教堂（黒山扈教堂、また石門教堂とも）がある。教堂では祭祀等に供するため、一九一〇年に頤和園の西山にある葡萄園で収穫された白葡萄を使用して「上義」という銘柄の葡萄酒を製造していた。

午后、奚氏。

銭宅へ行く。明日より引越し来る事に約束す。

けふ身体疲れたり。湯に入り早く床に入る。

ます代より手紙。

十一月十一日（日）

午前中、楊氏の『説文』に関する講義。今回より三条胡同同学会(76)に席を借りて話をきく。

午后、東安市場にて行李等求め、引越の準備をなす。山室、桂、浜、山本諸君皆来る。小川君を合せて六人にて人力車にて荷物を運ぶ。

夕食に以上の人々に銭氏を加へ、西四同和居にて皆を招く。酒中（あた）り、遂に前后を覚えず。かかへられて床に入る。銭氏宅に移りし第一夜也。

十一月十二日

けさ早く目覚む。昨夜は小林君の夢のみ見つゞけたり。誠に我が寝たる床は小林君の曽つて夜を眠りし床なり。

早く起きて部屋を整理す。

九時半、家を出て中根にゆく。午飯を中根にてすませ、小川君と共に金を換へにゆき、山室君を訪ふ。

山室君と東安市場にて買物し、茶をのんで分る。

夜、銭氏の息(77)（中法高中二年）と少し話す。

一人机に向ひ転居の通知を出す。

夜静かにして遠く物売りの声のみきこゆ。

何となく凡てのものより遠のきし心地、心細く又嬉し。

(76) 同学会とは、東単三条胡同にあった日本人居留民会の公会堂をいう。この日記の昭和八年十一月十八日の条を参照。

(77) 銭稲孫の五男、銭端信。当時中法大学附属高中二年。高中［中 gāozhōng］は高級中学の略、日本の高等学校に当たる。

当時の絵葉書より

［欄外注：義五郎、宮庄、塩谷、服部、高田、楠本、井上、田中、事ム室、学士院、修、河村憲、川副、以上通知］

十一月十三日

七時半起床。この家は日中日当らず寒し。終日ストーブをたきて、室内の空気不愉快なり。

『中国近百年史』(78)をよむ。

午后、奚氏。

『龔定庵全集』をよむ。

夜、文化事業にて山本君送別会を開く。その前に橋川氏と語る。八時半散会。俥上、半月(79)冴えて北海の橋の上を通る時、月、湖にうつりて美し。

十一月十四日

八時起床。

午前中、半厂叢書『復堂日記』(80)中、龔孝拱(81)に関するものを探して四、五を得。

『定庵全集』をよむ。

午後、余りに淋しければ、宣武門内の攤子(82)をあさり、何もなし。梁啓超の『清代学術概論』(83)を買ふ。帰途、西単商場にて影印鈔本『紅楼夢』(84)（八十回本）の大字本を偶然見出して買ふ。二元なり。この書、先頃より探して前函のみは二三見かけたるも、前後函揃ひしものは非常に得がたきが如し。

帰って『清代学術概論』をよみ了る。

兪君来る。少時にして帰る。

夜、又定庵の詞をよむ。

(78) 邢鵬挙『中国近百年史』、民国二十年（一九三一）、世界書局刊。アヘン戦争以降の世界および中国史について、著者が光華大学附属中学にて行った講義内容を整理したもの。表紙題字は胡適の筆。著者の邢鵬挙には他に『西洋史』（師承書店、一九四〇年）、『歴史学習法』（中華書局、一九四七年）などの歴史学関連の著作、およびヨーロッパ文学の翻訳（『何侃新与倪珂蘭』（新月書店、一九三〇年）、『波多莱爾散文詩』（中華書局、一九三〇年）、『勃莱克』（中華書局、一九三二年）がある。九州大学附属図書館には昭和七年受入の同書がある。

(79) この日は旧暦十月七日に当たる。

(80) 譚献『復堂日記』は同治二年（一八六三）〜光緒十七年（一八九一）までの日記で、書籍や詩文書画に関する内容を主とする。なお巻六には頼山陽『日本外史』を読み、その漢文の巧みさを賞讃した記述がある。

(81) 龔橙（一八一七〜一八七〇）は、字孝拱。龔自珍（定庵）の長男。博学にして満蒙の古文に通じた。父自珍の詩詞を集め『定庵集外未刻詩』、『孝拱手抄詞』を編纂した。

(82) 攤子［中 tānzi］は、露店。

(83) 清末の思想家、梁啓超（一八七三〜一九二九）の『清代学術概論』は雑誌『改造』（北京新学会発行）の三巻三号〜五号（一九二〇年十一月〜一九二一年一月）にわたり連載された論文「前清一代中国思想界之蛻貌」をまとめたもの。もとは蒋方震『欧州文芸復興史』の序文として書かれたが、分量が多く独立の著作となった。ヨーロッパの文芸復興と清代の学術とを対比し、科学的研究方法によって中国文明を再評価する。商務印書館、一九二一年初版。小野和子訳『清代学術概論 中国のルネッサンス』（平凡社東洋文庫二四五、一九七四年）参照。

(84) 清末の兪明震（一八六〇〜一九一八）旧蔵の『紅楼夢』抄本を上海有正書局の狄葆賢（一八七三〜一九四一）が入手し、民国元年（一九一二）に石印本で出版、民国九年（一九二〇）にこれを縮印出版した。前者を大字本、後者を小字本と呼ぶ。題簽には『国初鈔本原本紅楼夢』と題するが、版心には「石頭記」とあり、これが原題であったと考えられる。巻頭に戚蓼生の「石頭記序」があり、脂硯斎評のほか狄葆賢による眉批を付録。原抄本は前四十回部分が上海古籍書店に、その書写本と考えられる全八十回抄本が南京図書館に所蔵される。原抄本旧蔵者の兪明震は清末の文人で浙江省紹興の人。字は恪士、号は孤庵。台湾布政使就任直後に台湾の日本割譲が決定され、これに反対して台湾民主国を樹立するが瓦解。本土に戻り、戊戌の変法後は南京江南水師学堂の督弁（校長）となった。当時の教え子の一人に魯迅がおり、『魯迅日記』中の「恪士師」は兪明震を指す。大野城市目加田文庫に『初鈔本原本紅楼夢』（有正書局、一九二〇年、石印本、三函）、『原本紅楼夢』（有正書局、発行年不明、十冊）がある。

(85) 銭稲孫は一九三〇年一月に、西四牌楼受壁胡同にある自宅に書庫「泉寿東文書蔵」を設立し、そこに日本語の図書を多数収蔵していた。鄒双双『「文化漢奸」と呼ばれた男』（東方書店、二〇一四年）第九章、また稲森雅子「銭稲孫の私設日本語図書室「泉寿東文書庫」」（九州大学『中国文学論集』第四六号、二〇一七年）参照。こ

けふ終日兪君と少らく語りし外、誰にも逢はず。淋しけれど嬉し。

十一月十五日

午前中、読書。

十一時より北大にて馬廉氏の講義。いよいよ馬鹿らしきものなり。

午後、奚氏。

銭氏の書庫より『書道全集』(85)六朝の部、及『清朝衰亡論』（内藤）をとり出し、後者を一と息によみつくし、その後、六朝の書を楽しむ。

夕方、山室君一寸来る。

夜、『世説新語』(86)を拾ひよみ、之につきて考ふる処あり。

今少しく『世説』を耽読する必要あり（前田家の『世説』手許になきは残念）。

十一月十六日

端信（銭氏の五男）君と話す、中法大学高中二年生。

七時に起き、中国大学に孫氏の講義。今日は韋荘の詞、仲々面白かりき。

小川君を伴ひて一度家に返り、再び西四牌楼の店にて中食。又中国大学に呉承仕の『説文』を聞く。その后、呉文祺(87)の講演ありしも、一寸顔見ただけで帰る。

帰り、小川君と西単商場の喫茶店にて茶をのむ。女招待(88)なるものを北京に来て始めて見たり。可愛ゆき子なり。

夕方、銭氏、清華より帰り、家族の人々と共に食事し、銭氏酒に些かよひて様々の話あり。

十一月十七日

の日筆者は下中彌三郎編『書道全集』全二七冊（平凡社、一九三〇～一九三二年。うち第五巻が六朝巻）、内藤虎次郎（湖南）『清朝衰亡論』（京都帝国大学以文会編、弘道館、一九一二年）を借りて読んでいる。

(86)『世説新語』は南朝宋の劉義慶が編集した故事逸話集。後漢末から魏晋にわたる間の人々の言行を、徳行、言語、政事、文学など三十六門に分類する。筆者は早稲田大学大学院における演習と研究会の成果として、『世説新語』上中下三巻（新釈漢文大系七六～七八、明治書院、一九七五～一九七八年）を出版している。その際の底本には我が国前田家尊経閣文庫に所蔵される南宋刊本が選ばれている。

(87) 呉文祺（一九〇一～一九九一）は、文字学者、浙江省海寧の人。上海商務印書館編輯、中央軍事政治学校教授、燕京大学講師、北京師範大学講師、中央大学講師。民国二三年（一九三四）に中国学院国学系講師、のち暨南大学文学院教授、復旦大学中文系教授。『辞海』や『漢語大詞典』の副主編として関わる。著書に『整理国故的利器―読書通』（一九二二年、のち『辞通』と改名）、『新文学概要』（一九三六年）、『近百年来中国文芸思潮』（一九四〇年）などがある。橋川時雄『中国文化界人物総鑑』一二五頁参照。

(88) 女招待［中 nǚzhāodài］ウエイトレス。女招待は十九世紀末に上海租界の煙館や茶館に置かれた「女堂倌 nǚtángguān」に始まり、北平では一九二八年に初めて置かれた。設置当初は未認可であったが、一九三〇年に市の認可を得て大いに流行。十九世紀末から始まった女性運動の中で、女性のための新興職業として注目された。だが一九三二年二月、「男性の仕事を奪う」「客を誘惑し風紀を乱す」などの理由から、北平市商会によって取り締まりの対象とされた。王琴「二〇世紀三〇年代北平取締女招待風波」（『北京社会科学』二〇〇五年第一期）参照。

現在の西単喫茶店

近頃本がよめる。『定庵全集』『白香詞譜箋』(89)等々。

午后、奚氏。

山本君、別れの挨拶に来る。一緒に景山に登る。電話で小川君をも誘ひ、景山の上にて三人静かに語る。

黄昏。

山本君と分れ、小川君と少し歩く。この頃、夕暮の散歩程心悲しく憂鬱なるものなし。

中根の家で飯をくひ、電車で帰る。十時。

帰りて又十二時半まで本をよむ。

十一月十八日（日）

午前中、同学会にて楊氏『説文』。

午后、竹田氏訪問。

夕方、銭先生としばらく語る。

夜、八時十五分、火車站(90)に山本君を見送る。感慨無量也。

小川、浜、桂君と茶をのんで別る。

帰りて又一時まで読書。

十一月十九日

午后、琉璃廠に井上氏の金を支払ひにゆく。

『定庵全集』(91)（国学扶輪社）年譜のつけるものを買ふ。

東安市場にゆく。

中根にて、明日引越す小川君とをばさんと三人食事。

帰宅。『白香詞譜箋』をよむ。

十一月二十日

午前中、『定庵全集』をよむ。奚氏来らず。

(89) 清の舒夢蘭編、謝朝徴箋『白香詞譜箋』四巻。唐の李白から清の黄之雋まで五九人、一〇〇篇の詞の名作を集めている。譚献『半厂叢書』所収。

(90) 火車站[中 huǒchēzhàn]鉄道の駅。

(91) 龔自珍『定盦全集』（題簽『諸名家評点精刊龔定盦全集』、封面『精刊定盦全集』）は宣統元年（一九〇九）国学扶輪社刊行の活字線装本。全七冊。最後の第七冊に呉昌綬の「龔先生年譜」を収める。九州大学附属図書館所蔵本は宣統二年の第三版である。

故宮の角楼。当時の絵葉書より

午后二時半、山室君の電話にて家を出で、中根により、小川君に一寸逢ひ、山室君と真光に「エスキモー」(92)を見る。

山室君と東安市場にて食事。それより吉北胡同本仏寺に小川君の引越先を訪ふ。赤堀、八木君達とも逢ふ。

帰途、東四牌楼より俥に乗る。月色皎々たり(93)、故宮の角楼月光の中に浮ぶ。景山、北海さ乍ら夢中を行くが如し。夜の寒さ身に沁(し)む。東四より宅まで四十分。

十一月二十一日

午前中、又『定庵全集』及王韜の『淞浜瑣話』(94)を閲す。

午后、東単牌楼にて理髪。五昌にて金を換へる（八六・四）。

山室君宅にて常氏にあふ。二葉(95)にゆき、銭氏依頼のすしをたのむ。

我が室内寒く、脚冷たき故（床はなし、磚なり）帰途白塔寺の前にて席（アンペラ）(96)を二枚買ひ来りて敷く。湯に入る。

十一月二十二日

午前中、銭氏が清華の人々に試食せしむる寿司を二葉にゆきて受取り、青年会前のバスにて清華に向はんとする夫人に渡す。

午后、奚氏。

夕方、護国寺(97)を散歩。菊を売る家を見る。

本屋二三あれど何もなし。

夜、端信君と語る事少時。

田漢の戯曲『名優の死』、徐志摩の戯曲『卞崑岡』を読む(98)。前者好し。

『北平歌謡集』(99)を読む。

十一月二十三日

(92)　「Eskimo」は一九三三年公開のアメリカ映画。監督はW・S・ヴァン・ダイク。一九三五年の第七回アカデミー賞で編集賞を受賞。

(93)　この日は旧暦十月十四日。

(94)　『淞浜瑣話』十二巻は、清末の文人王韜（一八二八〜一八九七）の文言小説集。光緒十九年（一八九三）初版。蒲松齢『聊斎志異』を摸倣して、妖怪や異界の物語を通して現実社会を諷刺する。

(95)　北平にあった日本料理店。

(96)　アンペラは藺(い)草の敷き物。ポルトガル語amperoが語源という。また白塔寺付近（阜成門内大街北）は現在も北京の庶民的な胡同が残る一角である。

(97)　護国寺は元の至元二十一年（一二八四）創建とされる北京有数の古刹。王府井街北の隆福寺（東寺）に対して西寺と称され、門前に露店などが並び立つ。筆者の宿舎である銭稲孫宅（受壁胡同）からは新街口大街を北に進み、大通りを東に渡ったところにある。

(98)　近代の劇作家田漢（一八九八〜一九六八）の「名優之死」と、詩人として有名な徐志摩（一八九七〜一九三一）の戯曲「卞昆岡」。前者は一九二七年上海で初演。『田漢戯曲集』第四集（上海現代書局、一九三一年）に収録。京劇俳優劉振声の生涯を描く。後者は徐志摩とその妻陸小曼との合作で一九二八年青島で初演。妻に先立たれた彫刻家とその娘を中心に展開する悲劇。単行本『卞昆岡』（新月書店、一九二八年）がある。

(99)　雪如女士編『北平歌謡集』（明社、一九二八年）。北京の巷間で歌われていた約二百首の歌謡を収録し、当時の北京市民たちの生活習慣を知る貴重な資料である。現在は『国立北京大学中国民族学会民俗叢書』全四〇冊の一つとして復刻されている。

午前七時半起床。中国大学孫氏の講義。

小川君を伴ひて帰り、又西四牌楼にて午食。

午后、再び中大呉承仕氏の講義。西単商場にて手套子(100)を買ふ。八十銭。

夕方、銭氏清華より帰る。

十一月二十四日

山室君の引越し（西単震旦医院へ）。

昼、山室君、震旦医院長戎肇敏氏(101)、北平大学医学部教授劉先登氏と四人、山室君の招待にて大陸春にて食事。

宣内にて山室君の寝台を買ふ。小川君に逢ふ。

帰宅、樫山君来る。

夕方、北海を散歩。

夜、小川君に借りたる『新潮』（佐藤春夫「上田秋成論(102)」）を読んで感服す。

『白香詞譜箋』を読む（張先(103)まで）。

十一月二十五日（日）

けふは楊氏所用にて説文休み。

井田啓勝(104)君来る。山室君も一寸来る。

午后、浜君来る。西単商場に散歩。

楠本氏、ますよより手紙。

夜、ますよ及末次に手紙をかく。

『詞学季刊(105)』「彊村先生行状(106)」などよむ。

十一月二十六日　朝、雪。初雪なり

中根の小母さん引越しにつき手伝ひにゆく。

(100) 手套子［中 shǒutàozi］手袋。

(101) 震旦医院院長の戎肇敏（一八八七～？）は浙江省慈溪の人。北京大学卒。一九一三年、日本に留学し、九州帝国大学医科分科大学（のちの九州大学医学部）に入学、四年後に医学博士号を取得して帰国。一九四九年以降は上海で開業した。またこの日記に登場する劉先登（一八八八～一九四七）も一九一五年より九州帝国大学医科分科大学で学んだ（一九三一年に医学博士号を取得）。山室三良とは同じ九州大学で学んだ仲間として親交があったのであろう。ちなみに近代中国の作家として著名な郭沫若（一八九二～一九七八）も一九一八年より九州帝国大学医科分科大学に約四年半在籍した。

(102) 佐藤春夫「上田秋成を語る―わが秋成論の序説―」（『新潮』第三一年第八号、昭和九年［一九三四］八月一日発行）。佐藤春夫は、従来の上田秋成についての定説を覆し、「怪異を好んだに非ず、ただ悲壮を愛するのみ」という独自の説を立てた。その幾つかの論文は晩年に『上田秋成』（桃源社、一九六四年）として纏められ刊行された。

(103) 張先（九九〇～一〇七八）は、字は子野、浙江省烏程の人。天聖八年（一〇三〇）の進士。晏殊や柳永とともに北宋初期を代表する詞人。『安陸集』一巻がある。

(104) 井田啓勝、神奈川県川崎市出身。一九三四年から一九三七年まで北京に滞在。帰国後は専修大学日本語科講師。茅盾『大沢郷』（文求堂、一九四〇年）、胡邁『華僑新生記』（新紀元社、一九四四年）などの翻訳がある。

(105) 『詞学季刊』は一九三三年四月創刊の詞学研究の専門雑誌。当初の出版社は民智書局であったが、のち開明書店に移った。況周頤、楊鍾羲、葉恭綽、呉梅、夏承燾など当時の著名な研究者の論文を収録。編集者の龍沐勲については、橋川時雄『中国文化界人物総鑑』七七〇頁参照。

(106) 夏孫桐「朱彊邨先生行状」（『詞学季刊』創刊号所収）。朱祖謀（一八五七～一九三一）、旧名は孝臧、字藿生、号によって彊村先生と呼ばれる。浙江省帰安の人。清の光緒九年（一八八三）の進士。官は内閣学士兼礼部侍郎に至ったが、辛亥革命以後、上海に隠居。唐宋から元に至る一六三家の詞人の善本を校訂し、『彊村叢書』二六〇巻を編集した。王鵬運、鄭文焯、況周頤と共に晩清四大詞人と称せられた。橋川時雄『中国文化界人物総鑑』一〇一頁参照。
また夏孫桐（一八五七～一九四一）は、字は閏枝、江蘇省江陰の人。民国時期、『清史稿』『清儒学案』の編纂に参加。また東方文化事業にも参画し、『続修四庫提要』では医家類を担当。橋川時雄『中国文化界人物総鑑』三五九頁参照。

(107) 『王壬秋全集』（国学扶輪社、一九一〇年）は、清末の詩人王闓運（一八三三～一九一六）の全集。石印本。また晩唐の詩人温庭筠『温飛卿詩集箋注』（広益書局・国学扶輪社、一九一〇年）も同様の石印本。最後の『煙霞万古楼詩集』（掃葉山房、一九一三年）は清朝乾隆期の詩人王曇（一七六〇～一八一七）の詩集の石印本。

雪は早く止みしも寒き日なり。

午食は中根にて。

午后、東安市場にて『王壬秋全集』（国学扶輪社）、『温飛卿詩箋注』、『煙霞万古楼詩集』（王曇）(107)を買ふ。

桂君を訪ひて一寸語り、文化事業に小竹君訪問。レコードをきき酒をのむ。

清談数刻、実に愉快なりき。

帰途、又東安市場により、影印『詩経原始』(108)を買ふ（雲南叢書にあり）。

哈爾飛にて浜君と共に周瑞安、章遏雲合演の「覇王別姫」(109)を見て好し。

終日楽しき日なりき。

十一月二十七日

風強く寒き日なり。けふは終日外に出ず。

午后、奚氏。

餘は昨日買ひ来れる書物を見る。

十一月二十八日

昨日終日家に在りて夜少し失眠せしため、けふは外出ときめ、朝、山室君を震旦医院に訪ひ、共に琉璃廠に至る。

通学斎にて『白雨斎詞話』(110)（三元）を求む。易順鼎の『読経瑣記』(111)は買はず、徳友堂にて四印斎本『樵歌』(112)（二元四）を買ふ。開明にて四川刻『説文句読』(113)を買ふ（九元八角。套子、小口書（こぐちがき）併(114)せて十元四）。

章太炎の『文始』(115)も併せ求む。

(108)『詩経原始』の著者方玉潤（一八一一～一八八三）は、雲南省宝寧の人。儒学による従来の伝統的な詩経解釈を批判し、文学として詩経を読むことを提唱した。また同書を収める『雲南叢書』は、一九一四年に雲南省図書館より刊刻。二百種を超える雲南省少数民族に関する文献を集めた一大コレクションである。編者の趙藩（一八五一～一九二七）は雲南省剣川の人。白族。辛亥革命に参加したが袁世凱の軍閥政治を批判。晩年、故郷にもどって雲南省図書館長となり『雲南叢書』の編纂に尽力した。

(109)「覇王別姫」は、『史記』に見える項羽と虞美人との別れに取材した京劇の代表作である。一九一八年楊小楼と尚小雲が初演し、一九二二年に楊小楼と梅蘭芳が演じて評判となった。この時の項羽役周瑞安（一八八七～一九四二）は楊小楼の弟子。濱一衛・中丸均卿『北京的中国戯』（秋豊園、一九三六年）七七～七九頁に彼の「覇王別姫」の写真とともに次のように評される。「楊小楼の影響を万事にうけて、都会趣味に洗はれた美しさを持つ武生、楊（小楼）後の第一人者は彼であらう。声も姿も顔も。何よりもその貴公子然たる優雅な顔立ちが、のびやかな姿體が、彼の舞台を層華やかにして居る」。一方の虞美人役の章遏雲（一九一二～二〇〇三）は、浙江省杭州出身の京劇女優。梅蘭芳、尚小雲などに師事し、三〇年代には、雪艶琴・杜麗雲・新艶秋とともに、四大坤旦と呼ばれていた。

(110)清の陳廷焯（一八五三～一八九二）『白雨斎詞話』。ここでは開明書店が出版した石印版であろう。同書は、況周頤『蕙風詞話』、王国維『人間詞話』とならんで清末三大詞話と称される。

(111)清の易順鼎（一八五八～一九二〇）は、字実甫、湖南省龍陽の人。湖北出身の樊増祥（一八四六～一九三一）と並んで清末民国初の最後の詩人と評される。橋川時雄『中国文化界人物総鑑』二三七頁参照。『読経瑣記』は光緒十年（一八八四）出版。ここはその石印版か。

(112)宋の文人朱敦儒（一〇八一～一一五九）の詞集『樵歌』三巻。光緒十九年（一八九三）王鵬運がその書斎である四印斎で刊行したもの。いわゆる『四印斎所刻宋元三十一家詞』の一。

(113)清の王筠（一七八四～一八五四）『説文解字句読』三〇巻。光緒八年（一八八二）四川尊経書局版本。なお本書はこの日記の昭和九年四月二十日の条にも見え、その時は九州大学の楠本正継教授の依頼によって購入し、日本に郵送している。

(114)小口（こぐち）とは、書誌学の専門用語。書物の綴じられた部分（背）以外の上下またページをめくる外側の紙の断面が見える三方を言う。特に線装本（糸綴じ本）では、そこに書名や冊数の順（一、二、三……、または上、中、下など）を書き入れ、書棚に置いた際に発見し易くする。これを「小口書き」と言い、当時北京の古書店では、書帙（套子）を作るほかに、このような書き入れサービスもしていた。

(115)章炳麟（太炎）『文始』九巻。漢字の字源及びその沿革を述べる。一九〇八年、日本亡命中、東京で中国人留学生のために行った学術講演の記録をもとに編集。民国二年（一九一三）、浙江図書館より石印出版された。ここに見えるのは、その復刻本であろう。

山室君に分れ、東安市場にて食事し、吉兆胡同を訪ふ。諸君と語る。赤堀、八木二君と東単牌楼まで歩き、浜君にあふ。電車で帰る。夜、入浴。
『樵歌』に点す。気分悪し、早くねる。

十一月二十九日

風邪、終日臥床。奚氏を休む。
『詞学季刊』『詞林正韻』『越縵堂詩話』『近代二十家評伝』等よむ。

十一月三十日

楠本氏より手紙。南方旅行[116]の経費出る見込み。
病臥。
夕方、小川、山室、浜君来る。
北海に結氷せし由。

十二月一日

病臥。
千鶴子より来信。

十二月二日（日）

午前中、同学会にて楊氏の『説文』をきゝ、帰途、中根による。
留守。
万才家にてそばを食ふ。
午后、『紅楼夢』再読。七回まで。
夕方、浜君の引越し先（周作人氏宅[117]）を訪ふ。
小川君来合せ二人して西四牌楼にて食事。甚だまづし。
西単商場にてブドー酒をのむ。

十二月三日

(116) 筆者はこの北平留学の最後に、小川環樹、赤堀英三とともに北平を離れ山東省の曲阜、そして江蘇省、浙江省を経由して上海まで行き、上海外灘から船で日本に帰国している。その中国国内旅行の費用は、楠本教授の仲介によって九州大学から支給されたもののようである。

(117) 周作人の居宅は新街口八道湾胡同十一号にあった。なお『周作人日記』一九三四年十二月一日の条に「下午濱君来、寄宿豊一之西屋」とある。

現在、周作人の八道湾胡同の居宅は、近くの新街口中学内に移築保存されている（2018年撮影）

朝方　夢を見つゝく

気分あしけれど起きて『紅楼夢』十回までよむ（注をつくる書き抜きをなす）。

午後、臥床。

夜、先達開明にて求めし『説文句読』の付録をよむ。及『稼軒詞』『詩経原始』など。

失眠、辛し。

十二月四日

奚氏。

身体はわるし、勉強は出来ず、金は足らず、思へば凡て不愉快也。

夕方、兪君来る。前からの約束なる故、一緒に食事す。山室君を訪ね三人にて語る。

『紅楼夢』十二回。

十二月五日

朝、昨夜失眠のため、けさは十一時近く起き出づ。

午后、報告[118]の文章、第一章「全謝山」を書く。

浜君来る。来薫閣来る。『甲骨文編[119]』を買ふ。

夜、吉兆胡同の小川君の処にて食事。大勢にて酒をのみ、十一時半まで話し、俥にて帰る。実にあたゝかき日なりき。

［欄外注：河村、チヅ子、学士院ニ手紙］

十二月六日

朝起きることをそし。

午后、奚氏をそく来る。『儒林外史』をよむ暇なし。

三時すぎ北京大学にゆく。

(118) 筆者の今回の留学は「清末の学術文芸について」という課題であった。その報告書がこの日から書き始められたのである。その第一章は、乾隆期の学者全祖望（字謝山、一七〇五～一七五五）であった。

(119) 孫海波『甲骨文編』全五冊（哈仏燕京社、一九三四年十月刊）。当時までに発見された甲骨文字を、『説文解字』の篇目順に並べ、また未解読の文字を付録として配列する。孫海波（一九一〇～一九七二）は、字涵博、河南省潢川の人。北京大学卒。考古学社社員。橋川時雄『中国文化界人物総鑑』三一五頁参照。

東安市場にゆきて、バンド、カフスボタン等を買ふ。赤堀、布施、八木諸君にあふ。中原公司による。電車にてかへる。

夜、『文始』『文史通義』をよむ。

何となくこの頃、勉強の潮に外(はず)れたる心地。(120)

十二月七日

朝、中国大学孫人和氏。

午后、呉承仕氏。

小川君と共に北海にゆき、溜氷を見る。又来たくなれり。

図書館職員宿舎に朱慶永といふ人を訪ふ。留守。夕暮の北海美し。

夜、『小山詞』をよむ。

浜君、周豊一君と共に来る。

十二月八日

朝、砂紙を買ひ来りてスケート靴を磨く。

『小山詞』を更によむ。

午后、奚氏。

銭氏に『紅楼夢』『儒林外史』中の語について聞く処あり。

夕方、北海にゆく。周豊一、浜、小川諸君在り。共にスケートをなす（三十分許）。

夜、周君の家(121)（八道湾）に招ばれ、湯に入り、スキ焼を食ひ、日本酒をのみ、レコードをきく。「明烏(あけがらす)」「朝顔日記」など。日本恋しくなる。

帰宅、ますよに手紙をかく。

十二月九日（日）

十時より司学会にて楊氏の講義。

周作人宅の門前にて。筆者のアルバムより。
左から濱一衛、筆者、八木秀一郎、小川環樹

(120) 一年半に及んだ筆者の留学も、いよいよ終わりに近づき、さまざまな思いが心に過ぎり、落ち着かないのであろう。

(121) 当時、周作人の家にはその妻で日本人の信子（旧姓羽太）とその妹芳子が同居し、宅内には二人のために和室も用意されていた。レコード「明烏(あけがらす)」は、八代目桂文楽（一八九二〜一九七一）の落語。「朝顔日記」は、当時流行の語り物女義太夫で、演者は竹本雛昇(ひなしょう)、一九〇五〜一九八三）である。

午后、北海に滑氷にゆく

夜、報告の文章、龔定庵の章[122]を書く。

十二月十日

午前中、『紅楼夢』を調ぶ。

午后、孫楷第を訪ひしも留守。

四存学会[123]にゆきて『四存月刊』第一期を買ひ、東安市場にて章太炎の『新方言』[124]、廖平の『今古学攷』[125]を買ふ。

桂君をたづね、又市場にて茶をのむ。

夜、龔定庵をかき了る。

［欄外注：河村ニ手紙］

十二月十一日

朝、『紅楼夢』をよむ（第二十回迄）。

来薫閣、『甲骨文編』を持参（九元）、及『国学論文索引』[126]第三編。

午后、奚氏。

夕方、一寸北海にゆく。手袋を失ふ。

夜、手袋をかひに西単商場にゆき、序（ついで）に山室君を訪ふ。

山本君より手紙来り、返事を認む。

魏源[127]につきて書き始む。

十二月十二日

午前中、北平図書館に行きしも尋ぬる書物見当らず、文化事業にゆく。

小竹君の部屋をかり、魏源の『詩古微』『書古微』『聖武記』『海国図志』『経世文編』を借りて書きぬきす。

小竹君の部屋にて中食。

(122) 留学報告の第二章は、詩人龔自珍（一七九二〜一八四一）である。定庵（定盦）はその号。なお筆者の論文「水仙花―龔定庵の生涯」が『目加田誠著作集第四巻』および『中国の文芸思想』（講談社学術文庫、一九九一年）に収められている。

(123) 四存学会は、中華民国第四代総統の徐世昌（一八五五〜一九三九）が設立した結社。西城区府右街にあった。雑誌『四存月刊』（一九二一〜一九二三年）を発行したほか、富国の基礎には民衆の教育が必須であるとの考えから、四存中学や四存小学を設立、教育の普及を目指した。その名称は清の顔元（一六三五〜一七〇四）の著作『存性篇』『存学篇』『存治篇』『存人篇』に由来する。

(124) 章炳麟（太炎）『新方言』は、中国各地の方言や俗語約八百条について、古代語との関係、音韻の変化などを論じる。上海右文社から刊行された『章氏叢書』の一。

(125) 廖平（一八五一〜一九三二）『今古学攷』二巻は、光緒十二年（一八八六）刊行。書経における今文と古文の双方の価値を認めて論述し、その思想は康有為に影響を与えた。橋川時雄『中国文化界人物総鑑』六六一頁参照。

(126) 『国学論文索引』は全四冊。中国の伝統的学術や芸術に関する論文リスト。北平図書館刊。第一編は一九二九年、ここに見える第三編は、一九三四年の発行。

(127) 留学報告の第三章は魏源（一七九四〜一八五六）、湖南省出身の思想家。道光帝に仕え各地の知事を歴任。欧米列強の侵略に危機感を抱き、実践的な学問を目指す陽明学に共感して、政治や社会制度の改革を訴えた。この日記の翌日に挙げられた多くの著作のうち、『海国図志』は、一八四〇年のアヘン戦争における中国の敗北を発端として、西洋の地理や歴史、天文知識や先進的な科学技術などを中国国内に伝えるもの。日本においても佐久間象山や吉田松陰らに読まれ、明治維新に大きな影響を与えた。

三時帰宅。又、北海にゆく。

帰途、西単商場の美書局にて氷刀[128]を磨かしむ。

夜、湯に入りたくてならず、西四牌楼の華賓園[129]にゆく。誠に気持ちよき風呂なり。但し一回五六十銭を要す。

夜、魏源をかき了り、方玉潤の『詩経原始』[130]について書く。

十二月十三日

午前中、『紅楼夢』『儒林外史』をよむ。

午后、奚氏。

了りて又北海にゆく。浜、周、小川、八木諸君皆在り。

夜、陳立の『句渓雑著』[131]、劉毓崧の『通義堂文集』[132]をかきぬきす。

十二月十四日

朝、少しく寝すぎ孫氏の講義に間に合はず。部屋にて読書。

午后、中国大学呉氏の講義。寒き日也。

夕方、図書館にゆく。

夜、報告文をかく。

十二月十五日

朝、図書館にゆく。

午后、奚氏をそく来る。北海にゆく。氷溶けて危し。

小川君達と共に本仏寺にゆき飯をくひ、中華公寓にて桂君に『皮氏八種』[133]を借り、帰途小竹君にあひ、東安市場にて茶をのみ語る。

十二時近く帰宅。

二時まで『経学通論』をよむ。

修より金の不足を云ひ来る。


十二月十六日（日） 朝、雪ふる。


北海でのスケート。筆者のアルバムより。

左から二人不明、小川、濱、筆者

左から筆者、小川、濱

(128) 氷刀［中 bīngdāo］スケート靴のエッジ。また、日記本文中にある美書局［měishūjú］とは、アメリカ（美国 měiguó）から輸入された雑誌や書物を販売する書店であろうか。

(129) 華賓園は西四南大街にあった高級銭湯。個室制で、安藤更生『北京案内記』に「その部屋は、前と後ろの二間続きで、前の間が四坪くらゐの客室、左右の両壁に沿ふて巾の広いスプリングつきの洋式ソーファが一脚づつ置かれ、それに小テーブルが附いて其上に茶盆灰皿マッチなどを置き、壁には大型の鏡がかかり、室の隅に帽子かけが一脚、その旁の長方形のテーブルの上に櫛やクリームなどの化粧品具が並んでゐる」（新民印書館、一九四一年、二五七頁）とある。因みに当時の庶民の銭湯の入浴料は一回三銭程度であった。

(130) 留学報告の第四章は方玉潤『詩経原始』である。この点、のちの目加田詩経研究への影響が窺われ、興味深い。

(131) 陳立（一八〇九～一八六九）『句渓雑著』六巻は、光緒十四年（一八八一）廣雅書局より出版。号の句渓は出身地江蘇省句容県にちなむ。

(132) 劉毓崧（一八一八～一八六七）『通義堂文集』十六巻は、劉氏求恕斎叢書の一、宣統七年（一九一八）刊行。

(133) 留学報告の第五章は皮錫瑞（一八五〇～一九〇八）。『皮氏経学八種』は、光緒二二年（一八九六）湖南の思賢書局より刊行された。『経学通論』のほか、『経学歴史』『鄭志疏証』『古文尚書冤詞平義』等を収録する。橋川時雄『中国文化界人物総鑑』八六頁参照。

目覚むる事をそく楊氏の講義に行かず　宅にて論文をかく。

午后、北海にゆく。

夜、皮錫瑞をかき了る。十二時までかかる。

橋村より手紙。ますよの病いよいよ心配なり。

十二月十七日

午前中、孫楷第を訪ね（昨夜来りしに、こゝの門番、門を開かざりし由なり）、会談遂に正午になり。同和居に案内され午食を共にす。

午后、一寸北海、すぐに帰る。

夕方、邵懿辰[134]の『儀礼』論をかく。

夜、浜君来る。其后『紅楼夢』をよむ。外はよき月[135]なり。

［欄外注：修、ますよニ手紙］

十二月十八日

午前中、『紅楼夢』を調ぶ。

午后、奚氏。

夕方、西単商場の床屋にゆく。

夜、王闓運[136]を書く。

十二月十九日

午前、図書館。それより東安市場にゆく。兪平伯の『読詞偶得』[137]を買ふ。

小川君と共に潤明にて餃子を食ふ。

分れて桂君を訪ね『皮氏八種』を返し、北京公寓にゆき、瀧沢氏に楊氏[138]の御礼八元を渡す。

帰宅。北海にゆく。すぐ日がくれる。夜、周氏の家を訪ふ。外は

故宮の中和殿。当時の絵葉書より

(134) 留学報告の第六章は邵懿辰（一八一〇～一八六一）。浙江省仁和の人。著に『四庫簡明目録標注』などがあるが、特に『礼経通論』は康有為などに大きな影響を与えた。

(135) この日は旧暦十一月十一日に当たる。

(136) 留学報告の第七章は王闓運（一八三二～一九一六）である。

(137) 兪平伯『読詞偶得』は、開明書店より一九三四年十一月に初版が刊行された。この書物との出会いが翌年二月の筆者と兪平伯との会見に繋がる。

(138) 楊樹達による『説文解字』の講義（同学会にて毎週日曜日開催）は、今月三十日に最終講義となる。その謝礼および宴会のための集金である。

美しき月。
夜更けて廖平(139)をかき了る。

十二月二十日

朝、『紅楼夢』。
本屋数多来る。『説文二徐箋異』及『説文釈例(140)』八元を買ふ。
午后、奚氏。それより康有為(141)を調ぶ。
夜、康有為をかき了る。

十二月二十一日

朝、少し頭いたく、中国大学を休む。
午后、呉承仕の講義に出る。
小川君と茶をのむ。
夜、山室君来る。
其后、梁啓超(142)をかき了る。

十二月二十二日

朝、本屋多く来る。
午后、冬至なればとて奚氏休む。
北海にゆく。大勢友人にあふ。
小川、浜二君と文化事業を訪ふ。
大槻さんの家にてウヰスキーをのむ。
小川君と東安市場にて食事。
其後共に小学校の大塚君を訪ひ、又ビールをのみ些か酔ふ。
俥上明月。うつらうつら寒く凍る夜の町をゆられて帰る。
ますよより手紙。
「蘭外主・可寸より金来る」

(139) 留学報告の第七章は廖平（一八五二〜一九三二）。彼の学説もまた康有為・梁啓超に繋がってゆく。
(140) 田呉炤『説文二徐箋異』二八巻、王筠『説文釈例』二十巻。いずれも清代の説文解字研究の成果である。
(141) 留学報告の第九章が康有為（一八五八〜一九二七）である。
(142) 留学報告の第十章は康有為の弟子梁啓超（一八七三〜一九二九）である。

筆者が孫楷第、銭稲孫らと食事した同和居は、現在、什刹海公園内に移転して営業している。

十二月二十三日（日）

朝の中、同学会に楊氏説文講義。

午后、金なし。家に閉ぢこもる。

夜、今文家を了り今文家に対する守旧派の反対[143]をかく。

十二月二十四日

朝、郵便局に金をとりにゆく（三十円＝二十四元三角）。

東単にゆき、喜田洋行にてタバコ、油をかひ、中根によりて午食。

夜、浜君来る。『角山楼類腋』[144]を買ふ。

夜、清末古文家の学説を考へる。

十二月二十五日

午前中、『紅楼夢』『儒林外史』等よむ。

午后、奚氏。

夕方、西単商場にゆく。

夜、陳奐[145]につきて書く。

いろいろ日本の事を思ふ。

(143)　留学報告の第十一章として　ここまでの今文家（王闓運、廖平、康有為、梁啓超）の学説に対抗する「守旧派」の学説が論じられた。すなわち康有為、梁啓超らによる「戊戌変法」（一八九八年）に反対し、清朝の体制を守ろうとする学派である。例えば「中体西用」説の張之洞（一八三七〜一九〇九）や、正確な書誌学の知識を求めた葉徳輝（一八六四〜一九二七）などが挙げられるであろう。

(144)　清代の類書、姚培謙著・趙克宜増補『角山楼増補類腋』六七巻。咸豊七年（一八五七）の丹徒趙氏角山楼刊本と、咸豊十年（一八六〇）の重訂本、また光緒六年（一八八〇）の鉛印本などがある。

(145)　留学報告の第十二章は陳奐（一七八六〜一八六三）、字碩甫である。著に清代詩経研究の代表的著作の一つ『毛詩伝疏』三〇巻がある。筆者は彼の生涯を紹介した「陳碩甫伝」を昭和四一年（一九六六）九州大学文学部の紀要雑誌『文学研究』に発表しているが、これは、のち「陳奐伝―或る清朝漢学者の生き方」と題名を改めて『中国の文芸思想』（講談社学術文庫、一九九一年）に収められている。

第八巻（昭和九年十二月二十六日～十年三月四日）

北海でのスケート。筆者のアルバムより。左から周豊一、筆者、濱一衛、小川環樹

昭和九年十二月二十六日

午前、浜、山室二君来る。連立ちて外出。周氏の宅[1]にて昼食。

それより西直門を出て郊外を俥にて大鐘寺[2]に向ふ。大鐘寺の鐘は永楽年間のもの。朽ちたれど立派なる寺あり。今その中に村の小学校ありて村の子供大ぜい騒ぐ。

それより大仏寺[3]にゆく。この大仏は前年焼けたり。五塔寺[4]にゆき、美しき塔の姿を見る。

城内に戻り、西単商場にて一寸ブドー酒をのみ、それによりて酒飲みたくなり、三人にて西長安街にて飲む。

山室君の家にて語るうちに小川君も来る。

帰宅後、『紅楼夢』を調べる。

十二月二十七日

風邪心地、せき烈し。終日閉ぢこもりて読書。

十二月二十八日

風邪尚快からず。中国大学にもゆかず引込む。

十二月二十九日

家にて読書。

夜、浜君を訪ふ。

粉雪降る。

十二月三十日

楊氏最後の講義、午後二時より。

了りて記念撮影[5]。其後、一同にて雪の長安街を歩き、新陸春に到りこゝにて宴会。

散じて向ひの山室君を訪ね、共に又歩きて西単商場にて茶をのみ、

12月30日楊樹達先生を囲んで。筆者（前列左）のアルバムより

（1）周作人の居宅について、奥野信太郎「周作人と銭稲孫」（『随筆北京』、第一書房、一九四〇年）に次のように述べられている。
　周先生の住んでおられる八道湾はその名の示すが如く屈曲した小道の奥である。樹木の多い如何にも文人の住居らしい、そして院子のほかに、たっぷりと空地のある閑雅な一廓である。夏ならば蝉時雨、秋ならば落葉の響に気も心も澄むほどの落ちついたところで、南面の客庁西端の椅子で、主人の来出を待つ間、いつも何の音も聞こえないほどの静けさである。客庁東端の一室は所狭きまでに書架を並べて、古今の書籍が詰っているのだが、間じきりのカアテンで見えないようになっているゆかしさ。だが収めきれない日本や西洋の書物はなお数多く応接対談の席にも溢れ出ている。すべて整頓されていて乱堆の跡は微塵だにない。

（2）大鐘寺は西直門外白石橋東にある寺院。正しくは覚生寺。清の雍正十一年（一七三三）に勅命で建立されたが、明の万寿寺にあった大鐘をここに移したことから、この名がある。大鐘は明の永楽年間に皇帝の側近姚広孝が鋳造し、内外両面に華厳経が刻まれている。

（3）大仏寺は西直門外白石橋西の畏吾村（今の魏公村）にある寺院。正しくは大慧寺。明の正徳八年（一五一三）に宦官張雄が建立。寺内に釈迦の銅像があることからこの名がある。

（4）五塔寺は西直門外白石橋東北にある寺院。正しくは金剛宝座塔真覚寺。明の成化九年（一四七三）に勅命で建立された。寺内の金剛宝座は、インドのブッダガヤの塔を模して作られた。

（5）この時の記念撮影写真は現在も目加田家のアルバムに残されている。

山室君西四牌楼まで余を送りて別る。

夜、失眠。義五郎の事につき煩悶す。

十二月三十一日

東京より送金の電報あり。但し時間すぎて金はうけとれず。

ボーイ達に金をやる。

午后、民会（電報をうけとりに）にゆき、中根による。

帰途、小学校より小川君に電話。

夕方、銭宅にて一同食事。其后、浜、小川、赤堀三君に会し、そばを食ふ。

山室君は病気也。

除夜、帰宅二時。

昭和十年一月一日

元旦。うす曇り。静かなる日也。

朝は中根にて屠蘇、雑煮をよばれ、公使館に行き、文化事業にて又饗応あり。

午后、浜君と中根にゆき、小川君も来て、五十（いそ）ちゃんをつれて平安(6)に活動を見る。

福生にて茶をのみ、再び小川君と中根にゆき、主人と共に酒をのむ。

帰途、山室君を見舞ふ。

一月二日

粉雪降る。

ひる、銭氏宅にて松村氏等と共に会食。

午后、小川君と韓世昌(7)の崑曲を見る。

(6)　平安は、王府井大街南口にあった映画館。一九〇七年にイギリスの資本で建設された北京最初の映画館である。

(7)　韓世昌（一八九七～一九七六）は、崑劇の俳優、河北省高陽の人。一九二八年十月から十一月まで、満鉄の主催により大連経由で来日し、東京・京都・大阪で公演した。彼の芸風について青木正児は、その「崑曲劇と韓世昌」（『青木正児全集第七巻』、春秋社、一九七〇年）に次のように述べている。

> 私は韓世昌の芸について多くを知らない。只一度北京の開明戯院で或る救済金募集のために演芸会が開かれた際、その「春香鬧学」一齣を見たばかりである。私はもとより彼を語る資格はない。しかし私は彼を見る二箇月程前に、同じ開明戯院で梅蘭芳の「春香鬧学」を見てその印象がまだ新たな時であったからして、ひそかにこの二名伶の芸を比較しながら見ることができた。そして只一度で韓世昌のじっくりとした芸風に傾倒してしまった。

橋川時雄『中国文化界人物総鑑』七七二頁参照。また中塚亮「韓世昌による崑曲来日公演とその背景について」（『名古屋大学附属図書館研究年報』第六号、二〇〇七年）参照。

当時の絵葉書より

夕方、小川君と半畝園(8)にて食事。又、山室氏を見舞ひて帰る。

年賀状、方々より来る。

一月三日

昨夜少しのどいたく、けさ目覚むる事をそし。

正午、銭宅に来客あり。

余は朝の牛乳をのみて宅を出で、周宅に浜君を訪ふ。

周作人氏と会談、兪平伯への紹介(9)を頼む。

其后、周家の人々と紅楼夢大観園の双六(10)をして遊ぶ。

浜君と沈令翔(11)を訪ふ（沈尹黙の息子）。

その後、東安市場にて餃子を食ふ。

帰途、小川、赤堀二君に逢ひ、茶をのんで別れる。

一月四日

年末、送金のしらせあり、正金(12)にとりにゆきしに電報為替にて保証人の必要あり。文化事業にゆき大槻氏に印を貰ふ。

時間あれば一寸本仏寺にゆき、小川、赤堀両君と共に出でゝ、余は一人途中別れて又正金にゆく。二百円（支那銀百六十元）うけとる。

中原公司にて餛飩(13)を食べ、東安市場にて『人間世』第一巻合本、『国故論衡』、『中国声韻学』(14)を買ふ。

帰宅後、北海にゆく筈なりしも銭氏と語りて中止。

一月五日

午前、家にあり。奚氏来る。

午后、桂君来る。『嶺南学報』(15)を買ふ。

銭氏と語る。

(8) 半畝園は当時西単商場内にあった西洋料理店。一九三〇年開業。

(9) 翌月二十六日に実現した筆者と兪平伯の会見である。

(10) 「大観園全図紅楼夢遊戯双六」。双六（すごろく）は当時日本の子供たちの正月遊びのひとつ。中国の伝統文化と日本の伝統文化がこの当時の北平でさまざまに融合し、新しい文化が生み出されつつあったのである。なお、この時の周家には周作人とその妻羽太信子、信子の妹芳子、そして長男の周豊一（二二歳）と長女の周若子（二〇歳）がいた。

(11) 沈尹黙（一八八二〜一九七一）、本名は実、尹黙は字、浙江省呉興の人。一九二〇年に日本の京都大学に留学。帰国後、北京大学中文系教授、孔徳学校校長などを歴任し、一九三一年に北京大学校長。書家として当時「民国帖学第一」と称せられた。橋川時雄『中国文化界人物総鑑』一七七頁参照。沈令翔（一九一一〜二〇〇五）は尹黙の次男。住所は東城北池子大街の騎河楼妞妞十五号。なお吉川幸次郎「沈尹黙氏がこと」（『吉川幸次郎全集第二二巻』所収、筑摩書房、一九七五年）には次のような記述が見える。

僕は昭和初年の北京留学中、ただ一ど何かの筵席で、沈尹黙さんに拝眉しました。四十前後でしたろうが、すでに長老、白いふくよかな容貌、また体幹、黒い長袍、そうして晩年のお気の毒な失明の予兆としてたしか黒眼鏡、一座の中では饒舌の方でなく、笑いを含んで何か話しながら、テーブルのまん中の皿へ箸を伸ばされたのが、記憶の影像です。

(12) 横浜正金銀行（現在の三菱東京ＵＦＪ銀行）。その北平支店は一九一〇年に東交民巷に開業、その洋風建築のビルは現在も残されている。

(13) 餛飩［中 húntun］ワンタン。

(14) 『人間世』は、一九三四年四月〜翌三五年十二月まで上海の良友図書印刷から毎月二期刊行された雑誌。主編は林語堂（一八九五〜一九七六）。橋川時雄『中国文化界人物総鑑』二四九頁参照。

『国故論衡』は、章炳麟（太炎）の代表的著作の一つ。全三巻にそれぞれに音韻学、文学、哲学を論じる。『章氏叢書』の一冊として一九一五年に上海の右文社出版から、一九一九年に浙江図書館から刊行された。

『中国声韻学』は、姜亮夫（一九〇二〜一九九五）の著作。一九三三年、世界書局発行。橋川時雄『中国文化界人物総鑑』二九四頁参照。

なお、林語堂、周作人、兪平伯たちがこのとき提唱していた「小品文」について、筆者の帰国直後に発表された論文「民国以来中国新文学」には「袁中郎一派のあの軽いユーモアと鋭い感受性を持った「垢抜けのした」筆致が好まれると同時に、其の内心の不平を、軽い風刺に現して、雨を聴きつ茶でも啜らうとする態度が喜ばれるのであろうか」と述べる（九州大学文学会『文学研究』第十四輯、一九三五年）。

(15) 広州嶺南大学『嶺南学報』は、一九二九〜一九五二年まで刊行。

年賀状を出す。

夜、湯に行く。

一月六日

午前中、『紅楼夢』など調ぶ。

午后、浜君と琉璃廠の廠甸児にゆく。易順鼎『編年詩集』、葉徳輝刊『疑雨集』、『宋金元詞集現存書目』(16)をかふ。

別に朝、本屋来り、楊守敬の年譜(17)（樊々山の署名あり）を求む。

留守中、孫楷第氏来り。『故宮週刊』（曹雪芹の世系譜あるもの）(18)を残せり。

夜、泉鏡花『湯島詣』『通夜物語』(19)を一気に読む。その後、『紅楼夢』四十三回、四十四回を復習。

床に入り、けふ買ひたる書物を見る。

一月七日

午前中、読書。

午后、孫楷第氏を訪ふ。今夜招待する約束をなす。

小川君を訪ね、山室君も来合せ、二人を加へて、夜、前門外、厚徳福にて孫氏を招く。

帰宅、夜寒き事非常。

一月八日

午前中、『紅楼夢』を調ぶ（四十五回迄）。

午后、奚氏。

夕方、年賀状を二十枚かく。

夜、中和に程硯秋の「玉堂春」(20)を見る。浜、山室、小川三君と包廂。

この芝居程感激するものなし。

(16) 易順鼎『琴志楼編年詩集』。琴志楼は易順鼎（一八五八〜一九二〇）が廬山に構えた書斎。橋川時雄『中国文化界人物総鑑』二三七頁参照。『疑雨集』四巻は、明末の王彦泓（一五九三〜一六四二）の詩集。王彦泓は、字次回、江蘇省金壇の名家に生まれたが、官職を得ることなく生涯を終えた。その詩集を葉徳輝が光緒三一年（一九〇五）に刊行した。
　呉昌綬『宋金元詞集見存巻目』は、宋から元の詞人一九七家の詞集目録を収録、詞曲研究の重要文献。光緒三二年（一九〇六）上海の鴻文書局から出版された。編者の呉昌綬（一八六八〜一九二四）については橋川時雄『中国文化界人物総鑑』一三〇頁参照。

(17) 楊守敬『隣蘇老人年譜』は一九三三年に上海の大陸書局から刊行。楊守敬（一八三九〜一九一五）は湖北省宜都の人。隣蘇は号。明治十三年（一八八〇）清国公使館員として来日し、公使の黎庶昌（一八三七〜一八九七）と共に日本の古籍善本を収集。『古逸叢書』を出版した。陳捷『明治前期日中学術交流の研究—清国駐日公使館の文化活動』（汲古書院、二〇〇三年）参照。なお署名の樊樊山は民国初期の詩人樊増祥（一八四六〜一九三一）。楊と同じく湖北省の出身。

(18) 『故宮週刊』は、一九二九年に故宮博物院創立四周年を記念して刊行が開始された雑誌。一九三六年停刊、全五一〇期。論文や記事に添えて、関連する絵画や古籍、工芸品等豊富な写真を掲載する。「曹雪芹家世新考」は『故宮週刊』第八十四期（一九三一年五月）に収録。著者は李玄伯（一八九五〜一九七四）、河北省高陽県の人。当時は故宮博物院秘書長であった。

(19) 泉鏡花（一八七三〜一九三九）の『湯島詣』は一八九九年の春陽堂刊、『通夜物語』は一九〇一年の春陽堂刊が最初であるが、ここで筆者が手にしたのは一九三三年に同じく春陽堂から出版された文庫本であろうか。日本における文庫本の刊行は日本国内だけでなく、海外にも日本文学の読者を広げた。

(20) この程硯秋の京劇「玉堂春」を、筆者は昨年一月十一日にも同じ中和戯院で観劇し「美しく哀れに実によき芝居なりき」と激賞している。この日は小川環樹、濱一衛、山室三良の四人で、二階のVIP席を貸切り（包廂［中 bāoxiāng］）にしたのである。

程硯秋故居は西四北三条39号（もとの報子胡同）にある。銭稲孫宅の受壁胡同の南隣にあたる。

一月九日

朝、のどいたし。山室君にたのみ吸入うがひの薬を持って来てもらふ。

松筠閣(21)、『水滸伝』影印を持参、買ふ。

午后、山室君と廠甸児にゆき、易順鼎『遊山詩集』及『章太炎文集』(22)を買ふ。

夜、楠本、井上、河村に手紙をかく。

『水滸伝』金聖嘆の序(23)を読み、愉快に堪えず。のど尚いたし。

一月十日

午(ひる)、橋川氏来る。

夜、小竹氏来る。小竹氏を誘ひて半畝園にてブドー酒をのむ。

一月十一日

午前、東城にゆき吸入うがひの薬を買ひ来る。中国大学にプリントをたのみにゆく。

午后、小川君来る。送りて広済寺(24)を訪ぬ。

夜、浜君来る。

一月十二日

午后、奚氏。

夜、橋川氏を見送りにゆきしも間に合はず。

中和に招待されて芝居を見る。

斉如山氏の息、姪、及その友人の女、周君、浜君。

芝居は陸素娟(25)「審頭刺湯」。楽屋を見る。

一月十三日（日）

(21) 松筠閣は琉璃廠の古書店。店主は劉際唐。この日購入した『水滸伝』影印本とは、金聖嘆の序文が付いていることから、『影印金聖嘆批改貫華堂原本水滸伝』（中華書局、一九三四年）と思われる。

(22) 易順鼎『琴志楼遊山詩集』八巻は民国九年（一九二〇）出版。章炳麟『章太炎文集』については未詳、彼の最近の著作や講演録を集めたものか。あるいは『章太炎文鈔』か。

(23) 金聖嘆の水滸伝評について、筆者は論文「水滸伝解釈の問題」（九州大学文学部『文学研究』第五〇輯、一九五四年）の中で「彼の批語は読者の気付かぬ所を衝いて、今更のやうに水滸の面白さを感じさせた。だから彼の批評した水滸伝は、他の本を圧して、世間に大流行して、その後三百年近い間というもの、水滸伝といえば、一般にこの金聖嘆本以外に読まれなくなつた程である」と述べている。

(24) 広済寺は阜成門内大街の寺院。約一年前に火災で焼失し、その時、筆者もその焼け跡を訪れている。この日記の昭和九年二月十六日の条参照。

(25) 陸素娟（一九〇七〜一九三八）は京劇の女優。梅蘭芳の門下生として評価が高かったが、三十一歳で早世した。昭和十一年（一九三六）より北平に留学した中国文学者の奥野信太郎に「陸素娟のこと」（『随筆北京』、平凡社、一九九〇年）という回想がある。この日の演目「審頭刺湯」は明末清初の作家李玉『一捧雪』をもとにしたもの。

(26) 山田文英は岐阜県出身、高野山大学史学科卒。外務省留学生として北平大学に在籍していた。論文に「山西四川を横断して」（『日華学会小冊』第十八号、一九三五年十一月）、「『支那古代の祭礼と歌謡』を読む」（『新京図書館月報』第二四号、一九三八年八月）などがある。唐の女流詩人薛涛の石碑は、四川省成都の望江楼公園にある。

(27) 南宋の張敦頤『六朝事迹編類』十四巻は、六朝時代の故事や史跡に関する類書。光緒十二年（一八八六）に蘇州で宋刊本が発見され、翌一八八七年に翻刻された。**またこのほかに明の呉琯が刊行した『古今逸史』所収の上下二巻本の系統もある。この日筆者が購入したのがどちらなのかは不明。**

(28) 東晋王朝を支えた王導（二七六〜三三九）と謝安（三二〇〜三八五）の一族、それぞれ琅邪の王氏、陽夏の謝氏と称され、六朝時代の政治や文化においてさまざまに活躍した。

(29) 留学報告の第十三章は章炳麟（太炎）である。

(30) 鄭珍（一八〇六〜一八六四）は、字は子尹、貴州遵義の人。その著『儀礼私箋』八巻は、同治五年（一八六六）四川成都で刊行。のち光緒十六年（一八九〇）広雅書局より復刻。

(31) 章炳麟『太炎文録初編』（上海右文社、一九一五年）を指すか。

(32) 留学報告の第十四章第十五章は兪樾と孫詒譲である。兪樾（一八二一〜一九〇七）は、字蔭甫、号曲園、浙江省徳清の人。著に『春在堂全書』がある。兪平伯の曾祖父に当たる。また友人岸田吟香の依頼で編集した日本漢詩の選集『東瀛詩選』四〇巻補遺四巻が有名。孫詒譲（一

朝より家を出で小竹君を訪ね、小野氏と三人醇王府にゆき写真をうつす。

山田文英君(26)に薛涛碑の拓本をもらふ。

隆福寺にて『六朝事蹟編類』(27)をかふ。五元。

小川君を見舞ふ。

近頃心をちつかず。報告文手につかず。南朝王謝二家(28)の事のみ調ぶ。

一月十四日

午后、奚氏。

夜、章太炎をかく(29)。

一月十五日

午前中、浜君来る。

午后、図書館にゆき、鄭珍の『儀礼私箋』(30)『章太炎文録』(31)を見る。

夜、兪曲園、孫詒譲をかく(32)。

一月十六日

午前中、本屋二三来る。

午后、北京大学にゆき、銭玄同『近三百年学術史』(33)のプリントを買ひ、景山書社にて『嶺南学報』、出版部にて『北大学報』(34)（蘭墅文存について）をかふ。

図書館にゆき、楊維新氏にあひ、善本室に入り、『王謝世家』(35)を見る。

其後、二階にて劉宝楠の著書を見る。

夜、劉宝楠を書き(36)、『紅楼夢』を調ぶ。

ますより手紙。

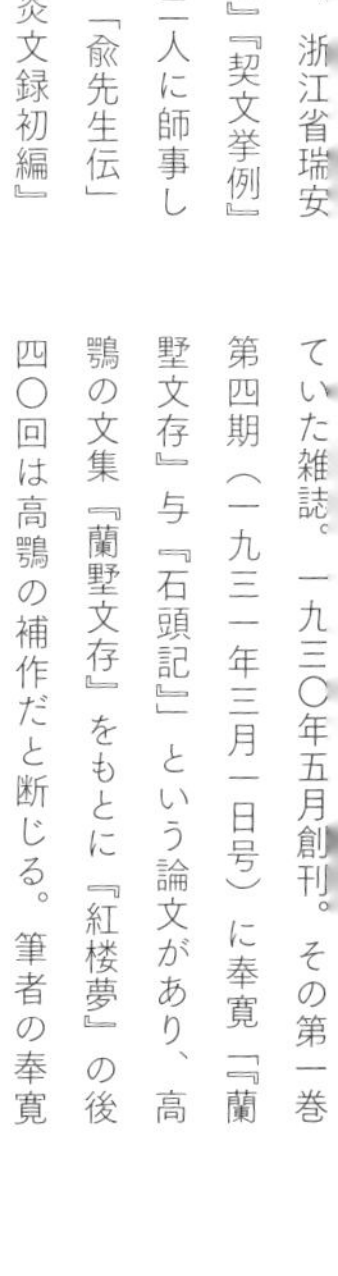

八四八～一九〇八）は、字は仲頌、浙江省瑞安の人。著に『周礼正義』『墨子間詁』『契文挙例』『温州経籍志』などがある。なお二人に師事した章太炎にはそれぞれ両師の伝記「兪先生伝」「孫詒譲伝」があり、ともに『太炎文録初編』巻二に収められている。

(33) 銭玄同（一八八七～一九三九）は、浙江省呉興の人。銭稲孫の叔父。日本に留学して早稲田大学を卒業、その当時東京にあった章炳麟に師事した。帰国後、北京大学国文教授兼研究所国学導師、北京中法大学国文教授などを歴任した。著に『文字学音篇』『説文段注小箋』などがある。橋川時雄『中国文化界人物総鑑』七三一頁参照。ここでは北京大学の講義テキストとして梁啓超の『近三百年学術史』（上海・民志書店、一九二六年）を使ったのであろう。

(34) 『北大学報』は北大学生月刊委員会が発行していた雑誌。一九三〇年五月創刊。その第一巻第四期（一九三一年三月一日号）に奉寛「『蘭墅文存』与『石頭記』」という論文があり、高鶚の文集『蘭墅文存』をもとに『紅楼夢』の後四〇回は高鶚の補作だと断じる。筆者の奉寛（一八七六～一九四三）は、原姓博爾斉吉特氏、元の成吉思汗三〇世の子孫。満州字、蒙古字に精通。北京大学講師、国立北平研究院研究員、著に『妙峰山瑣記』『整理紅本記』などがある。山根幸夫『東方文化事業の歴史』四八頁参照。

(35) 明の韓昌箕『王謝世家』三〇巻。天啓二年（一六二二）の刻本（江蘇巡撫採進本）が現在も中国国家図書館に所蔵される。

(36) 留学報告の第十六章は劉宝楠（一七九一～一八五五）。字は楚楨、江蘇省宝応の人。道光二〇年（一八四〇）の進士。著に『論語正義』二四巻がある。

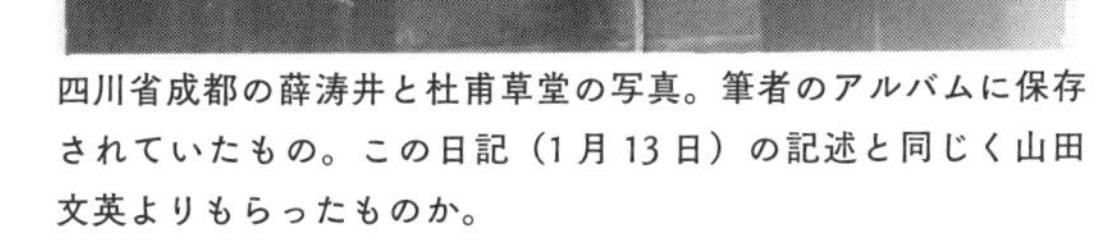

四川省成都の薛涛井と杜甫草堂の写真。筆者のアルバムに保存されていたもの。この日記（1月13日）の記述と同じく山田文英よりもらったものか。

一月十七日

『紅楼夢』を調べて奚氏を待ちしも来ず。

山室君来る。

夜、陳澧を書く。(37)

一月十八日

午前中より出でて隆福寺に書物を見る。『通志堂集』(38)もし有るかと探せしももとよりなし。

東安市場にて午飯をすませ、北平図書館にゆき、劉節(39)氏に逢ひ、楠本氏依頼の印の文字を読んでもらひ、更に『王謝世家』を少しうつす。

来薫来て『広韻』影印(40)をくれる。

チづ子より手紙、ますよりハガキ。

頭痛し。

一月十九日

午后、奚氏来れども風邪心地なればいい加減にすます。

夜早く床に入る。

一月二十日（日）

銭宅に喜事あり。客大勢来る故、朝より家を出で、先づ山室君を訪ひ、そこにて午食をし、信義洋行にてアスピリンを買ひ、本仏寺にゆき、又桂君を誘ひて、山室君と三人、潤明にて食事。帰途、山室君自働車を雇ふ。

北海は美しき月(41)なりき。

一月二十一日

風邪殆どよし。

(37) 留学報告の第十七章は陳澧（一八一〇～一八八二）、字は蘭甫、広東省番禺の人。道光十二年（一八三二）の進士。著に『切韻考』『東塾読書記』などがある。

(38) 『通志堂集』は清の詞人納蘭性徳（一六五五～一六八五）の詩文集。

(39) 劉節（一九〇一～一九七七）、浙江省永嘉出身。清華大学卒。当時、国立北平図書館編纂委員兼代理金石部主任を務めていた。のち河南大学教授、北京大学教授、中国大学教授、燕京大学教授などを歴任。研究分野は歴史学、考古学、金石学にわたる。橋川時雄『中国文化界人物総鑑』六八七頁参照。なお劉節はこの前年銭稲孫の娘銭亜澄と結婚している。楊樹達の一九三五年の日記（『積微翁回憶録』、北京大学出版社、二〇〇七年）に次のような記事がある。

（九月）十一日、劉子植（劉節）結婚於日本東京。帰来、賦詩賀之云、自従採薬神山去、徐福千年渺不回。今日万人翹首看、童男童女一双帰。

(40) 『大宋重修広韻』五巻。清の康熙四三年（一七〇四）刊本（張士俊沢存堂本）をもとに一九三四年、来薫閣が影印出版したもの。のち、北京大学の音韻学者周祖謨（一九一四～一九九五）がこの影印本を底本としてその文字の誤りなどを書き入れ、『校正宋本広韻』（商務印書館、一九三八年初版）を出版するが、これが現在一般に参照される『広韻』の基本テキストとなっている。

(41) この日は旧暦の十二月十六日に当たる。

一寸茶を買ひにゆき、あとは部屋に籠る。

夜、朱一新をかき了る。(42)

一月二十二日

午前中、宣内の本屋を見る。

午后、奚氏来らず。

山室君来る。

風強く、砂塵立つ。夜、黄氏の学をかき了る。(43)

失眠。

一月二十三日

夜中、徽宗大晟府(44)のことを考へる。

午前中、中国大学にゆき、残りのプリントをとる。

床屋にゆく。

夜、銭氏、周作人、徐祖正(45)（朱自清(46)も加はる）と計り、我々留学生を招いてスキ焼の会を催さる。会するもの十五人、甚だ盛なりき。

一月二十四日

黄節死す。

午后、奚氏。

一月二十五日

図書館にゆきしも簡朝亮(47)の書物なき故、文化事業にゆきて見る。

王府井のロシヤ料理で午食、隆福寺にゆき戴望の『謫麐堂遺集(48)』をかふ。

一月二十六日

中根にゆき、奈良屋にて夕食。

(42) 留学報告の第十八章は朱一新（一八四六～一八九四）。字蓉生、浙江省義烏の人。兪樾に師事し、光緒二年（一八七六）進士。著に『漢書管見』『拙庵叢稿』などがある。

(43) 留学報告の第十九章は黄奭および馬国翰による古書の輯佚学を述べたようである。黄奭（一八〇九～一九〇三）、字は右原、江蘇省甘泉の人。各書物に断片的に引用されて残る佚書二百八十余種の佚書を集めた『黄氏逸書考』（一名『漢学堂叢書』）がある。また馬国翰（一七九四～一八五七）、字詞渓、山東省歴城の人。黄氏を上回る五九四種の佚書を集めた『玉函山房輯佚書』を編した。黄奭と馬国翰は年齢は異なるが共に道光十二年（一八三二）に進士に及第した。

(44) 大晟府は、北宋第八代皇帝徽宗（一〇八二～一一三五）が設立した宮中の音楽官署。崇寧四年（一一〇五）に設立、宣和七年（一一二五）に廃された。その官員には当時一流の文人が登用され、最も有名なのは政和六年（一一一六）に長官である大司楽に任命された周邦彦（一〇五六～一一二一）が挙げられる。筆者には「詞源流考」（『目加田誠著作集第四巻』）など、宋詞に関する研究も重要な論文が幾つかある。

(45) 徐祖正（一八九七～一九七八）は、字は耀辰、江蘇省昆山の人。日本に留学して東京高等師範学校を卒業、更に京都帝国大学に学んだ。帰国後、清華大学外国語文系講師、北京大学東方文学系教授等を歴任、民国二四年（一九三五）には北京大学文学院外国語文学系教授。著に『蘭生弟日記』などがあり、また訳著に『新生』（島崎藤村）、『四人及其他』（武者小路実篤）などがある。橋川時雄『中国文化界人物総鑑』三四九頁参照。

(46) 朱自清（一八九六～一九四八）は、字は佩弦、浙江省紹興の人。北京大学哲学系卒。北平師範大学、清華大学、西南聯合大学などの教授を歴任した。彼は学生時代から中国新文学運動の作家として『新潮』『新中国』の二雑誌に寄稿、特に散文をよくした。著に『笑的歴史』『背影』『欧遊雑記』等がある。また中国古代文学の研究者としても優れた業績を残し、「陶淵明年譜中之問題」「李賀年譜」「賦比興説」「詩言志説」などの論文が有名。橋川時雄『中国文化界人物総鑑』九四頁参照。

(47) 簡朝亮（一八五一～一九三三）は、字は季紀、広東省北滘簡岸の人。康有為とともに広東の儒学者朱次琦に学び、著に『尚書集注述疏』『論語集注補正述疏』『孝経集注補正述疏』『読書堂答問』等がある。なお、この前日に逝去した黄節は彼の学生である。

(48) 『謫麐堂遺集』文集二巻、詩集二巻、補遺一巻。宣統三年（一九一一）神州国光社刊（風雨楼叢書）。巻首に施補華の墓誌銘、劉師培による伝記及び趙之謙の序を付す。戴望（一八三七～一八七三）は、字は子高、浙江省徳清の人。訓詁学に優れ、孫詒譲らと親交があり、曾国藩に招かれて金陵書局に入り、書物の校勘、編集に勤めたが三十六歳で早世した。

浜君来り、銭氏と共に午食。
午后、馬車にて釣魚台[49]にゆく。寒し。

一月二十七日（日）

午后、銭端信君と真光にゆく。
夕方、王府井にて待ち合はせし小川君とロシヤアパートにて食事。

一月二十八日

午后、北大出版部にて『国学季刊』二ノ三を買ふ。「納蘭性徳年譜[50]」有ればなり。

一月二十九日

午后、奚氏。
桂君、小川君来る。
湯にゆく。

一月三十日

午后、図書館にゆき、戴望の事を調べる。
本仏寺にゆき、小川、八木、真武諸君と語る。
文化事業にゆき、大槻、高宮氏[51]にあひ、南方旅行の紹介をたのむ。

一月三十一日

午后、奚氏。
目黒よりの金を毎日まてども来ず。心焦ちて堪えがたし[52]。
山室君を誘ひ散歩に出で、カラタスにて食事。
其後、活動を見る。

二月一日

金はまてどくらせど遂に来ず。
よくよくの事情とは思ふも余りにひどい。悲しくなる。

(49) 釣魚台は北京西郊にある御苑。金の皇帝章宗が名づけ、清朝にも皇帝の行宮が営まれた。現在も中国の迎賓館である釣魚台国賓館がある。

(50) 張任政「納蘭容若年譜」は、北京大学の『国学季刊』第二巻第四期（一九三〇年十二月刊）所収。清代の詞人納蘭性徳（容若は字）の最も古い年譜である。作者の張任政（一八九八～一九六〇）は、字は恵衣、浙江省海寧の人。北京大学研究所を卒業後、中学教員を十数年勤め、一九二四年より上海光華大学語文学系の講師。著に『声韻十二表』『漢魏楽府研究』『氷灯庵詩詞』などがある。橋川時雄『中国文化界人物総鑑』四〇〇頁参照。

(51) 高宮清吉は、外務省会計課出身。東方文化事業の会計業務を勤めていた。

(52) この日は旧暦の十二月二十七日にあたる。当時の北京では決算が所謂「節季払い」であるため、旧暦の大晦日（十二月三十日）の二月三日までに書店などの付け払いを清算しておく必要があったのである。

浜君より少し借りる　とても足らず　腹立ちと恥しさと情けなさ

おまけに歯がいたし。夜ねむれず。

この二三日、金の事を思ひて本もよめず。

二月二日

午前、浜君と公使館にゆく。

正午帰宅。東京より金を送りし電報来る。もう間に合はず。

銭氏よりも金を借り、本屋の借りを凡てすます。

金がもう一日早く来ればこの難儀なかりしものをと実に情なし。

奚氏来る。夜、赤堀君来る。

二月三日

我が誕生日也(53)。

銭宅にて茶わんむし、アヅキ飯を出さる。

陰暦の大晦日。

午後、真武君と前門の方へ町の様子を見にゆく。

灯籠を軒にかけたるを見しのみ。他にかはった事なし。

夜、灯くらくして書がよめず。

山室君を訪ね、一緒に少し酒をのみ、西単市場にゆき、三時帰宅。

二月四日

旧正月（午前中原稿をかく）。

昨夜は爆竹の音やかましくてねむれず。

午后、山室、小川、八木君来る。

夜、八木、小川二君と東城にゆき、ヘンペルにゆく。

元旦の夜は淋し。九時といふに街は深夜のごとし。

二月五日

(53)　この日、筆者は満三十一歳。

北京の春節風景。筆者のアルバムより

現在の西四北四条23号（もとの受壁胡同）に残る銭稲孫旧居（2018年撮影）

正金銀行に電話をかけしが、けふも休み。

午后、杉村氏、銭氏を訪ねて来り、一緒に食事。

浜君来る。

夕方、白塔寺(54)へゆき「陞官図」(55)をかふ。

二月六日

正金にゆき金をうけとる。

樫山君にあひ、一緒に先農壇(56)にゆき、琉璃廠の廠甸児にまわる。

柳公権、蘇東坡の法帖(57)などかふ。

二月七日

朝、金を四十五円日本の金にする(浜君に返すため)。

山室、小川両君と共に常氏の宅にゆき、酒が出る。

帰途、孫人和氏を訪ねしも、るす。

夜、浜君と東亜公司にゆき、届のミノ紙(58)をかふ。

二月八日

民会にて収入印紙三円をかひ、小学校にて大塚君に保証の印をもらひて、執照(59)下附状を出す。

その後、桂君を誘ひ二三の用事をすませ、観光局にゆき、南方の事をききしも何も得ず。

帰って桂君にかりし芥川の『支那遊記』(60)を一気によむ。

二月九日

午前中、手紙などかく。

兪君来る。

奚先生来る(『紅楼夢』復習八十五回まで)。

其後、兪君と北海にゆきて一緒に撮影す。

(54) 白塔寺は、北京市西城区阜成門内大街にある元代創建のチベット仏教の古刹。正式には妙応寺と称する。またこの白塔をランドマークとして、付近の胡同にはさまざまな商店が軒を連ねていた。

(55) 陞官図は、中国の伝統的な盤上ゲームの一種。日本でいう双六、または人生ゲームの原型。盤上にらせん状に連なるマス目があり、そこには身分、官職名が書かれている。庶民(白丁)から始まり、中央の大官である「太師」「太保」「太傅」に至るまでを競う。古い中国での春節の娯楽の一つであったが、現在ではほとんど忘れ去られている。

(56) 先農壇は北京旧城の南郊外にある農業神を祀る祭壇。明代の創建。現在も北京古代建築博物館として公開されている。

(57) 法帖は中国の伝統的な書道手本。ここで購入されたのは唐代中期の楷書家である柳公権(七七八~八六五)と宋代の文人蘇軾(一〇三七~一一〇一)だが、柳は欧陽詢(初唐)・顔真卿(盛唐)そして趙孟頫(元)と並んで「中国楷書の四大家」として定評があり、一方、蘇東坡は個性および芸術性を重視する宋以降の書の先駆者として、米芾・黄庭堅・蔡襄と並んで「宋(北宋)の四大家」として尊ばれている。

(58) 美濃紙(美濃和紙)は、江戸時代以来、日本の公文書の基準となった用紙であり、ここでは筆者の中国南方旅行についての許可申請のために購入されている。ちなみにこの美濃判(縦九寸×横一尺三寸)の大きさが現在の日本のコピー用紙などの「B4判」にほぼ相当する。

(59) 執照[中 zhízhào]許可証、免許。

(60) 芥川龍之介『支那游記』(改造社、一九二五年)を指す。芥川は一九二一年三月から七月まで大阪毎日新聞社の海外視察員として中国を訪問した。その行程は北九州の門司港から出航して上海に上陸し、杭州、蘇州、そして長江をさかのぼって南京、武漢、長沙などを巡歴、そして武漢より鉄道(平漢線=現在の京広線)で北上して、洛陽、大同、北京(北平)、そして天津に至るものであった。

空のいろ何となく春めきたり、やるせなき気持ち

二月十日

午前中、孫人和氏を訪はむとし、小川、浜二君と約し集まりたれど、孫氏留守。

午后、一人利華洋行[61]に洋服の繕ひをたのみにゆき、更に竹田氏を訪ひ、其後、琉璃厰を見る。玉池山房[62]に硯のよきあり。

二月十一日

紀元節[63]なり。

二月十二日

午后、山室、浜両君と共に平安に活動を見る。

帰宅、『紅楼夢』を九十五回までよむ。

二月十三日

風強し、心静まらず。

春になりしが如き天気也。

午后、山室、浜両君と徳勝門より驢にのり黄寺及黒寺[64]に遊ぶ。

夜、浜君と協和礼堂[65]に新劇「委曲求全[66]」をみる。

二月十四日

午后、兪君、小川君来る。

夕方、小川君と北海にゆき、兪君とうつしたる写真をとって、順(つい)でに画舫斎[67]をみる。

夜、小川君を誘ひ、兪君と別れの酒をのむ。

兪君は二三日中に暫く張家口[68]にゆく由。もはや逢はれまじ。

兪君、余をさそひて華楽戯院に富連成の芝居を見る。

戯散じ、前門大街にて手を握りて分る。

(61) 利華洋行は、当時西単牌楼大街四四号にあった紳士服や革靴等を扱う日本人商店。

(62) 玉池山房は、琉璃厰にあった表装および書道用品店。店主は河北出身の馬霽川（一八九二～一九五九）。

(63) 現在の日本における建国記念の日である。

(64) 黄寺と黒寺は、北京旧城の北、徳勝門外に建立されたチベット仏教ゲルク派の寺院群。本殿の琉璃瓦が黄色（紫禁城と同じ）のものと青黒色のものとに分かれている。清代には東西二つの黄寺と前後二つの黒寺の四ヶ寺が存在したが、現在は西黄寺（正式名称は清浄化城）のみが存在する。

(65) 協和礼堂は、東単にある協和医学院の講堂。アメリカ資本によって建設されたこの医院兼医学校は、当時よりこのように演劇公演などで一般に開放されることがあったのであろう。

(66) 新劇「委曲求全」（終わりよければすべてよし）は、イギリス華僑出身の王文顕（一八八六～一九六八）作。大学を舞台とする近代劇（全三幕）で、初演は一九二九年アメリカのイエール大学で行われた。のち王文顕が中国に戻り、清華大学外国文学部の教師となった際、その学生で後に脚本家となる李健吾（一九〇六～一九八二）が中国語に翻訳した。筆者がこの日に観たのはその中国での初演である。なお王文顕のもとから、曹禺、李健吾、洪深など中国の有名な劇作家が育った。

(67) 画舫斎は、北海の東岸にある名所。四合院造りの庭の中心に方形の池をしつらえる。清代には皇族の離宮として使用された。

(68) 張家口は、北京から北西約一六〇キロメートルの場所にある河北省の都市

一抹のあはれ、何はなく悲し。

之、北京の離別の最初なり。(69)

二月十五日

朝、浜君、周作人氏宅よりいなりずしをもって来る。

午后、浜君と写真機をかひにゆく。

方々見まわり、結局十円五十銭の安ものをかふ。

夜、周宅にゆく。

周豊一君も上海より已に帰れり。

二月十六日

午后、奚氏。

夜『紅楼夢』を調べ、詞をよみ、手紙をかく。

二月十七日（日）

朝、周君、浜君来る。

共に東安市場にゆき、両君を昼食に誘ふ。

周君の案内にて洋服屋を見る。王府井にて三十五元の合服をたのむ。

天安門、其他にて写真をうつす。

夜、湯に行く。写真機の袋を縫ふ。

二月十八日

夕方、山室君と散歩。

けふは元宵(70)也。市中人出夥（おびただ）し。

花炮(71)所々に昇る。

明るき月。

二月十九日

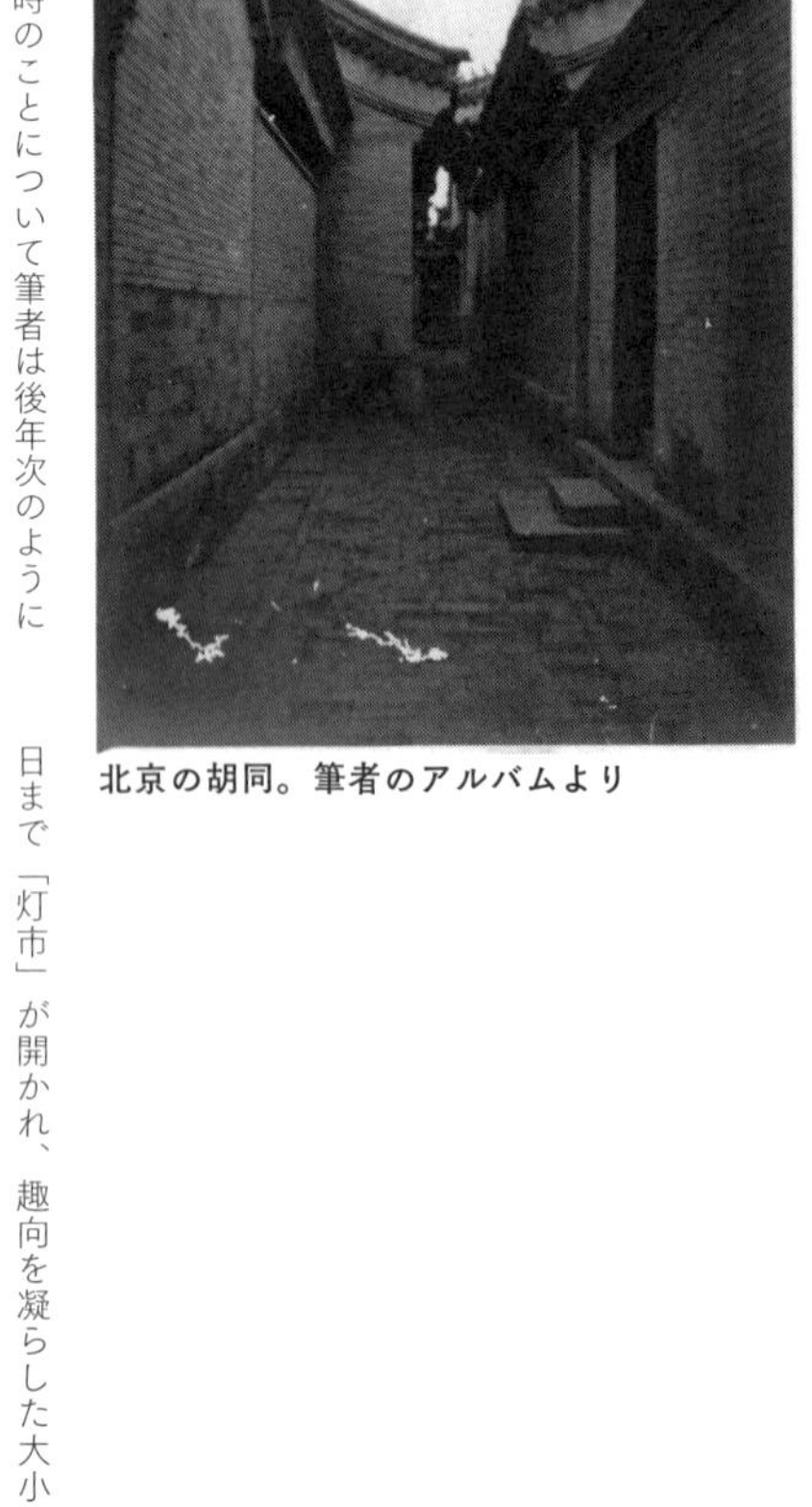

北京の胡同。筆者のアルバムより

(69) この時のことについて筆者は後年次のように回想する。

　兪君とは北京を去る前夜、いつしょに芝居を観て、長安街まで連れ立ってきたとき、もう夜が更けて、月が皎々と冴えていた。彼は西城、私は東城に帰る。限りが無いので「では」といって、私は別れて歩き出したが、数歩行って振り返ると、兪君そのまま立っている。手をふってまた歩き出して、後を見ると、彼はまだ月光の下にたたずんでいる。やむをえず立ち戻って手をとって「きっとまた会えるから」といって彼の顔を見ると、涙が月に光っていた。私は思い切って、折りから通りかかった空馬車をとめてとび乗ってしまった。中国の人々が友情に厚いのは人も知る。古来の詩に、友を思い、友との別れを悲しむ詩が実に多い。わが平安朝の恋の詩に代わるものは中国の友情の詩である。（「別離」、『目加田誠著作集第八巻』所収）

(70) 元宵［中 yuánxiāo］は旧暦一月十五日のこと。この夜を中心に商店街では十三日から十七日まで「灯市」が開かれ、趣向を凝らした大小色とりどりのランタンが街路や寺廟を彩り、多くの見物客で賑わう。また中山公園では元宵節の夜に花や動物、建造物や歴史上の人物などを模した氷の彫刻をライトアップする「氷灯」が作られ、これも大変な人出であった。

(71) 花炮［中 huāpào］は花火、爆竹。元宵節の夜、中山公園や北海公園を中心に、正月行事の総仕上げとして盛大な花火大会が催された。

二月二十日

山室、浜両君と景山にのぼる。

一人琉璃廠にゆく。

二月二十一日

奚氏。『紅楼夢』の復習、百二十回迄完了。

夜、西単商場にて『画人行脚』(72)をかふ。

山室君来る。

二月二十二日

来薫閣より人二人来り、書物発送。

夜、商場にて山室君と落ち合ふ。

二月二十三日

夜、周作人氏宅にて送別会。

大いに酔ひ、抬(かつ)がれて帰る(73)。

二月二十四日

ます代、病あしき知らせ。

身をきざまるゝ思ひ。

八木君来る。一緒に一寸周宅にゆき、夕方東城に出る。

二月二十五日

順子の写真、可愛いらし。

ます代より簡単なる手紙、手足しびれる由。この病人を待たせて旅行に出づる心苦しさ。

午后(山室君と途中迄一緒)一二三館、扶桑館にゆき、南方旅店の事をきく。

(72)『画人行脚』は、画家倪貽徳(一九〇一～一九七〇)が自身の芸術観や創作活動について綴った随筆集。一九三四年、良友図書印刷。日本では筑波大学や東京大学東洋文化研究所等に所蔵。彼は浙江省杭州の出身で、一九二二年上海美術専科卒業後、一九二七年に日本留学。帰国後は広州市立美術専科学校、武昌芸術専科学校、上海美術専科学校等で教鞭を執った。一九三二年、上海で美術結社の決瀾社を結成、中国における西洋画の発展を推進した。著書に『西洋画概論』(現代書局、一九三三年)等がある。また文学者としても活動しており、一九二三年には郭沫若や郁達夫らが結成した創造社に参加、短編小説『玄武湖之秋』(泰東図書局、一九二四年)や『東海之浜』(光華書局、一九二五年)、散文『百合集』(北新書局、一九二九年)を発表している。解放後は中央美術学院華東分院副院長、中国美術家協会常務理事、浙江美術家協会副主席等を歴任。橋川時雄『中国文化界人物総鑑』三六五頁参照。

(73) 抬[中 tái]担ぐ。なお、この日の記録として周作人の息子周豊一「憶往」(『颷風』第十八期所収、一九八五年二月)に周作人の日記を引用している。「豊一招小川、桂、目加田、濱及、沈令翔諸君飯。客多大酔、小川留宿。」

そのまま文化事業にゆき、小野君に先達(せんだって)の醇王府の写真をもらひ、大槻氏を尋ねビールをのみ、更に本仏寺を訪ふ。

二月二十六日

正午のバスにて清華大学に向ふ。銭氏の通訳にて兪平伯にあひ、『紅楼夢』及び詞に関して語る。北京に来て之程真剣に談話せし事なし。実に嬉し。嬉しくてたまらず、初めて之程心にふるゝ話をきゝたり。帰途、山室君の家により一緒に食事。夜、活動を見る。「クリスチナ女王」(74)。

夜、ます代の事を思ひ、泪出づ。

【兪平伯氏会見記】(75)

昭和十年二月二十六日午後於清華大学

余　余は従来『紅楼夢』に深き興味を抱き、一面、詞の研究に趣味を有するもの也。先生の此の両方面の研究(『紅楼夢弁』『読詞偶得』)をよみ、敬服に堪えず。然れども貴下は今尚『紅楼夢』に従前の如き興味を有せらるるや。

兪　然り。然れども『紅楼夢弁』中に論じたる問題につき、今日熟慮の結果、又疑を抱くに至りしもの少なからず。只一つ今以て従来の主張を固持し得るは、同書八十回以後の回目は決して曹雪芹の予め作りしものに非ず。即ち続書の作者の倣せしもの也(76)といふ

(74) 映画「クリスチナ女王」は、一九三三年公開のアメリカ映画。十七世紀のスウェーデン女王アンナ・クリスティナをモデルに、敵国スペイン大使との情熱的な恋を描く。主演はスウェーデン出身でハリウッド女優のグレタ・ガルボ。

(75) この対談記録は、「兪平伯氏会見記」として『目加田誠著作集第八巻』(龍渓書舎、一九八六年)にも一部字句を改めて収録されている。また、この対談の席には筆者と兪平伯のほかに、銭稲孫が通訳として陪席していた。

(76) 兪平伯は『紅楼夢弁』の中で、『紅楼夢』全百二十回のうち、前八十回は曹雪芹(一七一五~一七六三)の作だが、後四十回は高鶚(一七六三~一八一五)による続作と断じた。今日ではこれが定説となっているが、一九三〇年代当時は、補作者を別人とする説もあり、また王国維や魯迅も後四十回を曹雪芹の未改訂原稿とする立場であった。『紅楼夢弁』では他にもさまざまな問題提起がなされており、『紅楼夢』を曹雪芹の自伝的小説と位置づけ、また曹雪芹の失われたとされる八十回以降の内容の推測を試みるなど、以後の『紅楼夢』研究に大きな影響を与えた。

(77) 兪平伯『紅楼夢』底年表」(『紅楼夢弁』中巻)では、曹雪芹の生年を康熙五八年(一七一九)、卒年を乾隆二九年(一七六四)と推定している。現在では、卒年については乾隆二七年除夕(一七六三年二月十二日)・乾隆二八年除夕(一七六四年二月一日)の二説、生年については卒年から逆算する方法で康熙五四年(一七一五)・雍正二年(一七二四)の二説がある。なお、こ

誠著作集第八巻』所収「兪平伯氏会見記」では省略されている。

(78) 「金陵十二釵」は「金陵(南京)の十二人の美女」の意で、『紅楼夢』中の十二人の主要な美女(薛宝釵・林黛玉・賈元春・賈探春・史湘雲・妙玉・賈迎春・賈惜春・王熙鳳・賈巧姐・李紈・秦可卿)の総称。『紅楼夢』の別題の一つでもある。第五回に、賈宝玉が夢の中で「金陵十二釵正冊」「金陵十二釵副冊」「金陵十二釵又副冊」と題する書物を目にする場面があり、その各頁には女性を描いた絵とその讃詩が書かれているが、これは「花案」「花榜」などと呼ばれる妓女のコンテストを記録した書物と体裁が類似している。また、明末には実際に「金陵十二釵」と呼ばれる妓女たちが存在していた。合山究「花案・花榜考」(『明清時代の女性と文学』所収、汲古書院、二〇〇六年)参照。

(79) 賈赦は賈母(史太君)の長子。好色で貪欲、傲慢な人物。賈赦が賈母の筆頭侍女鴛鴦を側室にしようとして騒動になる第六四回の題には「尷尬の人 尷尬の事を免がれ難し」とあり、「尷尬(正しく歩けない、転じて対応に困る、世話が焼けるの意)」は賈赦(および妻の邢夫人)を指す。また、第四八回では骨董の扇子を手に入れるため、持ち主を陥れて買い上げる様子が描かれている。なお兪平伯「読紅楼夢随筆」(香港の新聞『大公報』一九五四年一月一日~四月二三日に掲載、『兪平伯論紅楼夢』所収、上海古籍出版社、一九八八年)の「賈赦」の項にも同様の指摘がある。

(80) 闞鐸『紅楼夢抉微』(大公報館、一九二五

余　然らば其の問題と思はるる重要なるものは如何。

兪　一は曹雪芹の生年[77]なり。……五十年と五十五年と其の差五年なれど、之忽になし得ざるもの。又曹氏が自己の少年時代の家庭を画けるとするは甚だ疑問あり。其の理由の一つとして金陵十二釵[78]。十二金釵といふ言葉は妓者に用ふる言葉にして自己の姉妹を称すべきことに非ず。又賈赦[79]を画ける文字に罵倒の意多し。何れも自己の家庭を描写せるものとしては考えられざるもの也。又『紅楼夢抉微[80]』の一書、別に取るべきものなけれど、唯『紅楼夢』が『金瓶梅[81]』より脱化せりとなす点は大いに注意すべし。思ふに黛玉は潘金蓮、宝釵は李瓶児也[82]。而して『金瓶梅』に於て潘金蓮が成功し、李瓶児が失敗せるに対し、『紅楼夢』は其の反対なり。この説甚だ迂に似たれど、思ふに読者が『紅楼夢』と『金瓶梅』とは全く相似ざる如く思ふは、『紅楼夢』が其の卑穢なる方面を全く捨て去りしがため也。而して『紅楼夢』に於ては其の淫卑なる方面を秦可卿[83]をして代表せしめたり。恐らく秦氏に関しては『金瓶梅』そのままの淫穢なる描写ありしをけづり去りし形跡あり。而して秦氏は宝釵と黛玉の二人のこの方面を抽象せしもの、されば其の乳名を兼美といふ也。秦鍾[84]又淫卑なるものの代表者なり。そもそも人の曹氏に贈れる詩等[85]を見るに、凡て風月に関するもの多し。故に之も有り得べき事かと思はるゝ也。

余　貴下が可卿の死につきて解釈せられし点[86]は全く敬服の外なし。

兪　その点は胡適氏所持の鈔本[87]現はれてより余が想像して云ひし事が事実なるを証明されたる也。

余　『紅楼夢』八十回に近づく頃、尤氏姉妹の事件[88]あり。其の描写

故事を比較した文章を多数収録する。著者の闞鐸（一八七五～一九三四）は、字は霍初、号は無水、安徽省合肥の人。日本で東亜鉄道学院を卒業後、帰国し北京政府交通部秘書、国民政府司法部総務庁庁長、東北鉄路局技師などを務める。満州事変後、日満文化協会にて満州国立博物館の建設や古書の複製、国宝建造物の保存活動に従事した。

(81)『金瓶梅』は明代の小説。作者は笑笑生と名乗る。『三国志演義』『水滸伝』『西遊記』と並び四大奇書の一つに数えられる。『水滸伝』の登場人物であった西門慶を主人公に、彼の恋愛遍歴を赤裸々に綴る。潘金蓮はもと武大の妻であったが、西門慶と密通の上共謀して夫を殺害、西門慶の第五夫人となった。李瓶児は西門慶の第六夫人。兪平伯が「潘金蓮が成功し、李瓶児が失敗せる」と言うのは、李瓶児が出産した男児が潘金蓮の策謀によって殺され、瓶児も病死することを指す。

(82)林黛玉、薛宝釵は『紅楼夢』に登場する二大ヒロインで、対照的なキャラクターとして描かれている。林黛玉は主人公賈宝玉の父方の従妹。母の死を機にその実家の賈家に身を寄せる。華奢な体格で病弱、神経過敏で傷つきやすいが、儚げな美しさがあり詩才と機知に富む。薛宝釵は賈宝玉の母方の従姉。黛玉に劣らず聡明だが、温和で控えめな人柄で、艶美かつ豊満な容姿の少女。黛玉と宝玉は相思相愛だが、宝玉は宝釵と結婚する。宝玉が生まれながらに口に含んでいた玉に彫られていた八字句と、宝釵が身につけていた金鎖（首飾り）の八字句とが対をなしており、二人には夫婦の縁があった（金玉の縁）。黛玉は彼らの婚礼中に病死する。

(83)秦可卿は秦業の養女で賈蓉の妻。『紅楼夢』第五回で賈宝玉の夢の中に現れた仙女の妹が彼女と同じ可卿と名乗り、その容貌は薛宝釵と林黛玉に似ていると形容される。幼名の「兼美」も二人のヒロインの長所を兼ね備える意。宝玉はこの夢の中で可卿と結ばれる。また、このとき宝玉が眠っている場所は秦可卿の部屋である。兪平伯が「其の淫卑なる方面を秦可卿をして代表せしめたり」と言うのは、この場面、および他の男性（舅の賈珍や夫賈蓉と同排行の賈薔など）との不義が暗示されている点に基づく。

(84)秦鍾は秦業の子、秦可卿の義弟。美少年。賈宝玉と共に賈家の家塾に通う。兪平伯の評価は、家塾内で男色の醜聞が立ち騒動となったこと（第九回）や寺の尼と関係をもったこと（第十五回）などによる。

(85)曹雪芹の友人による詩文に「秦淮風月憶繁華」（敦敏「贈芹圃」）や「繁華声色、閲歴者深」（西清「樺葉述聞」）などの語句がある。秦淮は南京にあった花街。前掲の合山究「花案・花榜考」参照。

(86)「論秦可卿之死」（『紅楼夢弁』巻中所収）の中で、兪平伯は秦可卿の死因を病死とする現行本の筋書きに疑いを抱き、彼女は本来は縊死したはずだと述べ、その根拠として次の四点を挙げる。

①秦可卿の死を聞いた賈宝玉の反応が激しすぎる。

②舅賈珍の悲哀が尋常でなく、また彼が差配する葬儀も盛大すぎる。

③秦可卿の葬儀の場面で、賈珍の妻であり可

甚だ俗、全体の気分と同じからず。之に対して如何に思はるゝや。

兪　此の書決して第一回より回を追ひて書かれしものに非ざる事、脂硯斎本等によりても明らか也。(89) されば之については疑ひは有し得ず、且つ尤氏の出身、他と関係なき故、従って筆致も同じからざる也。

余　俗本『金玉縁』(90)可卿の死の段「都有疑心」とあり。普通は「傷心」とあるに、この書のみ「疑心」とあるは(91)そもそもその源流如何。

兪　脂硯斎鈔本には「疑心」とあり。『金玉縁』の「疑心」も決して後来勝手に変へたるものに非ず、必ず由来あり。されどその由る所は明言し得ず。

余　余は『紅楼夢』中の家屋の様式は現存せる北京の所々の房屋を写真にうつし得たり。されど衣裳につきては如何ともすべきなし。

兪　『紅楼夢』の衣裳(92)は甚だ不確実なり。一体この書は清朝の事を画きて清朝の如く或は清朝に非ざるが如く故意に其の時代を不明にせしため、清朝にはなきものも加はりしなり。されど此の書が清朝を画きし証拠は、書中、女の足(93)につきて描写せる処なり。之従来小説の伝統と離れし点也。

余　貴下は詞は何人の詞を愛さるゝや。

兪　『花間集』(94)及び『清真詞』(95)なり。

余　王国維氏の『人間詞話』につき如何に思はるゝや。

兪　甚だよきものなり。但しこの書は氏が年少の時の作なり。人の語るによれば（余―兪氏―は王氏を相識らず）後年は詞に興味なかりし様なり。

其の境界を隔つ隔てずの論(96)は、之一家の言として見るべし。又

卿の姑である尤氏が病と称して登場せず、賈珍の描写のみが続く点に違和感を覚える。
④秦可卿の侍女瑞珠が可卿の後を追って自殺する場面で、「見秦氏死了、也触柱而亡（秦氏の死を見て、彼女も柱に頭を打ち付けて死んだ）」と表現されており、彼女以前にも自殺者があったかのようである。また、もう一人の侍女宝珠は可卿の義理の娘となって喪主を務め、出棺に伴い賈家を出たまま戻らない。これら二人の侍女の行動は、賈珍と秦可卿の醜聞を隠蔽しているのではないか。

(87) 兪平伯が『紅楼夢弁』を発表した四年後の一九二七年に胡適が発見した鈔本『脂硯斎重評石頭記』（甲戌本）をいう。その脂硯斎評には、秦可卿が死ぬ段は元来「秦可卿淫喪天香楼」と呼ばれ、作者の家庭内の事件を題材にしたものだったが、評者が作者に命じて削除させたとある。この記述や第五回の暗示などから、この一段は元々賈珍との関係を侍女に知られた秦可卿が、これを恥じて天香楼で縊死するという筋書きであったと考えられる。なお、この日記の昭和九年十月十四日の条にも「第十三回秦氏の死のところ最も注意すべし」とある。

(88) 第六四～七〇回に登場する尤二姐と三姐のエピソード。二人は賈珍の妻尤氏の義理の妹。賈珍の父賈敬の葬儀を契機に、賈璉は妻の王熙鳳に内緒で尤二姐を側室にする。妹の三姐も賈珍と賈璉の協力により、賈宝玉の親友柳湘蓮と婚約するが、湘蓮に品行を疑われて破談となり、これを恥じて自刎する。その後、二姐の件も王熙鳳の知るところとなり、二姐は自殺に追い込まれる。なお、この日記の昭和九年十月二十日の条に「小川君と哈爾飛に荀慧生の「紅楼二尤」を見る。不愉快なり」とある。恐らくこのような筋書きの劇に筆者はあまり好感を持てなかったか。

(89) 先にも見えたように脂硯斎評には旧稿の痕跡や評者の意見による改訂の経緯が記されている。特にこの日の会見で言及されている秦可卿・秦鍾姉弟と尤姉妹のエピソードは、もと『風月宝鑑』と題する小説の一部であったと考えられている。船越達志「風月宝鑑考」（『『紅楼夢』成立の研究』所収、汲古書院、二〇〇五年）参照。

(90) 『金玉縁』は紅楼夢の別題の一。賈宝玉と薛宝釵の「金玉の縁」に由来する。その最も早い版本は光緒十年（一八八四）上海同文書局による石印本で、程甲本（程偉元の乾隆五六年（一七九一）刊本）を底本に、王希廉、姚燮、張新之の評語を付す。

(91) 第十三回、秦可卿の訃報に対する一家の反応について、「無不納悶、都有些疑心（誰もが不審に思って、疑念を抱いた）」という描写があるが、版本によってはこの「疑心（疑念）」を「傷心（悲しみ）」に作る。兪平伯は論文「論秦可卿之死」において、「納悶（不審に思う）」に続く語としては「疑心」の方が相応しいと述べる。

(92) 兪平伯「梨園装束」（『読紅楼夢随筆』所収）に、『紅楼夢』第十五回における北静王の服飾描写を例に、それが明代のものであり、清朝王族の衣裳ではないと指摘している。

(93) 近代以前の中国における美女の条件の一つに、足の小ささが挙げられる。纏足の表現とし

この書の欠点は、余りに北宋を推して南宋を斥けし点也

余　貴下の『読詞偶得』は面白くよみたり。されど例の李後主の「天上人間(97)」は遂に如何に解すべきか。

兪　この四字は曲調の為字数を制限せられしため、只「天上人間」といひて何らの動詞もなく、従って一見甚だ晦渋の観あり。されど之は左様に深く考ふるべきに非ず。『花間集』(二)張泌詞(98)

天上人間何処去　天上人間　何れの処にか去らん
旧歓新夢覚来時　旧歓　新夢　覚め来たる時

の句をみれば、其の意、了解すべし。

余　余固より龔自珍の詩詞及文を愛す。貴下は如何。

兪　彼の古詩(五言)最もよし。其の詞又規矩あり。彼の太平湖の伝説(99)を知らざるや(とて左の句を挙ぐ)。

一騎伝箋朱邸晩　一騎　箋を伝ふ　朱邸の晩れ
臨風遞与縞衣人　風に臨んで遞与す　縞き衣の人

又、

相思無十里　相思　十里無し
同此鳳城寒　此の鳳城の寒を同にす

余　我亦この伝説を知る。更に伺ひ度きは曲園先生(100)と戴望(101)は如何なる関係ありや。又其の間往復の書札現に蔵せらるゝや。

兪　曲園先生と戴望は親戚関係ありし也。曲園先生の公羊学は戴望の影響也。
其間の往復の書札、今尚少しは残れり。

余　曲園先生は詞を愛されしが如きも如何。

兪　多からず。只二巻(102)、全集中に在り。

で「三寸金蓮」という語があるように、旧時代の美女の形容描写に足の表現は欠かせないものであった。ただし纏足は漢民族特有の風習である。『紅楼夢』にこの描写が極めて少ないのは、こうした習慣を持たない満州族の文化の中で書かれた作品であることを示している。

(94)『花間集』十巻は、五代後蜀の趙崇祚編。詞を集めた最古の選集。晩唐から五代にかけての十八人、五〇〇首の詞を収録する。

(95)『清真詞』二巻は、北宋の周邦彦(一〇五七〜一一二一)の詞集。徽宗皇帝の大晟府の提挙(長官)でもあった彼の詞は、音律に滑らかで、表現も典雅である。

(96)王国維の境界説については、竹村則行「王国維の境界説と田岡嶺雲の境界説」(九州大学中国文学会『中国文学論集』第十五号、一九八六年)参照。

(97)南唐の後主李煜(九三七〜九七八)の「浪淘沙」詞の後半部の

別時容易見時難　別るる時は容易きに　見ふ時は難し
流水落花春去也　流るる水　落ちゆく花　春は去りゆきぬ
天上人間　天上　人間

の解釈をめぐる議論である。

(98)『花間集』に見える南唐の張泌「浣溪沙」詞の其の六の一節である。夢の中で「旧歓」(昔の恋人)に出会ったのに、目覚めると、夢ははかなく消えてしまった。あの夢はいったい何処に去っていったのか?天上世界(あの世)なのか?それとも人間世界(この世)なのか?

(99)龔自珍の「己亥雑詩」(全三一五首)の其二〇九(宣武門内太平湖の丁香花を憶ふ一首)の一節と、「暮雨謡三畳」其の三の一節である。筆者の論文「水仙花—龔定庵の生涯」(『目加田誠著作集第四巻』所収)を参照。

(100)兪樾(一八二一〜一九〇六)は、字蔭甫、号曲園、浙江省徳清の人。道光三十年(一八五〇)の進士。咸豊七年(一八五七)に官を辞して後、蘇州をはじめ、江南各処で教学に専念し、章炳麟や呉昌碩など清末民初に活躍する多くの人物を育てた。兪平伯はその孫に当たる。

(101)戴望(一八三九〜一八七三)は兪樾の甥で、幼い頃の兪樾は戴望の父の戴福謙に師事していた。戴望は兪樾への手紙の中で自らを「弟子」と称している。また兪樾が戴望に送った手紙が現在五通残っている。張燕嬰整理『兪樾函札輯証』(鳳凰出版社、二〇一四年)参照。

(102)兪樾の全集『春在堂全書』中に『春在堂詞録』三巻がある。『春在堂全書』は同治十年(一八七一)の初刻で、『群経平議』『諸子平議』『春在堂詩編』等を収める。光緒年間に数度増補され、光緒二八年(一九〇二)に総計四九六巻となった。

曲園先生に『論語』の注[103]あり。各散在す。余之を輯めつゝあり。完成せば便利なるべし。一本を贈るべし。

余　多謝。その論語注も戴望の如く公羊を采りしものなりや。

兪　否、訓詁也。

時正に五時。バスの時間にをくるゝをそれ、意尽きざれど辞す。辞するにのぞみ、余「近日南方に旅行し西湖に至れば兪楼[104]にも至るべし」といへば、兪氏「兪楼も現在改造されし処多し」といふ。夫れより兪氏に請ひて写真をうつし、清華の門にて別れて将に発車せんとするバスに乗る。

尚以上の他語りしことあれど、重要ならざれば之を略す。

二月二十七日

夜、中根宅（西裱褙胡同）にて会食。

二月二十八日

合服出来る。三十五元。

三月一日

琉璃廠にて買物。

夜、文化事業にて余の送別会。

大槻、小竹（中途にて日本より帰りしに間に合ふ）、山室、浜、桂、中丸[105]、宮島、八木、真武、大元、布施、樫山、小川、赤堀（この二君も今度一緒に旅行）、高宮、小野。

このとき撮影された兪平伯と銭稲孫の写真。筆者のアルバムより

(103)『春在堂全書』中の『論語』に関する兪樾の著作は『論語平議』二巻（『群経平議』所収）、『論語小言』一巻（『第一楼叢書』所収）、また『論語鄭義』一巻、『続論語駢枝』一巻、『論語古注択従』一巻（ともに『兪楼雑纂』所収）がある。

(104) 兪楼は杭州の西湖にある兪樾の住居跡。彼が杭州の詁経精舎で講義していた際の建物を生徒たちが「兪楼」と称したことに始まる。その後荒廃し、幾たびか改築されたが、一九九八年に修復。現在は兪曲園紀念館として公開されている。

(105) 中丸平一郎（一九〇八～一九七四）、山口県出身。号は均卿。慶応義塾大学文学部東洋史学科卒。昭和九年（一九三四）から昭和十一年（一九三六）まで北京に留学。帰国後、慶応義塾の商工学校で支那語を教える。のち慶応大学図書館、湘南学園中学校等に勤務。濱一衛との共著『北平的中国戯』（秋豊園、一九三六年）、赤星五郎との共著『朝鮮のやきもの　李朝』（淡交社、一九六五年）がある。

三月二日

昨夜、小竹氏のところに泊る。
午後、常氏（常裕生）余を誘ひて芝居をみる。
夜、銭宅にて会食。小川、八木、赤堀、山室。

三月三日

銭氏と共に山室君を誘ひて散歩。
カラタスにて茶をのむ。
夜、震旦医院にて食事。
活動を見る。

三月四日

朝より俥を雇ひ、郵便局、警察、
五昌、民会、青年会、本仏寺、
傅惜華氏、奚氏、孫楷第氏、
後門大街の骨董屋等をまわる。
明後日出発に決定。(106)

銭稲孫と筆者。筆者のアルバムより

(106)　筆者目加田誠と小川環樹、赤堀英三の三人の中国南方旅行は、『小川環樹著作集第五巻』（一九九七年、筑摩書房）に収められる二篇の回想文「北京から南京まで—四十年前の旅行の思い出」（三九一～三九七頁）、「留学の追憶—魯迅の印象その他」（四〇六～四四八頁）などによって、およそ次のような行程であったことがわかる。

三月六日　上海行きの急行列車に乗り午後三時五分に北京を出発。
三月七日　朝七時、曲阜に到着。孔林、孔子廟等を見る。駅付近の「中西旅館」に宿泊。
三月八日　曲阜を発し南京へ。夜十一時半に揚子江南岸の南京下関の駅に到着、付近の日本旅館に宿泊（目加田・小川のみ。赤堀は以後別の場所に向かう）。
三月九日　朝、南京城内に入る。鼓楼付近の日本領事館にて紹介状をもらい、金陵大学の劉国鈞氏、国立中央研究院歴史語言研究所の趙元任氏を訪問。また莫愁湖、夫子廟等を観光。
三月十日　国学図書館を訪問。雨花台、明故宮、中山陵を観光する。
三月十一日　朝、南京を発って鎮江に到着。金山寺、北固山等を観光。対岸の揚州にも渡る。
三月十二日　午後、鎮江から汽車に乗り、五時間かけて蘇州へ。数日蘇州を観光。
三月十六日　南潯の嘉業堂蔵書楼を見学。南潯に一泊。
三月十七日　杭州に到着。
三月十八日　浙江大学近くの郁達夫邸（大学路上官街六三号）を訪問。魯迅への紹介状をもらう（当初北京にて周作人に紹介状を依頼したが断られたため）。
三月十九日　郁達夫と西湖遊覧。夜、料理店（聚豊園）にて歓待さる。
三月二十一日　朝八時十五分に杭州を出発、十二時半に上海駅に到着。外灘にある日本郵船会社にて明日の船の切符を購入（目加田のみ）。その後、北四川路の内山書店にて魯迅と面会。
なお魯迅『魯迅日記』（人民文学出版社、一九七六年）下巻九四五頁に「（三月二十一日）下午得達夫信、紹介目加田及小川二君来談。」とある。
三月二十二日　目加田、上海を出発、帰国の途につく。
三月二十三日　目加田、日本（長崎）に帰国。小川環樹はその後、四月十一日に上海より日本の汽船で青島に渡航、済南を経由して、北京にもどった。

【付録】目加田誠「論文集のあとに」より（『目加田誠著作集第四巻』所収）

昭和十年三月、小川さんと赤堀という地質学者と三人で北京を立ち、曲阜、南京、鎮江、揚州、蘇州を見て、蘇州からクリークを船で南潯に行き、嘉業堂の書物を見せてもらい、さらに船に乗って、杭州に行った。杭州では、郁達夫さんと三日間毎日会い、一緒に方々を散歩した。郁さんは美人の妻君と一緒に住んで、杭州の新聞の主筆をしていた。

その郁さんに頼んで、上海の魯迅さんに紹介してもらい、私たちは上海に行って内山書店で魯迅さんにお会いすることができた。そのときのことはほかに書いたこともあるかと思うが[107]、内山から魯迅さんに使いを出し、やがて魯迅さんが現れると、その瞬間、店内は急にひっそりと静かになった。

魯迅さんは小柄な人で、胸をそらし、入り口のドアを押してずっと店の奥まで入って来た。弟の周作人さんとはまるで違い、むろんどちらも強い人だと思うけれども、周さんがまるで渾然として玉の如くにこやかな人であるのに対し、魯迅さんは抜き身の槍を下げている様な気魄が感じられ、かえって何か痛々しい気がした程である。魯迅さんは日本語が上手なので、いろいろとお話しできたが、途中一度若い女性が入ってきてそっと傍に寄り、何か一言囁くと、魯迅さんは私たちに「しばらく待ってくれ」と言い残して店を出て行った。

それから、かなり長い時間がたって、また魯迅さんは現れ、話を続けた。その時、私は魯迅さんの中国における立場についてまだ十分には理解していなかった。今思うとそれが残念である。魯迅さんはいろいろ話を続け、「日本と中国とは世界の他の国々の間とはちがって、当然両国だけが理解しあえるはずの文化を持っているのに、なぜそれを理解しようとしないのか」といって言葉烈しく嘆いておられた。

もう一つ非常に印象的なのは、私が北京の周作人さん達の小品文の運動について話をすると、魯迅さんは冷然として「周作人はまもなく没落するだろう」といい放った。これには何ともことばの出しようがなかった。

それから船で長崎に渡り、留守中長く患っていた私の家内がもはや危篤だという事を知って、急いで東上し、鎌倉で療養中の家内に附き添って看護した。しかし、やがて若宮大路の桜が葉桜になる頃、妻は亡くなった。その後始末をして、一人の幼子を妻の里に預け、私は九州大学に赴任した。

曲阜孔林の孔子墓に拝礼する筆者。筆者のアルバムより

（107）「魯迅」（『随想　秋から冬へ』所収）。

会いに行きたい留学の父

長女　永嶋　順子

このたび見つかった父目加田誠の北平日記に、こんなにも詳しく完璧な注釈をつけて戴きましたことを娘として心より感謝いたします。世を去って二〇年余りも経ちますのに、この様に温かく取り上げて下さる事に何と幸せな父かと感動致しております。

若き学者留学の父の北京の一年半が目に浮かびますが、注釈では私も知っている著書の引用などもあり、益々懐かしく読ませて戴きました。

それにしても北京に着いて早々にホームシックに罹っている様子は、寂しがり屋の父を彷彿とさせて笑ってしまいました。私の知らない、記憶にもない日本での家庭団欒の場に、赤ん坊の順子も混じっていた光景は、まるでタイムマシンに乗ったかの様に心が躍りました。

読んでいくほどに、全文を覆う「寂しさ」は、少年の頃に両親と死別し、自身も蒲柳の体質でありながら絶え間なく姉弟の身の振り方や世話に心身を尽くし、留学の間にも病気の妻、幼い娘を案じて心休まらない日夜であったかと切なく思います。

それでも恩師の温情のもと、留学中はあちらの著名な先生方を始め、同じ時期に留学の皆様と毎日のように語らい、よく飲み、芝居を楽しみ、勉強出来た日々は、とても恵まれた期間であり、その後の研究者として貴重な体験であったことでしょう。

若い頃の父はどちらかというと潔癖な人でした。

父の価値観と言えば「美か醜か」。美とは「清々しく、品の良さ」だった様に思います。もともとは明るい性格で苦労はあっても永く沈みこむ事もなく、人様と語る時はいつも楽しそうに笑っておりました。晩年の父を想い、脳裏に浮かぶのは、こよなく愛した山桜を見上げて穏やかな笑顔を見せている姿でございます。

おそらく唯一の生き残りである人間として、この北平日記は、細やかな注釈を戴いて、何にも増して嬉しい贈り物となりました。

今、八十六歳の娘が北京留学三十歳の父に会いに行ったら、どんなに驚くことか、行ってみたい。と思い描くのも楽しい想像でございます。本当に有難うございました。

父のこと

次男　目加田　懋

このたび、「北平日記」を出版していただけることになり、父は驚いているだろうか。私もこの日記の存在をはじめて知ったのである。一読して、専門的なことは分からないが、かなりきどっているし、いささか情緒過多なのが気恥ずかしくなる。しかし、これを記した当時、父は三十歳前後で、若い妻と初めての女の子を残しての留学だったわけで、父のそのままの姿かもしれないとも思う。私は次男で、学校を出るまで父と大野城市（当時は大野町）で一緒に暮らした。彼の四十四歳から六十二歳までの間である。そのころ父は、家ではいつも書斎の机に向って正座していた。夕方運動のためだったのだろう、よく散歩に連れて行かれた。万葉にも登場する大野山の麓の里山に散在する農家の庭の花を褒めたり、歩きながらの話の中にぽつぽつと若いころの北京での話がでてきた。それがこの日記の世界だったのだろう。また、当時に三津五郎の歌舞伎、志ん生の落語、文弥の新内、紋十郎の文楽、周五郎の人情物語が出てきたのを覚えている。何しろ日本の人情物が好きだった。そのころまで病弱だった私には、勉強しろともいわず、ラジオの落語の時間になると声がかかった。澄まし顔に似合わず人や物や出来事に感じやすかった。亡くなった後になって、父の本を読んだりすると中国の詩でも李商隠がよく登場するのがなんとなくわかるような気がした。晩年、目が悪くなり、眠られぬ夜は、ラジオ深夜便を聞いてうとうとし、昔のことばかり鮮やかに思い出すと言っていたが、この「北平日記」の仲間たちの世界に還っていたのだろう。

この本が出版されるのは、冬近いと聞いたが、そのころには、あの里山（まだあるだろうか）の散歩道では父が大好きだった山茶花がいっぱいに散り咲いていることだろう。今にして思えばもっといろいろと話を聞いておけばよかったと思う。

「北平日記」に出会って

三女　東谷　明子

先年、私の母さくをが亡くなりました後、大野城市の多大な御尽力により、中国文学者の父と国文学者の母の蔵書が、一括して「大野城市『目加田文庫』（仮）」として公開されることとなりました。今後多くの方々のお役に立つことが出来るようになりましたことは何よりの喜びです。膨大な書物、資料の整理運び出しは、雪の舞う厳寒の日々に行われ、大野城市、九州大学、福岡女子大学等の関係者の方々の御苦労は大変なものでございました。その際に、資料保存の専門家児嶋ひろみ氏の御指導のもと、徹底した精密な整理、目録作成がなされました。この作業がなければ「北平日記」が世に出ることはあり得なかったと存じます。

父は当時のことをあまり語りませんでしたが、ふっと少し遠い眼をしながら、「銭稲孫先生には本当にお世話になった。」「紅楼夢は大した小説だよ。」等と口にすることがありました。早くに両親を亡くし、旧制高校時代にはすでに家長として弟妹の身の振り方の責任を負う等、苦労を重ねた父が、京都の三高に職を得、幸福な家庭を手に入れた直後の留学です。漸く生活も安定し、いよいよ学問に打ち込めると希望に満ちた出発でしたでしょう。しかし一転、満寿代母の発病の知らせに生来繊細な父が、官費留学生である学徒としての気概と家族への想いに、いかなる日々を過ごしましたことか。薄明るい燈火のもと、ひたすら「紅楼夢」の下読みをし、「北平日記」を綴る若き日の父の姿が浮かびます。

私は折にふれ、父は身の半分は現実を、半分は文学を生きているように感じておりました。思えばそのような生き方は、この当時から既に父の中に深くあったのでしょう。戦後日中国交回復の後三回程、学術文化交流目的で訪中しておりますが、最後は晩年で重病の床から気力で起き上がり車椅子で飛行機に乗りました。案の定、西安で生死の境を彷徨いましたが、当地の名医のお陰で無事帰国出来ました。父は「僕はあの地で死んでもいい、と思っていたんだよ。」と申しておりましたが、今の私にはその言葉が真直に受けとめられます。「北平日記」を読み、改めて亡き父と対話をする日々です。

八十年以上前の一学徒の留学記に幾許かの意義をお認め下さり、読み起こし、詳註を施して下さいました九州大学文学部静永健先生及び中国文学研究室の方々、出版を御快諾下さいました中国書店、大野城市の皆様に深く感謝致します。

目加田誠と『北平日記』関連年表

西暦	年号（日本／中国）	おもな事柄
一九〇〇	明治33年　光緒26年	六月、義和団事件起こる。六月二十日、義和団軍、日本を含む北京の各国公使館街（東交民巷）を包囲する。籠城者に『タイムズ』通信員のG・E・モリソン、フランス人探検家のポール・ペリオ、東京大学の服部宇之吉、京都大学の狩野直喜らがいた。 八月十四日、八カ国連合軍により解放。
一九〇一	明治34年　光緒27年	九月七日、北京議定書締結。清朝政府は日露英仏米独など十一カ国に賠償金を支払う。このうち、日本へ支払われた賠償金は、やがて外務省による「東方文化事業」設置（北京・上海・東京・京都）に発展する。
一九〇四	明治37年　光緒30年	二月三日、目加田誠生まれる。 同月、日露戦争おこる（〜〇五年九月）。
一九〇五	明治38年　光緒31年	九月、与謝野晶子「君死にたまふこと勿れ」を『明星』に発表。 十月、魯迅（本名は周樹人）仙台医学専門学校（のちの東北大学）に入学。 一月、夏目漱石「吾輩は猫である」を『ホトトギス』に発表。 八月、孫文ら東京で中国同盟会を結成。
一九〇八	明治41年　光緒34年	十一月、光緒帝崩御、西太后も続いて没す。
一九一〇	明治43年　宣統2年	八月、日韓併合。
一九一一	明治44年　宣統3年	十月、辛亥革命おこる。
一九一二	大正元年　民国元年	一月、中華民国政府成立。 七月、明治天皇崩御。大正天皇即位。
一九一四	大正3年　民国3年	六月、第一次世界大戦おこる（〜一八年十一月）。
一九一七	大正6年　民国6年	一月、胡適「文学改良芻議」を『新青年』に発表。中国の文学革命（口語文学運動）おこる。
一九一八	大正7年　民国7年	五月、魯迅「狂人日記」を『新青年』に発表。

西暦	和暦	民国	事項
一九一九	大正8年	民国8年	五・四運動おこる。 十月、孫文ら中国国民党を結成。
一九二一	大正10年	民国10年	七月、毛沢東ら中国共産党を結成。 十二月、魯迅「阿Q正伝」を『晨報副刊』に発表。
一九二三	大正12年	民国12年	この年、胡適『紅楼夢考証』を刊行。 四月、兪平伯『紅楼夢弁』を刊行。 九月、関東大震災おこる。
一九二五	大正14年	民国14年	三月、孫文死去。 五月、東方文化事業総委員会設立。十月、北京にてその第一回総会を開く。
一九二七	昭和2年	民国16年	三月、日本で金融恐慌。 七月、岩波文庫創刊（文庫本の始まり）。
一九二八	昭和3年	民国17年	十月、南京に国民政府成立（北京は首都ではなくなったため北平に改称）。
一九二九	昭和4年	民国18年	三月、目加田誠、東京帝国大学文学部支那文学科卒業。 十二月、周口店で原人（いわゆる北京原人）の頭蓋骨発見。
一九三〇	昭和5年	民国19年	九月、目加田誠、第三高等学校講師となり京都に赴く。
一九三一	昭和6年	民国20年	九月十八日、柳条湖事件によって満州事変おこる。
一九三二	昭和7年	民国21年	三月、満州国建国宣言。 五・一五事件おこる。犬養毅首相死去。 十二月、鄭振鐸『挿図本中国文学史』第一冊を刊行。
一九三三	昭和8年	民国22年	一月、日本軍（関東軍）熱河に侵入。 三月、日本、国際連盟を脱退。 七月、目加田誠、九州帝国大学法文学部助教授に着任。 十月、目加田誠、北平留学を開始。『北平日記』起筆。
一九三四	昭和9年	民国23年	一月、帝人事件が発覚。三月、鳩山一郎文相辞任。
一九三五	昭和10年	民国24年	二月、湯川秀樹、中間子論を発表。 二月二十六日、目加田誠、清華大学に兪平伯を訪問（『北平日記』第八巻所収）。 三月四日、目加田誠『北平日記』擱筆。六日、北平を離る。 三月二十一日、目加田誠、小川環樹とともに上海で魯迅に面会。目加田誠は翌日上海より船で日本に帰国。
一九三六	昭和11年	民国25年	二・二六事件おこる。

一九三七　昭和12年　民国26年　十二月、西安事件。第二次国共合作へ。
一九三九　昭和14年　民国28年　七月七日、盧溝橋事件によって日中戦争おこる。
一九四一　昭和16年　民国30年　九月、第二次世界大戦おこる。
一九四五　昭和20年　民国34年　十二月、太平洋戦争おこる。
一九四九　昭和24年　八月、終戦。
十月、中華人民共和国成立。
十二月、蔣介石ら国民政府は台湾に移る。
一九六四　昭和39年　十月、東京オリンピック。
同月、目加田誠、日本学術代表団の一人として訪中。はじめて四川省成都の杜甫草堂を訪ねる。
一九六五　昭和40年　三月、目加田誠『杜甫』（集英社の漢詩大系）を刊行。
一九六六　昭和41年　八月、文化大革命はじまる。
一九六七　昭和42年　三月、目加田誠、九州大学文学部教授を停年により退官。
四月、目加田誠、早稲田大学文学部教授に就任。
一九七二　昭和47年　二月、米ニクソン大統領訪中。
九月、日中国交正常化。
一九七四　昭和49年　三月、目加田誠、早稲田大学文学部教授を退職。
一九七六　昭和51年　九月、毛沢東死去。十月、四人組逮捕、文化大革命の終結。
一九八一　昭和56年　この年、『目加田誠著作集』全八巻の刊行開始。
一九八五　昭和60年　十一月、目加田誠、日本学士院会員。
一九九四　平成６年　四月三十日、目加田誠逝去。

参考文献

●目加田誠の主な著作および関連書籍

目加田誠『現代文芸』（共立社［漢文学講座第五巻］、一九三三年）
　＊橋本成文『清朝尚書学』との合訂。

吉江喬松（責任編集）『世界文芸大辞典』全七巻（中央公論社、一九三五〜三七年）
　＊「劉大櫆」など幾つかの項目の執筆を担当。ほかに第七巻の各国文学史では中国の第四章「清」の項目を概説している。

目加田誠『中等時文教科書』（目黒書店、一九三九年）
　＊「時文」とは当時の「現在使われている中国語」という意味。中国語学習のための教科書である。

目加田誠『詩経』（日本評論社［東洋思想叢書8］、一九四三年）

目加田誠『風雅集——中国文学の研究と雑感——』（惇信堂、一九四七年）

目加田誠『詩経 訳注篇第一』（丁子屋書店、一九四九年）

目加田誠『新釈 詩経』（岩波書店［岩波新書・青版］、一九五四年）

目加田誠「兪平伯・紅楼夢研究の批判について」（九大中国文学研究会『中国文芸座談会ノート』第三号、一九五五年）
　＊その前年に中国で起こった政治運動に関する所見。著作集等未収録。

目加田誠『詩経・楚辞』（平凡社［中国古典文学全集1］、一九六〇年）

目加田誠『唐詩選』（明治書院［新釈漢文大系19］、一九六四年）

目加田誠（著）／渡部英喜（編）『唐詩選』（明治書院［新書漢文大系6］、二〇〇二年）

目加田誠博士還暦記念『中国学論集』（大安、一九六四年）

目加田誠『杜甫』（集英社［漢詩大系9］、一九六五年）

目加田誠『杜甫』（集英社［中国詩人選3］、一九六六年）

目加田誠『杜甫』（集英社［漢詩選9］、一九九六年）

目加田誠『杜甫』（小沢書店［中国名詩鑑賞4］、一九九六年）

目加田誠『洛神の賦——中国文学論文と随筆』（武蔵野書院、一九六六年）

目加田誠『屈原』（岩波書店［岩波新書・青版］、一九六七年）

目加田誠『杜甫物語——詩と生涯』（社会思想社［現代教養文庫653］、一九六九年）

目加田誠『詩経・楚辞』（平凡社［中国古典文学大系15］、一九六九年）

目加田誠『中国詩選Ⅰ——周詩〜漢詩——』（社会思想社［現代教養文庫718］、一九七一年）

目加田誠『唐詩三百首 1・2・3』（平凡社［東洋文庫239　265　267］、一九七三〜七五年）

読売新聞社『楚辞集注［人民文学出版社刊宋端平刊本全六冊］景印本』（読売新聞社、一九七三年）
　＊付録の小冊子『楚辞集注 解説』に目加田誠「楚辞解説」を収録。一九七二年九月の日中国交正常化記念。

目加田誠博士古稀記念『中国文学論集』（龍渓書舎、一九七四年）

目加田誠『世説新語 上中下』（明治書院［新釈漢文大系76・77・78］、一九七五〜七八年）

目加田誠（著）／長尾直茂（編）『世説新語』（明治書院［新書漢文大系21］、二〇〇三年）

中国古典文学大系編集部『中国古典文学への招待』（平凡社、一九七五年）
　＊第二章「中国の詩」を近藤光男と共同執筆している。

山内恭彦ほか『どう考えるか——中国今昔』（二玄社、一九七六年）
　＊対談集。

目加田誠『唐詩散策』（時事通信社、一九七九年）

目加田誠『随想 秋から冬へ』（龍渓書舎、一九七九年）

九州大学公開講座1『文学のなかの人間像』（九州大学出版会、一九八〇年）
＊一九七九年の講演「文学と人間」を収録。

『目加田誠著作集』全八巻（龍渓書舎、一九八一～八六年）
＊第一巻『詩経研究』／第二巻『定本 詩経訳注（上）』／第三巻『定本 詩経訳注（下）・楚辞』／第四巻『中国文学論考』／第五巻『文心雕龍』／第六巻『唐代詩史』／第七巻『杜甫の詩と生涯』／第八巻『中国文学随想集』

目加田誠『うたの始め 詩経』（平凡社［中国の名詩1］、一九八二年）

目加田誠『滄浪のうた 楚辞』（平凡社［中国の名詩2］、一九八三年）

目加田誠『夕陽限りなく好し』（時事通信社、一九八六年）

目加田誠編著『漢詩日暦』（時事通信社、一九八八年）
＊中国で出版された『古詩台暦』（上海古籍出版社、一九八五年版）をもとに、そこに選ばれた三六五首の中国詩を門下生たちと読み合わせたもの。

目加田誠『洛神の賦』（講談社学術文庫、一九八九年）

目加田誠『詩経』（講談社学術文庫、一九九一年）

目加田誠『中国の文芸思想』（講談社学術文庫、一九九一年）

岩国高等学校文化講演会講演集一『後輩に期待する』（岩国高等学校、一九九一年）
＊一九七九年の講演「杜甫の詩など」を収録。

目加田誠『春花秋月』（時事通信社、一九九二年）

目加田誠『歌集 殘燈』（石風社、一九九三年）

詩経学会『詩経研究』第十九号（早稲田大学文学部村山吉廣研究室、一九九四年十二月）
＊本号は「目加田誠博士追悼記」として六篇の文章を収録する。

九州大学中国文学会『中国文学論集』第二三号（一九九四年十二月）
＊本号は「目加田誠先生追悼号」として五篇の文章を収録する。

鄧紅「日本著名《詩経》専家目加田誠其人其事」（台湾・輔仁大学中国文学系『先秦両漢学術』第九期、二〇〇八年三月）

松崎治之「目加田誠先生の思い出」（九州大学中国文学会『中国文学論集』第四三号、二〇一四年）

●義和団事件～東方文化事業設立に関するもの

服部宇之吉『北京籠城日記 付北京籠城回顧録』（平凡社［東洋文庫53］、一九六五年）
＊大山梓の編。柴五郎の講演録『北京籠城』との合訂。

守田利遠『北京籠城日記』（石風社、二〇〇三年）
＊子息守田基定氏の整理。

高橋長敏『虎口の難――義和団事件始末記』（元就出版社、二〇〇一年）

北平人文科学研究所『東方文化事業総委員会 並 北平人文科学研究所の概況』（一九三五年）

橋川時雄『中国文化界人物総鑑』（原著＝北京・中華法令編印館、一九四〇年／覆刻＝名著普及会、一九八二年）

吉川幸次郎『支那について』（秋田屋、一九四六年）

吉川幸次郎『随筆集 雷峰塔』（筑摩書房、一九五六年）

『吉川幸次郎全集』第二二巻（筑摩書房、一九七五年）

吉川幸次郎（編）『東洋学の創始者たち』（講談社、一九七六年）

狩野直喜先生永逝記念『東光』第五号（弘文堂、一九四八年）

塩谷温『天馬行空』（日本加除出版、一九五六年）

倉石武四郎『中国語五十年』（岩波書店［岩波新書・青版］、一九七三年）

栄新江・朱玉麒（輯注）『倉石武四郎中国留学記』（中華書局、二〇〇二年）
＊原題「述学斎日記」、池田温氏所蔵。昭和五年（一九三〇）一月一日～八月六日までの日記。原本も中国語で書かれている。

倉石武四郎・橋川時雄（編）『旧京書影』／趙万里（編）『北平図書館善本書目（一九三三年）』（合訂覆刻本、北京・人民文学出版社、二〇一一年）

六角恒廣『近代日本の中国語教育』（播磨書房、一九六一年）

六角恒廣『中国語書誌』（不二出版、一九九四年）

中国文学研究会（編）『中国文学月報』全八巻・別巻一・別冊一（復刻版＝汲古書院、一九七一～七七年）
＊竹内好の編集誌。目加田誠「兪平伯会見記」の初出は、この第三号（一九

三五年五月発行）である。

『竹内好全集』第十四～十六巻（筑摩書房、一九八一年）
　＊第十四巻「戦前戦中集」、第十五巻「日記（上）」、第十六巻「日記（下）」。
『長澤規矩也著作集』第五～七巻（汲古書院、一九八四～一九八七年）
　＊第五巻「シナ戯曲小説の研究」、第六巻「書誌随想」、第七巻「シナ文学概観・蔵書印表」。
京都大学人文科学研究所『人文科学研究所五〇年』（京都大学人文科学研究所、一九七九年）
礪波護・藤井讓治（編）『京大東洋学の百年』（京都大学学術出版会、二〇〇二年）
阿部洋『「対支文化事業」の研究――戦前期日中教育文化交流の展開と挫折』（汲古書院、二〇〇四年）
山根幸夫『東方文化事業の歴史――昭和前期における日中文化交流』（汲古書院［汲古選書41］、二〇〇五年）、
菊地章太『義和団事件風雲録――ペリオの見た北京』（大修館書店［あじあブックス070］、二〇一一年）
岡本隆司（編）『G・E・モリソンと近代東アジア――東洋学の形成と東洋文庫の蔵書』（勉誠出版、二〇一七年）

●一九三〇年代の日中関係について

鄭振鐸（著）／安藤彦太郎・斎藤秋男（訳）『書物を焼くの記――日本占領下の上海知識人』（岩波書店［岩波新書・青版］、一九五四年）
今村与志雄『理智と情感――中国近代知識人の軌跡』（筑摩書房、一九七六年）
永原誠（編）『一九三〇年代の世界の文学』（有斐閣［立命館大学人文科学研究所研究叢書5］、一九八二年）
尾崎秀樹『上海一九三〇年』（岩波書店［岩波新書・新赤版99］、一九八九年）
岡村敬二『遺された蔵書――満鉄図書館・海外日本図書館の歴史』（阿吽社、一九九四年）
藤井省三『中国見聞一五〇年』（ＮＨＫ出版［生活人新書75］、二〇〇三年）

太田尚樹『伝説の日中文化サロン 上海・内山書店』（平凡社新書436、二〇〇八年）
陳祖恩『上海的日本文化地図』（上海錦綉文章出版社、二〇一二年再版）
本庄豊『魯迅の愛した内山書店：上海雁ケ音茶館をめぐる国際連帯の物語』（かもがわ出版、二〇一四年）
小黒浩司『図書館をめぐる日中の近代――友好と対立のはざまで』（青弓社、二〇一六年）
井上寿一『昭和の戦争――日記で読む戦前日本』（講談社現代新書２３７６、二〇一六年）
井上寿一『機密費外交――なぜ日中戦争は避けられなかったのか』（講談社現代新書２５０１、二〇一八年）
江口圭一『日中アヘン戦争』（岩波書店［岩波新書・新赤版29］、一九八八年）
江口圭一・及川勝三・丹羽郁也『証言 日中アヘン戦争』（岩波書店［岩波ブックレット２１５］、一九九一年）
小林元裕『近代中国の日本居留民と阿片』（吉川弘文館、二〇一二年）
朴橿（著）／小林元裕・吉澤文寿・権寧俊（訳）『阿片帝国日本と朝鮮人』（岩波書店、二〇一八年）
『北支在留邦人芳名録』（北支在留邦人芳名録発行所、一九三六年）
『大衆人事録 第十四版 外地・満支・海外篇』（帝国秘密探偵社、一九四三年）
『同仁会四十年史』（同仁会、一九四三年）
『昭和人名辞典』（日本図書センター、一九八〇年）
国立公文書館アジア歴史資料センターウェブサイト（http://www.jacar.go.jp/）
国立国会図書館デジタルコレクション（http://dl.ndl.go.jp/）

●北京留学時代の人々

赤堀英三（訳）『人類と文化』（古今書院、一九三一年）
　＊原著者はアメリカ自然史博物館の人類学者クラーク・ウィスラー博士。
赤堀英三『原人の発見』（鎌倉書房［鎌倉選書3］、一九四八年）

赤堀英三（訳）『人の進化――北京猿人の役割――』（岩波書店、一九五六年）
＊原著者は人類学者ワイデンライヒ博士。
赤堀英三『中国原人雑考』（六興出版、一九八一年）
＊巻末に赤堀氏自身による「著者の略歴」を収録。
石橋丑雄『北平の薩満教に就て』（外務省文化事業部、一九三四年）
石橋丑雄『天壇』（山本書店、一九五七年）
岡田武彦『わが半生・儒学者への道』（思遠会、一九九〇年）
颸風の会『颸風』第十八号（一九八五年二月）
＊小川環樹「留学の追憶――魯迅の印象その他」、周豊一「憶往」を収録。
『小川環樹著作集』第五巻（筑摩書房、一九九七年）
小竹武夫（訳）『中国封建社会 下巻』（生活社、一九四二年）
＊原著者は瞿同祖（商務印書館、一九三七年版）。中国の法制史研究の草分け的存在。本書の上巻の翻訳は田島泰平。
小竹武夫（訳）『漢書（上・中・下）』（筑摩書房、一九七七～七九年）
＊上巻に橋川時雄による「解説」、下巻に小竹氏自身による「あとがき」を収録。
座談会「先学を語る――楠本正継博士」（東方学会『東方学』第六二輯、一九八一年）
＊目加田誠・岡田武彦・猪城博之・佐藤仁・荒木見悟・山室三良による。
小林知生教授退職記念『考古学論文集』（南山大学考古学研究室、一九七八年）
堤十女橘（留吉）『風は景と共に暖かし――明治・大正・昭和に生きる――』（白帝社、一九八七年）
中丸平一郎・赤星五郎『朝鮮のやきもの 李朝』（淡交社、一九六五年）
橋川時雄『楚辞』（日本評論社［東洋思想叢書9］、一九四三年）
橋川時雄（主編）・今村与志雄（編）『文字同盟』全三冊（汲古書院、一九九〇～九一年）
今村与志雄（編）『橋川時雄の詩文と追憶』（汲古書院、二〇〇六年）
高田時雄（編）『橋川時雄 民国期の学術界』（臨川書店［映日叢書3］、二〇一六年）
濱一衛・中丸均卿（平一郎）『北平的中国戯』（東京・秋豊園、一九三六年）
濱一衛『支那芝居の話』（弘文堂書房、一九四四年）
九州大学中国文学会『中国文学論集』第四号（一九七四年）
＊濱一衛先生退官記念号。
『濱文庫（中国戯劇関係資料）目録』（九州大学附属図書館教養部分館、一九八七年）
中里見敬・中尾友香梨『濱一衛と京劇展――濱文庫の中国演劇コレクション』（九州大学附属図書館［展示パンフレット］、二〇〇九年）
中里見敬（整理）『濱一衛著訳集 中国の戯劇・京劇選』（花書院［九州大学大学院言語文化研究院ＦＬＣ叢書Ⅲ］、二〇一一年）
中里見敬「濱一衛の見た中国演劇――京劇――」（九州大学中国文学会『中国文学論集』第四三号、二〇一四年）
中里見敬「濱一衛の北平留学――外務省文化事業部第三種補給生としての留学の実態――」（九州大学大学院言語文化研究院『言語文化論究』35、二〇一五年）
中里見敬「濱一衛の北平留学――周豊一の回想録による新事実――」（『九州大学附属図書館研究開発室年報』二〇一四・二〇一五年合併号）
中里見敬・戚世雋・中尾友香梨・李麗君・山根泰志（編）『濱文庫所蔵唱本目録』（花書院［九州大学大学院言語文化研究院ＦＬＣ叢書11］、二〇一五年）
中里見敬「濱一衛の見た一九三〇年代中国芸能――北平・天津――」（『九州中国学会報』第五三巻、二〇一五年）
中里見敬・潘世聖（編）『『春水』手稿と日中の文学交流――周作人、冰心、濱一衛――国際シンポジウム論文集』（九州大学ＱＲプログラム、二〇一八年）
中里見敬（編）『『春水』手稿と日中の文学交流――周作人、謝冰心、濱一衛――』（花書院、二〇一九年）
山室三良『中国のこころ』（創言社、一九六八年）
山室三良『生かされて九十年』（石風社、一九九五年）
疋田啓佑「山室三良先生の人と学問」（九州大学中国哲学研究会『中国哲学論集』第二三号、一九九七年）
山本守（訳）『蒙古千一夜物語：一名蒙古民間故事』（満洲図書株式会社、一九三九年）
杉本元子「奚待園先生」（『TONGXUE』第五十七号、同学社、二〇一九年二月）
胡適『胡適日記全集』全十冊（曹伯言「整理」、台北・聯経出版公司、二〇〇四年）

周作人『周作人日記（魯迅博物館蔵影印本）上中下』（大象出版社、一九九六年）
銭稲孫『日本詩歌選』（東京・文求堂書店、一九四一年）
　＊刊記には著作権者として「北京近代科学図書館代表者山室三良」とある。
銭稲孫『漢訳万葉集選』（日本学術振興会、一九五九年）
　＊刊記には「編者代表佐佐木信綱」とある。
銭単士釐（撰）／鈴木智夫（訳注）『癸卯旅行記訳注――銭稲孫の母の見た世界――』（汲古書院［汲古選書54］、二〇一〇年）
銭稲孫（訳）／文潔若（編）／曾維徳（輯注）『万葉集精選 増訂本』（上海書店出版社、二〇一二年）
鄒双双『「文化漢奸」と呼ばれた男――万葉集を訳した銭稲孫の生涯』（東方書店、二〇一四年）
鄭振鐸『挿図本中国文学史』全四冊（北平樸社出版部、一九三二年）
鄭振鐸『中国俗文学史』（北京・作家出版社、一九五四年）
兪平伯『紅楼夢辨』（香港・文心書店出版［一九二三年上海亜東版影印］、一九七二年）
魯迅『魯迅日記 上下』（北京・人民文学出版社、一九七六年）

●北京（北平）の都市景観・風俗に関するもの

山本讃七郎（撮影）『PEKING北京名勝』（北京・山本照相館、一九〇六年初版・一九〇九年再版）
　＊九州大学中央図書館蔵。
PRINCESS DER LING『TWO YEARS IN THE FORBIDDEN CITY』（Moffat, Yard and Company, New York　一九一一年）
徳齢（著）／太田七郎・田中克己（訳）『西太后に侍して』（初版＝生活社、一九四二年／再版＝研文社、一九九七年）
　＊右の書の日本語訳。
鉄道院（編）『支那案内――朝鮮・満州』（一九一九年）
後藤朝太郎『支那読本』（立命館出版部、一九三三年）
倉橋藤治郎『北平の陶器』（東京・工政会出版部、一九三三年）
石橋丑雄『北平遊覧案内』（大連・ジャパンツーリストビューロー、一九三四年）
村上知行『北京――名勝と風俗』（東亜公司、一九三四年）
村上知行『北京歳時記』（東京書房、一九四〇年）
佐藤定勝（編）『最新支那大観』（東京・誠文堂新光社、一九三七年）
藤田元春『支那研究 北支中支の風物』（博多成象堂、一九三八年）
甲斐巳八郎『北京：甲斐巳八郎素描集』（大連・満鉄社員会、一九四〇年）
安藤更生『北京案内記』（新民印書館、一九四一年）
清見陸郎『北京点描』（大都書房、一九四一年）
安藤更生『北京案内記』（北京・新民印書館、一九四一年）
L・C・アーリングトン（著）／印南高一・平岡白光（訳）『支那の演劇』（畝傍書房、一九四三年）
高木健夫『北京横丁』（東京・大阪屋号書店、一九四三年）
高木健夫『北京繁盛記――花と女と剣と』（雪華社、一九六二年）
秦浩二『品花宝鑑――北京玉房奇談』（紫書房、一九五二年）
石原巌徹・岡崎俊夫『京劇読本』（朝日新聞社、一九五六年）
柳成行ほか（撮影）『北京風光集』（北京・撮影芸術出版社、一九五七年）
中薗英助『櫻の橋――詩僧蘇曼殊と辛亥革命』（第三文明社、一九七七年）
中薗英助『北京飯店旧館にて』（筑摩書房、一九九二年）
中薗英助『わが北京留恋の記』（岩波書店、一九九四年）
藺山康彦『北京の史蹟』（平凡社、一九七九年）
程季華・李少白・邢祖文『中国電影発展史』（中国電影出版社、一九八〇年）
臼井武夫『北京追想――城壁ありしころ』（東方書店、一九八一年）
日本経済史研究所（編）『創業百年史』（大阪商船三井船舶株式会社、一九八五年）
鄧雲郷（著）／井口晃・杉本達夫（訳）『北京の風物 民国初期』（東方書店、一九八六年）
程季華（主編）／森川和代（編訳）『中国映画史』（平凡社、一九八七年）
奥野信太郎『随筆北京』（平凡社［東洋文庫５２２］、一九九〇年）
朱偰『元大都宮殿図考』（北京古籍出版社、一九九〇年）

朱偰『北京宮闕図説』（北京古籍出版社、一九九〇年）
翁立（編）『北京的胡同 Hutongs of Beijing』（北京美術撮影出版社、一九九三年）
張清常『北京街巷名称史話――社会語言学的再探索』（北京語言文化大学出版社、一九九七年）
徐城北『老北京――帝都遺韻』（江蘇美術出版社、一九九八年）
徐城北『老北京――変奏前門』（江蘇美術出版社、二〇〇〇年）
中国戯曲志編輯委員会『中国戯曲志』北京巻上・下（文化芸術出版社、一九九九年）
加藤千洋『胡同の記憶――北京夢華録』（平凡社、二〇〇三年）
張先得（編）『明清北京城垣和城門』（河北教育出版社、二〇〇三年）
王永斌『北京的関廂郷鎮和老字号』（北京・東方出版社、二〇〇三年）
馮小思『老地図老北京』（北京燕山出版社、二〇〇三年）
徐雁『中国旧書業百年』（北京・科学出版社、二〇〇五年）
高井潔『北京 古い建てもの見て歩き』（ダイヤモンド社［地球の歩き方GEM STONE022］、二〇〇八年）
王軍（著）／多田麻美（訳）『北京再造――古都の命運と建築家梁思成』（集広舎、二〇〇八年）
森田憲司『北京を見る読む集める』（大修館書店［あじあブックス63］、二〇〇八年）
小川一真（撮影）・揚文挙（解説）『清代北京皇城写真帖』（北京・学苑出版社、二〇〇九年）
洪燭『老北京人文地図』（北京・新華出版社、二〇一〇年）
章詒和（著）／平林宣和・森平崇文・波多野眞矢・赤木夏子（訳）『京劇俳優の二十世紀』（青弓社、二〇一〇年）
徐苹芳（編）『明清北京城図』（上海古籍出版社、二〇一二年）
子輿（編）『京劇老照片』第一輯・第二輯（北京・学苑出版社、二〇一三〜一四年）
稲森雅子「一九三〇年代の北京古書肆――目加田誠留学日記『北平日記』から辿る」（九州大学中国文学会『中国文学論集』第四三号、二〇一四年）
劉文兵『日中映画交流史』（東京大学出版会、二〇一六年）
櫻井澄夫・人見豊・森田憲司『北京を知るための52章』（明石書店［エリア・スタディーズ160］、二〇一七年）
陳一愚『中国早期電影観衆史 一八九六〜一九四九』（中国電影出版社、二〇一七年）
衛才華『北京隆福寺商業民族志』（北京・商務印書館、二〇一八年）
映画ｃｏｍ（http://eiga.com/）

●その他

小竹文夫（主編）『近百年来中国文文献現在書目』（東方学会［謄写版］、一九五七年）
孫雄『道咸同光四朝詩史』（台北・鼎文書局［歴代詩史長編18］、一九七一年）
日本写真家協会編『日本写真史1840〜1945』（平凡社、一九七一年）
李慈銘（著）／由雲龍（編）『越縵堂読書記』（上海書店、二〇〇〇年）
武継平『異文化のなかの郭沫若――日本留学の時代』（九州大学出版会、二〇〇二年）
呉紅華「周作人・銭稲孫と九州の中国学研究者たち」（『九州産業大学国際文化学部紀要』第61号、二〇一五年）
南無哀『東方照相記――近代以来西方重要撮影家在中国』（三聯書店、二〇一六年）
岩佐昌暲・李怡・中里見敬（編）『桌子的跳舞 清末民初赴日中国留学生与中国現代文学日中学術研討会論文集 上下』（台湾・花木蘭文化出版社、二〇一六年）

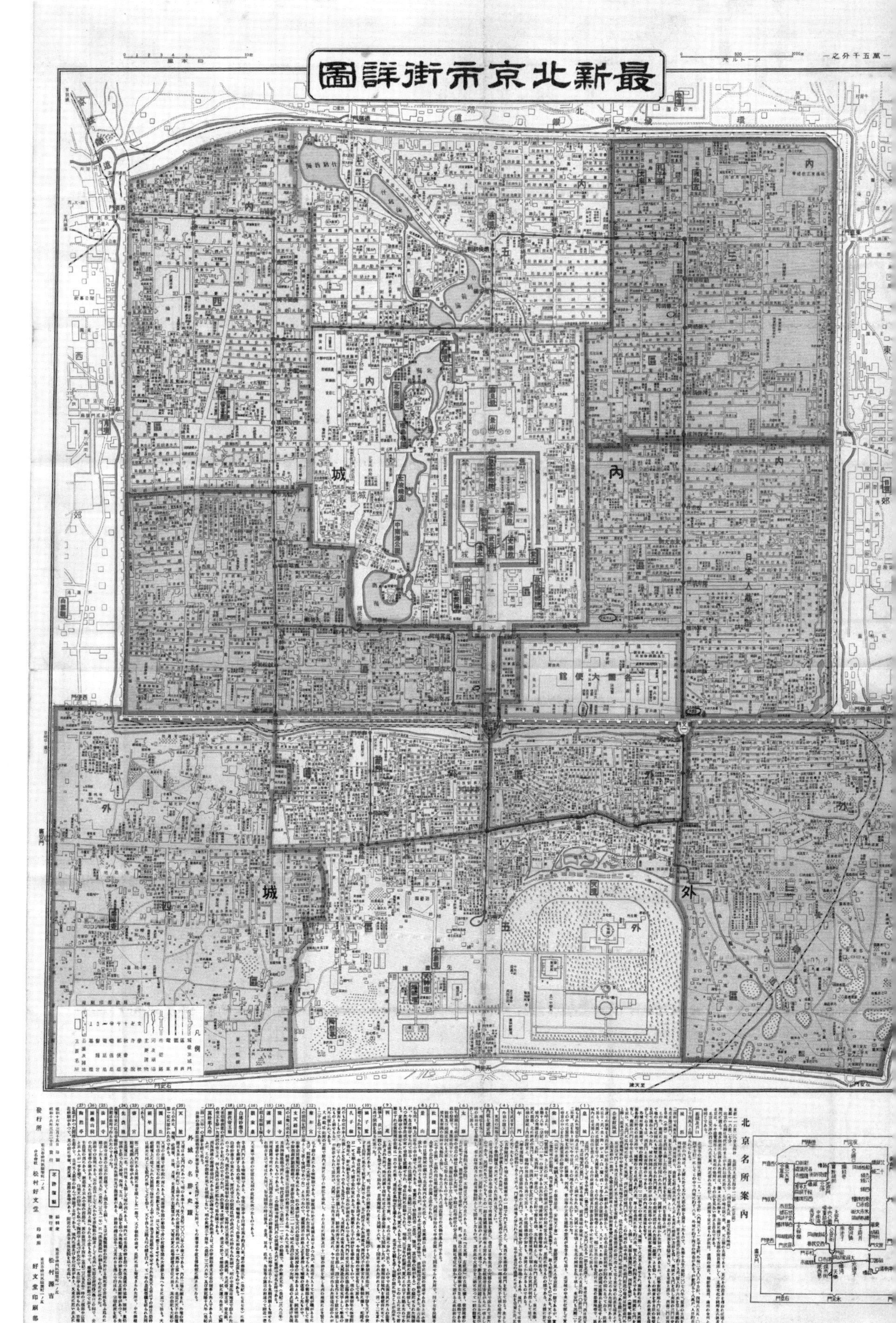

昭和16年3月発行、東京・松村

著者――――――目加田 誠（めかだ まこと）
1904 ～ 1994。山口県岩国市出身。九州大学名誉教授。元早稲田大学教授。学士院会員。専門は中国文学。その蔵書および研究ノート等の遺品は、福岡県大野城市の「大野城心のふるさと館」において「目加田文庫」として保存されている。
この日記は、1933 年 10 月～ 1935 年 3 月までの期間の、北京（当時は北平と称した）での留学生活の記録である。

注釈（主編）―――静永 健（しずなが たけし）
1964 年生まれ。九州大学教授。専門は中国文学。編著に『わかりやすくおもしろい中国文学講義』（中国書店、2002 年）、『から船往来―日本を育てた　ひと・ふね・まち・こころ』（中国書店、2009 年）がある。

＊本研究は JSPS 科研費 15H03194 の助成を受けたものです。
This work was supported by JSPS KAKENHI Grant Number 15H03194.

目加田誠「北平日記」
―1930 年代北京の学術交流―

2019 年 6 月 10 日　第 1 刷発行
2019 年 8 月 20 日　第 2 刷発行

編　者　九州大学中国文学会（代表　静永 健）
発行者　川端幸夫
発　行　中国書店
福岡市博多区中呉服町 5-23
電話 092（271）3767
FAX 092（272）2946
http://www.cbshop.net/
印　刷　モリモト印刷
組版設計施工　前田年昭（汀線社）
ISBN 978-4-903316-61-1